AF367304

Panna cotta

(Novela 1 Colección *Foodies*)

Andrea Acosta

Título original: *Panna cotta* (Novela 1 Colección *Foodies*)
© 2016 Andrea Acosta
© Editado por: ACOSTA ars
ISBN: 978-84-942511-3-9
ISBN segunda edición: 978-84-942511-8-4
Diseño de portada y Maquetación: Nune Martínez
Impreso en CreateSpace

Sobre la autora

Andrea Acosta, nació en Barcelona una cálida mañana de 1990, es hija de padre español y madre suiza. Actualmente es una prolífica escritora de novela romántica, a la que gusta dotar con toques dramáticos. Pero sin duda destaca en el género erótico, en el que despliega toda su capacidad y su saber hacer en la descripción de escenas sexuales realmente explícitas y conmovedoras. Su novela *MONSTER,* obra temática de BDSM y de la que ya hay nueva edición en Amazon (*MONSTER NUEVA EDICIÓN*), es una buena prueba de ello. Otro *Best Seller* en Amazon es *NO ME DEJES SER TU HÉROE*, que ha obtenido recientemente un rotundo éxito de público y ventas. *PANNA COTTA* es la primera novela de su nueva colección: *Foodies*. Además, otros trabajos la avalan: ha colaborado con la editorial ACOSTA ars en *UNA NAVIDAD CON ACOSTA ars* y también es fundadora del espacio web *ACOSTA'S KITCHEN*, en el que cuelga semanalmente una receta. La colaboración con distintas compañías discográficas en la elaboración de letras musicales coronan su currículo en el terreno de lo literario.

De ella podemos decir también que, a pesar de su dislexia, la cual le provocó un retraso considerable a la hora de aprender a leer, acabó convirtiéndose en una auténtica apasionada de la lectura. La literatura supuso un refugio que la alejó de miedos y malas vivencias. En su adolescencia padeció anorexia, enfermedad que la hizo fluctuar entre distintos estados de ánimo y dependencias. Ahora es madre de un niño maravillosamente activo que le contagia toda su vitalidad y energía.

Andrea es hoy una mujer distinta que pisa fuerte, ya que le obsesionan los zapatos. Es gritona y algo excéntrica, pero también es extrovertida y alegre y está abierta a las experiencias que la vida le ofrece cada día.

A todo lector que vaya a embarcarse
ahora en esta lectura. ¡Gracias!

Al final del libro encontrarás un glosario de términos culinarios usados en la novela.

También encontrarás notas a pie de página con traducciones adaptadas al español.

Índice

1

O todo o nada

El reloj digital colgado de la gran pared seguía su cuenta atrás. Aunque hiciera ruido, habría sido incapaz de oírlo, pues el griterío del público enmudecía cualquier otro sonido. Cada segundo que pasaba era una tortura. Andrea no podía conformarse con el segundo puesto. Llevaba casi dos meses en el maldito concurso, estaba en la final y solo quedaban Lamar Cosby y ella. No había más alternativa, tenía que ganar. Perder no era una opción.

Comprobó el horno, donde acababa de meter el *carré* de cordero. Probó la salsa de menta. «Perfecta». Estaba perfecta. Respiró hondo y se dispuso a emplatar los *raviolis* de cangrejo real. Inclinada sobre la mesa de trabajo, entrecerró los ojos e inspiró con fuerza, ya que su mano, con la que ahora vertía la salsa sobre la pasta, temblaba descontroladamente.

—¿Lamar o Andrea? —interpeló Marvin situado entre los otros dos **chef**s, Graziani y Doherty.

Encima de ellos, el imparable reloj cronometraba el tiempo de cocinado del que disponían los dos finalistas. A su lado Judy, la presentadora, alisaba su vestido con las manos.

—Cállate, Marvin —chistó Luca Graziani, atento a los movimientos de los aspirantes a *Supreme chef*[1].

Desde las gradas, a un lado del plató, emergía el rugido del público, compuesto por familiares y fans. A Graziani le molestaba todo ese ruido. Le hacía rechinar los dientes y eso que él sí que no estaba sometido a presión.

—Quinientos por la chica.

Apostó Doherty cruzando los brazos. La rosa roja que sobresalía del bolsillo de su americana desprendía un potente aroma; no obstante, por mucha americana estilosa que este se pu-

---

1. (In) Chef supremo.

siera, la barriga le pesaba por encima del cierre del pantalón y hacía peligrar la vida de los botones de la camisa.

—Esos quinientos solo son por sus tetas, no porque vaya a ganar.

Medio rio Marvin, fijándose en Andrea que ahora se acuclillaba ante el horno. Doherty cerró los ojos, se llevó una mano a la cara y con dos dedos se pellizcó el puente de la nariz cuidando de que no se le cayeran las gafas.

—Marvin, cariño, soy gay —suspiró ladeando la cabeza y mostrándole la misma mano que se había llevado a la cara para que este viera la alianza en su dedo—. ¿Recuerdas?

El propio Marvin había sido su padrino de boda, así que daba por hecho que debía de estar más que enterado de su condición sexual.

—Entonces por su manera de vestir —razonó Marvin.

Andrea era de esa clase de mujeres que combinaban hasta las gafas de sol con la ropa interior. Lucía vestidos escotados sin ser descocados, faldas tubo, blusas en tonos pastel y zapatos de altísimo tacón. Incluso como entonces, conjuntados con la chaquetilla y el delantal francés.

—Tiene estilo —asintió Doherty, parpadeando con rapidez tras los gruesos cristales de sus gafas.

—Ahora ponerse minifaldas y escotes conjuntados con tacones rompecráneos es tener estilo —chistó Luca.

Le molestaba tener a una mujer pareciendo «una mujer» en la cocina. Es decir, dejaba de verla como un trabajador para hacerlo como... Le ponía nervioso. Y sí, sería machista y, sí, también desagradable y toda la etiqueta que quisieran ponerle, pero era incapaz de no fijarse en la largura de las piernas y el relleno del pecho bajo la chaquetilla. Y por eso, por eso mismo, Andrea Bloom no le gustaba, no le gustaba en absoluto.

—¿Tú también eres homosexual, Graziani? —chinchó Marvin.

No sabía si era el único que se había percatado de que a su compañero la señorita Bloom le gustaba más de lo que se podría considerar aceptable. Detrás de todo el despotismo y la frialdad dirigidos a ella y que a Luca le habían costado incesantes lluvias de críticas en las redes sociales, se hallaba una ardiente bomba cargada de atracción.

Graziani, antes de mandarlo a la «mierda» en vivo y en directo y en primer plano, caminó hacia delante, se posicionó ante la mesa de trabajo en forma de herradura por el lado en el que estaba Lamar y miró por encima toda la batería de cosas que este estaba utilizando de manera un tanto desordenada.

—**Esferificación**, esferificación y esferificación —masculló ante las bañeras de **alginato de sodio** disuelto en diferentes zumos de frutas y verduras—. Un poco repetitivo, ¿no le parece, señor Cosby?

Lamar llevaba haciendo esferificaciones desde los *castings*. De acuerdo que estuviera cómodo con ellas, pero no que las tomará como un todo. Levantó la cabeza y miró al chef. La mano le tembló, con ella sujetaba la jeringuilla, que iba liberando perlas de jugo en el **cloruro de calcio**, donde se formaban esferas.

—Es que las esferificaciones son importantes para el plato —titubeó Cosby, empezando a sudar profusamente.

—Siempre lo son para sus platos.

«Repetitivos, repetitivos y repetitivos», pensó Luca. Caminó hacia la vitrocerámica y atraído por el olor que se concentraba bajo la tapa de una olla la destapó. Movió la zurda para ventear el vapor y que este le llenara las fosas nasales con el aroma de lo que se estaba cocinando.

—¿Le gusta? —se aventuró a preguntar Cosby con la esperanza de recibir un asentimiento y quizás un «no está mal» por parte de Graziani. De hecho, no se podía esperar más de él.

—¿Debería? —articuló Luca tapando la olla. Condujo las manos tras su espalda y ahí las ligó mientras estudiaba el resto de preparaciones sobre la mesa—. ¿Eso qué es, señor Cosby? —interpeló, cogiendo un cuenco y moviendo lo que a simple vista parecía un glaseado de chocolate.

—Es el *ganache* para el *mud cake*. —Lamar se frotó las manos en el paño anudado al delantal—. Tengo el bizcocho enfriándose —añadió tenso.

Luca no pronunció palabra, dejó el cuenco y tras echar un último vistazo se alejó de su zona de trabajo.

—Limpio y ordenado —dijo Graziani husmeando sobre la mesa de la señorita Bloom. Todo en su sitio, metódicamente colocado. «Mujer tenía que ser...»—. ¿De verdad está utilizando la carne de las patas del cangrejo para un caldo? —quería incordiarla.

Él había hecho justamente eso centenares de veces, puesto que dado el precio del cangrejo real no era para desperdiciarlo.

—Le he quitado la mayor parte de la carne, chef —argumentó Andrea introduciendo un cazo en la olla para mostrarle a Graziani las patas, que había golpeado con un martillo, abierto posteriormente con las pinzas y extraído la carne en su mayoría—. Y sí, he utilizado la mitad del coral para el caldo, pero creo que no estoy desaprovechando el producto —se apresuró a decir antes de que él se lo echara en cara.

Andrea lo observó. Si debía ser sincera consigo misma, Graziani tenía un... «un no sé qué, qué sé yo». Era alto, de buena planta; no uno de aquellos tipos musculados casi al extremo, no, no. Luca Graziani era de esa clase de hombres fibrados y elegantes con un... «¿Atractivo animal?, ¿a eso te refieres?». Bien podría ser un gato si fuera solo por el par de ojos que tenía: grandes, grises y penetrantes.

Luca se quedó callado, pero no por ello menos interesado. Anduvo de una punta a la otra de la mesa, metiendo la nariz en todo, levantando tapas y oliendo aquí y allá. De hecho, hasta cogió una cucharilla de postre y la introdujo en la salsa de menta. Se esforzó por mantener una expresión pétrea al degustar el intenso y a la vez complejo sabor de la salsa, él no hubiera podido hacerla mejor.

—Dígame, Bloom, ¿qué hace? —interrogó al reparar en sus movimientos. No lograba discernir qué estaba preparando.

—Estoy disolviendo la gelatina en la leche —comentó Andrea batiendo la leche con la varilla.

No había hidratado la gelatina en lámina y para compensar ese hecho le había añadido a la leche gelatina en polvo. Si tenía que esperar a que la gelatina en hoja se hidratara y luego disolverla en la leche caliente y seguidamente dejar enfriar la mezcla, no llegaría a servir el postre.

—¿Para qué?

A saber qué era lo que esta mujer pretendía hacer. Miró el reloj calculando que la mezcla que estaba preparando no gelatinizaría. Quedaban menos de quince minutos para que acabara el tiempo de cocinado y tuvieran que emplatar. Lo único que Luca podía interpretar como postre era un *coulis* de frutos rojos, el cual probó vertiendo parte de este, metido en un biberón, en una cucharada de postre.

—Para preparar una *panna cotta*. —Lo último que necesitaba Andrea era tener ahí a Graziani quitándole tiempo. Miró el reloj y resopló vertiendo la mezcla de leche y gelatina en los moldes—. Si me disculpa, chef —se excusó, pasando los moldes a una bandeja con la que, una vez llena, marchó al ***abatidor*** todo lo rauda que pudo.

«¿Una *panna cotta*?», se preguntó mirándola moverse deprisa con la chaquetilla aún blanca e impoluta, el delantal francés sobre los pantalones y los altos tacones. *Panna cotta* en italiano significaba nata cocida. ¡La señorita Bloom estaba preparando una *latte cotta*![2] Si es que eso existía. Luca se dio la vuelta y anduvo hasta situarse entre sus compañeros.

—¿Qué? —Marvin dio un suave golpecito en el antebrazo de Graziani y lo observó esperando que este desembuchara.

—Lamar, a mi parecer, tiene un primero soso —comenzó a decir Luca, estirando el cuello de su camisa para asegurarse que estaba como debía—. Salmón marinado con ***akamiso*** y cocinado a baja temperatura con un... —Se detuvo mientras arreglaba los puños de la camisa y los de la americana—... arcoíris de esferificaciones.

—¿Qué tienen de malo las esferificaciones?

Doherty era fan de estas, las utilizaba muy a menudo, eran muy versátiles y atractivas a la vista.

—Quiero comer. De acuerdo que es un primero y no debe ser algo que llene demasiado, pero sí que comience a calentarme el estómago. Las esferificaciones, en fin... —Graziani se encogió de hombros e hizo aspavientos con las manos—. Parece que Lamar sea incapaz de servir un plato sin ellas.

—A mí el salmón me parece una propuesta atractiva —alegó Marvin, subiéndose a las puntas de sus zapatos para curiosear las mesas de los aspirantes desde la distancia.

—Sigue —le pidió Doherty a Graziani.

—Cosby tiene un guiso de langosta. Lleva patatas, mazorcas de maíz... Es una especie de ***gumbo.*** —Conforme explicaba, Luca trataba de que no se le notara la preocupación. Estaba rezando para que una luz divina iluminara a Andrea y esta desechara la *latte cotta* e ingeniara algo que pudiera salvarle el postre. Y eso que él sostenía por activa y por pasiva que la señorita Bloom debería quedarse en casa pintándose las uñas pues no valía para la cocina—. En definitiva, una receta ***cajún*** que creo que, si no se le pasa de cocción y acierta con el punto picante, puede ser una excelente propuesta. Para terminar tiene un *mud cake*.

—La idea del *mud cake* me encanta. —Doherty alzó la voz

---

2. (It) ¡Leche cocida!

15

por el entusiasmo de zamparse una jugosa y chocolateada porción de tarta—. Tengo que ir a echarle un ojo —les dijo antes de zanquear hasta la mesa de trabajo de Lamar.

—Ya estaba tardando —rio Marvin, desviando la vista de Doherty y Lamar para preguntarle a Luca que estaba a su lado—: ¿Y nuestra señorita?

—El primer plato tiene una pinta maravillosa. La masa de los *raviolis* es muy ligera, pero lo suficientemente firme como para retener el relleno. Con la salsa que ha preparado va a funcionar sí o sí —asintió casi paladeando la sinfonía de sabores que Bloom había preparado—. Ha aprovechado las patas del cangrejo y el coral —le explicó a Marvin asegurando el nudo de su corbata, ya que las cámaras no los enfocaban—. De segundo, cordero que no he visto, aunque sí he probado la salsa y...

—Ah, la señorita Bloom y las salsas —le interrumpió Marvin.

A lo largo del concurso Andrea había destacado por la organización y limpieza en la cocina, pero sobre todo por la facilidad de convertir un kétchup casero en algo fuera de serie. Tenía ese don que transformaba una idea; una fusión de sabores que comenzaba en la cabeza en un orgasmo culinario bien emplatado.

—Pero... —Graziani cerró los ojos, pasó una mano por ellos y dijo entre dientes—: No entiendo en qué está pensando con el postre. —No podían hablar muy alto, se suponía que los contrincantes no debían oírles.

—¿Por qué dices eso?

Sus ojos hicieron contacto con los de Luca.

—Porque me ha dicho que está preparando una *panna cotta*.

—¿Una *panna cotta*? —dudó Marvin observando a la mujer mientras tiraba el recipiente de leche vacío al contenedor de vidrio—. Pero sí... —No había rastro de nata y a Marvin no le sonaba haberla visto con botella alguna.

—No sabe lo que es una *panna cotta* —resopló Graziani.

—¿No es medio italiana?

En la presentación que hacían todos los concursantes, Andrea había declarado que era medio italiana, aunque lo había dicho con la boca pequeña. Marvin se rascó una sien pensando en cómo siendo ella medio italiana no podía saber cómo y de qué estaba hecha una *panna cotta*.

—No voy a decir nada a ese respecto. —Luca tuvo que hacer un acto de contención para no ladrarle a su compañero—. Supongo que debe de creer que el *abatidor* enfriará esa mezcla a tiempo, aunque eso no es lo peor... —negó con la rasurada testa. Sus ojos tormentosos destellaban plateados relámpagos—. Ha diluido en la leche hirviendo una parte de gelatina en hoja y otra en polvo —y estaba seguro de que lo había hecho a ojo, sin medir las cantidades.

—¿Resultado? —le preguntó Marvin retóricamente.

—Un auténtico desastre —masculló Luca fijándose en que ahora ella preparaba lo que a él le parecía la masa para unas **butter waffle cookies**, que por muy buenas que estuvieran no salvarían el postre.

—Bloom me ha dicho que tiene una *panna cotta* en el *abatidor* —cuchicheó Doherty al llegar junto a ellos.

—Ya lo sabemos... —dijeron ambos al unísono.

—Es imposible que...

—Eso también lo sabemos, Doherty —le interrumpieron también al unísono.

Judy anunció a los contrincantes, al público y al trío de jueces que el tiempo se agotaba.

Andrea redujo la salsa de cangrejo e hirvió los *raviolis*. Los sacó del agua salada con ayuda de una espumadera y con mucho cuidado los escurrió para luego retirar con un papel lo que quedaba de agua. Dispuso la pasta en un plato, la salseó y esparció por encima unos brotes de rabanitos. Miró el reloj, a pesar de haber oído a Judy, e inspiró con fuerza. Abrió el horno y sacó el *carré* de cordero. Al tener la salsa a punto y caliente junto a los tiernos *petit pois*[3], solo le quedó montar el plato.

Graziani se balanceó sobre los pies de delante hacia atrás para evitar contemplar el desastre, más ahora que Andrea iba al *abatidor* a por el postre. No, él no quería ni mirar. La *latte cotta* estaba perdida y, si no había algún fallo muy gordo en uno de los tres platos de Cosby, todo apuntaba a su favor. Para él, Lamar era el ganador.

Andrea abrió la puerta del *abatidor* e incluso antes de sacar el molde supo que la mezcla no había cuajado. Echó la vista hacia atrás y arriba, al reloj, siete minutos. Antes de ponerse a llorar tenía que ver exactamente en qué estado se encontraba la *panna cotta*. Cerró el *abatidor* y con el molde sujeto por los costa-

---

3. (Fr) Guisantes.

dos se movió a pasitos cortos, pero ciertamente rápidos. Una vez en la mesa de trabajo, introdujo la puntilla de un cuchillo por el borde del molde. Consternada, comprobó que la mezcla no había cuajado nada; era un líquido lechoso.

Doherty y Marvin se miraron e incluso cruzaron miradas con Judy. En cambio, Graziani tenía sus tormentosos ojos puestos en ella y solo en ella.

No podía ponerse a llorar, tenía que seguir siempre hacia delante. Andrea colocó el molde en el mismo plato, creó con el *coulis* dos franjas de rojo intenso en la porcelana y dispuso las galletas, acompañadas de unas preciosas grosellas y dos hojas de menta *piperita*. Miró su trío de platos y cerró los ojos esperando, aguardando a que Judy diera por finalizado el tiempo de cocinado. El corazón le latía en la garganta, en el centro de la boca, entre los labios, fuera de su cuerpo. El sudor le perlaba la nuca y las sienes, la trenza que recogía su media melena le apretaba las meninges y le producía náuseas.

El plató vibró con el último giro de las manecillas del reloj. ¡El tiempo se había acabado! Las cámaras dejaron de grabar para ser sustituidas por los anuncios y todo el personal tras ellas se movió de manera trepidante. En menos de cinco minutos organizaron una larga mesa con seis asientos. Manteles, servilletas, cubiertos, copas y flores, faltaban las velas para tener una velada románica reventando el *prime time*. Peluqueros y maquilladores asistieron a los presentadores y a la pareja de concursantes. Volvían en directo en... ¡tres, dos, uno...!

Judy se dirigió a los televidentes mientras los tres jueces tomaban asiento y dejaban tres sillas vacías, aunque no por mucho tiempo. Las puertas brillantes y plateadas situadas en un extremo del plató se abrieron dando paso a un trío de cocineros galardonados con **estrellas *Michelin*** fueron a adueñarse de las sillas vacías no sin antes saludar a los chefs ya presentes. Dos de ellos, Marvin y Doherty, se pusieron en pie para saludar, aunque Graziani no lo hizo; mas todo el mundo conocía ya a Graziani, él saludaba desde su posición y gracias.

Andrea no iba a poder hablar, no iba a poder ni respirar... Ahí, en el centro de la mesa, estaba sentado François de la Croix, el chef con más estrellas *Michelin* en la actualidad, su ídolo. Nada de Jon Bon Jovi o Prince. ¡Ella era una *groupie* de François de la Croix! Las manos le temblaban al mismo ritmo que las rodillas, el tic en la ceja izquierda la sacudía como si quisiera darle una paliza y su nombre salía de los labios de Judy una, dos veces.

—Sí, lo siento —titubeó Andrea, cogiendo su plato de *raviolis* para ponerse al lado de Lamar, este con su plato de salmón.

Ambos caminaron a la vez, tras la indicación de Judy, hasta la mesa del jurado y colocaron los platos. Seguidamente dieron tres pasos atrás y describieron los platos por turnos. En primer lugar, Cosby y después Andrea. François de la Croix pinchó con el tenedor un *ravioli*, lo levantó del plato y, a continuación, lo cortó. Observó el interior antes de introducir el pedazo en su boca.

—¿Qué es lo que lleva la masa? —le preguntó a Andrea hincando el tenedor en el pedazo restante de *ravioli*.

—Harina, huevos, aceite, sal, sémola... —recitó Andrea con voz inestable—. Lleva un poco del agua de cocción del cangrejo, sake y una pizca de harina de arroz.

François de la Croix estaba hablándole a ¡ella! Hablándole directamente y, para redondear, se estaba comiendo uno de sus *raviolis*.

François de la Croix no pudo resistirse a comer un segundo *ravioli*. Pasó el plato a Marvin, que lo tenía a su lado, y cruzando las manos encima de la mesa miró a Luca.

—¿Nada que decir, Graziani? —No había mayor experto en pasta; no solo en el plató, sino en todo el estudio de grabación.

—Nadie ha dicho que fuera pasta italiana —alegó Luca, aunque su comentario no tenía mucho fundamento.

La *pasta al nero di seppia*[4] llevaba tinta y él solía disolver esta en un **fondo** de pescado que sustituía al agua convencional. En resumidas cuentas, algo parecido a lo que había hecho Bloom. Sin embargo, la pasta de Andrea tenía más toques orientales que italianos.

—Hay quien dice que los inventores de la pasta fueron los chinos —provocó Marvin a Luca.

—Puedo clavarte el tenedor en una mano, en vivo y en directo —le respondió Graziani tras dar un trago de agua.

Él se había zampado un *ravioli* entero y solo había dejado uno para compartir entre los dos chefs que faltaban por finalizar la cata. La gracia de la pasta ya se iba de rosca; era como lo de Suiza, sinónimo de paraíso fiscal, chocolate y relojes.

—Señorita Bloom, el relleno es... —François miró a los lados de la mesa y agitó su cabeza de cabellera canosa—. Por favor,

---

4. (It) Pasta con tinta de sepia.

¡mírelo! —exclamó, apuntando al plato prácticamente vacío que había frente a él—. La masa es ligera y sabrosa, y la salsa... —Alzó el tenedor y movió la cruz de este en lo poco que quedaba de salsa probando el espesor aterciopelado—. *Incroyable[5]!*

Andrea iba a desmayarse o, como poco, le iba a dar un ictus o ambas cosas a la vez. Judy le dio el turno de palabra a Graziani. A ella le cambió la cara, borró la sonrisa y se tensó, sujetando su alma a sus tacones.

—Correcto —mascó Luca. Si la señorita Bloom creía que a estas alturas iba a halagarla, que aguardara, pero sentada—. Sin pena ni gloria —mintió mirándola fijamente.

Ella le gustaba, al igual que todo aquel que fuera capaz de mantenerle la mirada por más de dos segundos seguidos. «Otra mentira y esta más gorda», cantó la vocecilla en su cabeza. La señorita Bloom le gustaba y le gustaba de verdad. No es que Luca fuera bipolar, un poco psicópata e imbécil sí; no obstante, no era alguien que hiciera por agradar y menos a esa persona que le atraía. Sí, él era así de especial.

Andrea había superado el miedo mirándolo a los ojos, literalmente. Si Luca Graziani ya inspiraba temor solo de verlo en la televisión, tenerlo delante era... aterrador. Frío, áspero, hostil y, sobre todo, hiriente: el hombre ideal. Ella asintió ante sus palabras y dejó de mirarle. Inspiró e inhaló, pero eso último lo hizo con tanta fuerza que le faltó un «*tris*» para no marearse. Caminó hasta la mesa de trabajo y cogió el segundo plato, realizó el camino de vuelta y colocó el plato frente a los chefs al mismo tiempo que Lamar. Hizo oídos sordos a la crítica del *gumbo* de Cosby. Era de mala educación, pues era un compañero y le había cogido cariño, aunque estaba tan nerviosa que o se concentraba en respirar o perdería los estribos. Y eso era lo último que debía hacer si deseaba alcanzar su sueño. Andrea pestañeó al oír su nombre de la boca de François de la Croix.

Este bebió agua para quitarse el sabor de la **ocra** del *gumbo* de Lamar. Pinchó el *carré* de cordero con el tenedor y lo trinchó con el cuchillo.

—El punto de la carne es perfecto —anunció, admirando el tono rosado que lucía el cordero.

François de la Croix cató el primer pedazo de carne sin salsa y después mojó el segundo pedazo en la espesura verde bri-

---

5. (Fr) ¡Increíble!

llante de la salsa de menta.

—La salsa, quizás, es un tanto espesa —opinó Bush, al que se le oía por primera vez en plató, y eso que ya iban por los segundos platos.

—Yo discrepo, creo que es el espesor justo para la carne —expuso Marvin.

—Al cordero no le va la sopa —apuntó Doherty, sentado bastante separado de la mesa para darle espacio a su considerable tripón.

—A diferencia del estofado —adujo Marvin.

—**Shrimp**[6] **gumbo** —aseveró Judy que, a pesar de estar en directo y trabajando, era incapaz de mantener a un lado su relación sentimental o más bien sexual con Marvin, aunque ahora esta se había convertido en una especie de «*primerorevolcóndespuésdiscusiónydenuevorevolcón*».

—Sí, con el *gumbo* el plato de carne es mucho más ligero y acorde para una cena de estas características —carraspeó Marvin mirando el plato de estofado a medio acabar y no a Judy.

—Siempre y cuando no seas alguien como Doherty —dijo Bush estirando la sonrisa en sus estrechos labios al tiempo que miraba al aludido y de paso destensaba un tanto el ambiente.

Judy dedicó a Marvin una mirada aún más helada que las que gastaba Graziani y, haciendo gala de sus dotes de actriz, encaró la cámara con una enorme y deslumbrante sonrisa que podría haber fundido los pesados focos del plató.

—Y para finalizar podéis traer los postres —habló dirigiéndose a los finalistas.

Andrea se dio la vuelta y anduvo hasta la mesa de trabajo, y miró el plato: la *panna cotta* desecha en el molde, líquida; las galletas desprendiendo el rico aroma de la vainilla, y el *coulis* de un primoroso color rojo intenso. Con las manos temblando, presas por el pánico, cogió el plato, cargó con él hasta la mesa del jurado, lo dejó encima y volvió a su puesto. Miró al suelo tratando de entender qué era lo que había hecho mal con la *panna cotta* y tragó saliva, preparándose mentalmente para la «*palizaverbalporpartededonmehanmetidounpaloporelculo*».

—Un *ganache* brillante, muy chocolateado —dijo «*donmehanmetidounpaloporelculo*» sin saber que la señorita Bloom le llamaba así.

---

6. (In) Gamba.

Graziani, con ayuda del tenedor, desprendió un pedazo de porción del pastel de Cosby y se lo llevó a la boca.

—El bizcocho está jugoso —masticó Doherty, paladeando el sabor profundo y ligeramente amargo del pastel.

Siendo chef repostero, ese era su terreno y sabía reconocer un buen trabajo. El *mud cake* de Lamar no era una maravilla, pero estaba bien ejecutado.

—Lo que cabe esperar de un *mud cake* —habló François de la Croix finalizando la cata.

—Bloom —llamó Graziani, adelantándose a las palabras de Marvin.

Andrea izó la cabeza y se topó con aquel par de ojos que ahora destellaban plata vieja.

—Chef —pronunció queriendo huir...

Huir tan rápido y tan desesperadamente como sus pies se movieran.

—¿Qué se supone que es esto?

Luca podía oler las lágrimas que Andrea estaba reteniendo en los lagrimales. Percibía el temblor de su piel, el pulso acelerado en la carótida. Él, sin levantar el plato de la mesa, lo movió ligeramente hacia delante para que esta al acercarse lo tuviera enfrente.

—Es... —Tragó saliva y eso que tenía la boca seca y pastosa. Andrea se acercó a la mesa y miró el plato, se infundió valor y dijo—: Pretendía ser una *panna cotta*. —Dos dedos de su mano diestra señalaron el molde—. No he podido desmoldarla, así que la he dejado en... el molde. —Enderezó la cabeza con la trenza danzándole a media espalda—. Para acompañar he hecho un *coulis* de frutos rojos y unas galletas de gofre.

—¿Una qué?

Graziani, tan «cabrón» como solo él era capaz de ser, hizo como si no la hubiera oído. Mirándola fijamente movió el plato para que sus compañeros probaran, pues él no tenía intención alguna de hacerlo.

—Pretendía ser una *panna cotta*, pero...

Andrea iba a explicarle que no sabía qué era lo que había ocurrido para que la *panna cotta* le quedara así cuando Luca la interrumpió.

—Bloom, esto no es una *panna cotta* ni por asomo —ladró Graziani, estaba enfadado. No, ¡estaba furioso! Echar a perder una cena maravillosa por cometer un error garrafal en el postre era motivo más que suficiente para matarla—. ¿Sabe lo que es una *panna cotta*? —le preguntó como si lanzara una condena sobre ella y toda su familia. Luca sacudió la cabeza—. Déjelo, está claro que no tiene ni idea.

Andrea no protestó, no abrió la boca. El sabor de la sangre le llenaba la boca y le contaminaba el alma, que clamaba por un poco de clemencia, aunque pedirle clemencia a Graziani era como pedirle peras al olmo. Ella asintió y apartó la mirada de los gélidos ojos de Luca.

—La idea de las galletas se le ha ocurrido al ver la gofrera, ¿verdad? —habló esta vez Marvin queriendo restar dureza a la palabras ponzoñosas de Graziani.

—Sí, chef.

Lo cierto es que ella había visto la pequeña máquina en la estantería de electrodomésticos y después todo fue rodado. No entraba en sus planes hacer unas galletas de gofre para acompañar la desastrosa *panna cotta*, pero al verla pensó que sería una forma más original que preparar unos típicos **amaretti**.

—Son fantásticas, porque ha utilizado mucha miel y, al contrario de lo que se puede pensar, no quedan excesivamente dulces y la vainilla equilibra la masa. —François de la Croix de nuevo partió la galleta por la mitad, la olió y después se la llevó a la boca—. Muy, muy buenas —afirmó con un continuo movimiento de cabeza.

—Gracias, chef.

Trató de sonreír, aunque se le hacía muy difícil tras el rapapolvo de Graziani y era consciente de que él no había acabado. Andrea tenía los dientes ligeramente teñidos de la sangre que todavía fluía de la herida que se había hecho al morderse un carrillo.

—¿Cómo ha hecho el *coulis*? —curioseó Bush, sorprendido por la intensa coloración y, sobre todo, por la potencia del sabor.

—He lavado los frutos rojos con agua bien fría, después he puesto al fuego el cazo con licor de moras para sustituir al agua y no le he puesto zumo de limón o naranja —explicó Andrea. Unió las manos cerca de su vientre y queriendo resumirlo más masculló—: Es decir, que he puesto el licor, el azúcar blanquilla y las frutas. Cuando estas se han ablandado, las he retirado del fuego y he colado el *coulis*.

Judy dio paso a los anuncios, anuncios un tanto más largos de lo habitual que el jurado utilizó para deliberar en una sala reservada a las afueras del plató. El elenco de chefs se puso en pie abandonando el lugar; el público aprovechó para levantarse y moverse por los asientos, pues no le estaba permitido abandonar el plató, y los concursantes, Lamar y Andrea, fueron retocados una vez más por el equipo de peluquería y maquillaje.

Andrea apenas controlaba las náuseas y los nervios le roían el tuétano de los huesos. Buscó la mirada materna entre el público y al encontrarla volvió a morderse el carrillo. Tendría veintiocho años, pero ahora mismo deseaba salir corriendo y echarse a los brazos de su madre en busca de un cálido y reconfortante consuelo.

El plató dispuesto, el público en sus puestos, las cámaras preparadas, Judy con un nuevo vestido y mucho más maquillaje. En directo en... tres, dos, uno... François de la Croix, de pie junto a los otros cinco chefs, posicionados donde antes estaba la mesa, sus pies encima del enorme logo de *Supreme chef*, se dirigió a Andrea.

—Creo que en usted, señorita Bloom, se refleja el cocinero que cocina por instinto. —La visión de los ojos brillosos de ella, esa tez tan bonita, le hizo endulzar el tono—. No tiene conocimientos, no ha recibido instrucción, pero todo fluye de una manera natural, aunque tiene un fallo... —negó suavemente con la canosa cabeza—. Su falta de formación le impide avanzar. De no ser por eso habría sabido hacer una *panna cotta* y, posiblemente, una de las mejores *panna cotta* que yo hubiera probado en toda mi vida.

Muda y fría, y a la vez caliente. No podía reaccionar. Andrea admiraba a François de la Croix y oír aquellas palabras de su boca, palabras dirigidas a ella, ¡a ella misma!, era de las mejores cosas que la vida podía regalarle. En vez de pronunciar un «gracias», se quedó en blanco y destemplada.

—Para mí, y sin duda alguna, hay un ganador irrefutable —continuó diciendo De la Croix—. Es usted, señorita Bloom, y lo es porque lo que he probado esta noche es especial. Tiene usted un toque que no había visto hacía tiempo, pero, a diferencia de usted, el señor Cosby tiene una formación detrás y se dedica de manera profesional a la cocina. Y para trabajar ante un público se necesitan unos conocimientos y la formación de la que actualmente carece. Es una completa lástima, señorita Bloom.

Al contrario de otras ediciones de *Supreme chef*, en esta habían dado cabida tanto a profesionales del sector como a *ama-*

teurs.

—François, no hemos pedido un menú memorable —soltó Graziani a su lado, tieso como una vara y con su traje de **Brioni** apestando a billetes—. Hemos pedido un menú correcto, que cumpla con las expectativas de una final como esta, y desde luego la *latte cotta* de la señorita Bloom no puede ni catalogarse como postre —aseveró mirándola.

—Hemos quedado que iba a exponer mi opinión y es lo que estoy haciendo, Graziani —respondió François, con su acento francés impregnando la frase de principio a fin.

—Igual que yo expongo la mía —gruñó Luca quitando la vista de la señorita Bloom para mirar a De la Croix—. Estamos en paz, ¿no?

Él no era un tipo amigable, ¿es que alguien aún albergaba duda alguna al respecto?

Judy, con intención de poner paz, o mejor dicho zanjar el conflicto, por lo menos en plató, se dirigió a la cámara.

—El jurado de *Supreme chef* ya tiene veredicto. —Lo llevaba en el sobre que sostenía entre sus manos. Lo rasgó sonriente, destripó el sobre y leyó su contenido—: El ganador de esta edición es...

Andrea no oyó su nombre. Confeti de colores, globos y serpentinas, el rugido del público, los aplausos del jurado no eran para ella. Había ganado Lamar. Para ser sincera, ella sabía desde el momento en que abrió el *abatidor* y vio su *panna cotta* que él sería el vencedor. El sueño se había esfumado, se había escabullido con el vapor de la leche.

—Lo siento, señorita Bloom —le dijo De la Croix, que fue el primero en acercarse. Abrió sus brazos en un acto paternal y la abrazó. Ella estaba tan en *shock* que no era consciente de las riñas entre el público y el escándalo en las redes sociales, todo porque el jurado había declarado ganador a Cosby siendo ella la favorita en todos los sondeos—. Es usted un diamante en bruto, solo necesita que lo pulan —susurró, separándola de su cuerpo y sabiendo que ella brillaría con luz propia una vez saliera de la universidad, gracias a la beca que había conseguido al obtener el segundo puesto en el programa.

—Gracias... —hipó Andrea sin poder retener las lágrimas.

Agradeció las palabras de ánimo de Bush y los otros chefs, exceptuando a Graziani. Respondió al abrazo de Judy creyendo que ahí acababa todo, hasta que «*donmehanmetidounpaloporel-*

culo» se le acercó.

—Aproveche la beca para aprender a hacer un simple flan de huevo. Si lo consigue, podré darme por satisfecho —le dijo Graziani guardando la distancia entre su cuerpo y el de ella. No era insensible a los ojos vidriosos y llorosos de Andrea; no obstante, su enfado podía más que la pena. Luca sonrió ácidamente y torció algo su afeitada cabeza para añadir—: Y mírelo por el lado positivo. Ahora tendrá más tiempo para cocinarle la cena a su novio y para pintarse las uñas de los pies.

Sabiendo que Andrea no iba a responderle, le dio la espalda y salió del plató sin cargo de conciencia, remordimientos o un poco de lástima. La señorita Bloom había perdido por «estúpida» y, ahora, que acarreara con las consecuencias.

2
Sí, chef

Un año más tarde...

Andrea iba en taxi destino al restaurante *Io sono*[7], situado en el lujoso CityCenter de Las Vegas. Había acabado su curso en **The Culinary Institute of America**, el equivalente a Harvard en el mundo de la alta cocina. Volver a ver al señor Graziani no estaba en su lista de prioridades, pero recibir una llamada de Doherty pidiéndole que se trasladara a la ciudad de las tragaperras con todos los gastos del viaje pagados y con la promesa de una suculenta oferta de trabajo podía más que su animadversión por «*dontengounpaloenelculo*». Miró la pantalla de su iPhone y ni una llamada perdida de su prometido, pues ahora Samuel y ella eran eso, prometidos y con fecha fija de bodorrio; en cambio, sí tenía una docena de perdidas de «*lapesadadesiempre*», alías mamá.

—Señorita... —El taxista la miró por el retrovisor interior—. Oiga, señorita, hemos llegado —avisó con ambas manos en el volante y el motor del vehículo roncando.

Sintió el corazón martillearle las costillas, la boca seca y la garganta rasposa, ni el agua en el botellín, al que había ido dando sorbos, calmaba la sensación de sequedad en la boca... Andrea se maldijo.

—¿Ya estamos? —preguntó casi pegando la nariz a la ventanilla para contemplar la enorme y pomposa entrada del *Io sono*. «¿Complejo de pene, señor Graziani?».

—Sí, señorita —apuntó al contador, los números brillantes y amarillentos mostraban el precio que le iba a cobrar—. Cinco pavos—. El taxista mascó la frase al igual que el chicle.

---

7. (It) Yo soy.

Andrea se soltó el cinturón, colocó la botella entre sus piernas y el teléfono cayó al fondo... Al muy profundo fondo de su bolso. «Pídele derechos a J.K. Rowling, el joven Potter salió de ahí dentro seguro...». Buscó hasta encontrar el billetero y de este sacó el dinero justo. Se adelantó en el asiento y pagó al hombre, introduciendo los billetes en el cajoncito que tenía para ello la mampara de seguridad. Salió del taxi y esperó unos segundos en la retaguardia del vehículo.

—¡Vamos, señorita, que es para hoy! —exclamó el taxista, sacando una mano por la ventanilla y haciendo aspavientos con ella a la vez que abría el maletero.

Tonta de ella... Había esperado que el buen hombre saliera a ayudarla.

—Voy, voy. ¡Ya voy! —protestó Andrea sacando las dos maletas color rosa bombón. Resopló con ellas ya en el suelo y subió al arcén, controlándose para no hacerle la peineta al taxista.

—Tú eres la de *Supreme chef*, ¿no? —preguntó Kendall saliendo de la sombra que le proporcionaba la esquina de una de las columnas del *Io sono*, que más que la fachada de un restaurante parecía una réplica del arco de Tito—. Sí, eres tú —asintió tirando el cigarrillo al suelo—. ¿Te ayudo?

Sonrió señalando las, a su parecer, monísimas maletas.

Andrea ladeó la cabeza y miró a la chica, no hacía falta que ella dijera sí o no, esta ya había dado por hecho que... «¿Eres tú misma?».

—Puedo..., gracias —masculló con la botella cayéndose. El agua le empapó las piernas desnudas, ya que llevaba falda—. Mierda, ¡oh, mierda! —protestó dando dos puntapiés.

—Nena, es solo agua y te va a refrescar, esto es un desierto. —La gracia solo le debió hacer gracia a ella, valga la redundancia. Kendall bajó las escaleras con un gesto de negación. Cogió una de las maletas de Andrea y le tendió la mano libre—. Me llamo Kendall y no soy lesbiana, por mucho que los hombres sean todos unos cabrones —apuntó sin borrar la sonrisa. El moño alto en mitad de su cabeza contenía los rizos *afro* y el blanco de su blusa destacaba con el tono mulato de su piel, «aunque el *look* se va a tomar viento con los pantalones rectos y los zapatos de vieja»—. Y sí, trabajo en el *Io sono* y llegas tarde.

—¿Tarde? —barboteó Andrea sacudiendo un pie y luego el otro tratando de quitarse la mayor cantidad de agua posible de sus preciosas sandalias de tacón color rosa—. ¿Cómo que llego tarde?

Kendall cargó con una de las maletas mientras Andrea llevaba la otra, la de ruedas. Detuvo su avance ante las escaleras que encumbraban la entrada del restaurante.

—Quiero decir que llegas más tarde que el señor Graziani. —Pestañeó de manera teatral para decir—: O sea, tarde.

—¿Está el señor Graziani dentro?

Puede, quizá..., que Andrea no fuera tan fuerte como se creía. Era posible, muy posible, que ahora mismo llamara a un taxi y se marchara pitando al aeropuerto, y del aeropuerto a casa. A fin de cuentas tenía una boda que organizar y... y un trabajo que odiaba en la zapatería de su madre y...

—Claro, es su restaurante. —Kendall, no contenta con la maleta, le cogió la mano y tiró de ella escaleras arriba—. Bueno, uno de los de la cadena —puntualizó divertida—. Venga, vamos, que nos van a abroncar a las dos.

—¿Y está solo?

Ahora volvía a sentir lo que en su día debieron experimentar los gladiadores en la arena del Circo Massimo. No, no, Andrea no podía soportar de nuevo las frasecitas de Graziani diciendo aquello de «vuelva a casa a hacerse las uñas o a probarse vestiditos, señorita Bloom». Oyó en su mente las palabras de este golpeándola como un mortero.

—¿Cómo solo? —Kendall crispó las cejas, «desde luego tendrá gusto con la ropa, pero rarita es un rato». Con un movimiento seco se paró en las escaleras y se abalanzó sobre Andrea pegando su cuello a la nariz de esta—. Dime, ¿huelo a tabaco? Es que, si huelo, ese capullo me va a matar.

Andrea hizo malabares para no irse hacia atrás, maleta incluida.

—Sí, sí hueles —trastabilló, entendiendo que lo de «capullo» iba dirigido a Graziani, «lógico»—. ¿No está con el señor Doherty y el señor Marvin? —interrogó a la mujer delante de ella, que de nuevo seguía subiendo.

—Joder, pues entrarás tú primera —soltó Kendall en el último escalón. Fue a abrir la puerta de deslumbrante y grueso cristal cuando, de improviso, echó la vista atrás—. Si lo están, yo no los he visto... Oye, ¿te encuentras bien?

—No —reconoció Andrea a bocajarro.

«¿De verdad vas a amedrentarte ahora?», pensó. Se miró en el reflejo del cristal. La camiseta de tirantes como marcaba la moda, la falda con estampado floral..., las sandalias y...

Luca Graziani abrió la puerta.

—Señorita Bloom, llega usted tarde —aseveró él saliendo al encuentro de las mujeres. Sus carísimos y lustrosos zapatos de pico de pato pisaron la roja alfombra que lamía el suelo desde el primer escalón—. Westbrook, usted y yo hablaremos después con respecto al tema del tabaco.

Kendall bajó la cabeza como si estuviera recibiendo una riña paterna.

—Sí, señor Graziani —dijo sin llegar a mirar el hielo en los ojos de este—. Tranquila, yo la llevo —susurró mientras Andrea hacía ademán por coger la maleta.

—Buenos días... —saludó Andrea. «Céntrate en la calva, ¡céntrate en la calva! Tú no le mires a los ojos, ¡a la calva!». Ella soltó la maleta que quedó de pie a su lado y con la mano libre se agarró al asa del bolso en el hombro—. Lo siento, señor Graziani, no era mi intención llegar tarde.

—Westbrook... ¿De verdad que no tiene nada qué hacer? —inquirió con el cinismo inoculado en cada una de sus palabras. Alzó las cejas y siguió a la susodicha con la mirada hasta que esta entró en el local. Luca volvió la vista hacia Andrea y echando ligeramente las caderas para adelante sacó las manos de sus bolsillos y soltó—: Ahórrese las disculpas, Bloom.

El silencio entre los dos se espesó como el caramelo y empezó a quemarse llenándoles la nariz del aroma amargo...

Andrea no hizo caso a la vocecita en su cabeza que le decía que debía centrar la mirada en la calva de Graziani y lo miró enfrentando los plomizos iris. Lo odiaba hasta la médula e incluso más allá...

—En realidad no creo que haya llegado tarde, nadie me concretó una hora. Doherty me dijo que...

—Ha cogido el vuelo directo de las seis. —Miró la hora en su Breguet Marine—. Son las once menos cuarto. ¿Qué ha estado haciendo en estos cuarenta y cinco minutos?

—Un poco de retraso en el aeropuerto y después el taxista, que no me ha ayudado con las maletas... —comenzó a relatar Andrea. Su pelo negro azabache, peinado hacia atrás y ahora corto a la altura de los lóbulos de las orejas, hondeó en el aire caliente—. Mire, señor Graziani, si quiere pensar que he llegado tarde porque me he ido al Venetian a gastarme el dinero que no tengo, por mí bien.

—¿Al Venetian? —Graziani, sin cuidar si se notaba que la estaba observando detalladamente, le dijo con sonrisa mordaz—: Señorita Bloom, en todo caso, la veo más en Chippendales.

Y no es que ella fuera mal vestida, es que a él le gustaba provocarla. El fruncir de las oscuras cejas, la rojez que ardía en los altos y bonitos pómulos y, sobre todo, el enfado destellando en los ojos de Andrea. Luca no sabía por qué, pero le encantaba hacerla rabiar.

Ella no tenía ni idea de qué era eso de Chippendales, sin embargo, bueno no podía ser viniendo de la bocaza de Luca Graziani.

—Y si va a decir algo sobre mi pelo, tengo que darle la razón; es mucho más cómodo así de corto, no se mete por todos lados y hasta creo que me queda bien —escupió anticipándose a la posible crítica del chef.

—Tan bien como a usted puede quedarle, señorita Bloom. —En realidad era un cumplido, a Luca le parecía que a Andrea aquel corte realmente le favorecía, ya que marcaba sus bonitas facciones, aunque de igual forma él sabía que ella iba a tomarlo como si le estuviera diciendo que se cubriera la cabeza con una bolsa de papel cebolla porque le quedaba fatal—. Recoja sus cosas y dejemos de perder el tiempo.

Andrea agarró la maleta que estaba a su lado; de haber podido le habría atizado con ella. Por lo menos con el golpe saltaría alguno de los brillantes, rectos y blancos dientes del señor Graziani. Cerró los ojos y respiró hondo, Doherty le había comentado por teléfono que llenara la maleta con ropa para un mes. Ella, por supuesto, las había llenado como para dos.

Graziani abrió la puerta, aunque no se la sujetó. Entró en el local y se recostó en el mueble de recepción donde el olor de la salsa **bolognese** enamoraba el aire, preñándolo del rico y profundo aroma. Luca rio observando a la mujer mientras ella peleaba con la maleta, la puerta y el bolso.

—Señorita Bloom, es para hoy —se mofó Luca pasando una mano de su boca a su mentón escrupulosamente afeitado.

—Gilipollas... —dentelleó en un susurro.

Andrea sujetó la puerta con la rodilla, empujó la maleta con el pie y consiguió entrar en la recepción, aunque la puerta le dio un azote en el culo al cerrarse.

Graziani se enderezó viéndoselas y deseándoselas para no carcajear.

—¿Va a demandar a la puerta por acoso sexual, señorita Bloom? —interrogó estirando los extremos de su americana.

—Ja, ja, ja —mascó Andrea recobrando la compostura.

«Odio: sentimiento profundo e intenso de repulsa hacia alguien que provoca el deseo de producirle un daño o de que le ocurra alguna desgracia». Ella no lo miró porque de hacerlo hubiera acabado agrediéndolo. «Aversión o repugnancia violenta hacia una cosa que provoca su rechazo... ¡Esa es justo la definición que merece Luca Graziani!».

La contempló, el tiempo había sido benevolente con la señorita Bloom, aunque con veintinueve años ella solo podía mejorar, igual que lo hacía el buen vino y él entendía de caldos. Luca vagó con la mirada por los femeninos pies calzados en las sandalias de tacón, subió por las piernas de delgadas pantorrillas engrosadas en los muslos. La falda recogía las pomposas nalgas y se ceñía a las anchas caderas. «¿Quién mierda se conforma con una talla S? Muertos de hambre». La camiseta rosada no disimulaba la redondez de los senos. Observó el pulso acelerado en el cuello de ella y detuvo la mirada en el espesor de los maquillados labios, labios que en murmullos lo maldecían.

Andrea inspiró el apetecible aroma de la salsa y fantaseó con *lasagnes* y ricas **polentas**. Entrecerró los ojos ladeando la cara hacia el comedor para luego abrirlos del todo y mirar hacia la enorme estancia, solo los cuadros de las paredes del comedor valían más que su coche. De acuerdo que no era un Mercedes, pero..., «Jesús qué despliegue...», las mesas y sillas eran de madera italiana, había deslumbrantes copas de cristal y valiosos cubiertos de plata. Andrea volvió la mirada del majestuoso comedor que se abría a la derecha para posar sus ojos azabache en...

Despegó la mirada de los labios de ella. Examinó la forma de su nariz y... confrontó sus ojos. Graziani reaccionó:

—¿Piensa quedarse ahí parada como una tonta toda la mañana? —Se dio la vuelta sin saber a qué había venido ese embobamiento. «Sí, lo sabes, por supuesto que lo sabes, te gusta desde el primer día». Ella le parecía cursi y algo tonta; «tonta no, pero cursi desde luego»—. Dese prisa, señorita Bloom.

—No —respondió Andrea a la extraña pregunta después de que le pillara mirándola de una manera rara, y con rara quería decir fuera de su mueca de asco habitual. Ella lo siguió con la maleta detrás, pero se detuvo al ver como Luca se giraba y enarcaba las cejas—. ¿Qué ocurre?

—Está arrastrando las ruedas por el *parquet*, ¡levante la maleta!

Una vez realizado su mandato, Graziani reanudó la marcha a su despacho, pasando por delante de la cocina ahora vacía. Vacía, reluciente y enorme. Cualquiera que viniera al restaurante tenía la posibilidad de ponerse frente a las cristaleras que separaban la cocina del pasillo y ver qué se cocía en ella, nunca mejor dicho. Luca abrió la puerta y caminó hasta su asiento de cuero tras la mesa de rica y cara caoba.

«¿Quién dijo que los italianos eran caballerosos? Lo de apuestos, elegantes y... ardientes, bueno, eso no sabes si es verdad. Pero lo que está claro es que Graziani es un completo imbécil».

Andrea entró en el despacho, que olía a buen ambientador floral de Yankee Candle, cerró la puerta y se sentó en una silla después de dejar la maleta en el suelo, la que hasta ahora había llevado en brazos para no rayar el *parquet*. En la pared, justo tras la mesa, una réplica de *La creación de Adán*.

—Nunca viene mal un poco de ejercicio y más si es matutino —dijo Luca mofándose de ella una vez más. Estiró los brazos y movió las muñecas, en las que los brillantes gemelos destellaban—. Señorita Bloom, cuando usted quedó segunda en la final del concurso, Doherty y Marvin decidieron sin mi consentimiento que, tras su formación en The Culinary Institute of America, alguno de los tres tendría que darle un mes de prueba para ver si realmente vale para esto, cosa que yo dudo —dijo mirándola fijamente antes de echarse hacia atrás en el butacón—. Transcurrido el periodo de prueba quien fuera de los tres la contrataríamos, bien en uno de nuestros restaurantes o en el de algún conocido —explicó Graziani asegurando el nudo de su blanca corbata—. Cuando me comunicaron el asunto lo echamos a suertes y perdí —rio recordándolo—. ¿Se lo puede creer? Yo perdí.

Andrea, descansando el bolso en su regazo, pensó en todo lo que este le estaba diciendo. El aire acondicionado en el despacho helaba los libros en las estanterías. «¿Seguro que el señor Graziani no es pariente de la Reina de las Nieves?».

—En definitiva, un mes en mi cocina, si es que llega a aguantar más de una semana a mis órdenes y, en tal caso, no voy a darle un trabajo en uno de mis restaurantes, sino que hablaré con François de la Croix y que le haga una prueba para obtener un hueco entre sus filas. —Si él jugaba a lo que fuera, lo hacía fuerte y no solo porque ahora mismo se encontrara en la capital del juego. Luca cruzó los brazos en la mesa y entrelazó las manos—. ¿Qué me dice, señorita Bloom?

—¿Trabajar en su cocina? —Ella jugueteó con el asa de su bolso—. ¿Cómo **sous chef**? —trastabilló sin esperar a que Graziani le respondiera. Meneó la cabeza—. ¿Y solo un mes? ¿Qué puedo demostrar en un solo mes, señor?

—Si es usted tan buena como se empeñan en sostener, es perfectamente capaz de demostrarlo en solo un mes. —Luca carcajeó echándose de nuevo hacia atrás en el butacón—. Para ser *sous chef* primero tendría que demostrar que puede llegar a cocinar como Dios manda, aunque teniendo en cuenta que es incapaz de hacer una *panna cotta* es bastante complicado que llegue siquiera a **pinche**, señorita Bloom —subrayó viendo el efecto de sus palabras en la cara de ella.

«Por supuesto, tenía que recordarme el fallo de la *panna cotta*», pensó amargamente. Andrea tiró del asa y la retorció en torno a su mano.

—¿Dónde me quedaría?, ¿cobraría un sueldo? —interrogó suspirando interiormente por la remota posibilidad de llegar a trabajar con el chef François de la Croix.

—La chica con la que se ha encontrado le dejará una de las habitaciones de su apartamento, yo me encargaré del alquiler y a usted le pagaré una cantidad para lo que le pueda hacer falta. El almuerzo y la cena se toman aquí en el restaurante. —Graziani abrió una carpeta sobre la mesa, la empujó y la giró para que la documentación quedara de cara a ella—. Diga que sí, señorita Bloom, aunque solo sea por divertirme un par de días.

—Sí —soltó Andrea tajante, la sola idea de poder darle una patada en los morros al prepotente y estirado chef era motivo más que suficiente para aceptar.

Luca destapó la pluma, que dormía en la mesa esperando a que alguien la despertara al tocar con la punta el papel. Se la tendió.

—¿Pongo el cronómetro, Bloom?

Sonrió fanfarrón mientras ella estampaba su firma.

—Me parece perfecto, señor Graziani.

Por descontado que iba a soportar todos los desplantes y malos modos del chef. Su futuro dependía de ello y no, ¡no era una cobarde! Andrea se infundió aliento abrazando su bolso.

—¿Tiene que salir a llamar al pepino de mar que tiene por

novio, señorita Bloom?

Cerró la carpeta y enroscó la tapa en la pluma. La imagen del «congrio» al lado de ella le molestaba; no sabía por qué, pero le molestaba. «¿No era un pepino de mar?, Andrea puede aspirar a más, siempre y cuando se trate su adicción por el rosa».

—No es mi novio, es mi prometido, señor Graziani —puntualizó ella, que ya había tendido una larga charla con Samuel. Charla en la que este solo había despotricado por su amor a la cocina reprochándole la poca implicación en los preparativos de su futura boda. No obstante, Andrea se guiaba por el frenético impulso que le suscitaba la gastronomía. Quería a Samuel, novio de toda la vida, pero no sentía pasión por él; la cocina, la cocina era su única pasión—. Y no, gracias, no tengo que salir a llamarle.

—Vaya... prometido, eso son palabras mayores —soltó con su humor agriándose. Si en ese momento él entrara en la cocina cortaría la leche. «¿Por qué conformarse con ese pelele? ¿Se aplica el cuento de más vale malo conocido que bueno por conocer?». Luca se adelantó en el asiento—. Estaba pensando... —Se inclinó sobre la mesa juntando sus brazos sobre ella—. ¿Qué tal si me deleita con algo de su comida de cocinera aficionada, señorita Bloom?

—¿Ahora? —musitó Andrea mientras este se levantaba del butacón.

—¿Asustada? —fastidió Graziani queriendo irritarla aún más.

Fue a la puerta, la abrió y silbó a Toni, uno de los camareros. Le pidió una chaquetilla y un delantal francés. Con la mano en el pomo la miró inmóvil en la silla. Luca tomó la chaquetilla y el delantal que el hombre le llevó y se los tendió a Andrea.

—No —contestó ella haciéndose la valiente. Sus ojos azabaches fijos en los grises de este. Andrea se puso la chaquetilla y se anudó el delantal, aunque llevaba los tacones y la falda. Un vestuario no muy adecuado para estar en la cocina—. ¿Voy a cocinar así, chef?

Él frunció las cejas, divertido tanto por la pregunta como por que Andrea le acabara de llamar chef. Había entendido que iba a trabajar para él. «Perfecto».

—Pero si está la mar de mona, señorita Bloom —rio entre dientes. El mal humor oscurecía los expresivos ojos de la mujer—. Con esto bastará, lo cierto es que me muero por verla moverse en la cocina con esos tacones.

«¿No tendrán algo de matarratas al lado de la harina?».
Porque Andrea iba a echárselo todo.

—Puede dejar sus cosas aquí —dijo antes de salir al pasillo y detenerse ante la puerta de la cocina, a la que empezaban a llegar los trabajadores—. Me apetecería algo que pudiera tomar tanto para el desayuno como para el almuerzo —solicitó Luca centrando su mirada en el costoso reloj en su muñeca—. Tiene quince minutos, señorita Bloom, y sabe que estoy siendo generoso.

«¡Quince minutos, quince minutos, quince minutos!», se repitió ella entrando en la cocina. Saludó al personal y se lavó las manos en la pila. Preguntó por cada uno de los ingredientes que necesitaba y salió escopeteada hacia las neveras y la despensa cargada con ellos. Con todo colocado en uno de los rincones de trabajo, Andrea se puso a preparar lo que creía era la mejor elección en esos momentos.

Luca se quedó en la puerta mirándola y sonrió sin darse cuenta viéndola moverse sobre los altos pedestales rosados. Toni también estaba mirándola...

—¿Hoy no trabajamos, señor Pisco? —bufó enseñándole los dientes.

—Sí, señor —asintió Toni enérgicamente. Carraspeó y echando un último vistazo marchó al comedor.

Graziani introdujo las manos en los bolsillos de su pantalón y observó como varios mechones del corto y oscuro cabello de Andrea le rozaban las mejillas. Sus labios se movían como si le susurraran palabras de ánimo. Luca inclinó la cabeza a un lado para poder apreciar mejor como las pequeñas manos de dedos largos cortaban finas lonchas de salmón ahumado.

—Disculpe, señor —se excusó Kendall que, a pesar de tener sitio para poder entrar en la cocina, empujó por un hombro a Luca.

Westbrook le hizo centrarse, Graziani se enderezó y sacudiéndose la americana le reclamó—: Agua fría.

Se encaminó al comedor, escogió una mesa individual y se puso a leer su propia carta, aunque podría haber sido la agenda de su teléfono o el pintoresco paisaje a través de los grandes ventanales.

Al tener el plato terminado, unos tres minutos antes de que finalizaran los quince que Graziani le había dado, Andrea sonrió al camarero que se acercó como si hubiera oído sus pensamientos.

Se colocó tras la repisa donde la salida de los platos, respiró hondo al entregarle el suyo y le siguió con la mirada hasta que este entró en el comedor.

—¿Quieres echar un vistazo? —susurró Kendall que, tras disponer la mesa a Graziani y llevarle el agua fría, había vuelto a la cocina.

Movió la cabeza invitando a Andrea a acercarse. Esta avanzó rápido, desde allí se podía ver claramente lo que ocurría en el comedor.

—Oye, ¿qué es Chippendales? —le susurró a Kendall, recordando lo que le había dicho Luca.

—Nena, ¿estás en Las Vegas y no sabes qué es Chippendales? —medio rio Kendall mirándola con los ojos muy muy abiertos—. Es el local de *striptease* por excelencia de los macizos, te llevaré allí para que te hagan mujer —prometió poniendo morritos.

—Será cabrón... —condenó Andrea sin quitarle ojo a Graziani y deseando fervientemente que se atragantara... «y la palme»—. Gracias, pero yo no soy de esos locales. Me parecen bastante denigrantes.

—¿Qué? —cuestionó a lo primero que ella había dicho. Kendall miró al jefe más allá y de nuevo a la chica, la cogió por el mentón para que sus ojos hicieran contacto—. Cariño, cuando hayas vivido la experiencia hablamos —sentenció redirigiendo la cabeza de esta para que volviera la vista hacia Graziani.

Luca miró el plato que acababan de dejar ante él. Sonrió para sí, eran **huevos Benedict**. «Una buena apuesta, arriesgada, muy arriesgada». Levantó el tenedor y retiró con suavidad un poco de la **salsa holandesa**. La consistencia era buena, muy buena, acercó el tenedor a su boca y probó. Sí, el sabor también era muy bueno. Los huevos escalfados estaban asombrosamente bien cocidos, algo que a primera vista parecía simple, pero nada que ver con la realidad. El beicon crujiente contrastaba con la esponjosidad del *muffin inglés*. «Perfecto». No pudo evitar sonreír al descubrir que el otro huevo no llevaba beicon, sino salmón ahumado con una fina picada de eneldo fresco. «¿Apostando fuerte, eh, señorita Bloom?».

—¿Tiene cara de ir a levantarse, venir hasta aquí y estamparme el plato a la cabeza? —susurró Andrea mordiéndose el labio inferior.

—No... —susurró Kendall apoyando la mano en uno de los

hombros de la mujer.

Ladeó la cabeza mirando al resto de empleados que en sus puestos se dedicaban a observar como Graziani examinaba el plato.

Andrea casi se tragó la lengua al ver elevarse la mano derecha de Luca y mover un dedo indicándole que se acercara. Quedaba claro que sabía que le estaba viendo. Ella se empujó a avanzar hacia él como en su día debió de haber hecho María Antonieta hacia la guillotina. Al llegar a la mesa cruzó las manos, enredó los dedos y los apretó bajando estas a la altura de su vientre; entonces caería la afilada hoja... Sentía separarse la cabeza de su cuello y rodar al suelo. *Vive le France!*[8]

—Hábleme del plato.

Alzó su copa y bebió observando el brillo de la alianza de compromiso en el dedo de Andrea riéndose de él. «¿Tan caro es un jodido anillo para que el pepino de mar tenga que fundir los pendientes de oro chapado de su abuela y darles aspecto de alianza?». Luca se tragó el agua deseando que fuera **grappa**, por lo menos se le quitaría un poco ese mal humor que le picaba la piel.

—Son unos huevos Benedict, uno de ellos está elaborado de la forma tradicional y en el otro he cambiado el beicon por salmón y una picada de eneldo fresco, chef —desarrolló Andrea, acompañando sus palabras con el movimiento de las manos.

—No le estoy preguntando eso, Bloom —cortó Graziani, que recogió la servilleta y la colocó sobre la mesa. Toni le retiró el plato y él aprovechó para posar los codos e unir las manos.

—¿No?

Lo miró notando el sudor frío perlándole en los poros. Andrea apretó los labios con un gélido escalofrío royéndole la médula espinal.

—Quiero saber qué piensa sobre cómo le ha salido —dijo Luca, descubriendo de nuevo el tic nervioso en la ceja derecha de Andrea.

Aquel era el indicativo de que ella estaba nerviosa... «y que me jodan», pero le encantaba alterarla.

—Pues... creo que la salsa holandesa es correcta, espumosa. El beicon está bien, las rebanadas de *muffin* doradas en el exterior y tiernas por dentro y... creo que los huevos escalfados

____

8. (Fr) ¡Viva Francia!

tienen la cocción correcta. —Con todo eso que había soltado, él no decía nada y solo la miraba como invitándola a seguir. Ella se frotó una mano con la otra—. Al principio, al ver el ***pastrami*** listo pensé en sustituirlo por el beicon, pero después pensé en el salmón y... Elevó las manos al aire.

—¿Ha sido una buena elección? —inquirió él tras escucharla en silencio. Graziani largó a Toni, que se aproximaba para servirle algo más de agua—. Dígame, Bloom, ¿ha sido una buena elección?

—Creo... Pienso que sí, chef —contestó queriendo sonar firme.

No obstante, Graziani siempre le hacía dudar de sí misma. Andrea se hubiera bebido el agua que este acababa de rechazar. Le dolía la garganta por la sequedad, más por la tensión que por la sed.

—Sabe, señorita Bloom... —La sinceridad iba a salir a borbotones por su ponzoñosa boca. Luca deshizo la unión de sus manos y se levantó de la silla, posicionándose ante Andrea—. La cocción de los huevos era perfecta, la salsa holandesa increíble. En definitiva, podría comerme tres platos sin importarme morir de un colapso calórico.

Le costaba respirar, toda la tensión que acalambraba su cuerpo quería salir, ¡liberarse!, aunque para eso tendría que ponerse a saltar... En un segundo la cara de Graziani cambió y eso hizo que la sonrisa que se había pintado en su cara empezara a difuminarse.

—Sin embargo, señorita Bloom, si usted cree que con esto es suficiente para entrar en mi cocina vaya practicando mucho en casa porque si no... —La apuntó con un dedo dejando entre ambos un muy reducido espacio, el suficiente para que sus respiraciones se condensaran en una—. Ya está rindiéndose antes de entrar en ella.

Andrea sintió picor en los lagrimales, que produjeron lágrimas que ella se negó a derramar. No iba a darle esa satisfacción, Graziani ni siquiera merecía ni una sola de sus lágrimas. De hecho, era el último ser en la tierra que mereciera por un llanto suyo.

—Sí, chef —dijo manteniendo la voz firme y la mirada confrontada con la de él.

Apretarla, presionarla, ella tenía tanto talento, tanto por dar que Luca no iba a aplaudirle cada vez que algo estuviera correcto, ni en *petit comité* reconocería que alguno de los muchos chefs que tenía en plantilla en la media docena de restaurantes era capaz de servir semejantes huevos.

—Westbrook —llamó. Cuando esta fue a su encuentro, le ordenó—: Llévese a la señorita Bloom al apartamento y preséntense ambas a trabajar para el turno de noche.

Ella sostuvo la mirada de Luca hasta que este rompió el contacto alejándose de vuelta a su congelado despacho. Andrea agradeció el gesto de la mano de Kendall tomando una de las suyas y apretándosela cariñosamente.

—En el fondo no es tan mal tipo... —ronroneó Kendall borrando con el pulgar una lágrima que se despeñó por la mejilla de Andrea—. Ahora iremos a lo que va a ser tu casa durante este mes. Nos lo pasaremos chupi mientras no resuene el látigo del jefe.

Sonrió tirando de sus manos unidas. La llevó hasta la cocina donde habían acabado los restos que Graziani había dejado en el plato y alababan la comida en susurros por temor a que la bestia romana saliera de su cueva.

Andrea vio por el rabillo del ojo la maleta y su bolso a un lado de la puerta cerrada del despacho. Iba a aguantar carros y carretas y si la hacía llorar, nunca lo haría delante de él. Nunca le mostraría su debilidad y, sobre todo, Luca Graziani jamás conseguiría que ella se rindiera.

3

Andrea, te van a hacer mujer

Dos semanas más tarde...

Todo eran blancos delantales, impolutas chaquetillas y plateados reflejos en las afiladas hojas de los cuchillos. La cocina rabiaba rebosante de vida día sí y día también. *Io sono* no apagaba fogones ni siquiera los festivos. La imperativa voz de Luca Graziani había vuelto al restaurante durante una temporada que a los trabajadores ya se les estaba haciendo demasiado larga. Este alternaba entre sus cuatro restaurantes en Estados Unidos y los otros dos en Italia, de ese modo ninguno de sus locales perdía su esencia.

Andrea levantó el *entrecôte*[9] con ayuda de las pinzas asegurándose de que estaba **bleu rare**. Sacó la pieza de la plancha y la colocó con mimo en el plato. Dispuso la guarnición y regó la carne con la **salsa Café de París**. Cogió el plato y, al ir a dejarlo en la mesa de pase para que el camarero se lo llevara al comedor, Graziani la detuvo.

—Señorita Bloom, ¿a usted esto le parece **M.P.H**? —inquirió Luca levantando la carne de la porcelana del plato. Tiró el *entrecôte* a la basura, que estaba a un lado de la mesa, y golpeó el plato para que cayera todo lo que en él se encontraba. Silbó llamando a uno de los chicos del *office* para que se hiciera cargo—. Repítalo —ordenó mirándola.

A lo largo de las casi dos semanas que llevaba trabajando bajo las ordenes de Graziani, Andrea había aprendido que el «pero...» no servía para otra cosa que no fuera enfurecer a Luca y, por ende, que este la «puteara».

—Sí, chef —contestó aun sabiendo que el punto de la carne había sido más que correcto. De hecho, las miradas a su alrede-

---

9. (Fr) Entrecot.

dor compartían su opinión, pero nadie se atrevía a abrir la boca.

—¡Jacks, enséñele a la señorita Bloom cómo es el punto M.P.H! —mandó Graziani al chef.

A veces le entraba eso que se llamaba «¿Conciencia?». Sin embargo, como le entraba muy de vez en cuando no le daba importancia... o «sí». Luca estaba hecho un lío, pues sabía que se había excedido con ella en más de veinte ocasiones en lo que iba de tiempo, pero de esa forma Andrea le prestaba más atención. Si la apretaba era para exprimir todo lo bueno que ella era capaz de dar.

—Perfecto —asintió Jacks cuando ella repitió el *entrecôte*, y se lo mostró para tener su aprobación. Él no tenía que enseñarle algo que Andrea tenía más que dominado. Antes de irse le puso su enguantada mano en el hombro—. Lo siento —susurró dándole un ligero apretón para animarla.

Andrea repitió el plato y con él en la mano se lo tendió directamente a Graziani.

—¿Ahora, chef? —le preguntó tragándose el gruñido.

Su odio hacia Luca había engordado tanto que ahora era un monstruo enorme y obeso, y si ella no lo controlaba acabaría devorando al hombre a través de su boca.

Luca cogió el plato y poniendo en juego su reputación lo examinó mientras el camarero esperaba impaciente.

—No está mal, señorita, aunque un poco patético teniendo en cuenta que es el segundo en marchar. —Se lo entregó al camarero sin quitarle la vista de encima a ella—. Siga con lo suyo, Bloom.

Lo bueno era que por más que Graziani se empeñara en ridiculizarla nadie de los ahí presentes se reían o le seguían el juego y, ¡Jesús!, eso era un consuelo para ella. Andrea reanudó el ritmo de trabajo centrándose única y exclusivamente en lo que hacía sintiendo aquellos ojos helados hincados en su espalda.

Luca intentó estar pendiente de los platos que salían de la cocina de la misma manera que llevaba haciendo exactamente catorce días, casi quince. Todas las mañanas repasaba la carta de vinos, aprobaba la compra que Jacks como chef había hecho en el mercado y, dejando boquiabierto al personal, se presentaba en las comidas y cenas de equipo. Y todo por...

Andrea bebió los últimos sorbos de agua al llegar al final del turno de noche. Ella, con la cara perlada de sudor y las mejillas ruborizadas, sonrió a Toni apartando la botella de sus labios.

Este, recién llegado del bar con la batería de vasos y copas, le lanzó un beso. Mera coquetería. Era gracioso comparar la jovialidad de Toni con la frialdad y oscuridad de Luca siendo los dos romanos.

Graziani se frotó las manos en el paño que le colgaba del delantal y lo hizo con tanta fuerza que cualquiera pensaría que quería «*autodespellejarse*». Le molestaba ese flirteo entre Toni y Andrea. «¿No se supone que está usted comprometida, Bloom?».

—¡Señores, vayan despejando la cocina para que puedan limpiar! —voceó logrando que ella le mirara y él... se quedó en blanco, sin conexión.

—Me duele hasta lo que no debería dolerme —ronroneó Andrea muy bajito.

El cansancio de tantas horas de duro trabajo le despertaba el sueño y se moría por lanzarse en plancha a la cama. Sonrió satisfecha y se dispuso para salir apresuradamente de la cocina e ir al vestuario.

«*Insegnami a scordarmi di pensare[10]*» se dijo Graziani rabioso al recobrar la conexión cerebral.

—¡Usted no se vaya, Bloom! —avisó Luca apuntándola con la zurda.

Conforme avanzaba fuera de la cocina e iba hacia su despacho, barajaba la posibilidad de estar sufriendo de algún tipo de trastorno psiquiátrico; sin embargo, también podía ser lo de la famosa crisis de los cuarenta.

Andrea palideció, su cara tomó el color de la maicena. Ancló los pies en el suelo y tamborileó los deditos en la suela de los Crocs rosas. «Por lo menos le aportan algo de color al blanco del uniforme y nadie me ha dicho que no se puedan llevar rosas... ¡Jacks los lleva naranjas!». Ella no dejaba de pensar qué era lo que quería Graziani al tiempo que se quedaba sola en la cocina, salvo por los limpiaplatos.

—He traído algo —anunció Luca entrando de nuevo en la cocina con una bolsa larga, típica de regalo. Se situó ante ella y se la tendió sujetándola con dos dedos por el asa—. Es para usted.

—¿Un regalo? —farfulló Andrea sin llegar a coger la bolsa.

«¿Una bomba? ¡No, no, peor! ¡¿Y si lo que va dentro está infectado con el ébola?!». Lo miró, él le sonreía de manera poco común. «Claro, como Luca es el hombre del dentífrico debería

---

10. (It) Enséñame a olvidarme de pensar.

sustituir al del tiempo».

—Sí, de mi parte —afirmó haciendo bailar la bolsa—. Ábralo —pidió Graziani la mar de divertido.

La cara de Andrea era un cuadro picassiano, y eso que todavía no había visto qué era el regalo.

—Gracias... —masculló ella tomando la bolsa.

Quitó el papel pinocho que hacía de cama en la bolsa y extrajo de esta algo largo, cilíndrico y no muy pesado. Comenzó a quitarle el papel y...

—Me ha recordado a usted, señorita... —dijo Luca tras verla desenvolver el bote de insecticida Bloom.

Ella se frenó, de no hacerlo le hubiera quitado la tapa al bote y rociado a Graziani con el insecticida: «¡Muere, bicho, mueeeeere!».

—Fantástico. Muchas gracias, chef, me viene muy bien, ya que hay cucarachas en el apartamento —mintió Andrea, tirando el bote de nuevo al interior de la bolsa.

—¿Y no le han mordido los deditos de los pies por la noche? —cuestionó Luca con retintín.

Sabía perfectamente que en el apartamento de Westbrook no había cucarachas, le había regalado el insecticida por el juego de palabras del apellido; era un tipo un tanto desalmado, pero no tanto como para meter a vivir a alguien en un piso atestado de bichos.

—Duermo con calcetines —cortó Andrea enseñándole los dientes.

Estaba cansada y le dolían la espalda y las piernas. De lo que menos tenía ganas en ese momento era de aguantar al gran Luca Graziani «dándole por culo».

—¿En Las Vegas?

Su pregunta era del todo absurda y él lo sabía, pues durante todo el año las temperaturas bajaban considerablemente por la noche. Es lo que tenía el clima desértico, implicaba muy poca lluvia. «La muerte en verano y un frío acompañado de viento en invierno. Gracias por la información, hombre del tiempo».

—Y de estar allí, también lo haría en Tombuctú, chef. —Andrea lo esquivó y caminó hacia la salida—. Si me disculpa, me voy a cambiar e irme a casa a hacer uso del insecticida.

—La quiero aquí a las cinco —sentenció Graziani sin moverse de su posición y sin mirarla igualmente.

—¿A las cinco? —interpeló ella sujetando su regalo entre

las manos—. ¿Y cuándo se supone que voy a dormir?

—A mí no me cuente su vida, señorita Bloom —profirió Luca desanudando el delantal en torno a su cintura—. Le quedan dos semanas y dos días para demostrarme que se merece que yo hable con François de la Croix y, de momento, va por muy mal camino.

—Hasta las cinco —despotricó Andrea.

—Buenas noches.

Le faltaba poner la guinda... No obstante, Luca no comprendía del todo el enfado de ella. «Mentiroso». Él también iba a quedarse casi sin dormir para poder instruirla.

Andrea no dio un portazo porque... no procedía. En el vestuario, Kendall la esperaba ya lista para marcharse.

—Eh, eh, ¿qué pasa?

Kendall se levantó de donde estaba sentada mascando un chicle de nicotina, y eso que llevaba tres parches pegados: uno en cada brazo y otro a un lado del ombligo. «¿Se puede sufrir de sobredosis?».

—Tengo que estar aquí a las cinco —informó Andrea a Kendall abriendo su taquilla—. ¡Ah!, y el jefe me ha regalado esto —añadió tendiéndole la bolsa de regalo.

—¿Por?—preguntó ella tanto por lo referente a volver a las cinco como por el regalo, al que miró riendo.

—Porque al señor Graziani le sale de sus jodidas pelotas italianas —contestó Andrea. Asomó la cabeza por un lateral de la puerta de la taquilla—. ¿Te hace gracia?

—*Italian meatballs*[11] —Kendall se volvió a sentar y dejó el regalo en el suelo entre sus pies. Mordiéndose el interior de un carrillo, masculló jocosa—: ¿Yo reírme? Para nada.

—Eres tan... graciosa.

Como si no tuviera suficiente con un gracioso, ahora otro y, encima, en femenino. Andrea se arrancó la chaquetilla, la camiseta interior y se quedó en sujetador para luego ponerse una camiseta. Se quitó los Crocs, el delantal y el pantalón de trabajo y los sustituyó por una falda y unas sandalias planas.

—No vale la pena que te vayas a dormir. —Kendall mascó nerviosa y ruidosamente el chicle, el mono del tabaco estaba exprimiéndole la garganta. Su pelo trenzado mantenía a raya la frondosidad *afro*—. ¿Sabes que dicen que cuando dejas de fumar

---

11. (Juego de palabras en inglés) *Italian*: italiano. *Meatballs*: albóndigas. Traducción completa: albóndigas italianas.

engordas?

—Lo mismo creo yo, no vale la pena que me meta en la cama —asintió Andrea guardando la ropa de trabajo, cogiendo el bolso y cerrando la taquilla—. No te vendrían mal unos kilitos, pareces un palillo.

Las dos piernas de Kendall hacían una de las suyas. Los «pensamientos oscuros» referentes al peso, como ella solía llamarlos, invadieron su mente tratando de emponzoñarla; no obstante, Andrea los exorcizó.

—Yo te mantendré despierta, total no voy a poder pegar ojo. —Kendall iba a remplazar el vicio del tabaco por el de las pipas—. Te cambio tus tetas y tu culo por los míos.

Luca había salido de la cocina para meterse en la bodega. Cuando vio el desorden refunfuñó. Los vinos seguían divididos por **DOCG** y **DOC**; no obstante, quien fuera de los dos *sommeliers*, o incluso el *maître*, había pasado del índice alfabético de cada una de las botellas.

—*Figlio della gran puttana*[12]... —refunfuñó descubriendo al culpable. «El zurdo es el peor asesino, siempre deja rastro». Reconoció el tipo de nudo en la soga de una de las cajas de vino—. ¡Toulouse! —ladró subiendo las escaleras subterráneas de la bodega hasta llegar al comedor. El *maître* y el chef eran los últimos en abandonar el restaurante, sin contar con el equipo de limpieza—. ¿Puedo saber por qué ha trastocado el orden de las botellas?

A Toulouse casi le da un segundo infarto. Levantó la cabeza, metida en la agenda donde estaba repasando las reservas del mes. En el centro de su testa, una calva, el equipo del *lo sono* **se** dirigía a él como don **Tête de Moine**.

—¿Botellas? ¿Qué botellas, señor Graziani? —tartamudeó, con el azote romano entrando en sala y sacando humo por las orejas.

—¡¿Qué botellas van a ser?! —aulló Luca más rojo que la grana.

—En la bodega hay botellas de vino, vermuts, licores, brandis...

Ese fue Jaks, que detrás de la barra se estaba sirviendo un

---

12. (It) Hijo de la gran puta...

Alquermes.

—¡Las de vino! —interrumpió Graziani

—Señor Graziani…, —se trabucó Toulouse dejando la pluma en la agenda; sus parpados se contraían nerviosamente ante el jefe—. La semana pasada usted bajó a la bodega y pasó mucho rato ahí, creo que fue durante la mañana del miércoles.

—¿Yo?

Él no se acordaba de eso. Luca frunció el ceño, las líneas de expresión marcaban senderos en el centro de su frente. Miró al suelo tratando de recordar. Sin embargo, lo único que le venía a la mente era el recuerdo del femenino perfil, los oscuros ojos de Andrea centrados en el quehacer de sus pequeñas y bonitas manos, su sonrisa alargándose con la satisfacción de haber dispuesto la cúpula de caramelo encima del merengue **infusionado** con almíbar de frambuesas.

—Y estuvo protestando por la falta de bebidas *over-proof* y la escasez de *premiums* —acabó Jacks por Toulouse, empinando la copa de licor que le calentó el estómago y le llenó la boca de un regusto picante. Una de las genialidades de Graziani, y que solo servían en *lo sono*, era el tiramisú clásico con el toque de Alquermes junto al Amaretto.

Retirar los negros mechones de la mejilla de Andrea para de ese modo poder apreciar los grandes y expresivos ojos y… «*Ne ho piene le palle*[13]» se dijo sacudiendo la cabeza para que esas ideas le salieran por las orejas. ¡Fuera de su cerebro! Sí, Luca estaba hasta las mismísimas «pelotas» de fantasear con ella despierto y… dormido. «¿Qué problema tienes con la cordura?». No era tan difícil dejar de imaginársela con ropa o sin ella.

—*Cazzo*[14]…!

Toulouse lo miró, Luca tenía la vista puesta en el suelo y seguro que no le hablaba ni a él ni a Jacks.

—¿Se encuentra usted bien, señor Graziani? —se aventuró a preguntar aun arriesgándose a que este le mordiera.

—¿Es que tengo cara de estar mal?

Naturalmente le mordió. Luca afrontó la mirada de este, que no aguantó la suya ni tres segundos.

—Está usted hablando solo… —tartamudeó Toulouse tapando la pluma.

El sudor le mojó el cuello de la camisa y regó sus sienes

---

13. (It) Me tiene harto.
14. (It) ¡Joder…!

impregnándole también las manos.

—No hablo solo, hablo con mi amigo imaginario que se llama *Stronzo*[15] —soltó Luca provocando la risa de Jacks. La mitad de la plantilla de todos sus restaurantes si no era de herencia italiana, estaban más que instruidos en cuanto al idioma—. Mañana habrá que arreglar el entuerto. ¡Y juraría que yo no soy el culpable!

Toulouse exhaló aliviado cuando Graziani dio por finalizada la conversación y se marchó, se suponía que a su despacho. Volvió la mirada hacia Jacks, aún en el bar, y mostrándole la botella de licor masculló:

—Sí, por favor.

El alcohol le aliviaría los nervios, aunque dudaba que su cardiólogo estuviera muy de acuerdo con que se lo bebiera.

Nada más cerrar la puerta del despacho, Luca observó la réplica de *La Creación de Adán* en la pared y recordó haber guardado en la caja fuerte, y sin el estuche original, la botella de **Monfortino**. El viernes iría a llevársela en mano al señor Cavalcanti, su primer mentor en el restaurante *Casa Di Maria*[16]. Caminó, se detuvo delante de su mesa y, rodeándola, abrió el panel en la pared. Introdujo la combinación de la caja fuerte y allí estaba la botella.

Las luces de neón traspasaban las pesadas y gruesas cortinas, la ventana entreabierta filtraba el sonido de las insomnes calles de Las Vegas. Las cáscaras de pipas se amontonaban en el bol y la sal de estas les quemaban los labios y la lengua. Kendall sacó la novena lata de cerveza de la noche, el líquido dorado llenó los dos vasos y ella brindó con el de Andrea al ritmo de *Headlines*[17].

—¿Y no te da miedo recaer? —cotilleó de pie y meneándose al compás de la música—. Porque a mí me jode viva la ansiedad que siento al no fumar.

—Es diferente... —respondió Andrea sentada en el sofá recordando su pasado en el monstruoso mundo de la anorexia. Abrió la pipa y masticó la semilla inclinándose sobre el mueble para dejar las cáscaras en el bol—. No es como estar enganchada a la nicotina, es... —Meditó lo próximo que iba a decir—. Es vivir

---

15. (It) Truño malcagado, mierda.
16. (It) Casa de María.
17. *Headlines* canción de Drake perteneciente al álbum *Take care*.

hipocondríaca con la posibilidad de engordar, hasta llegué a pensar que beber agua iba a ponerme como una vaca.

—¿Me lo dices en serio? —Kendall detuvo el ir y venir.

—De verdad, comer suponía una verdadera tortura —confesó Andrea tras lamerse el pulgar repleto de sal.

—¿Y no pasabas hambre?

Porque ella comía como una lima y no engordaba, pero es que verdaderamente era un pozo sin fondo. Y si Andrea hablaba de torturas, para Kendall no comer supondría la peor de todas ellas.

—Llegó un momento en que no. Ni mareos, ni sensación de desfallecimiento, nada. —Andrea miró sus manos y encogió los hombros—. Sé que suena extraño, pero llegó un momento en que mi cuerpo no me pedía nada.

—Se te cierra la boca del estómago o algo así... ¿No?

A ella le entraban escalofríos solo de pensarlo. Kendall dejó el vaso de cerveza en la mesita y caminó hasta Andrea para acuclillarse ante ella.

—Los repetitivos vómitos causan daños en el esófago, te destrozan los dientes y un muy largo y jodido etcétera. —Andrea sonrió de manera melancólica. El brillo en sus ojos era reflejo del recuerdo del pasado—. No es un paseo por el parque —sentenció colocando su vaso de cerveza junto al de Kendall.

—¿Y ahora? —le preguntó Kendall acariciándole las rodillas—. ¿Ahora piensas en ello?

—¿Si pienso en cosas raras como que esa cerveza me va a poner como una morsa? —Andrea la miró meneando la cabeza—. A veces sí pienso cosas de ese estilo —admitió, poniendo sus manos sobre las de Kendall en sus mismas rodillas—. Sé que dentro de mi cabeza tengo un espejo desenfocado y por más que pese treinta kilos, continuaré viéndome gorda, así que no utilizo básculas y centro mi atención en cosas importantes.

Kendall asintió y bajó la mirada de los ojos de Andrea a sus pechos.

—Sigo queriendo cambiar tus tetas y mi culo por los tuyos —dijo arrancándole una carcajada.

—Lo tomaré como un cumplido...

—Lo es. —Recuperó los vasos de cerveza de ambas y se quedó el suyo mientras le daba a Andrea el que le pertenecía. Brindaron una segunda vez y al ver que su amiga perdía la sonrisa chistó—: Cara larga. —Kendall tragó la mitad del dorado líquido—. ¿Estás así por lo del insecticida?

—No es el insecticida, es todo. —Su madre estaría preocupada porque ella pasara demasiado tiempo con el «cabrón italiano de tu jefe», parecía estar oyéndola; Samuel le reprochaba en cada llamada que estuviera ahí y no en Washington para ocuparse de su futura boda—. Graziani me odia, no me deja ni respirar.

—Yo creo que le gustas y por eso te putea.

Kendall se puso en pie y empezó de nuevo a caminar de un lado al otro. Sí, se había acordado de que su cuerpo gritaba por una dosis de... ¡nicotina!

—¿Hola? —Estaba lanzando un mensaje al espacio exterior, seguro que la respuesta sería más inteligente que la tontería que acababa de soltarle Kendall—. Los parches no te sientan bien —discurrió Andrea estirando las piernas y dando el último trago a la cerveza.

—No, no, en serio. —Kendall dejó la cerveza en el enmoquetado suelo, saltó la mesita de té y se tiró en el sofá para espatarrarse al lado de Andrea—. Es como en el patio del colegio, el niño que te tiraba del pelo y te lanzaba tierra era porque le gustabas y no conocía otra forma de llamar tu atención —dilucidó quitándole el vaso y dejándolo en la mesa.

—La nicotina —resolvió Andrea mirándola de medio lado. Hurgó en su bolso en la esquina del sofá y sacó la segunda bolsa de pipas, aunque esta vez eran con sabor *Tex-Mex*.

—No, no, nena, escúchame. —Kendall la cogió de las manos obligándola a sentarse frente a ella. La bolsa salió volando en una lluvia de pipas—. Yo lo he pillado varias veces mirándote —dijo rememorando la enorme colección de ocasiones en las que Luca observaba a Andrea, unas con disimulo y otras descaradamente.

—¡Kendall! —protestó zafándose de sus manos para recoger las pipas diseminadas—. Por supuesto que sí —asintió tratándola de loca para añadir—: Me mira para ver cómo va a jugármela dos segundos después.

—Yo diría que lo pones cachondo —dictaminó Kendall sin recoger ni una de las pipas. No hasta agrupar en su mano la cantidad que había caído sobre el sofá—. Muy cachondo —precisó descascarillando la primera.

—¡¿Perdona?! —chilló Andrea de cuclillas en el suelo sujetando la bolsa de pipas contra una pata de la mesita de té.

Tras salir del restaurante, se detuvieron en un supermercado de veinticuatro horas para aprovisionarse de cerveza, *cola light* y pipas, después siguieron su camino hasta el apartamento. Una vez allí, sin cambiarse de ropa, se limitaron a charlar para matar el tiempo. Pero de un rato a esta parte Kendall estaba mucho más... alterada.

—No eres una niña, a los tíos les pasa eso cuando una mujer les gusta —explicó ella escupiendo la última cáscara y... no, no encestó en el bol sobre la mesita—. ¿A ti él no te pone golfa? —curioseó Kendall mirándola.

—¿Dónde ha ido a parar el cuento de las flores y las abejitas? —lamentó Andrea de rodillas en el suelo buscando si quedaba alguna pipa por ahí.

—¿No te lo tirarías? —Kendall siguió cotilleando e intentando acertar en el lanzamiento de cáscara de pipa a bote, pero Dios no la había bendecido con el don de la puntería.

—¡Por supuesto que no! —exclamó Andrea. Cogió la bolsa vacía y se la dio a Kendall—. Las cáscaras aquí si no te importa.

—Yo lo encuentro muy follable —admitió ella metiendo las cáscaras en la bolsa; sin embargo, no era lo mismo. Andrea se había cargado la emoción.

—Tú estás sufriendo una sobredosis de nicotina. —Se enderezó y con las manos en la zona lumbar se estiró. Andrea balanceó la cabeza a un lado y al otro oyendo la protesta de sus cervicales—. Lo mejor será ir a urgencias. —Miró a Kendall—. Buenas noches, la traigo porque se ha enchufado todos los parches de nicotina de Las Vegas, ¿cuánto le queda de vida?

—Puedes quedarte con mis zapatos. —Le enseñó la lengua manchada por las especias. Kendall se recostó en el sofá y puso los pies encima de la mesita—. Es como si estuviera alcoholizada —alegó moviendo los piececitos y empujando con los talones las cáscaras fuera del bote—. Los niños y los borrachos siempre dicen la verdad, ¿no?

—Me voy a casar... —articuló Andrea con las manos arriba y señalando con una el anillo en la otra—. ¿Recuerdas, Kendall?

—¿Qué tiene eso que ver con que te folles a tu jefe mensual? —le preguntó Kendall venciendo la cabeza a un lado—. Yo es que no sé por qué mezclas las cosas —dijo chupando una pipa y pringándose los dedos.

—¿Que qué tiene que ver? Graziani me odia, Kendall —sentenció Andrea repantigándose con esta en el sofá—. Le asqueo y, aparte de eso, lo veo más capaz de *autofelarse* antes que copular con cualquier mujer o lo que sea —acabó diciendo, convencida de que Luca Graziani preferiría «fornicar» con un marsupial antes que con ella. «También eres un mamífero, Andrea».

—Digo yo que habiendo estado casado habrá jodido con su exmujer —razonó Kendall ofreciéndole una pipa chupada—. O puede que ella le dejara por eso... —pensó en voz alta y, sin esperar a que Andrea rechazara o cogiera la pipa, la llevó de nuevo a su boca y la rechupeteó.

—Tiene más pinta de haber sido un matrimonio celebrado en Graceland.

Medio rio Andrea. La situación era absurda y sobre todo la conversación. Graziani jamás se fijaría en ella, pues... «¿Qué tengo para llamar su atención en el buen sentido?». Kendall debía haberlo soñado o era cosa del subidón de nicotina, a pesar de ella misma haberle pillado en alguna que otra ocasión mirándola. ¡Pero por descontado que lo hacía con petulancia y superioridad! Nada que ver con el interés... sexual. «¡Oh, por Dios, deja el tema!».

—Y hablando de pollas...

Kendall retiró los pies de la mesita, dejó la bolsa de pipas *Tex-Mex* y la de las cáscaras y se levantó del sofá sacudiéndose la blusa y los pantalones cortos.

—No, no, Kendall. Ya te dije que no pienso decir nada que tenga que ver con mi vida sexual... —interrumpió Andrea antes de que esta la azuzara con el tema.

Ya habían debatido sobre ello para su desgracia y no quería que Kendall la psicoanalizara. El sexo estaba bien, bien y ya está. Ella no acababa de verle el qué a eso, al sexo. Durante el coito no se había desmayado, cantado *La Traviata* en mitad de un orgasmo o indicado la localización exacta de su punto G cual GPS. «Quizás seas asexual, querida amiga».

—No te iba a preguntar sobre eso, tontorrona —se burló Kendall sacando de su bolso el brillo labial y el colorete. Trotó al espejo del recibidor y se retocó el maquillaje lamentando la sequedad de sus labios—. Necesito saber si tienes seguro de vida —le dijo alzando un tanto la voz.

—¿Seguro de vida? —dudó Andrea en un campo no de cáscaras, sino de peladuras de pipas. Suspiró peinándose hacia atrás el corto y oscuro cabello.

—Ya sabes...

Kendall, con el maquillaje retocado y tres botones de la

blusa abiertos mostrando el pequeño canalillo, la miró mientras volvía al salón.

—Sí, tengo uno, pero es bastante ridículo —asintió Andrea adelantándose en el borde del asiento del sofá.

Ella pensó que tal vez Kendall quisiera salir a dar una vuelta para conciliar el sueño, y eso que le había dicho que no pegaría ojo, aunque con las luces de neón y la música difícilmente se obtenía un buen descanso en Las Vegas.

—¿Consta la cláusula de muerte por *pollazo*?

—¿Qué?—cuestionó descolocada. Andrea se agarró a las manos extendidas de Kendall, quien le tendió su bolso y movió la cabeza como uno de aquellos perritos que se colocaban en los coches. «¿Cómo se llaman? ¡Qué más da!»—. ¿Dónde quieres ir?

—A dar una vuelta —soltó Kendall con las manos de Andrea escurriéndose de las suyas. Resopló haciendo rodar los ojos—. ¡Vale, vale! Nos vamos a Chippendales a hacer tiempo hasta las cuatro y media y después te marchas a trabajar. Y yo, a intentar dormir el mono.

—¿A dónde? —y lo había oído perfectamente. Andrea hizo aspavientos con las manos para enfatizar su oposición—. No, no, no. —Kendall la cogió por un antebrazo y tiró de ella—. ¡Que no! —protestó, le faltaba agarrarse al sofá.

—Eres tan paradita que si te vas a tu casa, eres capaz de no organizar despedida de soltera, aparte de que estando en Las Vegas no puedes no visitar el club. —Kendall jaló de ella hasta el recibidor, cogió las llaves, apagó las luces y encendió de nuevo la del pasillo—. Pon morritos.

—Kendall... —musitó Andrea poniendo morritos para que Kendall le maquillara los labios después de esta buscar el labial media hora en el bolso—. ¿Y lo de la cláusula del *pollazo*? —preguntó con... miedo.

—Cariño, es por si te dan con uno de esos cacharros en la cabeza. —Kendall guardó el labial, le sacudió la ropa y la empujó fuera del apartamento.

—¡¿Cómo?! —gritó Andrea tapándose inmediatamente la boca. «¡Los vecinos!». Entrecerró los ojos y susurró—: ¿Con qué en la cabeza?

—No hagas tantas preguntas —la amonestó Kendall cerrando la puerta. Giró mirándola y con las llaves en una mano dio un saltito la mar de emocionada—. ¡Nos vamos a ver hombres cachas y desnudos!

«Dios, perdónala porque no sabe lo que dice»... imploró Andrea dejándose arrastrar a un antro de perdición por la dopada Kendall.

4

He aquí la hipocondríaca y aprensiva de Bloom

Las cinco menos diez de la mañana y Las Vegas bullía de activi-dad, las máquinas tragaperras ardían vomitando centavos, hileras de coches y limusinas de todos los colores circulaban sin descan-so. Las Vegas Strip olía a *doughnuts*[18] y en cada esquina sonaban Frank Sinatra, Elvis...

El gruñido de la Harley-Davidson Street Bob anunció su llegada al aparcamiento trasero del restaurante. Luca aparcó la moto en la plaza que tenía reservada y con un pie en el suelo se quitó el casco. Estaba perdiendo de tal modo la cabeza que en lugar de aprovechar unas horas de sueño había decidido conducir y de no ser por falta de tiempo se habría hecho la 66 por tercera o cuarta vez en su vida. Y todo por culpa de...«Andrea». Graziani se maldijo apoyando el casco entre sus piernas y se imaginó cayendo cañón abajo.

«No, no, no puede ser él». La calva... «¿Es él?». Andrea se detuvo, en su mente no entraba la operación matemática de moto+botas+tejanos= Luca Graziani.

—Justo a tiempo —apuntó él bajando de la Harley. Se quitó los guantes y los metió en el interior del casco, que colgaba ahora de una de sus manos—. Está usted dormida ¿o qué? —cuestionó Luca al ella no avanzar ni un paso.

Andrea, algo perjudicada por la escapada a Chippendales, parpadeó largamente y hasta se frotó los ojos.

—No, chef, estoy despierta. —No, no estaba muy segura de ello, a lo mejor había caído en coma sobre una de las barras del «antro» de ver tanto músculo aceitoso y definido junto.

—Señorita Bloom... —Sacó las llaves del restaurante, subió las escaleras de servicio, abrió la puerta y una vez dentro tecleó

---

18. (In) Dónuts.

el código de seguridad de la alarma. Luca asomó la cabeza por la puerta entreabierta y miró a la mujer—. ¿Qué hace ahí parada?

—Ya voy, ya voy. —Andrea apuró el paso trastabillando y casi quedándose sin cuello al no poder apartar la vista de la Harley. «Moto+botas+tejanos= Luca Graziani», la operación continuaba sin salirle. Realizó el mismo camino que su jefe, subió las escaleras y frente a él masculló—: Lo siento, chef.

—Vaya a cambiarse y luego diríjase a la cocina —coordinó Luca, siguiéndola con la mirada al pasar ella por delante y encaminarse a los vestuarios. Andrea dejó una estela de purpurina y de su bolso mal cerrado planeó un folleto de... «Chippendales». Él sonrió al agacharse para recogerlo, miró una cara del panfleto y luego la otra—. Ha descansado mucho, señorita Bloom —susurró golpeando el papel en su palma.

Ella exhaló cansada, encendió la luz fluorescente del vestuario, abrió la taquilla para meter el bolso y la ropa, se cambió bostezando y se anudó el delantal en torno a su cintura y el pañuelo rosado en la cabeza. Andrea apagó la luz y salió del vestuario, arrastrando sus pies metidos en los Crocs; aún le temblaban un poco las rodillas, la experiencia en el club le había parecido cuanto menos denigrante. Las mujeres gritando, babeando literalmente... No volvía ahí ni loca.

—Un segundo —pidió Luca ante las puertas metálicas de la cocina, ataviado solo con la chaquetilla y los zapatos de trabajo. Seguía llevando los tejanos y en la mano, en la mano zurda, llevaba un gorro—. Póngaselo.

A pesar de usar el pañuelo, y por no llevarle la contraria, Andrea accedió y se puso también el gorro. En ese momento le importaba bien poco si lucía más o menos bien o si Graziani se lo había dado como una nueva forma de ridiculizarla. Luca le cedió el paso y le señaló la mesa de trabajo de la cocina, él fue hasta las neveras y sacó una gran bandeja de pichones eviscerados y sin cabeza.

—Quiero que los despiece —dijo rápidamente, soltando la fuente encima de la mesa.

—¿Todos? —dudó Andrea, pues si en la bandeja no había unas ciento cincuenta piezas, no había ninguna—. ¿Quiere que los despiece por completo? —preguntó al verle preparar fuentes más pequeñas para que ella dispusiera las alas por un lado, las carcasas separadas de las pechugas por otro, los muslos...

—Por supuesto, señorita Bloom —le confirmó él al tiempo

que Andrea iba a la estantería en busca de la manta de cuchillos—. Cuánto más practique, mejor se le dará —sonrió ácidamente.

—Chef, ya sé despiezar correctamente —enfatizó ella abriendo la manta de donde sacó el cuchillo de puntilla y el de deshuesar.

Andrea agarró uno de los pichones y lo dispuso sobre la tabla de cortar. «Si te imaginas que cada uno de los bichos son *minigrazianis*, irás más rápida».

—Dedíquese a hacer lo que le he pedido —conminó Luca dejándola sola en la cocina.

Andrea respiró más tranquila, él se había ido probablemente a su congelado despacho y ella podría centrarse en el trabajo. Separó alas, carcasas de pechuga y ahora iba a por los delicados muslos.

—Huele usted a hombre, señorita Bloom —dijo Graziani de vuelta con una botella de **Barbaresco** y una copa.

Iba a beber, pero solo. Retiró un taburete aislado cerca de la entrada a las neveras y lo colocó frente a la mesa de trabajo, hizo sitio para la botella y la copa y se sentó descorchando el vino.

«En mal momento te confiaste, querida amiga...». Andrea no se inmutó, estaba centrada en no quebrar ninguno de los pequeños huesos del pichón, pues se astillaban fácilmente; sin embargo, al captar sus palabras apartó el cuchillo y alzó la cabeza mirándole.

—¿Huelo a qué? —articuló manteniendo la calma.

—A hombre —respondió él divertido.

Se llenó la copa de vino a la mitad y bebió contemplándola. El gorro de cocina no le quedaba del todo mal, aunque le gustaba más solo con el pañuelo, siempre a juego con los Crocs en un abanico de rosas. No obstante, Andrea había llegado con el pelo repleto de purpurina y no podía arriesgarse a que espolvoreara la comida.

—Yo...no...huelo...a...hombre —pronunció de forma exagerada. Reunió su mano con el cuchillo y separó los muslos del pichón golpeando estos en la bandeja correspondiente.

—¿Se siente demasiado acalorada? —chinchó al notar el rubor incendiando las mejillas de Andrea. Luca saboreó el vino alejando la copa de sus labios—. La dejo ir al baño a refrescarse la cara.

—No necesito refrescarme la cara y no estoy acalorada —

condenó Andrea golpeando el cuchillo y el segundo pichón en la tabla de corte.

—De verdad que no me importa darle permiso —insistió guasón sirviéndose una segunda copa de vino.

La empinó saltándose su código ético en relación al alcohol. No obstante, Luca estaba empezando a fantasear: lamer el pulso en la yugular de ella, abarcar con las manos el culo de Andrea, metido en esos pantalones de trabajo tan poco favorecedores... Jugueteó con el pie de la copa vacía sobre la mesa. Le quitaría el gorro y el pañuelo, retiraría con la nariz los mechones que irían a parar a un lado del semblante de ella y le mordería la puntita de la oreja.

—¡Ya basta!—voceó Andrea cuchillo en mano y pichón medio despiezado en la tabla. Estaba cansada, agotada de sus... ¡tonterías! Se encaró a Luca—. Mire, señor Graziani, sé que me odia y por eso me putea todo el tiempo. Que usted crea que yo no valgo para esto es su problema, no el mío, pero ya le digo que no pienso abandonar si ya le he aguantado la mitad del camino.

Y cuanto más carácter mostraba Andrea, más le gustaba a Luca. Se relamió los labios, húmedos por el líquido color burdeos, y estuvo tentado a contestarle, mas no lo hizo; la miró alzando una ceja a la espera de que ella siguiera con el despotrique.

—¡Es que me tiene usted harta! —chilló poniéndose roja como un tomate. Andrea apretó los labios, pero la rabia los abrió y bramó—: ¡Todo lo hago mal según usted! —aguardó a que Luca dijera algo, pero no lo hizo—. ¡¿Qué culpa tengo yo de que parezca que le han metido un palo por el culo?!

Él se rio a carcajadas.

—¿Y le hace gracia? —balbuceó Andrea mirándole atónita—. Es usted un cínico y un capullo sin corazón que se divierte jodiendo al resto de la especie humana. Pues muy bien, señor Graziani, siga riéndose de mí y puteándome. Pero yo... —Hincó la punta del cuchillo en la tabla de corte y resopló—: Me quedo aquí.

—¿Va a darme lecciones de vida, señorita Bloom? —Se le había ido de las manos, la situación ya no era graciosa, y menos las palabras de ella. Luca se sirvió una tercera copa y señaló la mano derecha de Andrea—. El anillo que lleva usted en el dedo le trae al pairo, porque bien que coquetea con todo el personal poseedor de rabo.

—¿Disculpe? —Desclavó el cuchillo en la tabla y chilló—:

¡Yo no coqueteo, no tengo esa necesidad! —Andrea lo apuntó con el cuchillo como si se tratara de una mala copia de la mítica escena de *Psicosis*, pero sin ducha—. Es usted el que no sabe lo que es relacionarse con nadie.

—Tampoco la culpo, señorita Bloom, un pepino de mar no debe ser muy buena compañía —dijo Graziani, haciendo mención del «pelele» del prometido de Andrea.

—Deje de meterse con mi novio —rechinó ella sin bajar el cuchillo.

—¿No era prometido? —jorobó Luca con una cínica sonrisa tirándole de las esquinas de la boca. Elevó la copa y tragó el vino—. A su salud.

—¡Sí! —berreó bajando el cuchillo—. ¡Por lo menos a mí no me dejarán tirada! —adujo Andrea cogiendo al pichón y separando las patas del resto del cuerpo con dos fuertes jalones—. ¿Y sabe por qué, señor Graziani? Porque yo no soy tan fría, rastrera y mal bicho como usted, así que mi futuro marido no me pedirá el divorcio… —sentenció sin eludir la historia que Kendall le había contado unos días atrás. Supuestamente, la antigua señora Graziani le había pedido el divorcio al señor Graziani—. ¡Por carta!

—Señorita insecticida… —rezongó Luca poniéndose en pie—. Aprenda a sumar dos más dos antes de meterse conmigo, porque si me lo propongo… —Él la miró tan fijamente que sus ojos grisáceos iban a saltarle de las cuencas de un momento a otro. Graziani encaramó el labio superior y descubrió los blancos dientes—. Acabaré con usted y sus pantorrillas de gallina clueca.

—¿Me está amenazando? —aventuró Andrea con las manos llenas de grasa y sangre de pichón. La nariz se le había crispado y finísimas arruguitas de expresión escarbaban a los lados de sus ojos.

—Sí —condenó Luca, quitándole el pichón de las manos y lanzándolo al cubo de basura que estaba al otro extremo de la mesa y acertando—. Ahora… —comenzó a decir cogiendo uno del montón y empujándolo contra el pecho de ella sin importarle si le manchaba la chaquetilla—. Siga despiezando pichones, ya que con suerte logrará morirse habiendo hecho algo correctamente en su vida.

—Que le jodan… —chirrió Andrea sujetando el pichón contra su pecho.

—¿Se presta usted voluntaria, Bloom? —cuestionó Graziani, extrayendo el folleto del bolsillo trasero del pantalón. Lo puso frente a las narices de esta—. ¿O se ha tirado ya a todo Chippendales?

Ambos se miraron, la mirada de él podría traspasar el cráneo de ella y viceversa. Las respiraciones espesándose, los dientes crujiendo. La tensión elevándose y haciendo piruetas. Luca le tiró el panfleto, que planeó hasta el suelo, y se llenó la que sería la cuarta copa de la noche. «¡Ya de perdidos, al río!».

—No me ha contestado, señorita Bloom —dijo viendo como ella empezaba a despiezar el pichón que él le había encasquetado.

De verdad que intentaba controlarse, pero él se lo hacía imposible.

—¡Es que no pienso contestarle! —se desgañitó y de paso se cortó un dedo. La sangre salpicó y, por inercia, Andrea soltó el cuchillo y taponó con la otra mano el dedo herido.

Graziani se olvidó del vino y rodeó la mesa, se estiró cogiendo un paño de uno de los estantes y le hizo un torniquete.

—Estese quieta —chistó conduciéndola hasta uno de los fregaderos—. Déjeme ver. —Apartó la mano de Andrea para ver el corte.

—Es muy profundo, ¿no? —tembló Andrea mirando hacia atrás y ahora más pálida que las baldosas de las paredes—. Sí, sí, es muy profundo —se contestó a sí misma antes de que Luca dijera «mú»—. Soy cero negativo y tengo al día la antitetánica —informó con las rodillas hechas gelatina. Era tan aprensiva e hipocondríaca que ver una sola gota de sangre le provocaba un ataque de pánico—. ¡Se lo digo por si me desmayo!

—Bloom... —llamó él bajando el tono habitual de su voz. El corte no era profundo, no necesitaba sutura, pero al haber sido en un lateral del dedo medio sangraba con ganas—. Eh... —Con la mano libre la cogió por la cara obligándole a mirarle—. No es grave, no necesita ni puntos —explicó de forma pausada.

—¿Seguro? —carraspeó Andrea al borde del llanto. Lo miró y apretó los trémulos labios—. Es que... soy un poco aprensiva.

—¿De veras? No lo había notado —sonrió, aunque esta vez sin ser mordaz. Luca descubrió el dedo, la hemorragia había cesado coagulando la herida. Con cuidado le lavó las manos para quitarle la sangre y la grasa y se las secó—. Si lo prefiere podemos amputar el dedo y nos ahorramos la tirita —le sugirió bromeando y guiando a la mujer al taburete—. Siéntese, voy a por el botiquín.

—No me mienta... —Andrea lo agarró por la manga de la

chaquetilla con la mano sana—. ¿Es grave o no? — le preguntó sin atreverse a mirar el dedo.

—No le estoy mintiendo, señorita Bloom. Es un cortecito de nada, poco profundo. —Graziani asintió al ver en los ojos de ella que le creía—. Se lo limpio y le pongo un guante de látex, así podrá seguir trabajando.

—Es usted un explotador... —sorbió Andrea por la nariz. Cerró los ojos para que todo dejara de darle vueltas.

Luca rellenó la copa de vino y se la tendió.

—Beba. —Lo más adecuado sería ir al bar y traerle una copa de *whisky*. No obstante, no se atrevía a marcharse de la cocina. Andrea parecía ir a desmayarse de un instante al otro—. Un día tiene que decirme algo que yo no sepa, señorita Bloom.

—Gracias... —murmuró ella entreabriendo los parpados y acercándose la copa a los labios.

—¿Se encuentra mejor? —interpeló Graziani mientras ella acababa con el vino. Le sirvió un dedo más. «Mira que eres... »—. Apuesto a que evita a toda costa hacerse una analítica.

Él casi se la imaginaba corriendo por los pasillos del hospital con una marea de enfermeras persiguiéndola.

—Hay quien sufre acrofobia y yo soy aprensiva e hipocondríaca.

Andrea le devolvió la copa y respiró profundamente. El mareo se le había ido, aunque había dejado una pátina sudorosa en su piel.

—Le curaré el dedo y después irá a refrescarse la cara.

Luca abrió el botiquín y en un rincón de la mesa de trabajo preparó lo necesario para hacerle la cura.

—Y a trabajar —agregó Andrea fijándose en él por primera vez, ya que siempre le había visto como «el imbécil, prepotente y pedante de Luca Graziani».

Sin embargo, Andrea ahora veía más allá... Las manos que la curaban eran grandes, de uñas cuidadosamente cortadas y con la piel surcada de pequeñas cicatrices. No había vello en los nudillos y por el tacto se notaba que él se ponía crema hidrante.

—Y a trabajar. —Luca sintió la mirada de ella y no desinfectó la herida. El tono de los ojos de Andrea se oscureció cuando cruzaron sus miradas y él, él estaba tan perdido en ellos que entregaría su alma, vendería su alma en ese mismo instante si a cambio ella...

—¿Sabía todo lo que le he dicho? —preguntó Andrea haciendo mención a la respuesta de él: «un día tiene que decirme algo que yo no sepa, señorita Bloom».

Si a cambio ella lo besara... «¡Eso mismo!». Graziani leyó los labios de Andrea, el movimiento sensual y húmedo de la bonita boca.

—Son opiniones suyas que no tienen por qué ser ciertas —afirmó él tras la irónica pregunta.

—O sí serlo y usted no creerlas —rebatió la joven.

No era guapo, no. No era esa clase de hombre arrolladoramente guapo que hacía suspirar a las féminas, él era... Luca Graziani era atractivo, era esa clase de hombre que destilaba elegancia y al que le centelleaban los ojos.

—Sí —respondió él dándole la razón. Acercó la mano zurda a un lado del semblante de ella y con un dedo le acarició lo alto del pómulo—. Tiene usted mejor aspecto, ya no está tan paliducha.

Andrea disfrutó del roce que se transformó en caricia. La mano de él le mecía la mejilla.

—Me encuentro mucho mejor —suspiró habiéndose olvidado del dedo.

Luca no dijo nada. Llevó la caricia hasta los labios de ella, rozó el arco de Cupido y acarició el borde del labio superior con la yema del dedo pulgar. En la pechera de la chaquetilla de Andrea podía apreciarse el aceleramiento de la respiración y el pulso mucho más intenso en la carótida.

Pujó con los labios el dedo de él y... «¿Qué estás haciendo?». Rápidamente miró al suelo, concretamente a sus Crocs.

—Entonces..., ¿con una tirita será suficiente? —tartamudeó con un extraño y potente calor abrasándola desde los tobillos a la coronilla.

—Sí —contestó Luca alejando la mano del rostro de ella. Se centró en sacar del botiquín lo necesario para desinfectar la herida—. No sea quejica... —repuso ante los gemidos de Andrea al impregnar la herida de agua oxigenada. Tapó el corte con una tirita y le metió la mano dentro de un guante—. ¿Quiere un besito? —le preguntó tras remendarle el dedo.

Andrea tenía manchada de sangre la chaquetilla y el delantal. Ella levantó la mirada de sus pies a los tormentosos ojos de él.

—Tendría que pagarme para que yo le dejara darme un besito...

«O no, si forma parte del tratamiento», pensó ella antes de

avergonzarse. Graziani no le gustaba, es más, lo odiaba. «¿No?».

Arrugó el papel de la tirita entre sus dedos al tiempo que la miraba.

—¿Se lo pago junto al sueldo o como un extra?

Luca lo decía en serio, tan en serio como que a su parecer existía Dios.

—Gracias —susurró acunándose la mano y de paso ignorando la pregunta de él. Andrea fue a ponerse en pie. Se tambaleó, pero logró reafirmarse.

—¿Sabe usted la palabrita mágica?

Graziani la cogió por las caderas para darle estabilidad. Andrea tragó saliva y pestañeó mirándolo.

—Y veo que usted también, aunque creía que era más de imperativos.

Tan cerca, los ojos grisáceos de Graziani le resultaban hipnóticos y el olor de su *after shave* comestible... «¿Función cerebral? ¡Eoeoeoeo!».

—¿Se lo pago junto al sueldo o como un extra? —repitió Luca.

—¿El qué? —susurró con las grandes manos de él en sus caderas, que, por culpa de un «mecanismo ancestral», se balancearon suave y provocativamente.

Andrea no pensó en Samuel, en la boda...

—El beso —soltó Graziani, como si lo dicho fuera obvio.

Trasladó las manos de las caderas hacia atrás, la zona lumbar y las deslizó por ella en dirección a las femeninas nalgas.

El vino, la sangre, el mareo. «¡Vuelve en ti, mujer!».

—No hago ese tipo de tareas... —Andrea alejó las manos de Luca y emitió un quedo jadeo apartando también la mirada de sus ojos—. Y dudo que usted las disfrutara, ya ha hecho bastante curándome, chef.

—Tiene razón. No lo disfrutaría, señorita Bloom. —Graziani camufló la verdad con una vulgar mentira. Apretó las manos a los lados de sus caderas, los dedos le quemaban al igual que las palmas—. La ayudo a limpiar los rastros de su ADN y luego continúa con su trabajo.

Extraño, palabra que definiría a la perfección aquel momento.

—Sí, chef —acató Andrea sorteándole.

Tiró el pichón que había desmembrado y al que tenía que haberle hincado el cuchillo, mas la punta de la hoja había preferido su dedo.

Limpiaron la mesa en silencio y desecharon las piezas de carne manchadas, desinfectaron las zonas de trabajo, el suelo y el fregadero y lo dejaron todo listo.

—Siga con lo suyo, sin prisa pero sin pausa —mandó Luca, dejando en la cocina a Andrea y la montaña de pichones.

Fue a su despacho y bajó la temperatura del aire acondicionado, pronto colgarían témpanos de hielo de las estanterías abarrotadas de libros de gastronomía. Graziani se llevó las manos a la cabeza y empujó los dedos hacia atrás pasándolos por la calva superficie. Ideó varias escusas para volver a la cocina y besarla; y después de besarla, desnudarla; y después...; y después...

—*Sarei pazzo se lo facessi*[19] —se ladró, arrancándose la chaquetilla y también la camisa y quedándose con la camiseta interior.

En la cocina, Andrea se limpió las palmas de las manos en el delantal a la altura de los muslos. Se mordió el labio inferior mirando al pichón, descabezado en la tabla de corte. Quería hablar con él. «¿Con el pichón? ¡No, no! Con Luca. ¿Desde cuándo le llamas así?». Ella acalló a la voz en su cabecita y dio los primeros pasos para salir del lugar.

Luca, detrás de la mesa del despacho y con la frente encima de la madera, apuntó al aire acondicionado con el mando y lo puso al máximo. El frío era lo único que lograría bajarle la temperatura y de paso regalarle un catarro; aun así prefería el catarro que ceder a sus instintos y... y...«¡Mente en blanco!».

Andrea recorrió el camino de la cocina hasta el despacho de Graziani, pero se quedó ante la puerta sin llamar. «¿Qué vas a decirle, que eres una mujer respetable? Le has zorreado... un poco». Cerró los ojos con fuerza, izó la mano para llamar...

En ese momento, sonó el teléfono.

—*Pronto. Chi parla*[20]? —descolgó Graziani al ver un número familiar en la pantallita. Era su hermano, llamándole desde el restaurante en plena campiña romana para recordarle la vendimia.

Andrea, «salvada por el teléfono», bajó la mano sin llamar. Le dio la espalda a la puerta y, por tanto, a la posibilidad de hablar «no sé el qué con Luca».

Graziani se maldijo, lo había olvidado por completo. No tenía reservado el billete de avión ni lo tenía todo en orden para

19. (It) Estaría loco si lo hiciera.
20. (It) Dígame, ¿quién habla?

poderse marchar. Colgó sin despedirse y se levantó abotonándose la camisa. Se calzó las botas, recogió la cartera y se puso la chaqueta de cuero. Cargó con el casco, los guantes y se ajustó el reloj a la muñeca. Apagó el aire acondicionado y la luz y abandonó el despacho.

—Me marcho, en dos horas empezará a llegar el personal... —anunció entrando en la cocina; se dio cuenta de que estaba hablando para el aire, Andrea no se encontraba allí.

—Chef... —avisó ella recién salida del vestuario y con la cara aún brillante y húmeda del agua con la que se había refrescado.

Andrea jugueteó con el anillo en su dedo hasta situarse a su lado.

—¿Dónde estaba, Bloom? —reprendió Graziani con el cuero de su chaqueta crujiéndole en los hombros.

—Como antes no he ido a...

—Puesto que espero que para las ocho haya acabado de despiezar todos los pichones, utilice las carcasas para preparar un fondo. Cierre la puerta una vez yo me haya marchado —cortó la frase de ella. Luca hizo saltar de su bolsillo a su mano las llaves de la Harley, mirándolas para centrar la vista en algo que no fuera la mujer.

—Pero, chef... —titubeó Andrea sin tiempo a decirle nada más, Luca ya se había marchado.

Fue a cerrar, aunque antes de girar las llaves en la cerradura de la puerta del personal miró a Graziani subiéndose a la moto y poniéndose el casco y los guantes. El tosco gruñido de la Harley se despidió de ella al salir a toda velocidad.

Luca cruzó Las Vegas, la luz del amanecer le iluminó la coronilla del casco y pisó el acelerador. Salió de la ciudad para dirigirse a San Bernardino, pero el sonido de una sirena policial se elevó por encima del ronroneo de la moto. Miró hacia atrás y, efectivamente, ahí estaba el coche, así que aparcó a un lado.

Las botas con espuelas estrelladas en los talones haciendo honor al viejo oeste golpearon el asfalto. Los pantalones del uniforme ceñidos más arriba de las caderas y la camisa por dentro. Un chicle girando en la boca, gafas de cristales oscuros y sombrero de ala ancha.

—Llevamos prisa, ¿eh? —mascó el agente, que en vez de sacar una pistola de su cinto sacó una libretita con bolígrafo incluido.

—Sí. —El casco se ceñía a su mentón y su cabeza oscilaba en un asentimiento. Luca sabía que iban a multarle por exceso de velocidad y ya podía rezar para que no le hicieran un test de alcoholemia—. ¿Cuánto va a ser? —preguntó sin querer perder el tiempo.

—Documentación, por favor —pidió el agente tras hacer un globo con su chicle y reventarlo bajo la fuerza de sus dientes. Cuando Luca le entregó lo requerido, lo apuntó con la mano libre—. No se mueva de aquí. —Una vez en el coche, le entregó a su compañero la documentación para que la revisara y volvió al encuentro del motorista—. Usted me suena...

—Tengo una cara muy corriente —respondió Graziani sin bajarse de la Harley. Oteó el coche y en un resoplido soltó—: Agente, tengo prisa.

—Eso ya lo sé —falló el policía mojando la punta del bolígrafo en su lengua. Garabateó en la libreta—. Mi compañero está comprobando sus datos.

—Señor Graziani, me encantaba su programa en Fox —exclamó el compañero al acercarse desde el coche. Era el típico chico recién incorporado al cuerpo junto a un veterano con aires de John Wayne—. Pero mi novia era más de *Supreme chef* —sonrió alargando la mano para que Graziani se la estrechara—. Es un placer, un verdadero placer conocerle.

Luca carraspeó y, sin bajarse de la moto, le estrechó la mano. «¿No hacerlo sería desacato a la autoridad?». Agradeció que este le entregara la documentación y esperó la «jodida» multa.

—Estamos de servicio, hombre —riñó a su compañero, la copia de Wayne, y le entregó la libreta para que él acabara de rellenar la multa. Descansando las manos en sus caderas y mascando ruidosamente le chistó a Graziani—: Le seguiré la pista, amigo.

Luca se guardó la documentación y la multa dentro de uno de los bolsillos interiores de la chaqueta. Sin despedirse de la pareja compuesta por «el bueno y el malo», Graziani despertó el aletargado motor y se reincorporó a la ruta.

Kendall empujaba una de las puertas de la cocina.

—Buenos días —saludó amodorrada. Un rico y nutritivo olor le enamoró las fosas nasales—. ¿Resaca de testosterona?

—¡No pienso volver a ese antro y no, no tengo resaca de testosterona! —sentenció Andrea, que había cumplido lo ordenado por el chef.

Había acabado de despiezar los pichones y guardar todas las bandejas en la nevera salvo la que contenía las carcasas. Estas las había hundido en una olla de agua fría junto a unas verduras cortadas en **mirepoix** y unas hierbas aromáticas. Llevó todo a ebullición elaborando poco a poco el famoso fondo.

—No grites. El jefe podría...—rechistó Kendall dando saltitos hacia Andrea, ocupada en pelar patatas para hacerlas **soufflé**.

Una vez fritas, y para darles el toque propio de un restaurante italiano, serían rellenadas con una crema de **mascarpone** y trocitos de **bresaola**.

—No está —dijo Andrea haciéndose patente en su voz el amargor de la decepción. «¿Decepción por qué?»—. Se marchó hace un rato.

El rato al que ella hacía alusión eran casi tres horas.

—¿Te ha dejado aquí, sola? —dudó Kendall con la vista fija en las manos de Andrea pelando patatas y más patatas y... —. ¡¿Qué te ha pasado?! —cuestionó, quitándole la patata y el cuchillo para mirarle el dedo.

—Me endosó el trabajo de despiezar pichones y luego se marchó —explicó Andrea sin mirar a Kendall a su lado. Se zafó de su mano liberando la suya, recuperó el cuchillo y la patata y masculló—: Un cortecito de nada.

—Por cierto, ese antro como tú le llamas le da un poquito de felicidad a muchas mujeres. —Kendall resopló y viendo que Andrea continuaba ignorándola le soltó con un bufido—: Como se nota que no has dormido, estás atontada.

«¿Atontada?». No, no estaba atontada, estaba...

Andrea le dio la patata y el cuchillo y sin mediar palabra salió de la cocina. Antes de Kendall, habían llegado al restaurante un par de pinches que habían entrado por la puerta de personal. Se dirigió a la puerta de acceso principal para no tropezarse con nadie y salió al sol, suspiró con los ojos cerrados: «¿Atontada?».

5

Hijo de la anarquía

—¿Vienes a almorzar? —le cuestionó Doherty al ver a Luca Graziani en el recibidor de su mansión en lo alto del valle en San Bernardino—. La gente normal y con educación llama antes —dijo encogiéndose contra la pared para que este entrara y dándole de paso un golpe con el casco en su prominente barriga.

—No, no vengo a almorzar —espetó Luca caminando hacia uno de los comedores en la opulenta mansión de Doherty—. Siéntate y llama a Marvin.

Retiró una silla, dejó el casco sobre la mesa y colgó la chaqueta. Una vez sentado, le tendió su iPhone.

—Tranquila, yo me ocupo —susurró Doherty a la señora Núñez. La mujer de servicio iba a abrir la puerta, pero al él ver a Luca llamando a través de la cámara de seguridad decidió recibirlo personalmente—. ¿Has venido en moto desde Las Vegas? —interrogó entrando en el comedor y frotándose la adolorida panza—. ¿Por qué no has cogido un avión?

—Haz lo que te digo, llama a Marvin —insistió Luca sediento, pues tras la multa no había parado a descansar ni un minuto. «¿No se supone que hay que descansar cada dos horas?»—. Llama —repitió cuando Doherty le cogió el teléfono.

No tenía que buscar en la agenda, el número ya estaba en pantalla.

—¿Quieres *fettuccine*? —ofreció Doherty mientras la señora Núñez trasladaba la batería de copas, cubiertos y platos del pequeño comedor a ese—. Iremos un poco justos de pasta, pero...

—¡No, no quiero *fettuccine*! —gritó Graziani, haciendo que la pobre mujer perdiera las servilletas. Recogió del suelo una de las blancas piezas remachadas con puntillas blancas y se la alcanzó para volver a gritar a Doherty—: ¡Llama de una puta vez!

—Ya puede ser urgente... Menudo humor —bisbiseó él pegando el teléfono a su oreja. Doherty se sentó y deslizó la servilleta sobre su regazo—. Marvin, Luca ha aparecido en casa y...

Graziani se levantó de la silla, se estiró por encima de la mesa y le quitó a Doherty el teléfono poniéndolo en manos libres.

—Teníais toda la razón del mundo; es buena, tanto como para que yo me moje el culo y hable con François de la Croix —confesó sin respirar hasta haber acabado la frase.

—¿Me llamáis para decirme eso? —cuestionó Marvin con un ojo abierto y el otro cerrado. Sus vacaciones en Suiza estaban siendo tempestivamente interrumpidas. Esas no eran horas para hablar, se lamentó con la cabeza sobre una almohada de plumón. Miró la hora en la pantalla del teléfono y resopló—: ¿Y ya está? ¿Puedo seguir durmiendo?

El brazo de Judy circundaba sus caderas y su respiración le calentaba un omóplato.

—Tengo que irme a Roma mañana —explicó Luca dejando el teléfono en la mesa y sentándose. Se llevó las manos a la calva—. Parte del trato era que a quien le tocara supervisaría a Andrea y la evaluaría durante el transcurso de un mes y yo no voy a poder seguir haciéndolo —y eso lo consolaba, lo tranquilizaba. Ya no tendría que tomar distancia, ya no tendría que refugiarse en su despacho helado—. Llamaré a François de la Croix de todas formas, esta misma tarde.

—¿No tienes dos restaurantes en Roma? —bostezó Marvin, cerrando los ojos y girándose sobre el otro lado del reconfortante colchón. Colocó a la dormida Judy en una posición cómoda para él y una vez más bostezó.

—Sí —dijo Graziani entre sorbo y sorbo del tinto que Doherty acababa de servirle.

La señora Núñez tenía la mesa dispuesta y se acercaba con la pasta.

—¿No puedes llevártela? —interrogó Marvin frotándose los pies bajo las sábanas—. Entiendo que te marchas a la cosecha como cada año por estas fechas. Deja a la señorita Bloom en uno de tus restaurantes y algún momento sacarás para visitarla—. Nena, estoy intentando hablar por teléfono —repuso a Judy, ahora no tan dormida y tratando de quitarle el iPhone para que colgara.

—¡¿Y dónde coño quieres que la aloje?!

No, no, ni hablar. Eso cambiaba por completo su plan de «no más empalmes incontrolables». Luca negó como si Marvin le estuviera viendo en videoconferencia.

—Has conseguido que una de tus empleadas te alquilara una habitación para Andrea. —Doherty, que en ese momento enrollaba unos *fettuccine* en el tenedor ayudándose de la cuchara, levantó la vista del plato—. ¿No puedes lograr algo parecido en Roma?

—Este no era el trato —condenó Luca golpeando la mesa con las manos.

Doherty le sirvió la pasta en el plato correspondiente, la espolvoreó con el parmesano y el *basilico*[21] finamente picado que se encontraba en el plato auxiliar y movió las manos invitándolo a comer. «Como bien decía mi madre... "Quédate con quien se preocupe de si ya comiste"».

—¿Se está rajando, señor Graziani? —se mofó Marvin como venganza. Estaba de vacaciones y las vacaciones estaban para descansar, no para que «los malos amigos» le despertaran a uno en mitad de la madrugada inventándose excusas absurdas para no cumplir con los tratos—. Mire que de ser así quedaría en entredicho su hombría.

Sonrió mirando a Judy que, de cara a él, seguía con un ojo abierto y el otro cerrado.

Luca estaba acorralado, atrapado, encelado, obsesionado, «agilipollado» y se había quedado sin sinónimos. Colgó y miró a Doherty comiendo la pasta como si todo fuera fantástico y maravilloso.

—*Hai fatto una cazzata*[22]... —dijo sabiendo que él no entendería nada.

En el *Io sono*, Andrea capeaba el temporal. Jacks había caído enfermo de varicela, la cual le había pasado su hija de seis años; Todd, que era el *sous chef*, no controlaba para nada la cocina, y el resto del personal simplemente «iba de culo». Unos platos salían con retraso, otros esperaban enfriándose y hasta se repetían comandas.

—Los señores de la diez se marchan —exhaló Clint entran-

---

21. (It) Albahaca.
22. (It) La jodiste...

do en la cocina.

Kendall y otros dos camareros esperaban los platos apoyados contra la pared que conectaba el pasillo hacia el comedor.

—¿Se marchan? ¡Un momento, un momento! —Andrea se detuvo camino a la pasarela con un plato de **risotto** *alla zucca*[23] servido de la manera tradicional, en las manos. Aspirando el aroma de la calabaza preguntó—: ¿Qué era lo que querían los de la diez?

Todd ojeó todos los *tickets* colgados en la barra por encima de la pasarela y alzó las manos al aire sin encontrar la comanda.

—Yo... yo... —tartamudeó sudando profusamente—. ¡No lo sé!

—¡Se acabó! —Andrea dejó el *risotto* en la pasarela e hizo que se lo llevaran al comedor. Apartando a un lado a Todd, revisó las comandas—. Déjame ver. —Encontró el *ticket* y lo descolgó. Miró a Clint, el camarero, y sin pensarlo cogió el timón—. Vaya a comprobar si realmente se han marchado, de no ser así dígales que lo suyo marcha en siete minutos exactos. —Antes de que este se fuera, añadió alzando algo la voz—: ¡Y que de todas, todas no pagarán el almuerzo!

Kendall recogió los dos platos ya listos y empujó la puerta con un hombro sin quitarle el ojo a Andrea.

—Marcelo y Bini, siete minutos exactos —apuntó Andrea pinchando en el tablón las comandas que ya habían salido. Se giró sobre sus Crocs y mirando a los susodichos cantó—: Un **vitello tonnato** y un **carpaccio** *di gamberi*[24].

—Señorita Bloom, todavía son clientes —anunció Clint de vuelta a la cocina y recuperando el color en las mejillas, ya que nunca se había visto en una situación tan vergonzosa—. Se quedan.

—Bien —susurró Andrea regalándole una de sus limitadas sonrisas—. Preparad unos **arancini** y unos **panzerotti** para dos —ordenó al grupo que se encargaba de preparar los **antipasto**—. Los enviaremos también a esa mesa.

—El señor Graziani me va a despedir... —lamentó Todd, recolectando el sudor de su frente con el delantal—. Y no volveré a encontrar trabajo porque él se encargara de ello —plañó al lado de Andrea, que casi tenía en completo orden la cocina—. La sangre italiana. ¡La mafia! —dramatizó empezando a abanicarse.

---

23. (It) *Risotto* de calabaza.
24. (It) *Carpaccio* de gambas.

—Sí, sí, el *padrone*[25] hará desaparecer tu cuerpo en una balsa de ácido —se burló Andrea, sujetando la última y atrasada comanda en una mano y con la otra dándole un apretón en el hombro a Todd.

—¡Dicen que hay muchos enterrados por ahí en el desierto!

Marcelo dispuso en el plato y con suma delicadeza las láminas de gamba. Apretando meticuloso el biberón, goteó pequeñas esferas de una emulsión de cítricos y aceite de oliva y coronó el plato con brotes de berro.

—¿Muchos qué? —preguntó Todd inmóvil al lado de Andrea.

—¡Enemigos de la mafia, hombre! —exclamó Marcelo colocando el plato en la pasarela para que pudieran llevarlo al comedor—. ¿No sabíais que hasta Sinatra estaba compinchado con ellos? —interpeló a Todd al pasar a su lado.

—¡Sí, sí, Las Vegas era el paraíso de la *Cosa Nostra*! Nada de Chicago —dictaminó Bini, entregando su plato dos minutos más tarde que Marcelo.

Entre ambos hicieron un recuento en menos de seis minutos.

—¡Tiene razón Bini! —falló Declan en la sección de *antipasto*—. Yo vi un capítulo de *Ghost adventures* en el que contactaban con el espíritu de un asesinado por la mafia —juró metiendo las pelotitas de *arancinis* en el aceite.

—¿Y su espíritu junto al de Elvis estaban en el Sands Hotel and Casino?

Rio Marcelo hundiendo el cazo en la olla de **minestra maritata**.

—¡Muy gracioso! —protestó Declan escurriendo el aceite de los *arancinis*.

Volcó en el plato el **pesto genovese**, menos espeso de lo normal, casi convertido en una salsa ligera, y al lado derramó con cuidado el **pesto rosso**, también menos espeso de lo normal. Las salsas no llegaron a juntarse en el plato, sino que quedaron como dos coloridas balsas en las cuales Declan dispuso estratégicamente las pelotitas de arroz.

—Es que dices unas tonterías... —sentenció Marcelo sirviendo la sopa en dos tazones altos y profundos. El rico aroma de

---

25. (It) Padrino, padre. Mafia.

la carne y las verduras levantaría a un muerto de su tumba.

—¿Las psicofonías son una tontería? —inquirió Declan con voz de pito.

Los *arancinis* acababan de salir al comedor y ahora estaba sacando de la tostadora industrial las rebanadas de pan para las **bruschettas**.

—¡Ese programa es una tontería! —resolvió Arno alzando la voz, pues se encontraba en la amplia sección de postres donde preparaban **babàs**, **zuppa inglese**, el famoso tiramisú, delicadas **fruttas martoranas** y *panna cotta*.

Andrea dirigiendo «el barco» y habiendo resuelto toda la locura que se había formado, llamó al orden—: ¡Vamos, no os distraigáis!

Organizó las nuevas comandas mientras Todd se marchaba al vestuario, delegándole toda la responsabilidad. El servicio finalizó sin haber perdido clientes y sin que nadie pidiera la virginal hoja de reclamaciones.

Luca se había marchado de Las Vegas con el amanecer y regresaba a la alocada ciudad a media tarde. Las gafas protegían sus ojos del deslumbrante astro rey. Las manos enguantadas en el manillar, la chaqueta de cuero y los tejanos le proporcionaban más comodidad de lo que lo hacía su habitual atuendo, compuesto de los más finos trajes y los más lustrosos zapatos. Un *doctor Jekyll and mister Hyde*. Aparcó la Harley, bajó de ella y se quitó el casco, mirando la puerta trasera de acceso al edificio y dejándose las gafas de sol como si estas pudieran protegerle de la visión de... «estúpido».

—¡Señor Graziani! —llamó Toulouse nada más entrar este en el local—. De no ser por la señorita Bloom hubiésemos tenido un gran problema —dijo casi sin tartamudear—, varios diría yo.

—Ahora no —espetó sin escucharle. Luca golpeó una de las puertas de la cocina para abrirla. Vio a casi todo el mundo ahí reunido, en corrillo—. ¡Bloom, a mi despacho! —gritó.

Bajó la cremallera de su chaqueta y echó a andar, el retumbar de sus botas en el *parquet* ahogaba cualquier otro sonido.

Toulouse miró a Graziani, levantó un brazo y enderezó un dedo pidiendo permiso para hablar, pero no le fue concedido. Es más, Luca ni siquiera había percibido su gesto.

Después del servicio, todos incluido Todd se habían apiñado en la cocina para brindar con agua con gas. Esta tenía burbujas, pero no alcohol. La cuestión era celebrar que habían sobrevivido a lo que podría haber sido una catástrofe que se hubiera cobrado sus vidas de no haber reflotado la situación Andrea. *Fear the reaper.*[26] pensaron todos al ver aparecer a Luca Graziani cual hijo de la Anarquía.

—Perdonadme —se excusó Andrea.

Tomó aire y siguió a Graziani fuera de la cocina. Entró tras él en el despacho, cerró la puerta ante su gruñido y se quedó ahí de pie sin saber qué esperar. Él estaba enfadado, de haber podido ver su aura seguro que estaría más negra que el tizón.

—Vaya al apartamento y recoja sus cosas, mañana se marcha...

—¿Me está echando? —boqueó Andrea, con las cervicales tensándose de tal manera que iban a partirse de un momento a otro—. ¡¿Qué he hecho de malo?! —medio chilló mirándolo.

—¿Me permite acabar de hablar o va a seguir gritando como una histérica? —escupió sacando un sobre del interior de su chaqueta, que colgó tras el respaldo del sillón, y se dejó caer en el mullido asiento. Apuntó al aire acondicionado con el mando y lo encendió, sin mirarla y sin quitarse las gafas—. Mañana necesitará su pasaporte, que entiendo lleva encima. Recoja todas sus cosas y despídase.

Le tendió el sobre esperando a que ella lo recogiese de entre sus dedos.

Andrea se aproximó y alargó el brazo. Con la mano herida, cogió el sobre, levantó la solapa y descubrió el billete a Roma.

—¿Por qué? —preguntó sin entender nada de nada.

Igual que tampoco lograba entender qué le había visto a Graziani hacía unas horas. Seguía siendo el mismo «*imbécilredomadodesiempre*».

—Porque yo lo he decidido —sentenció arrancándose las gafas de sol al tiempo que soltó como si estuviera echando al perro—: Mañana a las cinco pasaré por el apartamento a recogerla. A las cinco, en punto. Ni se le ocurra retrasarse. —Era una amenaza. Luca agitó la mano, pero al oírla abrir la puerta para marcharse...—. ¿Todavía conserva los diez deditos, señorita Bloom?

—Claro, chef —le contestó ella ladeándose para poder mirarle—. Tengo pensado autolesionarme solo cuando usted esté

---

26. (In) Teme a la Parca (Muerte).

cerca. —La pérdida de sangre, el vino, ¡todo eso la había confundido por unos segundos! Era imposible que se hubiera visto atraída por él, era completamente ridículo—. ¿Quién mejor que usted para ser mi enfermero? —Andrea cerró la puerta e hizo algo de ruido, no fue un portazo, pero... por muy poco—. Gilipollas... —susurró sujetando entre ambas manos el billete de avión.

Levantó la cabeza y vio a Kendall ante las puertas de la cocina haciéndole aspavientos.

Dentro del despacho, Luca convirtió una de sus manos en un puño y lo mordió. De no ser porque Andrea había cerrado, la hubiera... Con la otra mano, se desabotonó el pantalón y resolló apoyando la cabeza en el mueble. Miró al techo teniendo la sensación de que la dureza de su erección sería capaz de agujerearlo.

Toulouse llamó a la puerta al tiempo que Andrea avanzaba por el pasillo. Al no recibir respuesta por parte de Graziani, continuó llamando a la vez que giraba el pomo. Asomó la cabeza.

—Chef...

Lo vio ahí, en el sillón, ¿mirando al techo? Abrió un tanto más y dio un primer paso para entrar en el despacho.

—¡Fuera! —vociferó Luca al percatarse de que Toulouse estaba dentro, frente a su mesa, que pronto estaría congelada al igual que el resto de su mobiliario.

—¡Sí, señor! ¡Sí, señor! —farfulló Tête de Moine, a la vez que iba dando brincos directo a la salida.

Cerró la puerta y se apoyó en la madera respirando entrecortadamente.

Graziani empujó con el antebrazo lo que se encontraba sobre la mesa y lo mandó al suelo, irguió la cabeza y de nuevo se impulsó para atrás. Puede que del golpe se le aclararan las ideas. «¿Qué coño vas a hacer?». Centró la mirada entre sus piernas. «¿Tienes que incluir la palabra coño en la jodida frase?». La erección empujaba hacia arriba el material del bóxer y le hacía apretar los dientes de puro y tortuoso dolor. Y para colmo sus esperanzas de librarse de Andrea y, por consiguiente, del caos emocional en el que le había sumido se habían esfumado...

De nuevo en la cocina, Andrea mostraba el billete de avión despidiéndose del personal. En aquellos casi quince días le había cogido cariño a más de uno, por no decir a todos; «bueno, a todos no...», se corrigió pensando en Graziani.

—Mi turno ha acabado hasta el viernes —adujo Kendall no muy entusiasmada por los dos días de vacaciones, aunque lo cierto es que por lo que no estaba nada entusiasma era porque Andrea se marchara. Se habían acostumbrado la una a la otra y el apartamento iba a quedarse triste y vacío sin ella.

—¿Nos vamos juntas? —le preguntó Andrea andando hacia la salida con su manta de cuchillos, deteniéndose para agitar la mano libre como despedida final al elenco de trabajadores.

—... Y te ayudo con la maletas —suspiró Kendall marchando tras ella.

Cruzaron las puertas metálicas y se encaminaron hacia los vestuarios.

Andrea paró en mitad del pasillo y se agarró a uno de los delgados brazos de Kendall.

—Te voy a echar mucho de menos... —susurró apoyando cariñosamente la mejilla en el antebrazo de esta.

—Yo también a ti —respondió Kendall acariciando la mano de Andrea para seguidamente pasar la caricia a la corta y oscura melena—. Pero tenemos WhatsApp, Skype y mogollón de cosas más para no perder el contacto. Además, estaremos a un vuelo de distancia —argumentó tirando de Andrea y de sí misma—. Oye, qué vas a hacer en... —Le quitó el billete y leyó—: ¿Roma?

—Acabar el mes ahí, supongo.

Luca no le había dado ningún tipo de información y ella no iba a entrar en la helada cueva a pedírsela... «¿Qué clima hace a mediados de octubre en Roma?». Andrea tomó el billete que Kendall le tendió y resopló cuando su amiga abrió la puerta del vestuario.

—La vendimia, por eso te marchas con él —comentó Kendall.

«¿Cómo no he caído antes?», se preguntó abriendo su taquilla, que vomitó un *bikini*, un pareo, chanclas y tres toallas... Restos de su última visita a Mandalay Bay. Tenía un «*exrollete*» que trabajaba ahí, así que él la dejaba disfrutar de la piscina de vez en cuando.

—¿Cómo?

Andrea dejó su manta de cuchillos en uno de los bancos, se quitó el pañuelo de la cabeza y metió las horquillas entre sus dientes conforme se soltaba la cortísima melena.

—Por estas fechas el señor Graziani siempre se va a Roma, a la vendimia —explicó Kendall introduciendo de nuevo en la taquilla todo lo que esta había expulsado. Empujó la puerta y giró la llave.

—¿Qué vendimia? —masculló Andrea con media docena de horquillas entre los dientes.

—¡Pues la suya! —exclamó Kendall, poniéndose de puntillas para recoger la bolsa deportiva de Andrea que estaba encima del mueble de las taquillas.

—Me lo has aclarado todo, Kendall —farfulló ella sacándose las horquillas de entre los dientes y colocándolas en la palma de una mano mientras con la otra peinaba su corta cabellera.

Andrea miró el billete de avión encima de la manta de cuchillos... «¿De verdad vas a irte sin saber por qué?». Obviamente Graziani no iba a secuestrarla para despedazarla y convertirla en relleno de canelones. «Piensa mal y acertarás».

—El jefe tiene una finca en Roma con viñedos y cuando llega la época se va para la vendimia —dijo Kendall abriendo esta vez la taquilla de Andrea—. Digo yo que te dejará lo que te queda del *stage*[27] en uno de sus restaurantes. —Sacó todo lo que encontró en ella: diferentes cremas, un neceser repleto de maquillaje, ropa de recambio aparte de la que iba a vestir ahora, desodorante, laca...—. Podríamos montar un mercadillo en la puerta.

—Lo que yo he dicho... —susurró Andrea, pues ¿qué iba a hacer sino en Roma? ¿Turismo? No, no, de lo único que ella estaba segura al cien por cien es de que Luca Graziani jamás de los jamases iba a «rajarse». Cumpliría con su promesa y Andrea solo tenía que sobrevivir... dos semanas más—. Y Graziani nos mataría —espetó haciendo alusión a lo del mercadillo.

Kendall hizo correr la cremallera de la bolsa deportiva y lo lanzó todo dentro, sin cuidado, sin orden.

—¿Y cómo te gustaría que te diera muerte? —chinchó ella doblando el pañuelo que Andrea había llevado antes en la cabeza y... lanzándolo a la bolsa.

—¿Quieres dejar de hacer comentarios sexuales referentes al señor Graziani? —Kendall lo había metido todo en la bolsa, incluida la ropa de recambio. Andrea resopló y antes de que echara la cremallera detuvo su mano—. ¿No te quieres duchar?

—No, hoy me he levantado francesa.

Kendall se hizo a un lado dejando que Andrea revolviera en la bolsa.

—Por el amor de Dios, Kendall, ¿era un chiste? —cuestionó Andrea alzando la cabeza para mirarla.

---

27. (Fr) Tiempo de aprendizaje. (Prácticas).

—Un poco contradictorio porque fueron los franceses los que inventaron el bidé, ¿no? —Sujetó la ropa que Andrea le dio y arrugó la nariz—. Por tanto, son limpios —razonó Kendall.

—Lo que tú digas, pero yo voy a ducharme.

Andrea no cerró la bolsa. De esta había sacado una toalla, champú y la ropa de recambio.

—Vale, pues yo te miro —le dijo Kendall cruzándose de brazos y apoyándose contra el mueble de las taquillas.

Andrea dejó el champú en la ducha, salió de ella y colgó la ropa que iba a ponerse tras darse un agua rápida. Se desabotonó la chaquetilla y elevó la mirada hasta Kendall.

—¿No eras heterosexual?

Sus pechos sobresalían ligeramente del sujetador y una suave pátina de sudor brillaba en torno a su hundido ombligo.

—La falta de alimento me está convirtiendo en... —No pudo acabar la frase sin echarse a reír—. ¡Era una broma, tonta! —exclamó Kendall con Andrea estirando los extremos de la chaquetilla para cubrirse el pecho.

—Menos mal, me habías asustado de verdad... —suspiró ella deshaciendo el nudo que se le había formado alrededor de la campanilla—. ¡A veces eres tonta!—. Y dijo: «a veces» cuando bien podría haber soltado: «la mayor parte del tiempo».

Andrea se duchó, se secó y se vistió; Kendall en cambio solo se cambió de ropa. Salieron juntas del restaurante y comenzaron a recorrer las calles de Las Vegas en una especie de despedida. Saludaron al fastuoso hotel-casino New York, New York y resistieron la tentación de quedarse a ver el pase del espectáculo gratuito de las Fuentes del Bellagio.

—¿Sabes? —Andrea entrelazó un brazo con un antebrazo de Kendall y venció la cabeza sobre el hombro de esta—. Me gustaría que fueras una de mis damas de honor.

La vida tenía guiños sorprendentes, amigos de toda la vida aparcados a cierta distancia del alma y otros conocidos en menos de un mes que ya tenían ganados un puesto fijo en el corazón— ¿Lo dices en serio? —le preguntó Kendall sorprendida.

Hacía calor, pues el sol de la tarde quemaba con ganas, haciendo florecer el sudor en las sienes y en los pliegues de piel. La gente circulaba por el Strip en bermudas y *bikini*. Grandes ventiladores instalados en las calles removían el aire abrasador para transformarlo en una brisa algo fresca y pequeñas camionetas con una manguera incorporada circulaban mojando el asfalto.

—No, te tomo el pelo —se burló Andrea dándole un golpecito con su misma cabeza en el hombro—. Claro que te lo digo en serio.

—¿Puedo organizarte una despedida de soltera?

—No.

—Qué aburrida eres... —rio Kendall dándole un empujón para que se enderezara y mirándola le soltó—: Vamos, que lo de tirarte a tu jefe por un mes en plena Toscana como que no...

—No voy a la Toscana, voy a Roma —puntualizó Andrea sabiendo que Kendall y el mapamundi nunca harían buenas migas—. Y voy a obviar lo otro —bufó en cuanto a lo referente a Graziani. Ella ni se planteaba el hecho de llevarse bien con él, menos aún el intercambio de fluidos.

—¿Has visto *House* alguna vez?

Sacó las llaves del bolso y abrió la puerta del portal del edificio de apartamentos cediéndole el paso.

—Sí.

«¿Y a qué viene esa pregunta?». Andrea se quedó mirándola frunciendo sus oscuras cejas.

—¿No te recuerda un poco a Graziani, pero en versión guapa? —rio Kendall entrando primero y encendiendo tontamente la luz del portal interior—. Quiero decir, sin la pata coja y la adicción a la vicodina.

Andrea se quedó pensativa un par de segundos y después apagó la luz, se veía perfectamente.

—¡Vamos por las escaleras! —ordenó antes de que Kendall fuera a presionar el botón para llamar al ascensor—. Y sí, me recuerda bastante a *House*.

Rio bajito yendo ella en cabeza por las escaleras.

Kendall resolló al llegar a la cuarta planta, dejar de fumar estaba fastidiándola más allá de «*tenerunmonoquetecagas*». Cuando fumaba no tenía problemas para subir las escaleras y ahora estaba resoplando para llegar a la puerta del apartamento.

—No vas a volver al vicio ahora que me marcho, ¿verdad?

En ese sentido, Andrea podía fiarse más del Diablo que de Kendall.

—¿Qué te apetece cenar? —exhaló Kendall abriendo la puerta y, por supuesto, ignorando la pregunta de Andrea—. ¿Cocina china, japonesa, hindú, libanesa?

—Es prontísimo, Kendall.

—No empieces a protestar...

—¿Y no es mejor preparar algo de lo que hay en la nevera?—preguntó Andrea cerrando la puerta, colgando su bolso en
el perchero y dejando la bolsa de deporte en el suelo.

Kendall fue a la cocina y abrió la nevera, se agazapó y miró
dentro.

—¿Qué puedes hacer con un limón y dos huevos? —A ella
se le ocurría mayonesa, pero, claro, la experta era Andrea—. ¡Ah!
Y pan de molde enmohecido —apuntó por si este podía aportar
algo interesante.

—Libanesa —suspiró Andrea pensando en atiborrarse de
hummus, **faláfel**, **kibbeh**, **batata harra** y refrescantes platos de
tabulé y **muttabel**.

—Vale, traeré comida china. —El resto lo había dicho de
relleno, ella quería comida china e iban a cenar comida china—.
¡Y pillo el ascensor! —le advirtió caminando hasta el recibidor.

Pasó a su lado y como no se había descolgado el bolso, solo
tuvo que abrir la puerta y salir al pasillo. Andrea no tuvo tiempo
ni de decir «*pío*». De haberlo pensado antes, Kendall y ella podrían haber ido juntas a por la cena. «En fin», pensó mirando la
puerta cerrada. Mordiéndose el interior de un carrillo, abrió el
bolso que pendía del colgador y de este sacó su teléfono.

—Samuel, ¿cómo estás? —preguntó cuando él descolgó.

Llevaba tres días sin llamarle, ni un mensaje de texto, y se
sentía un poco culpable, aunque desde luego él no parecía sentir
lo mismo. Andrea tenía una muy larga lista de llamadas perdidas
de la «*pesadadesiempre*» y una infinidad de mensajes de voz,
pero ninguno de ellos era de Samuel.

—Aquí, en el taller —respondió él sujetando el teléfono
con el hombro y restregando la grasa de sus manos en el paño.

Poco antes de que Andrea le llamara estaba sumergido en
las tripas de un Chevrolet Impala del 62.

—Ya... —dijo Andrea para romper el silencio. Metió la na-
riz dentro del bolso y atrapó entre los dedos el billete de avión.
Mirándolo y caminando hacia una de las ventanas, masculló—:
Mañana me marcho a Roma.

—¡¿A dónde dices que te marchas?! —gritó Samuel, pues
el sonido del elevador alzando el SS le impidió oír lo que Andrea
acababa de decirle.

—A Roma, pero estaré de vuelta dentro de dos semanas,
el día dos de noviembre. —Andrea se detuvo frente a la ventana
y corrió la cortina, aún no había anochecido y los rayos del sol se

reflejaban en la réplica de la Torre Eiffel—. No tendrás que venir a buscarme a Las Vegas, aterrizaré en Dulles y ya cogeré un taxi.

Mejor dicho, seguro que «*lapesadadesiempre*» iría a por ella al aeropuerto.

—Vale, porque no estoy seguro de si podría ir a buscarte —carraspeó Samuel colgándose el paño en el hombro y apoyándose de lado en la pared.

Sus ojos avellana miraron fijos la calle. Los ojos de Andrea, más oscuros que los de Samuel, también observaban la calle, aunque ella no veía las calles de Washington, sino limusinas, grupitos de mujeres con bandas anunciando que iban de despedida de soltera, hombres perfectamente trajeados con el dinero ardiéndoles en los bolsillos y también tatuadores a la espera de entregar sus tarjetas a todo bicho viviente que llevara un tatuaje hecho en una noche de borrachera y, por tanto, necesitado urgentemente de un *cover*.

—Y... ¿qué haces?

Las conversaciones con Samuel nunca profundizaban demasiado; se quedaban en: «¿Qué quieres para cenar Samuel?», con su respectiva respuesta: «lo que tú quieras».

—Acabo de decirte que estoy en el taller.

—¿Y no hay mucho trabajo? —preguntó Andrea haciendo caer la cortina y, por tanto, dejando de mirar afuera.

—Como siempre...

—¿No quieres saber por qué me voy a Roma o qué he hecho hoy o el resto de los tres días que llevo sin llamarte?

Caminó hasta el sofá y se dejó caer en él.

—Has estado en una cocina, así que habrás cocinado —conjeturó Samuel acabando de limpiarse las manos en su camiseta, anteriormente blanca—. Lo de Roma formará parte de la tontería que estás haciendo, ¿no? —No esperó a que ella respondiera—. Creo recordar que me dijiste que te irías...

—Samuel, ¿estás hablando en serio? —No podía creerlo, Andrea sabía de sobra que Samuel desaprobaba lo suyo con la cocina, pero de ahí a no escucharla ni lo más mínimo. Se rio sin ganas—. ¿Me lo estás diciendo de verdad?

—No te entiendo, Andrea...

Samuel miró hacia atrás, el SS ya estaba levantado y su padre y su hermano estaban echándole un vistazo.

—¿Que si hablas en serio respecto a lo de que te dije que me iría a Roma?

—Sí, claro.

—¡Pues en ningún momento te dije tal cosa! —gritó ella golpeando el sofá con la mano que no sostenía el teléfono—. ¡Es más, no sé ni por qué me voy! —añadió como coletilla.

—Me estás gritando, Andrea. —Samuel retiró el aparato de su oído y se masajeó la oreja.

—Buena apreciación, Samuel. —Ahí estaba doña sarcasmo—. ¡Te grito porque no me prestas atención y porque te importa una mierda lo que hago! ¡Lo ves como una tontería cuando para mí es muy importante!

—Eres tú la que se ha marchado persiguiendo ese sueño alocado de cocinar —atacó Samuel una vez que apoyó el teléfono contra su oreja—. ¿Es que no puedes contentarte con hacerlo en casa?

Antes de que Andrea se apuntara al *casting* de *Supreme chef* y entrara en el programa, ellos eran una pareja normal. Andrea trabajaba en la zapatería junto a su madre, le hacía el desayuno, el almuerzo, se lo metía en un *tupper* y luego cenaban juntos en casa. Y ahora, ahora su vida era un caos.

—¿En casa? —No le había valido de nada sentarse, pues ya estaba de nuevo en pie. Andrea zanqueó a la ventana y chilló como para que la oyeran desde la calle—: ¡En casa!

—Sí, en casa —contestó Samuel pétreo. Era alguien que a veces evocaba el pensamiento de «*estetíonotienesangreenlasjodidasvenas*».

—¡Es lo mismo! ¡Claro que sí! —Doña sarcasmo estaba aquí otra vez—. ¡Valgo más que eso, Samuel, valgo mucho más que eso y parece que no te quieres dar cuenta!

Samuel, templado, dejó que la furia italiana que Andrea había heredado siguiera saliéndole por la boca a modo de chillidos.

—¡¿Me estás escuchando?! —exigió tras pasarse una mano por la cara.

Estaba cansada y ahora mismo no era solo por el trabajo. Estaba cansada de que Samuel no le prestara atención. A pesar de llevar tres días sin llamarle…, «imperdonable, señorita Bloom», a pesar de todo, ella siempre le había apoyado por mucho que no considerara para nada interesante su oficio de mecánico.

—Sí.

Samuel, con el teléfono aún apartado, la oía como si tuviera activado el manoslibres.

—¡¿Sí y ya está?! —gritó Andrea y eso que la sangre no iba a llegar al río.

Ella gritaba, maldecía y Samuel..., Samuel hacía lo mismo que una acelga en estos casos. Nada... «no seas tan exagerada». De vez en cuando, muy de vez en cuando, Samuel sí se enfadaba y le reprochaba algo...; no obstante, ella siempre se llevaba la palma.

—Ya sabes lo que pienso sobre tu decisión respecto al tema de la cocina —comenzó a decir él rascando la mancha de grasa en el centro de su vientre cubierto por la camiseta—. Hace un año emprendiste este camino hacia la nada y sigues en él. ¿Qué puedo hacer yo al respecto?

—Hace un año y seis meses, Samuel —enfatizó Andrea—. Y este viaje hacia la nada me está ayudando a conocerme. —De pie como estaba y frente a la ventana, se movió de un lado a otro por la estancia hasta que miró hacia el recibidor, su maleta de ruedas asomaba por el pequeño pasillo—. Hoy he llevado una cocina yo sola, el servicio entero lo he dirigido yo sola.

Y qué orgullosa estaba de ello.

—Andrea ya sabemos desde hace tiempo que tú sabes cocinar, ¿qué necesidad tienes de demostrárselo al resto del mundo?

Esa era la misma pregunta que le había formulado hacía más de un año, justo antes de que Andrea entrara en el concurso.

—¡No tiene nada que ver con el resto del mundo! —y sí, esa era la misma respuesta que ella le había dado tiempo atrás—. ¡Es por mí Samuel!

Él continuaba sin entenderlo y Andrea... iba a desistir de intentar de explicárselo.

—¿Tienes que demostrarte que sabes cocinar?

Ella lo sabía, él lo sabía. «¡¿Quién más necesita saberlo?!». Samuel, mirándose las uñas ennegrecidas por la grasa, suspiró sin alterarse lo más mínimo.

—Dejémoslo, Samuel... —exhaló Andrea negando con la cabeza al mismo tiempo que caminaba hasta el recibidor y se sentaba en una esquina de su maleta—. Dejemos el tema.

Cerró los ojos y juntó sus pies en el suelo, uno al lado del otro. La luz solar se escapaba y oscurecía el apartamento.

—Será lo mejor. —Samuel frunció el entrecejo para preguntarle—: ¿Cuándo me has dicho que vuelves?

Andrea abrió los ojos y miró la alianza de compromiso en

su dedo.

—El día dos de noviembre —respondió con el sonido de las calles de Las Vegas ejerciendo de coro.

—Muy bien, cariño —asintió Samuel como si ella pudiera verlo—. Nada más llegar tendrás que hablar con Cathy para ponerte al día con la boda —indicó para que ella se hiciera una nota mental—. Te quiero, hablamos.

Andrea se despidió en silencio. Colgó, inclinando la cabeza, con la mirada en los pies. Ya no tenía hambre ni de comida china, libanesa, mejicana... No tenía hambre de nada.

6

Mujer adicta al rosa aterriza en Roma

—Llámame cuando llegues —le pidió Kendall a Andrea mientras el chófer cargaba en el maletero del Nissan Máxima las pesadísimas maletas y la manta de cuchillos.

Aún no había sol y hacía algo de fresco, así que ella se puso la chaqueta tejana y se cargó el bolso al hombro.

—No te preocupes —se despidió de Kendall abrazada al delgado cuerpo de esta—. Te quiero —masculló besándole una mejilla y metiéndose en el coche—. Muchas gracias —sonrió al chófer antes de este cerrar la puerta de los asientos traseros del fastuoso vehículo. Andrea miró hacia delante y farfulló—: Buenos días, señor Graziani.

Luca, escondido detrás de los oscuros cristales de sus gafas de sol, le respondió sucintamente.

—¿Lleva la documentación encima? —No quería ni mirarla porque, si la miraba, se embobaba.

—Sí, señor —respondió Andrea pensando que no estaría de más que él también le diera los buenos días.

—Dudo que haya una segunda ocasión, pero de haberla... —El coche se puso en marcha rumbo al aeropuerto—. Haga el favor de ser más puntual, señorita Bloom.

El viaje transcurrió en silencio a excepción del sonido de los dientes de Andrea chirriando, que trataba de ignorar. Graziani bajó del Nissan con solo una maleta de mano, ya que en la casa tenía ropa, y apremió al chófer para que sacara las maletas de Andrea.

—¡Es para hoy! —urgió.

—Muchas gracias. —Andrea sonrió al chófer a la vez que se las ingeniaba para acarrear con todo, y menos mal que le había regalado a Kendall su bolsa de deporte haciendo más liviano su equipaje—. Ya voy... ¡Ya voy! —le replicó a Luca, que ya se enca-

85

minaba hacia el aeropuerto.

Luca avanzó y avanzó y... miró hacia atrás.

—Por el amor de Dios —resopló yendo al encuentro de Andrea—. ¿Qué lleva aquí dentro? ¿El vestuario entero de las Bratz? —y dijo Bratz, pues Polly Pocket le parecía mucho más sofisticada... Él no entendía para qué quería Andrea tanta maleta y tanta «¡Tontería!».

—No, no me van las boas. Aunque sí el *animal print* y no creo que eso sea un delito —se indignó Andrea mirando la calva de Graziani.

—En Las Vegas no, pero en Texas seguro que lo es.

Y lo de las Bratz... ¡Eso le dolió!

—¡Mis morros son naturales! —despotricó Andrea caminando tras Luca, que ahora llevaba todo su equipaje excepto el bolso y la maleta de mano.

—Y yo que pensaba que se los había pillado con una puerta.

—¿Y lo de su calva cómo fue... o es que es una cuestión genética?

Luca iba rápido, cosa que hizo que ella tuviera que acelerar el paso sobre sus tacones.

—Es más cómodo que peinarse todas las mañanas o echarse más labial tono *rojofóllame* en esos morros naturales. —Andrea lo tenía desquiciado, más que harto y... empalmado también—. La esperaré en *baggage claim*[28] —alzó la voz, pues ella se estaba quedando atrás.

—No le entiendo. ¿Cómo que me...

—Las Bratz tienen la cabeza bastante grande —la interrumpió y se detuvo, girando para encararla tras los cristales negros—. ¿Sabe? La teoría de cabeza grande va ligada a la densidad de la masa cerebral y por tanto a la inteligencia, aunque a veces la naturaleza hace de las suyas. —Con las mejillas encendidas y el tic de la ceja izquierda en plena acción, Andrea paró ante él, cosa que Luca aprovechó para decirle—: Es muy sencillo, señorita Bloom, una vez llegados a Fiumicino yo la esperaré en el *baggage claim*.

—Pero... —Hoy ya había cumplido con el mínimo de ejercicio diario—. ¿No vamos juntos?

Si él respondía que no, Andrea se sentiría decepcionada y

---

28. (In) Zona de recogida de equipaje.

dolida. «¡No! Te dará igual».

—En el mismo avión sí, aunque usted irá en turista y yo...
—Graziani pasó la lengua por la blancura de sus dientes—. En
primera —rio encogiéndose de hombros—. Tranquila, iremos
juntitos al *check-in*[29] y nos separaremos en la sala de embarque.

—Imagino que usted irá a una sala de embarque privada
en la cual le servirán un Martini —gruñó Andrea deseando que
Luca se ahorcara con su corbatita de seda.

—Martini ¿por la mañana? —rio de nuevo dándole todo su
equipaje y quedándose por tanto solo con su maleta de mano—.
Señorita Bloom, dice usted unas tonterías.

Efectivamente fueron juntos hasta el *check-in* y se separa-
ron en la sala de embarque. Una vez llegada la hora, Andrea cruzó
la puerta de embarque correspondiente. Subió al avión y, mientras atravesaba el pasillo, allí estaba... Graziani en primera clase. Sentado cómodamente y con **FOOD & WINE** entre las manos;
claro, salía él en portada. «*Gilipollaspetulante*», pensó apretando
las muelas. Ella cargaba con el bolso, quizás si golpeaba a Luca
con él se le bajara un poco el recuento de vanidad... «claro, es lo
mismo que el colesterol malo». O también ¡hincándole la lima de
uñas en la frente! «No, te la han quitado al revisarte el equipaje».
Andrea alzó la cabeza y, con toda la dignidad del mundo, continuó
recorriendo el pasillo hasta la clase turista.

Luca se había hecho el distraído con la revista mientras Andrea transitaba el pasillo; una vez tuvo claro que ella no iba a
verle, alzó la rasurada cabeza y miró hacia atrás. La contempló,
la melena corta y peinada hacia atrás, la palidez de la piel ya no
oculta bajo la chaqueta tejana. Se mordió el interior de un carrillo. Andrea no llevaba sujetador, o por lo menos no de los que él
conocía por «convencionales», ya que dos finísimos tirantes de
aspecto sedoso sujetaban la prenda en los hombros de la mujer.
«Nada más... ». Poco después, las azafatas corrieron las cortinas
que dividían la primera de la segunda clase. Graziani se enderezó
en el asiento y cerró la revista. «¿Culpabilidad?». No, él la quería
lo más lejos posible y la mayor parte de tiempo.

Abandonando suelo estadounidense, se dirigieron hacia
Roma. Tras un largo vuelo, en el que hicieron escala en Nueva
York, volvieron a encontrarse, como bien había dicho Luca, en el
baggage claim.

---

29. (In) Facturación.

—Hola —dijo Andrea de manera seca y cortante.

Ella se había tirado casi dieciséis horas en turista con un tío pelma sentado al lado que roncaba, poco espacio para las piernas y un menú que dejaba bastante que desear. Luca, en cambio, tuvo más que suficiente hasta para hacer la croqueta sin nadie al lado. Y todo regado con **Sassicaia Magnum** y hasta fuagrás de oca. «*Elmuybastardo*».

—Buenos días, señorita Bloom —saludó Graziani mirándola, él cargaba con una maleta de mano y Andrea iba con su maleta de ruedas rosa, su bolsa de mano rosa y el bolso, gracias a Dios, no color rosa—. ¿Qué tal el vuelo?

No estaba siendo amable.

—¿Nos vamos?

Andrea no había desayunado en el avión. Tenía hambre y mucho *jet lag*. Eran las siete y cuarto de la mañana del miércoles y la temperatura era muy fresca comparada con la de Las Vegas. La marea de pasajeros cargados con sus maletas avanzaba hacia las puertas de salida.

No, Andrea no llevaba sujetador y Luca maldijo la silueta de los pezones en la tela de la ridícula blusa.

—Sus cuchillos —le dijo tendiéndole la manta, colgada de sus dedos por el asa.

Si no permitían subir una lima de uñas al avión... «¿Por qué sí una manta llena de afilados cuchillos?», se preguntó. Pero Graziani se las había arreglado para que ahora ella pudiera darles uso.

—Gracias, señor.

Cogió la manta y la añadió a su equipaje; ella parecía un caracol «¡Con la casa a cuestas!». Luca asintió con la cabeza y sin mediar palabra se puso en marcha. Había sacado las gafas de sol de su bolsa de mano y las deslizó de su afeitada cabeza para esconder los ojos tras los oscuros cristales, aunque lo que debería ocultar era su creciente erección...

—¡¿Se puede saber qué está haciendo, Bloom?! —gritó deteniéndose al mismo tiempo.

Echó la mirada hacia atrás, Andrea estaba por lo menos a veinte pasos de él..., cargando con una maleta de ruedas rosa, la bolsa de mano rosa, el bolso no rosa y la manta de cuchillos. ¡Ah!, y por el camino había perdido la chaqueta.

—¡Soy una mujer subida a unos tacones, no un *sherpa*! —ladró Andrea poniendo cara de... Yeti. «¿Y qué cara es esa? ¡Pues de mala leche!». Medio tropezó con la maleta de ruedas y el bolso se le descolgó del hombro—. ¡Oh, mierda! ¡Mierda, mierda! —protestó, parándose en seco antes de acabar con los morros en el suelo y encima de una montaña de maletas y bolsos.

—*Soccorso non viene mai tardi*[30] —resopló Graziani cogiendo la maleta de ruedas y colocando sobre ella la bolsa de mano y la manta de cuchillos. Las ajustó al manillar de la maleta y tiró de ella empezando a caminar hacia la salida.

El acto altruista no le cuadraba nada... y supuso que lo que él le había dicho sería una mofa. Andrea se puso la chaqueta y llevando solo el bolso correteó hasta ponerse a la altura de Luca. Con el tic nervioso en la ceja, le cuestionó:

—¿Qué me ha dicho?

Los rayos del sol que entraban por los grandes ventanales le dañaban los ojos, desnudos de lentes, pero su cuerpo destemplado agradecía el calorcito.

—Que debe usted aprender italiano urgentemente. —Graziani miró a un lado y al otro al cruzar las puertas de la salida. No había mucha gente a esas horas, pero lo que le extrañaba era que no los estuvieran esperando.

—¿Saber otro idioma para ponerle a caer de un burro? Estoy deseándolo —murmuró caminando ahora unos pasos tras él. «¡Y qué ganas de patearle el culo!», pensó.

Aunque estaba llevándole las maletas..., Andrea lo observó de arriba a abajo y, casi sin darse cuenta, su mirada estaba centrada en...

—¿Qué ha dicho?

La había oído cuchichear como una vieja. Luca giró la cabeza para mirarla y le pareció que ella estaba... «no, no». Andrea no le miraba el culo, ella lo odiaba.

—Nada, señor Graziani —respondió a bocajarro desviando la mirada.

Si la especie dependiera de Graziani y ella, la humanidad se extinguiría. «¿Conoces la definición de *autoconvencerse*?». ¡Estaba ovulando! Y se le había ido la vista. «¡No hay por qué hacer un drama!».

Él fue a soltarle una lindeza cuando oyó su nombre a voz en grito. A duras penas le dio tiempo de buscar a su hermano, pues este ya se encontraba delante y lo estrechaba entre sus brazos.

---

30. (It) La ayuda no llega nunca tarde. Vale más tarde que nunca.

Andrea abrió la boca y no parpadeó. Luca Graziani abrazándose, besándose en la mejilla con otro hombre y dándose palmaditas en la espalda... «¿Padeces mal de alturas y estás en el avión convulsionando y alucinando?».

Luca rompió el abrazo con su hermano, pero no el contacto. Con una mano sobre el fornido hombro y la otra sosteniendo las maletas de Andrea, lo señaló henchido como un pavo.

—Señorita Bloom, este es mi hermano Andreas.

Hacía ya seis meses que no se veían y hablar una vez a la semana por teléfono no sustituía el calor humano. Se parecían, no eran dos gotas de agua, pero sí se notaban los «genes». No obstante, ella juraría que la «*malalechecondenominacióndeorigen*» se la había llevado toda Luca, pues el otro parecía más risueño.

—¿Andreas? —repitió Andrea con una mueca—. ¿Puede dejar de tomarme el pelo, señor Graziani? —bufó hacia Luca.

—No se lo estoy tomando, Bloom —se sinceró él mirando a su hermano, le dio un apretón en el hombro y, a continuación, le endosó su maleta de mano quedándose él con el equipaje de Andrea.

—Este es mi hermano Andreas y... —dijo deteniendo la intención de ella de presentarse—. No habla inglés.

—*Ciao*[31] —saludó Andreas estrechando la mano libre de la mujer.

Él era un tanto más alto y corpulento que Luca y tenía pelo, divertidamente rizado. Y los ojos grisáceos, aunque tirando a añiles.

—*Ciao*. —Andrea sonrió apretando la mano de este, ladeó la cabeza y mirando a Graziani masculló—: Me está tomando el pelo que usted no tiene.

Para su gusto ella poseía el nombre más horroroso del «*mundomundial*». Y aquel tipo, Andreas, no se llamaba Andreas. «¡Seguro que no!».

Luca miró las manos unidas y cogiendo la muñeca de Andreas y tirando posteriormente de ella rompió el apretón entre ambas. Le dio a este su bolsa de mano y él continuó cargando con las maletas de Andrea, obligando a su hermano a empezar a caminar. «¡¿Qué?!», pensó mentalmente, no quería que Andreas toqueteara a Andrea. «¡Qué lío de Andreas!».

—Shhh —le chistó a su hermano para que siguiera cami-

---

31. (It) Hola y también sirve como adiós.

nando a paso acelerado hacia la salida del aeropuerto.

Además de la diferencia del físico entre Andreas y él... Andreas era dulce, atento, risueño... ¡Él era Gollum y Andreas la versión guapa de Sméagol! Sí señor, lo suyo eran las comparaciones.

Andrea tenía las piernas dormidas. «¡Ayuda, síndrome de la clase turista!». Y Andreas y Luca iban a toda velocidad. Ella esquivaba todo el que se interponía en su camino y estiraba el cuello como una tortuga para no perder de vista a los Graziani.

Andreas, delante de las puertas acristaladas de la calle, esperó a que la mujer llegara a su altura. Ignoró los resoplidos de Luca y, una vez los tres juntos, los guio al coche. Le abrió la puerta trasera del vehículo para que ella pudiera sentarse.

—*Vaffanculo, stronzo*[32]... —gruñó Luca, que tuvo que meter él solito el equipaje en el maletero y abrirse la puerta del copiloto. Se dejó caer en el asiento, dio un portazo y gruñó de nuevo al ver en el retrovisor la sonrisita en la boca de Andrea. Graziani miró a su hermano a la vez que se ponía el cinturón—. Menos mal que Andreas no habla inglés —masculló.

Andreas abrió la puerta tranquilamente, se sentó frente al volante y, sin prestar atención a Luca y sí a Andrea, cruzó el cinturón por su pecho. Ella era bonita y fresca, con una sonrisa limpia y un divertido brillo en los ojos, y a su hermano le encantaba por mucho que tratara de disimularlo. Luca no le había hablado de ella, y él nunca se tragaba sus programas de televisión, por lo tanto no había visto *Supreme chef*, mas era consciente de que su hermano pequeño sentía algo más que atracción sexual por aquella mujer que él contemplaba ahora por el retrovisor. Sí, sabía que Luca sentía algo más que un impulso sexual por ella: intuición fraterna.

El coche se puso en marcha y salió del aeropuerto, metiéndose en la autopista Roma-Fiumicino. Coches de *carabinieri* conduciendo a una velocidad muy por encima de la permitida, cláxones sonando de manera ensordecedora y millares de *vaffanculo* como banda sonara. El rumor sobre la manera *kamizake* de conducir de los italianos ¡era completamente cierto! y también que desconocían el uso de los intermitentes. ¿Qué le depararía la ciudad? Andrea por lo menos se consoló con el hecho de que no iba en una Vespino.

—¿No vamos a Roma? —se atrevió a preguntar al rato, re-

---

32. (It) A tomar por culo, bastardo...

parando en los carteles que iban pasando conforme avanzaban por la autopista.

—Estamos en Roma, Bloom —respondió Luca ácidamente.

Se mordió la lengua reprimiendo un quejido al sentir a Andreas pellizcarle un muslo, amonestándole por el «*tonitoempleadoconlapobremuchachaindefensa*».

—Me refiero a la ciudad —respondió Andrea queriendo ser más ácida que él. Entre los dos iban a hacer yogur.

—La ciudad está a unos treinta kilómetros del Leonardo Da Vinci y no vamos allí —ladró Luca mirando el salpicadero frente a sí, aunque... Se ladeó en el asiento, pues no llevaba puesto el cinturón—. Ahora sea una niña buena y... —apretó los blancos dientes antes de ordenar—: Cállese.

Ella creía que el aeropuerto se llamaba Fiumicino y no Leonardo Da Vinci y... no iba a discutirle. Hinchó los carrillos, frunció el ceño y miró por la ventanilla para no «*estamparleenlacarasubolsoaldichosoitalianodeloshuevos*».

Andreas sonrió de medio lado con solo una mano al volante. Como en un partido de tenis retransmitido por el retrovisor, fue observando a la mujer enfurruñada en los asientos traseros con el cinturón puesto y al ahora inquieto de su hermano sentado en el lado del copiloto.

Al salir de la autopista se metieron en un camino de tierra más propio para un todoterreno que para un BMW, infinidad de hileras de viñedos y más viñedos y, al fondo, la impresionante casa. Amplios ventanales, balconadas, terrazas, tejas rojizas y paredes de piedra rebozadas de cálida pintura color ocre.

Andrea se desplazó en el asiento para pegar la nariz al cristal.

—Ya puede bajar, Bloom —le dijo Luca, que abrió la puerta y apoyó los pies en el suelo con el sonido del motor en marcha.

Sus zapatos levantaban el polvo del camino hacia la casa conforme avanzaba. Él siempre llevaba las llaves encima como si temiera no tenerlas a mano un día que necesitara refugio por más que estuviera a más de mil kilómetros de distancia. Le consolaba pensar que una parte del hogar iba en su bolsillo. Subió los escalones y una vez delante de la puerta sacó la llave, la giró en la gruesa cerradura y el crujir de la madera lo recibió. Luca se apuró en entrar y poner el código de la alarma. Las ventanas estaban abiertas y la luz entraba a raudales. Graziani se concedió unos segundos para mirar a su alrededor y respirar el aroma del hogar; tras ello, asomó la rasurada cabeza por la puerta.

—Lo haremos nosotros, sino perderemos una hora —le dijo a ella.

Se refería a que Andrea no cargara con las maletas y subiera directamente.

Con el bolso bajo el brazo y el asa escurriéndose por el interior de este, Andrea izó la cabeza contemplando hasta el tejado de la casa, mientras Andreas abría el maletero a su lado.

—Es preciosa... —masculló.

El entorno podría haber salido de la película del *Padrino*. Al oír y ver a Graziani asomando la cabeza, Andrea sopesó la posibilidad de llamarle *Padrone*. Luca bajaba ahora las escaleras y Andrea las subía.

—Entre y estese quietecita en el recibidor —mandó con los pies de nuevo sobre el caminito de tierra. Subió las maletas junto a Andreas y, mandó a su hermano a la cocina. Mientras él acompañó a Andrea al dormitorio—. Esta es su habitación, las sábanas son nuevas, se lo prometo —le dijo tras abrir la puerta y permitir que Bloom entrara. La *nonna*[33] Giuliana había limpiado la casa, no había duda, y no porque estuviera sucia, pues siempre había alguien durante la semana, sino porque era una adicta a la limpieza—. Ahí tiene el cuarto de baño y...

Luca iba hablándole, pero ella caminó hacia uno de los grandes ventanales, se recostó en el alfeizar interior y, como hipnotizada por las vistas, miró la enorme extensión de viñedos.

—En la antigua Roma estaba mal visto que las mujeres tomaran vino... —comenzó a explicarle Luca, dejando las maletas a un lado y avanzando hacia Andrea—. Los maridos tenían permiso legal para matar a la esposa, o en el mejor de los casos divorciarse, si las sorprendían bebiendo alcohol.

Suspiró contemplando las viñas y seguidamente a la mujer, y apoyándose de lado en el ventanal.

—¿De verdad?

La agresividad de ambos se esfumó como el alcohol al descorchar una botella de vino y dejarla a la intemperie toda la noche. Andrea estaba maravillada por las vistas, el verde se intercalaba con el borgoña de las uvas. El sol aquí se veía diferente, su luz era más cálida y amarillenta que en Washington.

—Sí. —Sí a que estaba enamorado de ella o sí a ese «¿De

___
33. (It) Abuela.

verdad?». Sí a ambas cosas. Andrea admiraba el paisaje, pero él, él la contemplaba a ella así como estaba, de perfil. La pequeña nariz, el grosor de los labios teñidos de *rojofóllame*… —. Plutarco en una de sus obras relata que los romanos y las romanas comenzaron a besarse a partir de la ley que prohibía que las mujeres bebieran vino, de esa forma el marido podía oler el aliento de la esposa y, para asegurarse del todo, unía sus labios a los de ella para comprobar si su boca sabía a alcohol —relató frenando su mano zurda, la muy inconsciente quería aproximarse para retirar los oscuros mechones que rozaban una de las pálidas y femeninas mejillas.

—¿Entonces en las películas y en las series? —Andrea se puso de puntillas y eso que llevaba los tacones, quería ver un poco más allá aunque intuía que no vería nada más que no fueran viñas—. En *Spartacus* las mujeres no son precisamente abstemias.

Luca no pudo evitar reírse. Rio y hasta se carcajeó.

Andrea apartó la mirada del paisaje y la posó en Graziani, se estaba riendo ¡él se estaba riendo! Sin mofa o cinismo alguno. Los renglones de dientes brillantes como perlas delicadamente pulidas relucían entre la finura de los labios, los parpados entrecerrados daban sombra a los ojos de tonalidad metálica. En ese momento a Andrea le resultaba mucho más interesante Luca que el paisaje.

—A partir del siglo I a. C. el vino empezó a formar parte de la alimentación básica —trastabilló con la humedad de las lágrimas escociéndole en los lagrimales. Le dolía la boca del estómago de carcajearse. Graziani carraspeó, la estaba mirando con tanta intensidad que le iba a arder la calva y algo mucho más abajo y al sur de sus pantalones—. No obstante, no se fie mucho de según qué películas y series. —Luca recordó el episodio de Chippendales y añadió—: Yo creía que usted no era de ver hombres medio en cueros...

—En *Spartacus* no están medio en cueros... —Lo pensó mejor y osciló la cabeza de lado a lado—. O no la mayor parte del tiempo. —Al estar tan cerca el uno del otro, percibía los trazos olfativos del *after shave* que él usaba junto a su perfume, lo que atolondraba a sus hormonas—. ¿Usted es más de *The Walking Dead*? —preguntó dándole la espalda al paisaje para apoyarse en el alfeizar interior de la ventana y continuar mirando a Graziani.

—*House* —dijo Luca, su excitada libido le enriquecía la voz, la tornaba más profunda—. Y *Los vigilantes de la playa*.

Por alguna extraña razón, «¿Y qué te hace pensar que es extraña?», estaba seguro de que Andrea estaba coqueteando. Su manera de sonreír, como entrecerraba los ojitos y el tono de voz más... «¿Sugerente?». Luca iba a empezar a sudar de un momento a otro.

Ella se mordió el labio inferior de manera poco inocente, pero no fue queriendo, fue un acto inconsciente.

—Lo de *House* tiene gracia, pues salvo por el bastón y...

La propia Kendall había bromeado con ello y... Andrea dejó de pensar, sus ojos se deslizaron desde su mirada hasta su boca; de ser una urraca, ella trataría de llevarse cada una de esas perlas que él tenía por dientes, la prominente nuez de la garganta y luego la fina porción de piel que quedaba expuesta y el cierre de la corbata...

—¿Un cumplido por su parte, Bloom?

Ella no había llegado a acabar la frase, mas Graziani intuía que Andrea había tratado de halagarle y eso lo hizo hincharse como un pavo.

—Puede que sí.

Tonteando, coqueteando, flirteando «*conelhijodelagranmadredetujefe. ¡¿Qué haces?!*». Pero es que estaba rememorando la delicadeza con la que le había apañado el dedo aquel día en la cocina. «¿Lo del beso sigue en pie? No hace falta que figure en el contrato». La alianza de compromiso en su dedo no iba a traicionarla, no iba a abandonarla como el anillo único, pues esta no albergaba poder mágico alguno.

Andreas estaba friendo jamón y huevos y posiblemente en esos instantes estuviera dando vueltas a la polenta con la gran cuchara de madera... Luca no tanteó el terreno, se aproximó un tanto más a la mujer.

—Disculpe... —trastabilló ella condenando al iPhone, que sonaba en el interior de su bolso—. Un segundo, yo, ahora... —masculló sin sentido. Sacó el teléfono y sin mirar la pantalla descolgó—. ¿Quién es? —preguntó con tono imperativo.

—Tu madre, ¿te acuerdas? —dijo la voz al otro lado de la línea—. Esa que te parió hace veintinueve años, y a la que no has llamado... ¡para decirle que te ibas a Roma!

Como madre, estaba dolida y francamente preocupada.

—Te he mandado un mensaje de texto e iba a llamarte... —masculló Andrea tras volver a pegar el teléfono a su oído, pues su madre casi le había dejado sorda—. Ahora —mintió levantando la cabeza y buscando a Luca con la mirada, mas este había entrecerrado la puerta al marcharse, dejando las maletas junto a la cama.

—¿Te has vuelto loca?

Era una afirmación formulada como pregunta, en realidad su madre estaba ratificando con ella que Andrea estaba loca.

—¿Por qué me dices eso? —preguntó caminando hacia la puerta. Sin abrirla del todo, miró al pasillo y solo vio eso, un pasillo largo y solitario. Ni atisbo de Luca.

—Porque tú sabes lo que pasa si te fugas con un italiano —sentenció Megan.

—No me he fugado, he venido a trabajar. Y el señor Graziani y yo... —Andrea enrojeció hasta las puntitas de las orejas, sufría de una revolución hormonal agravada por el aire romano—. ¡No digas tonterías! —soltó con aquellas tres palabras enredándose en su lengua.

—¡Has dudado! —chilló Megan temiéndose lo peor.

Agitando la mano que no sostenía el teléfono, le indicó a Grant, que estaba a su lado, que se mantuviera callado.

—Por supuesto que no, mamá... —mintió de nuevo.

Andrea fue a echarse el pelo hacia atrás conforme marchaba a la ventana; no obstante, se quedó mirando su mano. Sí, esa que llevaba la alianza de compromiso.

—Yo no sé qué es, pero... pero los italianos tienen algo en el pene que el resto no tienen —masculló Megan—. Y luego esa forma de hablar y de enredarte...

Bueno, ella había caído en la primera y única cita. El padre de Andrea no necesitó recitarle mucho para que sucumbiera a sus encantos.

—¡Mamá, por favor! —exclamó Andrea para rápidamente taparse la boca con la mano enjoyada.

Si Graziani la había oído gritar iba a tenerla limpiando los azulejos de la cocina con la lengua. Miró hacia la puerta esperando, deseando, verle aparecer con el ceño fruncido y un atisbo de la blancura cegadora que tenían aquellos dientes suyos...

—Eres mayorcita, ¿no? —¡Ni que el sexo fuera tabú entre ellas! Andrea nunca había sido dada a hablar de ello, pero no era culpa suya, como madre había cumplido—. Solo te estoy advirtiendo —suspiró Megan.

—¿De que los italianos tienen algo raro en el pene? —susurró Andrea pegando los labios al teléfono y mirando la puerta sin apenas parpadear. El bolso pendía de su hombro.

—Acabarás con las bragas en los tobillos —sentenció Megan mientras Grant resoplaba a su lado—. Andrea, entiende que para ellos meterse a una mujer en la cama es como lo de las Termópilas.

—Mamá, las Termópilas fue en Grecia y no sé a qué te refieres.

Hoy no llevaba bragas, era un «¿*Culotte*?» y no tenía intención alguna de tener la ropa interior girando en sus tobillos como un *hula hoop*.

—¡Es igual! —chistó Megan mandando callar a Grant con la mirada. Peinándose hacia atrás con la mano libre, le dijo a Andrea—: Además, Grecia está al lado de Roma.

O por lo menos estaban a menos de una uña en el mapamundi.

—Gracias por la lección de historia... —mascó Andrea dándole la espalda a la puerta—. Mamá, te llamo más tarde.

Quiso despedirse, no obstante, ni apartando el iPhone de su oreja evitaba que la voz de pito de su madre se colara por el auricular y le cosquilleara de manera molesta en el oído.

—¡No cuelgues! —ordenó Megan y levantando la mano como si Andrea estuviera delante de ella voceó—: ¡Tenemos que hablar!

—De penes italianos no —recalcó Andrea en un susurro lo suficientemente audible al otro lado de la línea. Miró el teléfono en su mano, la foto de mamá en pantalla y la bolita roja, la cual presionó para colgar aunque no sin antes despedirse—: Hasta luego.

Podía haberse despedido con un beso o por lo menos un «yo también te quiero», pero lo de los penes italianos la había... ¿Alterado? «Recuerda, no es culpa tuya, son tus hormonas».

Luca tiró los huevos revueltos al plato, los tiró y..., «hablando de huevos», ¡él también los tenía revueltos y... ardiendo! Y todo por culpa de «*doñacalientarrabosperocuidadínqueestáprometida*». Pinchó dos salchichas y las lanzó junto a los huevos, aligerados con un poco de leche, cocinados en mantequilla y sazonados con pimienta negra. Andreas no había preparado nada del otro mundo, pero a Luca le gruñía el estómago, aunque no sabía si podría comer con...

—¿Su prometido ha hilvanado una frase con sentido? —le preguntó a Andrea al verla entrar en la cocina. Miró la sartén y arrojó la espátula al teflón—. Debe de estar echándola de menos.

Andrea se enfrió, toda la calentura que Graziani le había hecho acumular como si se estuviera preparando para un largo, larguísimo invierno se marchó por la ventana que este acababa de abrir.

—No era Samuel, era mi madre —respondió mirando de reojo a Andreas que servía café «alquitrán»—. Sí, claro que me echa de menos. ¿Usted no lo hará cuando acabe el mes? —interpeló andando hasta detenerse al otro lado de la isla de mármol.

—Ni borracho... —mintió Luca, para su desgracia. Elevó la rasurada testa y con la boca torcida espetó—: Pobre Samuel. Pobre, pobre hombre, tiene el Cielo ganado. —En los cinco minutos que ella había estado hablando por teléfono, Andreas había preparado el desayuno y vestido la mesa de la terraza. Y él, Luca había llegado para pelearse con la sartén y gruñir y gruñir y, ¡ah!, también gruñir—. ¿Quiere desayunar o no, Bloom? —demandó apuntándola con la espátula.

—Muy amable, como siempre —refunfuñó Andrea, mirando la espátula que Graziani había rescatado de la sartén para encañonarla con ella—. Yo a usted tampoco voy a echarle de menos —mintió igualmente para su desgracia—. Y sí, quiero desayunar. «Y sobre todo dormir».

Luca bajó el arma y la dejó en la sartén. Se frotó las manos en el paño de la encimera y cogió los platos.

—Se le pasará en un par de días —comentó yendo hacia la terraza. Él estaba acostumbrado al *jet lag* y sabía lo duro que podía llegar a ser—. Su cuerpo tiene que acostumbrarse.

Colocó los platos y aniquiló a Andreas con la mirada cuando este movió la silla destinada a Andrea para que tomara asiento. Agua y aceite, así eran los hermanos Graziani.

—Graci... —comenzó a decir Andrea, mas no acabó de pronunciar la palabra. Sonrió a Andreas sentándose y mal pronunció un—: *Grazie*[34].

Palabra que cualquiera podía encontrar en una guía de viajes. Colgó el bolso en un lado de la silla y estiró la servilleta sobre el regazo. De nada había servido mojarse la cara en el cuarto de baño de la que ahora iba a ser su habitación.

—*Prego*[35].

Sonrió Andreas inclinándose a un lado para poder tener

___

34. (It) Gracias.
35. (It) Varios significados, en este caso como: de nada.

contacto ocular con ella; seguidamente, tomó asiento a su lado y sopló antes de dar un sorbo a su oscurísimo café.

El sonido del silencio, frío y machacón, pululó en torno a ellos el tiempo que duró el café en las tazas.

Andrea parpadeó mirando a los dos hombres, que tragaron el café negro tizón ardiendo como si fueran chupitos de tequila. Tras ello los Graziani comenzaron a hablar y a reír a la vez.

—¿Qué es tan gracioso?

Ella no lo hubiera preguntado si no fuera porque ahora ambos se reían mirándola y ella... Andrea no entendía nada.

A Luca no le había durado mucho el cabreo, aunque si volvía a pillar a Andreas profundizando con la mirada el canalillo de ella le hincaría el tenedor en mitad del entrecejo.

—No nos reímos de usted exactamente, señorita Bloom... —carraspeó él, que no había dejado ni un pedacito de comida en el plato de porcelana.

—¿De mi nombre? —Hizo la pregunta para nada, pues ya había deducido que el asunto iba a ser ese—. Yo no tengo la culpa de que mi madre me pusiera el nombre más feo que se le ocurrió —se defendió Andrea jugueteando con el pedazo de salchicha sobre el plato.

Luca la tenía confundida, a veces era encantador y después... «¡Insoportable!». Y todo ello le había cerrado el estómago que antes le protestaba hambriento.

Tras traducirle a su hermano lo que Andrea acababa de decir, Luca la miró doblando la servilleta.

—No es feo, yo lo encuentro un nombre muy bonito, lo que pasa... —Colocó la servilleta encima de la mesa y alzó su taza de café, vacía—. Es que tendremos que ponerle un numerito delante o buscarle un apodo, porque en la cocina hay... —chasqueó la lengua, que ni metiéndola en la taza y rebañando las paredes con ella podría apagar su sed—. Hay dos hombres más llamados Andreas.

—Yo me llamo Andrea, no Andreas.

Ahora sí que podía entender parte del «cachondeo» que Luca se traía con su nombre. Ni probó el café. El olor tan fuerte y terroso de este le había calcinado las papilas olfativas, y si le daba un sorbo tenía la certeza de que sería como tragar alquitrán.

—Bloom —masculló Graziani irguiéndose del asiento. Se sacudió la camisa y tiró de los extremos de su americana—. Mejor que la conozcan por Bloom, así no habrá equivocaciones —dijo poniéndose las gafas de sol que había llevado fijas en lo alto de su calva—. No tenemos tiempo que perder.

—¿Tiempo que perder? —barboteó Andrea mirando la mesa bañada por la cálida luz solar, no había comido prácticamente nada, estaba a gusto y levantarse ahora...—. ¡Voy! —medio chilló cuando Luca se colocó tras su silla y la hizo levantar para endosarle el bolso.

—Nos vamos, ya —y eso iba solo por Andrea. Su hermano se quedaría en casa y Luca cogería el coche—. Bloom, espabile —urgió, recogiendo las llaves del vehículo que Andreas había dejado en el cuenco sobre la mesa del amplio recibidor.

Andrea se despidió de Andreas agitando la mano y dando brinquitos corrió hacia el recibidor. Graziani le cedió el paso y, no queriendo oírle gritar de nuevo, bajó las escaleras sujetando el bolso en su hombro.

Andreas fue a despedirse de ella; sin embargo, su mirada captó el brillo de la alianza.

—*Luca* —llamó para echarle una bronca, como buen hermano mayor. Ella estaba comprometida y, por descontado, no lo estaba con Luca, él tenía mucho más gusto en joyería. Andreas salió de la terraza y corrió hacia la puerta—. *Luca!* —Su reclamo llegó tarde pues este le cerró la puerta.

Luca tendría que lidiar más tarde con Andreas. Bajó deprisa las escaleras y abrió el coche para que Andrea pudiera entrar.

—Ni se le ocurra decirle que es protestante —apuntó tras subirse al coche—. Hay mucho instrumento punzante en esa cocina.

—¿Y usted cómo sabe...? —Andrea le miró agarrándose al asiento. No, él tampoco sabía conducir. «¿Hola? ¿Graziani, conoce usted lo que es el límite de velocidad?»—. Me está asustando.

—Tanto por la carrera como por sus palabras—. ¿Y decírselo a quién?

—Estese calladita.

—Me he dejado...

Cerró los ojos. Si no miraba la carretera, mejor. Eso era como ir en una montaña rusa. Andrea chilló al notar el bache que sacudió el coche como a una maraca—. ¡La manta de cuchillos!

No iba a volver a casa, y menos con Andreas esperándole para echarle la típica riña fraternal. No tardaría en llamar a la *nonna* Giuliana, «si no lo está haciendo ya, y contándoselo todo». Todo lo que sabía de Andrea, que no es que fuera mucho.—No importa —despachó Luca, saliendo del camino de tierra e incorporándose al asfalto—. Se va a marear si no abre los ojos —le dijo mirándola de reojo y pisando el acelerador.

—¡Ya estoy mareada! —gritó Andrea, que estaba pasando más miedo en ese viajecito que subida a la Millenium Force.

Luca dio varios volantazos. A ella se le hizo muy largo, y eso que en apenas cinco minutos este condujo el coche por un nuevo camino, pasando al lado de un enorme cartel que rezaba *Bellezza*[36].

—Exagerada... —medio rio Graziani echando el freno. Acababa de aparcar. Sacó las llaves del contacto, se bajó del coche y le dio la vuelta a este. Abriendo la puerta del copiloto, le preguntó a una Andrea: con los ojos cerrados, compungida, con las rodillas alzadas en el asiento y apretadas contra el vientre—: ¿Los va a abrir ahora o le voy buscando un perro guía?

Andrea despegó un ojito y luego el otro, ladeó la cabeza y titubeó blanca como la tiza:

—¿Ya?

Debía de tener una pinta muy graciosa porque él se estaba riendo tan pancho. «Seguro que tras los oscuros cristales le brillan los ojos», pensó mirándole.

Luca negó y le tendió la mano para ayudarla a bajar del coche. Una vez con los tacones perforando el suelo arenisco, él cerró la puerta y le... ofreció el brazo. Lo último que quería es que Andrea se diera de bruces contra el suelo.

—Gracias... —susurró aferrándose al brazo de Luca.

Y las bragas girando en torno a sus tobillos... «¡Qué no llevo bragas!». Andrea se mordió el labio inferior y apartó la mirada de Graziani. Caminó junto a él hasta entrar en el restaurante, una antigua casa convertida en un cálido y acogedor restaurante al cual no prestó mucha atención, ya que trataba de mantener a raya... «¡Las hormonas!».

Graziani saludó al personal y sin más entró en las cocinas y buscó con la mirada a...

El cabello, tensamente recogido en un moño en mitad de la cabeza, y que en su día debió de ser negro como el azabache, tenía ahora una tonalidad violácea con reflejos plateados. Las arrugas habían sustituido a la tersura de la piel morena y las gafas, de cristales pequeños y redondos, empequeñecían unos ojos de

---

36. (It) Belleza.

color almendra tostada.

—*Nonna!* —voceó Luca haciendo que todas las miradas repararan en él.

La cocina empezaba a calentarse, a prepararse para las comidas que comenzarían a servirse en unas cuatro horas. Graziani posicionó las manos detrás de los femeninos hombros y se inclinó para besar una de las fruncidas mejillas.

La *nonna* Giuliana alzó una mano y con ella acarició la nuca de Luca antes de darse la vuelta y encararle. Cruzó con él un par de palabras antes de reparar en la mujer...

—*Vieni qui*[37] —mandó a Andrea al tiempo que frotaba sus ancianas manos en el delantal anudado a las caderas.

Andrea tragó saliva, no entendió las palabras, aunque por el tono y el gesto aquella mujer quería que ella se aproximara. Anduvo hasta detenerse ante Giuliana y miró a Luca a su lado.

—Yo... —barboteó ignorando si Giuliana hablaba inglés y si sabía qué hacía ella ahí. «¡Ni tú lo sabes!».

—*Sta zitta*[38]. —La *nonna* Giuliana la prendió por una muñeca y la llevó hasta la pila, le puso jabón en las manos y la instó a lavárselas. Luego la condujo a la mesa de trabajo—. *Tagliatelle* —le dijo a Andrea hablándole como a los indios.

Se quitó las gafas que le colgaban por un cordel y así le quedaron pendiendo a la altura del generoso pecho. Movió las manos indicándole a Andrea que amasara el volcán de harina, sémola, sal y huevo.

Andrea miró a Luca y luego a la impaciente mujer a su lado. Se quitó la chaqueta tejana y se descolgó el bolso, le tendió todo ello a Graziani, quien con una extraña sonrisa lo cogió. Ella hundió los dedos en la mezcla, el huevo pringándole los dedos, el aroma del aceite subiendo y cosquilleándole en la nariz.

—¿Dónde...? —No acabó de susurrar viendo como Luca le daba un nuevo beso a Giuliana para, sin despedirse, comenzar a caminar alejándose—. ¡¿Dónde va?!

—Tengo mucho que hacer, Bloom —respondió Graziani. Una vez saliera de la cocina dejaría las cosas de Andrea en el guardarropa de la entrada.

La *nonna* Giuliana estaba al corriente de todo. «De todo, todo, no». Lo de su enamoramiento de la señorita Bloom no, pero que Andrea venía y que él iba a dejarla a su cargo sí. «¿No quiere

---

37. (It) Ven aquí.
38. (It) Cállate.

aprender a cocinar de verdad? Pues eso es lo que va a hacer». No existía mejor maestro que la *nonna* Giuliana. Esta había nacido en una cocina, crecido en ella y ahora envejecía entre fogones.

—Yo..., yo no sé hablar italiano —adujo Andrea a punto de entrar en pánico.

¿Cómo iba a comunicarse sin tener ni lo básico del idioma? «¡Socorro!». Sus manos dejaron de amasar y sus piernas se disponían a salir a la carrera tras el hombre.

—Aprenda —refutó Luca y antes de salir de la cocina le dijo—: Su padre me estará agradecido.

—Yo... —Alzó las manos de la masa, los pegotes le colgaban entre los dedos y se enfriaban en sus yemas—. ¡Chef! —gritó Andrea pidiendo auxilio, mas «Elvis versión calva ha abandonado el edificio»—. Voy... voy —musitó a la *nonna*, quien volvió a meterle las manos en la masa. Bien, Andrea ya sabía de dónde había sacado Luca su carácter.

7

¿Ha soñado esta noche señorita Bloom?

Se oía agua caliente fluyendo y vapor entelando las mamparas de la ducha, condensándose en las baldosas y escurriendo por ellas... El pomo girando, un leve chasquido, el chasquido de la puerta al abrirse. Las plantas de los pies desnudos humedeciéndose en el suelo... Luca sacó la cabeza de debajo del chorro de agua, no cerró la ducha, el líquido continuó fluyendo de la alcachofa. La silueta desdibujada que reflejaban las mamparas solo podía ser la de...

—¿Hay sitio para mí? —preguntó Andrea, con el pelo hacia atrás despeinado por la almohada y los tirantes de su camisón suspirando al borde de sus finos hombros.

La somnolencia había sido vencida por el deseo. Abrió una de las mamparas y... la miró. Las mejillas enrojecidas, el brillo en los oscuros ojos y la forma de aquella boca, los labios generosos y bien perfilados.

—Hay sitio y agua caliente —respondió Luca, siguiendo con la mirada la caída del camisón borgoña...

Los pechos blancos y coronados por grandes areolas del tono de los labios de ella le hicieron emitir un nada quedo gruñido; el vientre hundido por el ombligo y mecido por las anchas caderas; el triángulo de vello separando los torneados muslos. Quizás con otra persona, puede que en otra ocasión, hubiera entonado: «¿Quieres que te enjabone la espalda?». Sin embargo con ella...

Andrea empujó el camisón con los pies y avanzó, se agarró a la mano que le tendía y entró en la ducha.

Ahora, estaban uno frente al otro y tan cerca que podrían

unir sus vientres y ronronear... Luca contuvo el aliento, que al acumularse quemó sus pulmones, alzó la cabeza con el lado derecho de su cuerpo mojándose, empapándose. Desligó su mano de la de Andrea y la alzó hasta su cara, le acarició las mejillas entre gotitas de agua, ahuecó el semblante con esta y rodeó la amplia cadera con su antebrazo. Graziani encorvó la cabeza hacia delante y colocó su boca casi a la altura de la de ella.

Andrea cerró los ojos y aproximó sus labios a los de él, se rozaron, pero no llegaron a besarse. Su sexo, doliendo y latiendo al compás de sus sienes; sus pechos, pegados al torso fibrado y carente de vello.

—¿Va a enjabonarme la espalda? —masculló descansando la mejilla en la suave caricia.

No obstante, tras su pregunta la caricia cesó. Ella abrió los ojos y lo miró. Luca golpeó su boca con la de ella en uno de esos besos hambrientos y lobotómicos.

Andrea era perfecta dentro de toda su imperfección. «¿Qué quieres decir?». Su preciosa cara, los sensuales labios, esos pechos que había imaginado tantas veces, que los había sopesado en sueños... ¡Hasta sus delgadas piernas le parecían ideales! La humedad del ambiente ensalzó el aroma de la piel de ella y lo disparó a sus fosas nasales. Graziani absorbió su saliva, la bebió, bajando las manos para aupar a la mujer por las nalgas. La placó contra la pared, las resbaladizas baldosas lamiéndole la espalda.

Andrea cruzó las manos tras el cuello de él, los dedos palpando la fuerza de los trapecios. Un gemido detonó en sus cuerdas vocales y brotó de su boca tomada por la de Luca, que removió las caderas y friccionó lo largo de su erección contra su entrada.

La crema, acaramelando los pliegues, le invitaba a pujar dentro de ella, tan adentro como consiguiera perderse. Graziani retiró los labios de los de Andrea y no se dijeron nada, ni una sola palabra...

Sujetándose con una mano al cuello de él, deslizó la otra por sus pechos y de estos a su vientre. Sin dejar de mirarlo fijamente, acarició el triángulo velloso en su pubis y abrió sus pliegues en una clara invitación. Andrea elevó un tanto sus caderas, las niveló para que la verga de Luca comenzara a entrar en su canal caliente, estrecho y calado por el deseo que había ido acumulando por él.

Suaves y largos golpes de cadera le abrían paso en el interior de Andrea, los espasmos de la vagina le exprimían conforme penetraba en ella, abrazaban su verga, la enfundaban en aquel delirante abrazo. Graziani apoyó la frente en medio del valle de los orondos senos.

Andrea se quedó quieta, completamente inmóvil al tenerlo tan profundamente enterrado, llenándola con el latir de la carne, nublando su razón. Cerró los ojos inhalando por la nariz, sus piececitos se crisparon y buscaron apoyo tras las masculinas nalgas.

Unos segundos, unos míseros segundos permaneció regodeándose en su interior antes de ceder a sus instintos, instintos que apremiaban a sus caderas a embestirla, a acometer de forma rápida dentro de ella. Luca hincó los diez dedos a ambos lados de las caderas de Andrea y la ajustó contra su pelvis.

Ella abrió la boca al sentir la verga retirándose, saliendo poco a poco de su sexo, que protestó viéndose baldío. Andrea tomó a Graziani por las mejillas para que este alzara la cabeza y la mirara. Al encontrarse con los tormentosos ojos de él, Luca golpeó las caderas contra las suyas de modo que timbró su cérvix haciéndola jadear.

Ni tregua o trueque posible. La embistió una, dos veces y a la tercera ya la tenía deshecha en un mar de gemidos entre el agua que caía en la ducha y la crema que rezumaba del sexo de Andrea, escurriendo por la dureza de sus testículos. Iban a inundar el baño. Graziani enrolló la lengua en el pezón que tenía a su alcance y lo succionó.

Paladeó el placer agónico, el placer que para ella debería estar prohibido, salvo con Samuel; pero Samuel no existía, ahora mismo no existía. Sus neuronas únicamente repetían en parpadeos fluorescentes el nombre de Luca y ella, Andrea quería su boca. Asió a Graziani por las mejillas obligándole a desengancharse de su pezón y a besarla. Morirse en su boca, exhalar el último suspiro con él besándola y moliéndola a embistes para acabar..., para acabar...

El esperma subió por sus testículos, rabiando por el tallo de su venoso pene.

—*Tesoro*... —resolló pronunciando la primera palabra en italiano. Los trémulos labios de Andrea iban a dar paso al grito del orgasmo. Luca lo sentía en la contracción de la vagina, en la dureza de los pezones que arañaban su torso—. *Vieni da me*[39] —

---

39. (It) Ven a mí.

masculló reteniendo su propia liberación.

Andrea desplazó las manos al cuello de él, cerca de la nuca. Se estremeció sobre Luca con el orgasmo amenazando arrasar su sistema nervioso. Abrió los ojos y la boca, esta formando casi una «o» perfecta en sus labios. ¡Ahí estaba, ahí estaba! El clímax anegando su útero y ahogando su sexo en la cremosidad de la culminación.

No era solo deseo, no podía ser solo deseo ese sinvivir al que parecía haber estado condenado hasta ese mismo instante, hasta el instante de saberla suya, aunque fuera solo por unos momentos. No, no era solo deseo... Era... Luca, romano, católico y apostólico, que nunca hubiera nombrado a Dios en vano, repitió su nombre antes de rechinar las muelas y cerrar los ojos. El alma se le escapaba junto a los largos y blancos chorros de esperma que disparaba su uretra, producidos por los glotones y espasmódicos apretones de su... «mano».

Andrea miró a su alrededor francamente extrañada de que el señor Graziani no se hubiera levantado antes que ella. La cocina preservaba rasgos de su antigüedad, como los fogones de leña, alternándolos con la modernidad de la pareja de hornos pirolíticos. Buscó con la mirada la cafetera, mas no la encontró. Husmeó en los armarios, donde halló la típica «máquina antediluviana», aquella cafetera italiana que se ponía sobre el fuego y que preparaba el oscuro brebaje a partir de café molido y no de una de las tan cómodas cápsulas Nespresso.

—¿Y qué hago con esto? —se preguntó desmontando la cafetera sobre la repisa de madera, al lado de los fogones eléctricos.

Debía aprender a usarla, pues necesitaba cafeína para aguantar la dura jornada laboral. El día anterior había sido agotador, ni una pizca de inglés, solo italiano y a voces. «¡Un poco de compasión!».

—Aparte sus zarpas de esa cafetera, señorita Bloom —advirtió Graziani recién salido de su «entretenida ducha».

O era especialmente ácido con ella o no se veía capaz de seguir ocultando... «¿El qué?». ¡Lo que fuera que le pasara! Luca caminó a su lado ataviado con unos pantalones tejanos y una camisa blanca, sin corbata ni americana. Se arremangó y abrió uno de los armaritos, en él había un bote de cristal envuelto en papel film.

—Buenos días, chef —brincó Andrea sorprendida, la había asustado... para variar. Le observó y arrugó la nariz al verle sacar aquel bote de cristal—. ¿Qué es eso? —preguntó curiosa.

—Café —respondió Luca destapando el bote, retirando el film interior y dejándole oler el aromático contenido—. Para que no se oxide lo mantenemos protegido de la luz y para conservar el aroma lo tapamos con más film. —Del mismo armario sacó un pequeño y rudimentario electrodoméstico que, para asombro de Andrea, resultó ser un molinillo de café—. Ahora prepararemos café de verdad.

Ella prestaba atención a cada movimiento de Graziani y se retiró un poco con el traqueteo del molinillo de café. Andrea examinó a distancia las manos de Luca, los dedos cuidando de que el café no se saliera del filtro de papel, cerrando la cafetera, recorriéndole la garganta y desabotonándole el vestido... «No, no, ¡eso te lo estás imaginando!».

—El café no sabe igual si no lo molemos al momento —apuntó mirándola de soslayo—. ¿Me está escuchando? —interrogó Luca al atisbar que los ojos de Andrea estaban centrados en sus manos, pero ella parecía sumida en sus pensamientos.

—Sí, chef —contestó de corrido sacudiendo la cabeza para dejar de... imaginarse cosas poco «¿Decorosas?». Andrea tosió disimulando—. Por supuesto que le estaba escuchando —mintió peinándose hacia atrás y descubriendo sus orejas, de ellas prendían dos pequeños aros dorados.

Para desayunar quería café, rico, oscuro e intenso, acompañado de los blancos muslos de ella abiertos y... Luca tragó llenando la cafetera de agua, la cerró y la puso al fuego; las llamaradas no quemarían nada comparado con lo que ardía en su piel.

—La cafetera no sirve solo para preparar café —ratificó sacando un par de tazas y abriendo a continuación la nevera, de la cual cogió huevos, leche, mantequilla y una pequeña bandeja de grosellas.

—¿No? —Andrea dio la vuelta, sentándose en el taburete al otro extremo de la zona de trabajo de la cocina y viendo como mezclaba los huevos con la leche, la mantequilla, el azúcar blanquilla y las semillas de una vaina de vainilla.

—No, podemos usarla para preparar caldos o consomés —ilustró Luca incorporando la harina y una pizca de levadura a la mezcla que batía en un bol—. Piense rápido, Bloom. ¿Qué prepararía en la cafetera después de lo que le he dicho?

—Un... —Tenía que pensar rápido, miró la cafetera sobre el fuego—. Caldo de pescado —dijo Andrea cruzando las manos y mirando a Graziani—. Llenaría la parte inferior con agua...

—Debe tener mucho cuidado de que el agua nunca cubra la válvula de seguridad —advirtió él dejando reposar la masa de las tortitas en el bol.

—Llenaría el filtro con polvo de tomate, un poco de jengibre fresco, medio ajo hecho puré, un trozo de **alga *wakame*** y machacaría tres cabezas de gamba junto a las cáscaras —enumeró Andrea mientras el café empezaba a oler... esquivó la mirada de él y añadió—: Enroscaría la cafetera y la pondría al fuego.

—Podría aprovechar y poner las gambas peladas en la parte superior de la cafetera —razonó Graziani retirando el café del fuego—. De ese modo se cocerían en el caldo conforme este subiera, al igual que lo ha hecho el café.

—Sí, tiene razón, chef. No había pensado en ello —admitió Andrea—. Después llevaría el caldo al tazón; no plato, sino tazón, donde previamente habría introducido medio ramito de cebollino finamente picado y... «los que se pelean se desean, o eso dice el dicho. ¿A qué viene ese pensamiento?». Andrea sacudió la cabeza y se concentró en lo que estaba diciendo—: Listo.

—¿Y listo?

Con todo lo que ella hablaba, aquel «listo» le sonó raro. Luca la miró enarcando las cejas.

—Y listo —repitió Andrea a modo papagayo.

Desvió la mirada hacia la mezcla de tortitas reposando en el cuenco y tamborileó los dedos sobre la superficie de trabajo.

—¿Le pasa algo, Bloom?

A punto estuvo de cogerla por el mentón y obligarla a que lo mirara, y después comprobar si tenía fiebre. Andrea estaba ruborizada y tenía los ojos brillantes.

—¿A mí? —preguntó ella moviendo la cabeza de lado a lado—. A mí no me pasa nada.

—Será el *jet lag* —dijo Luca no muy convencido. Abrió el armario de las sartenes y sacó una tipo plancha, encendió el fuego y untó el fondo con mantequilla—. ¿Será capaz de poner la mesa en la terraza sin caerse hasta abajo o romper nada?

—Lo intentaré... Y si usted quisiera, lo intentaría hasta con los ojos cerrados —concluyó llena de sarcasmo. Realmente haría cualquier cosa que él le pidiera, pero no se lo iba a decir.

Por querer, quería... «¿Desayunársela?». ¡Sí, a ella!

—Ahí están los manteles y en el friegaplatos encontrará todo lo demás —le indicó sabiendo que el café se estaba enfriando y que la mantequilla en la sartén subía rápidamente de temperatura.

Andrea sacó el mantel y vistió la mesa, colocó todo lo necesario y volvió a la cocina a por el café, que ya estaba servido en dos tazas pequeñas.

—¿Un poco de leche? —preguntó con los ojos fijos en aquel par de pozos negros—. ¿Azúcar?

—Ni lo sueñe —ladró Graziani, sirviendo en un plato una altísima pila de tortitas. Las había cocinado por un lado para espolvorear en la mitad cruda las grosellas y a continuación, con mucha maestría, darles la vuelta al aire y terminarlas de cocinar—. No, estropeará el café, señorita Bloom.

—¿Estropearlo? —Ella cogió el plato y lo sujetó a la altura de su mentón, las tortitas le llegaban casi casi a la nariz—. Si a esa cosa negra no le pongo leche para aligerarla, no voy a poder bebérmela.

—Eso le pasa por estar acostumbrada al aguachirle de Starbucks. —Luca la siguió con la mirada: el sensual contoneo, el vuelo del vestido blanco con girasoles estampados, los piececitos metidos en las altas sandalias de tacón...—. Y no hay ni leche ni azúcar.

Andrea dejó el plato en mitad de la mesa y fue a dar la vuelta para caminar a su sitio cuando Luca se detuvo justo frente a ella.

—Señor Graziani, ¿se da cuenta de lo que acaba de decir? —interpeló en un medio tartamudeó.

—Hágalo público y que la franquicia me demande.

Por mucho maquillaje que se hubiera puesto, Andrea tenía ojeras. No obstante, le parecía preciosa aquella mañana, «aquella y todas». Graziani, que se había dejado los cafés en la cocina, introdujo las manos en los bolsillos de su pantalón y compartió el oxígeno en el reducido espacio entre sus cuerpos.

Andrea subió las manos y las afianzó en la chaquetilla encima de su vestido, no fuera que por arte de magia este resbalara de sus hombros y la dejara en ropa interior.

—Seguramente sea una demanda millonaria —farfulló extraviándose en el metal de los ojos de Luca.

—De momento... —Iba a besarla. «¡Desde luego que sí!». Iba a besarla y luego a chincharla, y después volvería a besarla y seguidamente...—. Puedo permitírmelo.

—Eso es fanfarronear —trabucó Andrea queriendo acogerse a las palabras de su madre.

«Acabarás con las bragas en los tobillos». Estas palabras deberían resultarle temerosas, sin embargo, se le antojaban peligrosamente atrayentes.

—Lo sé.

Su estrategia de mantenerla encerrada en la cocina con la *nonna* Giuliana, lo más alejada de él, y en el caso de darse cercanía esforzarse por ser lo más ácido y mordaz posible, no..., no estaba dando sus frutos.

—Ya..., ya veo que lo sabe. —El sexo no era algo primordial para Andrea, es más, consideraba que podía prescindir de él. Mas no sabía qué tenía Graziani que le hacía bullir las hormonas—. Tengo hambre... —masculló cerrando los ojos y apretando los parpados—. ¡Hambre de tortitas!

Luca sonrió estirando el brazo para mover la silla al lado de Andrea, tiró del asiento y se inclinó contra ella, casi encima.

—Comamos tortitas entonces —le dijo ingiriendo su inestable respiración.

Andrea dio un paso hacia atrás y otro hacia el lado derecho y se sentó de golpe, de hecho, se sentó en una esquina de la silla con suerte de no acabar en el suelo.

—Sí, comamos... —tartamudeó asegurando su culo en el asiento—. Tortitas —medio suspiró queriendo abanicarse con la servilleta, y eso que hacía fresco. Iba a necesitar comprarse una chaqueta de abrigo.

—¿Ha soñado esta noche? —le preguntó Luca dando la vuelta a la mesa y tomando asiento al tiempo que Andrea redirigía la silla para quedar frente a la mesa.

Llevaba soñando con ella todas las noches sin excepción. Bueno, siempre y cuando hablaran de sueños nocturnos con sus respectivas poluciones, y no de sueños despiertos, a cualquier hora del día, en cualquier lugar.

—¿Soñado? —No había sirope, pero sí miel. Andrea tomó la pequeña jarra y bañó las tortitas observando fijamente el chorro dorado—. ¿Mientras dormía?

—¿Usted solo sueña cuando se cepilla los dientes?

«A ti se te da muy bien hacerlo mientras te duchas». Igual que se había sentado Luca volvió a levantarse, ¿qué era un desayuno sin café?

—Muy gracioso... —susurró metiéndose el primer pedazo de tortita en la boca. Masticó con la sapidez de la miel de mil flores, la dulce masa y las grosellas haciendo el amor con sus papilas gustativas—. No, no he soñado. —Andrea no había llegado al punto de tener sueños de «esos», aunque la idea vino a su mente y la hizo atragantarse—. Está bueno

Tosió apretando los parpados sobre los ojos.

—Yo sí he soñado —dijo desechando el café frío y preparándose uno nuevo. Graziani puso la cafetera al fuego—. ¿No me diga? —dijo de modo retórico.

Era imposible, a su parecer, que esas tortitas no estuvieran buenas habiéndolas hecho él. Caminó hacia la terraza y cortó un pedazo de tortita para, por lo menos, comer algo mientras esperaba al café.

—¿Tiene que ser tan petulante, chef? —Algo debía no salirle bien o por lo menos medio regular. Luca era un ser humano, ¿no? «Yo no estaría muy segura. ¿No le ves pinta de *reptiliano*?»—. Y con respecto a lo del sueño, ¿me lo va a contar?

—No me creería —sonrió seguro de lo dicho. Luca, con el aroma del café envolviéndolos, le preguntó—: ¿Y no le gusta que sea petulante?

—Pruebe y verá si le creo o no —respondió Andrea terminándose la primera tortita y partiendo en cuatro mitades la segunda—. Usted no es mi tipo ni por carácter ni por... físico.

No mentía del todo, con veintinueve años y un elenco de un único novio, no podía decirse que tuviera un prototipo de hombre.

—Aunque me he ganado el título de enfermero.

La frase salió con algo de resquemor. Graziani no quería ser su enfermero, a no ser que Andrea se dejara poner inyecciones y... «¿Ese pensamiento no te parece un tanto burdo viniendo de ti? *Cazzo!*». Zanqueó a la cocina, apagó el fuego y llevó la cafetera a la mesa, pero tuvo que hacer un nuevo viaje a la cocina a por las tazas.

—Sí. —Esperó a que se sentara para responderle. Ella masticó mirando como Luca servía el alquitranado café—. Necesitaré comprarme algo de ropa de abrigo..., aquí hace frío.

—Menudo honor —despotricó Luca una vez acomodado. Cortó las tortitas apiladas en su plato y pinchó varios pedazos gruesos para llevárselos a la boca y masticarlos como un rumiante—. No se preocupe, ya tengo en cuenta lo de la ropa.

—¿No va a preguntarme qué tal me fue ayer? —A parte de calvo, Graziani debía de sufrir algún tipo de bipolaridad, ya que hacía unos segundos a Andrea le resultaba encantador y lo suficientemente seductor como para que sintiera la urgente necesidad de asegurarse el *culotte* con tirantes apretados en los hombros—. Gracias por lo de la ropa.

—Nunca le he preguntado nada parecido, Bloom —cortó Luca sirviéndose el café. Si ella quería, que se espabilara. Andrea le caía mal la mayor parte del tiempo, y ahora aún más.

Ella llenó su taza de café, aunque solo fuera por incordiarle, introdujo la cuchara y dio vueltas al oscuro brebaje.

—¿Solo me va a preguntar por si he soñado la noche pasada? —interrogó Andrea haciendo de tripas corazón para beberse el café.

—Preguntaré lo que a mí me apetezca.

«Así se atragante», pensó Graziani, «con un poco de suerte tendrás la excusa de hacerle el boca a boca».

—Le responderé como si me hubiera preguntado qué tal me fue el día de ayer —habló Andrea levantando la taza de café para volver a dejarla sobre la mesa—. Pues chef, no me fue demasiado bien, ya que estoy en una cocina en la que no se habla mi idioma y con una jefa bastante peor que usted. Aunque... —La *nonna* Giuliana había sido todo un sargento a los diez minutos de estar bajo sus órdenes, Andrea captaba al momento lo que estaba haciendo mal debido a que la mujer fruncía el ceño—. Aún y con esas, se hace querer más que usted.

—No voy a ser amable, Bloom.

Graziani se quería hacer querer, mas su manera de hacerse querer no era sonriendo a Andrea cada vez que esta le mirara. Sorbió ruidosamente el café pensando que también podría contarle lo de sus sueños y empezar hablándole de las ensoñaciones en las que la besaba en los labios, solo la besaba de manera suave y cálida y después... «¿Sería amable detallarle la cantidad de veces que me la he follado? En sueños, claro».

—Eso sería ir contra natura. —Andrea echó la silla hacia atrás y colocando las manos sobre la mesa se puso en pie, daba por concluido el desayuno—. Pero tenía esperanzas —se sinceró sin mirarlo—. Y necesito con urgencia unas medias.

—¿Esperanzas de qué? —O ella hablaba en otro idioma o... «Ah no, que es una mujer». Esa era una de las cosas que no soportaba del sexo femenino, hablar con entresijos, decir lo contrario a lo que se siente. «¿Por qué complicarse la vida?». Luca siguió sentado, no consideraba que el desayuno hubiera llegado a su fin—. Pues tendrá que esperar a la tarde.

Ella las necesitaba pero él ansiaba arrancárselas a mordiscos.

—De que usted fuera contra su naturaleza. —Andrea medio sonrió alzó lentamente la cabeza, sus ojos hicieron contacto con los helados de él—. Porque si fuera usted contra su naturaleza, señor Graziani, me gustaría más que como solo enfermero.

Se irguió de la silla, rodeó la mesa y se quedó quieto a medio paso de ella.

—¿Ya ha acabado de desayunar? —le preguntó como si no hubiera oído lo que Andrea acababa de decirle. El corazón le latía atronado; sí, ese músculo bombeante que tenía en el pecho y que en más de una ocasión consideraba molesto—. Le permito que se ponga azúcar en el café.

—Sí, he terminado. —Andrea tenía que recordarse que odiaba a Luca Graziani, lo odiaba a muerte. ¡Tanto, tanto, tanto que iba a comprarse una muñeca vudú en representación de Luca e iba a clavarle alfileres «en los ojos»!—. No, gracias, no quiero su dichoso y asqueroso café.

Él estaba tan cerca y olía tan bien y era tan..., tan... atractivo que... «¡Te estás hiperventilando!».

Luca retiró el mechón que rozaba su mejilla.

—Señorita Bloom... —empezó a decir con los ojos de Andrea fijos en los suyos, acarició el mechón entre las yemas de sus dedos—. Yo he soñado con...

Un electrificado escalofrío prendió en llamas su médula espinal. El incendio se desató en sus pulmones y le calcinó los alvéolos. «¡¿Con qué?!», gritaba la vocecita en su mente, el sabor a ceniza en su boca solo podría ser eliminado por la saliva de él. Andrea se mordió el interior del carrillo y sin parpadear movió la cabeza para que los dedos de Luca dejaran de acariciar el mechón y le tocaran la cara.

Graziani la oía respirar tan fuerte como si lo hiciera en el mismo centro de su cabeza, dejó escurrir el mechón entre sus dedos y las yemas rozaron una de las femeninas sienes, bajando para tocar lo alto del pómulo.

—No sé si realmente quiere oír la verdad sobre lo que he soñado, pero me da igual —le dijo rememorando aquella fantasía en la ducha y a la par tocando la suave calidez del semblante de Andrea—. Voy a decírselo de todas formas...

Ella había olvidado las medias y la ropa de abrigo, estaba ardiendo.

Un incómodo carraspeo interrumpió la burbuja en la que se encontraban. Andreas se quedó inmóvil en la entrada a la cocina. No había llamado al timbre, pues la puerta de la casa estaba entreabierta. El día anterior había quedado con su hermano en que a esa misma hora pasaría a por Andrea para llevarla con él al *Bellezza*.

—*Lavorare*[40] —pronunció alto y claro aquella única palabra.

Luca cerró los ojos y al abrirlos Andreas no había desaparecido; no obstante, la mujer, su calor y, sobre todo, su penetrante olor se estaban alejando. Sin mediar palabra, recogió la taza de café de Andrea y empinó el ahora helado contenido.

Andrea descolgó el bolso de la silla y, con las puntas de las orejas tan enrojecidas como sus mejillas, tartamudeó una despedida—: Adiós, chef.

Apresuró el paso de sus tacones y, sin mirar a Andreas, pasó por su lado yendo a buscar refugio al coche. Había sido salvada por la campana. «¿Salvada de qué?». Bajó las escaleras exteriores de la vivienda. Abrió la puerta del coche y se sentó en el asiento del copiloto.

Andreas no tardó en llegar y en ponerse en ruta, el viaje hasta el restaurante lo armonizaba la radio. Una vez ante la entrada se estiró en el asiento para abrirle la puerta permitiendo que ella bajara.

Andrea apenas tuvo tiempo de cerrar cuando él dio marcha atrás y se largó a una velocidad, a su parecer, poco legal.

La *nonna* Giuliana, sentada frente a la mesa de madera, deshojaba alcachofas. Al no llevar guantes, sus dedos se habían teñido de negro.

—*Buongiorno*[41] —saludó Andrea sentándose en la silla libre al lado de la *nonna*.

Ella le puso una alcachofa en la mano, le señaló el cuenco

---

40. (It) Trabajar.
41. (It) Buenos días.

en el que varias, ya limpias, flotaban junto a hojas de perejil, hierbabuena y limones partidos por la mitad.

Andrea la sopesó en la mano y, sin mirarla, tiró de las hojas estropeando la alcachofa. Sus ojos veían la forma de la masculina boca, el atisbo de brillo de los rectos y nacarados dientes, las aletas de su nariz se dilataban oliendo el *after shave* y, por debajo de este, el aroma propio de la piel.

La *nonna* Giuliana se ladeó en la silla y le dio suavemente con el codo en el antebrazo, pero Andrea no reaccionó.

—*Ragazza*[42].

Esta vez le quitó la alcachofa y chasqueó dos dedos frente a su cara. No la tenía de pinche; si Andrea quería realmente ser chef, debía saber pelar una patata y de eso ella misma tenía que asegurarse.

Apretó los muslos bajo la mesa, el calor en su centro subió incendiándole las mejillas... El sudor floreció en sus sienes y le encogió los deditos de los pies metidos ahora en zapatos de trabajo.

—Lo siento —masculló sin pensar si la *nonna* la entendía.

Andrea deshojó la nueva alcachofa, la cortó sobre la mesa como las otras que flotaban en el agua y la mandó a nadar con sus compañeras bajo la atenta y escrutadora mirada de la *nonna*.

De vuelta a la casa...

Andreas, aprovechando que la puerta de la vivienda seguía entreabierta, entró cerrándola de un golpe. Trotó a la cocina y una vez allí gritó a pleno pulmón y en italiano:

—¡¿Se puede saber qué coño estás haciendo?!

Aplastó las manos en la isla de mármol y buscó el contacto con los ojos de su hermano.

—No grites —chistó Luca con las manos repletas de agua y espuma. Se inclinó para dejar el plato en el escurridor de madera y lo miró preguntándole—: ¿Qué haces tú aquí?

—Yo soy el mayor y he preguntado primero.

—¿No lo ves? —interpeló Luca hundiendo el plato en la balsa de agua jabonosa, que a punto estaba de desbordar el fregadero. Carraspeó centrándose en el estropajo, eliminando todo rastro de café de una taza—. Estoy fregando.

---

42. (It) Muchacha.

—Luca, ¿por qué no usas el friegaplatos?

—No vale la pena por dos tazas y un par de platos.

—¡Lo estás haciendo para no pensar! Normalmente cargarías el friegaplatos dándote igual si hay dos tazas o quince —dilucidó Andreas—. Estás fregando a mano porque es tu manera de distraerte. —Llenó sus pulmones de aire y a la vez que golpeaba la isla de mármol ladró—: Y no puedes olvidarte de que esa mujer ¡está prometida!

—¿Quién?

Lo de hacerse el loco no iba con su personalidad, pero no tenía ganas de discutir. Aunque más que cabreado, se sentía frustrado. Le dio un agua a la taza para quitarle el jabón y la dejó en el escurridor.

—¡La señorita Bloom! —vociferó Andreas yendo a quitarle el paño antes de que su hermano lo utilizara para secarse las manos. Si lo quería, que se lo pidiera.

—Ya lo sé —respondió Graziani mirando a Andreas a la par que extendía una mano goteante para que este tuviera a bien darle el paño.

—Las mujeres casadas o comprometidas son sagradas —puntualizó Andreas con gran énfasis.

—¿Sagradas para quién?

Su hermano no era un santo, se había casado tres veces y los tres matrimonios se habían roto por culpa de sus infidelidades. «Vamos, lo que viene a ser una polla inquieta». Luca anduvo hasta él y le quitó el paño.

Andreas resopló quedándose con la mano vacía, aunque la utilizó para tomar a Luca por un hombro.

—Olvídate de ella. ¡Ya! —exigió.

—¿Qué haces aquí aparte de psicoanalizarme?

Sin acabar de secarse bien las manos, le tiró el paño a la cara al «metomentodo».

—Vengo a ayudarte a preparar lo de la vendimia.

En parte era cierto, de no haber sido por el episodio con la señorita Bloom, él hubiera acudido a la casa por la tarde.

—No voy a darte las gracias —y debería, pues había que montar cuatro mesas en el largo porche con sus respectivas sillas, vestir las mesas con manteles, cristalería y cubertería, y después organizar la cena. Luca le miró torciendo la boca—. ¿Vas a dejar de mirarme como si fuera el Anticristo?

—No las quiero. —Andreas rechazó las gracias y se santiguó cuando Luca nombró al Anticristo—. Por el amor de Dios, cuando he llegado casi estabais sobre la mesa contándoos los lunares.

—Y untándonos con mantequilla —se mofó Graziani—. Ves cosas donde no las hay —mintió descaradamente.

De no haber sido por la dichosa interrupción, él habría besado a Andrea y no con un beso casto y puro en la mejilla.

—Es la crisis de los cuarenta, te entiendo —suspiró Andreas cruzándose de brazos—. Yo la he pasado y...

—No tengo ninguna crisis —le interrumpió Luca con un bufido.

—Muy bien, si no sientes nada por ella estando influido por la crisis de los cuarenta o por esas grandes tetas que deben rebosar de un sujetador de la talla 95D y esas caderas que pueden provocar terremotos... —chinchó Andreas observando como Luca apretaba la mandíbula y se le oscurecía el metal de los ojos—. ¿Te has fijado en su culo metido en el vestido de esta mañana?

Rompió el cruce de sus brazos y movió las manos como si estuviera marcando en el aire la redondez de las femeninas nalgas.

Graziani comprimía los puños, los nudillos húmedos estaban enrojecidos a causa de la fuerza ejercida por los dedos. Cerró los ojos e inspiró profundamente para no descerrajarle a Andreas un puñetazo en plena mandíbula.

—Mándala a casa, Luca. —Se estaba sulfurando. Andreas bajó un tanto su tono de voz—: Hazlo antes de que te duela demasiado.

—No.

Luca no pensó en lo que le estaba pidiendo Andreas, no sopesó las palabras de este. Sencillamente se negaba a escucharlo. ¿Qué lo único que quería antes era mantener a Andrea lo más alejada posible? Pues bien, acababa de cambiar de decisión.

—Luca —rogó Andreas tomándolo de nuevo por un hombro.

—He dicho que no —roncó zafándose de su mano—. Si has venido a ayudar, bien; si no, lárgate.

—Vas a arruinarle la vida y de paso te llevarás la tuya por delante —razonó Andreas, pisando el paño en el suelo en su marcha tras Luca, que salía de la cocina a pasos raudos.

—Como si ella no pudiera pensar por sí misma —alzó la

voz bajando las escaleras interiores para tomar el camino hacia el inmenso porche—. Uno no es infiel porque sí —cargó Luca contra Andreas encendiendo las luces de la estancia cerrada que daba al porche. En esta había una hilera de mesas y sillas de madera debidamente plegadas y cubiertas por lonas.

—Si te digo que la mandes a casa es porque se te nota que es más que un impulso sexual —abogó Andreas encajando el golpe certero y plagado de verdad.

Tosió a causa del abanico de polvo que soltó la primera lona que Luca levantó.

—¿Por qué abandonaste la carrera de psicología?

Luca lanzó la lona al suelo y fue a por la segunda.

—Por ti, por la familia.

Antes de que Luca se convirtiera en toda una eminencia a nivel gastronómico, ellos habían sido dos adolescentes a cargo de un restaurante familiar. La *nonna* Giuliana no les había dado nada hecho, si querían algo debían conseguirlo por sus propios méritos. Ambos trabajaban en la cocina y a la vez estudiaban: Luca, gastronomía; y él, por su parte, psicología. Poco a poco las cosas empezaron a ir bien, tan bien que Andreas dejó la idea de convertirse en psicólogo para dirigir el *Bellezza* mientras Luca hacía suyas las cocinas bajo la atenta mirada de la *nonna*. Encontrándose con los ojos de su hermano, caminó hacia él.

—Envíala a casa, Luca.

8

Ahora resulta que Graziani sabe bailar

Carciofi alla giudia[43]; ***gnocchi alla romana***[44]; ***fiori di zucca***[45]; ***coda alla vaccinara***, que iba a salsear; unos ***pappardelle*** aún sin cocinar, y ***saltimbocca alla romana***. Todo ello en bandejas cargadas en la amplia furgoneta. Botellas de vino tinto y blanco, también ***limoncello*** para regar los bizcochos de polenta y limón, además de **Vecchia Romagna** para acompañar el tiramisú y una enorme pila de ***pupazza frascatana***. «Comida para un regimiento y unos cuantos más», pensó Andrea con la luz del atardecer acariciándole la piel. Su jornada laboral había acabado y en teoría se volvía a la casa, aunque tenía claro que no iba a ser para descansar. Por lo poco que había logrado entender de lo que le había dicho la *nonna* Giuliana, ahora iban a cenar y después... No, el resto no lo había entendido.

Una quincena de coches, furgonetas y monovolúmenes alzaron el polvo del camino a la vivienda. Los cláxones sonaron anunciando su llegada. Luca bajó los escalones de piedra, a media tarde un grupo de camareros del restaurante habían llegado para acabar de preparar las mesas a lo largo del porche junto a las mesas auxiliares provistas de ***chaffers***. Él tenía cuatro ollas de agua ligeramente salada ya hirviendo y aguardando a que le echaran la pasta.

—*Nonna* —la saludó abriendo la puerta del coche, le tendió su antebrazo y la ayudó a salir, seguidamente le dio un beso en la mejilla.

Andrea fue a bajarse del coche por el lado opuesto al de la *nonna* Giuliana; para su sorpresa, se encontró que la puerta se abría antes de que hubiera tocado la palanca.

43. (It) Alcachofas a la judía. Ver glosario.
44. (It) Ñoqui a la romana. Ver glosario
45. (It) Flor de distintos tipos de calabaza o calabacines. Ver glosario.

—Señor Graziani —tragó mirándole a los ojos, esos ojos grises y congelados.

—Señorita Bloom. —Había ayudado a la *nonna* y tras ello había corrido al otro lado del coche para abrirle la puerta a Andrea. «En el fondo eres un caballero». Graziani le tendió la mano cuando debería estar atendiendo a los recién llegados.

—Gracias —masculló Andrea tomando la mano de este y saliendo del coche.

Durante el día el corrector de ojeras había hecho lo que había podido; sin embargo, ya no lograba enmascarar la sombra grisácea bajo sus oscuros ojos, tampoco estaba precisamente peinada.

—¿Y la chaqueta y el bolso?

Luca hizo caso omiso a Andreas. Este se apresuró a ir por la nonna para llevarla a la cocina mientras le lanzaba a él una mirada de *vade retro*!

Ajena a la actitud entre los hermanos, Andrea se encontraba en su propio mundo. La confundía, la confundía tanto que la estaba mareando. Luca Graziani pasaba de ser antipático, irritante e insoportable a parecerle... «¿Irresistible?».

—Sí... se me olvidaban —dijo, inclinándose para coger todo ello del asiento sin que su mano rompiera el lazo con la de él.

«Como tu conciencia, te recuerdo que Graziani fue en primera clase mientras a ti te desterró a turista». Andrea se movió a un lado para que Luca pudiera cerrar la puerta.

Contempló las manos, la de ella mucho más pequeña que la suya, con los dedos largos como de pianista. Llevaba las uñas sin esmalte y la alianza como único adorno.

—Ya sabe el camino, Bloom —soltó seco a la vez que desunía sus manos. Luca le dio la espalda y antes de echar a andar le dijo—: Deje sus cosas en el dormitorio y vaya a la cocina.

Andrea le miró alejarse sin entender qué había ocurrido para que Graziani pasara de encantador a «¡*Elgilipollasdesiempre*!». Negó con la cabeza y, cargada con el bolso y la chaqueta, subió las escaleras de la casa. Entró en su habitación, dejó ambas cosas encima de la cama y sacó del bolso el labial, con el que fue a retocarse al baño. Movió los labios asegurándose de que el color quedaba asentado, aplicó un tanto más de corrector bajo sus ojeras, se cambió las sandalias de tacón por unas planas y se puso un vestido de la misma tonalidad que el pintalabios, color cereza.

La *nonna* Giuliana lo tenía todo listo en la cocina. Con las manos midió la cantidad de pasta necesaria para todos los comensales. La echó al agua hirviendo a borbotones.

—*Lavati le mani*[46] —ordenó a Andrea sin verla, pero sí oyéndola entrar. Giuliana, con las gafas puestas y una vez Bloom habiendo acatado su orden, le señaló la albahaca—. *Taglia basilico*[47] —conminó esta vez, dirigiéndose al fregadero y levantando la tabla de cortar para dejarla en la isla de mármol al lado de la caja de hierbas aromáticas.

Andrea asintió buscando la **mezzaluna** en un cajón. Por la ventana que tenía al otro lado de la isla podía ver claramente la aglomeración de gente, varios tractores hacían gruñir sus ruedas y el sol adormecía el borgoña de las uvas con el tono anaranjado y amarillento de los rayos tardíos.

—*Va bene*[48] —aprobó Giuliana parándose al lado de Andrea y observando como cortaba un buen puñado de albahaca.

Le besó la mejilla, que tenía a su alcance, y golpeó con dos dedos la tabla de corte para que Andrea no se distrajera.

Sonrió con el beso calentándole la mejilla; la *nonna* Giuliana, con delantal incluido, era como aquella abuela italiana que todo el mundo desearía tener: dura por fuera, pero bien blandita por dentro. Andrea pasó la cuchilla por encima de otro puñado de hojas de albahaca, el aroma de estas perfumó la cocina.

—*Stella!* —gritó Giuliana, que comprobó la cocción de los *pappardelle* a punto para bañarse en la *coda alla vaccinara*. La susodicha Stella estaba rayando el parmesano al otro extremo de la cocina tras disponer sobre una mesa auxiliar las bandejas para la pasta—. *Muoviti*[49], *Stella!* —azuzó la *nonna*, colando la primera olla de pasta en un escurridor en el fregadero.

Stella y Andrea tenían la misma edad y a ambas les gustaba Justin Bieber más que a un tonto un lápiz... o un palo. «¿Cómo era el dicho?». Por lo demás, Andrea había logrado comunicarse con Stella a señas, como jugando a las películas. Stella era **commis chef** y siempre estaba hablando medio a gritos con la *nonna* Giuliana; no obstante, Andrea ya había caído en que ellas hablaban así, como dos ardillitas chillonas.

—*Arrivo*[50]! —chilló Stella quitándole la olla a la nonna para

---

46. (It) Lávate las manos.
47. (It) Corta albahaca.
48. (It) Está bien, vale.
49. (It) Muévete.
50. (It) ¡Voy!

retirarla a un lado y escurrir bien la pasta antes de pasarla a la primera bandeja.

Resopló mientras Giuliana le decía cómo y de qué manera debía hacerlo. ¡Como si no lo supiera ya! Stella sonrió a Andrea, que las miraba con los ojos muy abiertos.

—*Bloom!* —exclamó la *nonna* Giuliana, regando la pasta con la salsa y agitando la bandeja para que esta impregnara bien los *parpadelle*.

—Sí, sí —masculló Andrea entendiendo que tenía que acercarse para espolvorear un puñado más que generoso de albahaca y después otro de parmesano.

—*Fai come vuoi*[51] —bufó la *nonna* Giuliana, sacudiéndose las manos en el delantal, ya que Stella protestaba por la cantidad de *coda alla vaccinara* que ella le ponía a la pasta. Le pasó el cucharón a Stella para que lo terminara y le hizo un gesto a Andrea para que la ayudara. Juntas bajaron dos de las bandejas de pasta y las dispusieron en las largas mesas del porche—. *La cena è pronta*[52]! —gritó la *nonna* y recibiendo como respuesta un ensordecedor «*Eccomiii!*[53]» unido a las risas de la gran tropa de niños.

Andrea dio dos pasos hacia atrás amedrentada por la marabunta de gente que entraba en el porche. No sabía dónde sentarse y suponía que los asientos estarían asignados. Alzó una mano para agitarla y de ese modo llamar la atención de Stella cuando... Luca la prendió por la muñeca y se la bajó con tanta suavidad que Andrea giró sobre sus pies para mirarlo con los ojos tan abiertos y saltones como los de un sapo.

—¿La tratan bien en la cocina? —le preguntó él retirando la mano de la de ella y metiéndola en el bolsillo de su pantalón.

—¿Disculpe? —Se le había quedado dormida la mano, o atontada, ¡no lo sabía! Andrea miró al suelo acariciándose la muñeca con el principio del tic en la ceja haciendo de las suyas.

—Me ha oído perfectamente, Bloom.

—Sí, chef. —Pero quería asegurarse de que no había sido una ensoñación suya. Andrea elevó la cabeza y lo miró—. Como le he dicho esta mañana en esa cocina no se habla mi idioma, así que se me hace un poco difícil, pero...

Apretó las manos que se conviritieron en puños a ambos lados de sus anchas caderas.

---

51. (It) Haz lo que te plazca.
52. (It) ¡La cena está lista!
53. (It) ¡Vengo!

—¿Pero?

De verdad que él estaba intentando centrarse en toda ella; es decir, no solo en esos grandes, gruesos y jugosos labios maquillados en tono cereza.

—Hoy la *nonna* me ha dado un beso, aquí.

Andrea destensó los puños, que volvieron a transformarse en manos y se señaló la mejilla anteriormente besada.

—A mí no me dio uno hasta el día en que me casé —mintió Graziani, con las comisuras de sus labios tensándose hasta estirarse y... sonreír.

Que alguien le trajera un carro de paradas: ¡Luca Graziani sabía sonreír! Ella lo había visto sonreír con cinismo, sorna, superioridad; pero esta vez..., esta vez Andrea se quedó embobada mirando el renglón blanco y recto de la sierra de dientes masculinos.

—No le creo, chef —medio tartamudeó sin poder dejar de mirarlo. Era como una polilla atraída por la luz de un potente foco.

Andrea no llevaba escote, pero él se lo imaginaba igual que el encaje del sujetador o... «¡Basta!». La sonrisa se esfumó de sus labios y se obligó a mirar para otro lado.

—Gracias por preguntar —se apresuró a decir Andrea habiéndose quedado medio cegata a causa del brillo de aquellos dientes.

Luca asintió, ese era su «de nada». Buscó el asiento que a ella le correspondía y movió la silla.

—Siéntese.

Y en su tono iba incluido el «por favor».

Le dolían los pechos, y ni el vestido o el sujetador los estaban oprimiendo, y también le dolía esa parte de su anatomía perteneciente al aparato reproductor de la cual no quería hacer mención. Andrea abrió la boca y no salió nada... Contempló la ancha espalda masculina que se estrechaba hasta las caderas, ¿cómo podía no haberse dado cuenta de lo bien que le quedaba a él el borgoña? Bueno, Andrea no había visto nunca a Luca con una camisa color borgoña.

—Señor Graziani —le llamó al tiempo que él movía la silla.

—¿Si? —Sus manos en el respaldo superior del asiento, sus ojos tormentosos cernidos en la mujer. Luca percibía que ella estaba luchando por decirle algo, qué batallaba consigo misma—. ¿Qué pasa?

Y la pregunta no la formuló de manera exigente o cortante,

salió de su boca como una invitación a la confesión. El angelito y el demonio no estaban en sus puestos: uno en cada uno de sus hombros se estaban peleando en lo alto de su cabeza; por tanto, Andrea no podía verse influenciada por ninguno de los dos. Un ring de la *WWE* sobre su masa gris.

—Nada —soltó aproximándose hasta Graziani. Ocultando su apuro, tomó asiento y miró su plato.

Luca no insistió, se aseguró de que la silla estuviera como debía y dio la vuelta a la mesa para también tomar asiento al lado de Andreas y justo en frente de la mujer.

La mesa la presidia la *nonna* Giuliana y fue ella quien dio el pistoletazo de salida para que todo el mundo empezara a comer. Los platos fueron servidos por los camareros; la comida rica y humeante llenó las porcelanas y los vinos, de la tonalidad de la camisa de Graziani, preñaron las copas.

Andrea enrolló los *parpadelle* en el tenedor y se llenó la boca de pasta. Ladeó la cabeza prestando atención a la mujer que tenía a su lado, muy parecida a la *nonna* y quizás un tanto más joven, que le preguntó algo de lo cual ella solo entendió *messa*[54]. Andrea había oído esa palabra con anterioridad, frunció el entrecejo buscándola en su cabeza hasta que...

—¡Misa! —exclamó ella, dejando el tenedor a un lado del plato y alzando un pedazo de alcachofa sonrió negando—. Oh, yo..., yo no soy católica.

Las voces cuchichearon y la *nonna* Giuliana las mandó callar.

—*Che cosa ha detto*[55]? —le preguntó a Luca, quien escondía una sonrisa detrás de la servilleta.

—*Dice que*[56]... —Mira que él le había advertido a Andrea que por ninguna circunstancia dijera que era protestante. Graziani dobló la servilleta en dos y la devolvió a su regazo, se frotó las manos colocando los codos sobre la mesa y dijo—: *Non è cattolica*[57].

—*Protestanti*[58]! —exclamó en un aullido la *nonna* Giuliana. Soltó los cubiertos y unió sus manos en el aire—. *Maria Vergine e*

---

54. (It) Misa.
55. (It) ¿Qué ha dicho?
56. (It) Ha dicho que...
57. (It) No es católica.
58. (It) ¡Protestante!

la gloria degli angeli e dei santi[59]! —y se santiguó.

Andrea no iba a comenzar a rodar la cabeza y regurgitar un asqueroso engrudo verde, y tampoco iba a hablar lenguas muertas. ¡Definitivamente no era la niña del *Exorcista*! Por tanto no entendía el porqué de todas aquellas miradas. Miró a los lados, a todo lo largo de la mesa, temiendo que fueran a salpicarle con agua bendita y entonces... Entonces recordó lo que Graziani le había dicho el día anterior sobre el tema de no nombrar que era protestante.

Luca la miró y sacudió muy suavemente la cabeza de un lado al otro. Andrea se estaba ruborizando hasta las orejas y a él le parecía enternecedor, y eso que el tic en la ceja era cada vez más exagerado.

—*Ci sono cose peggiori nella vita*[60] —masculló la *nonna* no muy convencida—. *A tavola*[61] —añadió señalando con ambas manos el plato que tenía ante ella.

Andrea dio gracias por que todo el mundo volviera a comer, aunque la mirada de reojo de Giuliana la notaba de tal manera que era como si le picara en la piel. No era una mirada de enfado o de decepción, era una mirada que destilaba pena, lástima.

La comida se agotó en los platos y dejó un pequeño rastro en las bandejas y en los *chaffer*, el alcohol de las bebidas corría ahora por las venas de los comensales y la música sonaba gracias al reproductor de música colocado estratégicamente al fondo del porche. Justo ahí, habían habilitado un gran tablón de madera a modo de escenario y las luces eran guirnaldas enredadas a las columnas de piedra que sujetaban el techo del pórtico.

—Céntrate en esta —espetó Andreas en italiano, endosándole a Luca una pupazza e inclinándose contra él. Señalando los tres pechos de la galleta, susurró—: En vez de dos tetas, tiene tres.

Graziani masticó el pedazo de *pupazza* sin quitarle a Andrea el ojo de encima, allí sentadita y tratando de comunicarse con su prima Stella, sentada justo a su lado izquierdo. El color cereza del vestido de Andrea le realzaba el blanco de la piel y hacía lucir el negro de su pelo. Luca medio sonrió, ya que el alcohol había disparado sobre manera el rubor en las mejillas de Andrea y coloreado un tanto más el grosor de los atractivos labios.

---

59. (It) ¡Por Dios Santo y la Vírgen María!
60. (It) Hay cosas peores en la vida.
61. (It) Venga, a comer.

La sonrisa desapareció de su boca al ver por el rabillo del ojo al *stronzo* de Stefano marchando hacia Andrea con el pecho henchido y marcando lo poco que tenía.

—De verdad que soy un desastre... —susurró Andrea ante el ofrecimiento de Stefano para salir a bailar. Ella miró hacia la improvisada pista—. Yo... —masculló poniéndose en pie, ya que él tiraba de sus muñecas para que le acompañara. En primer lugar, le daba vergüenza; en segundo lugar, le daba mucha vergüenza y, finalmente, en tercer lugar, ¡le daba tanta vergüenza como para morirse!

Andreas colocó la mano derecha sobre la de su hermano, encima de la mesa.

—No —ordenó presintiendo sus intenciones.

Ya le había quedado claro que Luca no iba a mandar a Andrea a casa; por tanto, aquello era como meter en una coctelera tensión sexual, largos días interminables y una mini pizca de cordura. Luca apartó la mirada de la mujer, de un trago de Vecchia Romagna hizo pasar la galleta por su garganta.

—*Andate a' fanculo*[62] — soltó a Andreas poniéndose en pie.

Andrea estaba tiesa como un palo. La canción podría ser preciosa y Stefano atractivo, pero ella quería morirse. Había nacido con dos pies izquierdos y con muy poco sentido del no ridículo. Sus piececitos se movían y sus caderas se agitaban para tratar de avisar a las manos, que querían acunarse en ellas, que aquello era tomarse muchas libertades. «¡Quita pulpo!».

Graziani repiqueteó dos dedos encima de uno de los hombros de Stefano, que se detuvo mirándole.

—*Aria!*[63] —le despachó. Entonces Luca tomó el lugar de este aunque con algunos cambios. Una mano descansó a un lado de la cadera de Andrea y la otra se unió a su mano derecha, los dedos se entrelazaron al tiempo que acercaba su pelvis a la de la de ella y aprovechaba las primeras notas de *Tu*[64] para balancearse contra ella. La mano libre de Andrea buscó apoyo en su pectoral—. Sabe bailar, Bloom... —susurró alimentándose del suave perfume que Andrea desprendía.

—Mas bien lo intento, señor —murmulló temblorosa.

Sus ojos fijos en los de él, su cuerpo pegado al de Luca y

---

62. (It) Vete a tomar por culo.

63. (It) ¡Aire!

64. *Tu* canción de Umberto Tozzi del álbum *È nell'aria... ti amo.*

su... cabeza dando vueltas. Le dolía el pecho. «¿Eso es un signo de ataque cardíaco?». Andrea acababa de decidir que un baile tal vez... no fuera tan malo.

—Lo intenta bastante bien.

Se notaba que ella no bailaba muy a menudo, pero eso era algo que tenía fácil solución.—*Dimmi sì se ti va...* [65]—canturreó Graziani. Apretó la mano de ella, sus yemas acariciaban los delicados nudillos.—*Il mio letto è forte e tu pesi poco di più della gommapiuma...* [66].

—Gra... gracias... —tartamudeó Andrea cerrando los deditos en torno a la palma sobre el masculino pectoral.

—*Tu quanti anni mi dai? Ho un lavoro strano...* [67]—prosiguió canturreando hasta que entornó los ojos para preguntarle—:¿Tiene frío, Bloom?

El ambiente era fresco pero las luces contribuían a que frío fuera lo último que sintieran los asistentes a la cena; en cambio, él notaba que Andrea temblaba como si estuviera expuesta a una ventisca invernal. —*Tu ma va là che lo sai, vista da vicino tu sei più bella che mai*[68]—continuó tarareando sin aguardar a la respuesta, la adhirió un tanto más a su cuerpo, su nariz quedó algo más cerca, por encima de la de Andrea.

—No, chef —boqueó ella en un medio gemido.

Todo a su alrededor se difuminó, las voces que rasgaban la música se callaron. El cuerpo de Andrea venció hacia el de Graziani. Apoyó un lado del semblante contra el pectoral, en el mismo en el que su mano se abría ahora y se aplanaba para percibir el calor.

—Está temblando y... —Las palabras se le atascaron en la boca. ¡A él! Luca parpadeó rápidamente dos veces y bajó la cabeza mirando la oscura coronilla de ella. Tragó saliva con el cuerpo de Andrea contra el suyo—. Tiene la piel de gallina —le dijo en un ronco hilo de voz.

La verdad es que hacía frío y él no se había acordado de pedirle a Stella que se ocupara de conseguirle ropa de abrigo a Andrea.

—Estoy... bien.

---

65. (It) Dime si te va...

66. (It) Mi cama es fuerte y tú pesas poco más que la gomaespuma.

67. (It) ¿Cuántos años me echas? Tengo un trabajo extraño...

68. (It) Y tú claro que lo sabes, vista de cerca estás más guapa que nunca.

Y tan bien, como que se sentía en la gloria. Andrea cerró los ojos y dejó de preocuparse por lo que hacían sus pies. El suave balanceo, el compás de la masculina respiración...

Luca hubiera podido bajar la mano y rozar con los dedos donde la espalda pierde su casto nombre; sin embargo, la arrimó un tanto más arriba aplanando la palma y con su otra mano apretó la de ella. Bajo la rasurada cabeza y su mentón, labios y nariz se apoyaron en la sien de Andrea. Entrecerró los ojos para no pensar, para centrarse en el latir del momento.

Andreas intercambió miradas con la *nonna* Giuliana y después con Stella, y también miró a Stefano, de vuelta a su asiento y con cara de malas pulgas. Se puso en pie haciendo chirriar las patas de la silla, se abrió pasó en la pista de baile y, antes de llegar hasta Luca y Andrea, le hizo una seña al improvisado *Dj* para que parara la música.

Graziani no se percató del alto en la música ni de que solo quedaban ellos en la pista de baile, no hasta que alguien le pellizcó un antebrazo. Izó la cabeza, abrió los ojos y se topó con Andreas, que disparaba rayos de la muerte por los iris. Luca paró el vaivén de sus pies, retiró la mano de la espalda de Andrea y desligó su mano de la de ella.

Andrea, flotando en una nube de ensoñación, reaccionó cuando el cuerpo de Graziani dejó de estar contra el suyo. Fue perdiendo calor y quedándose fría. Parpadeó, cayendo en que ya no había música y el mundo a su alrededor estaba cambiado, la burbuja había estallado y todo se le estaba viniendo encima. En ese momento, lamentaba que la tierra no se la hubiera tragado.

—Póngase una chaqueta, Bloom, entre las viñas refresca —soltó Luca sin mirarla, pues sus ojos estaban puestos en los de Andreas—. *Stella!* —llamó a voz en grito.

Andrea miró sus pies, metidos en las sandalias planas, podía verse los deditos de las uñas pintadas de color rosa. Cuando Stella llegó a su lado, Graziani le dijo algo que ella no logró entender. Después, al hacerse el silencio, Andrea levantó la cabeza viendo como este se alejaba azuzado por Andreas, protestando a su lado cual vieja chismosa.

Altísimos focos sujetos por grúas alumbraban los viñedos. Los motores de los tractores se apagaron con los remolques, listos para recibir las uvas. Todo aquel que había acudido a la cena terminó de prepararse para la vendimia nocturna. Manos descubiertas, sin guantes; linternas ajustadas en la cabeza por una malla; tijeras de poda, y cubos para cargar la uva.

Stella hizo lo que Luca le había ordenado, acompañó a Andrea a por una chaqueta. Al día siguiente iría a comprarle ropa de más abrigo. Ella le enseñó qué debía hacer y cómo. Los pies de ambas pisaron la fría y húmeda tierra de los viñedos y empezaron a recolectar las uvas.

Andrea, inclinada hacia un lado y uniendo las piernas y mordiéndose la lengua con un ojo entrecerrado, cortó el tallo que sujetaba el racimo de la uva con la vid.

—Ajá —susurró metiendo su primer racimo en el cubo.

Luca no era el único admirando las femeninas piernas y, por ende, el ancho, jugoso y masticable trasero. Pero, desde luego, iba a ser el último en hacerlo porque... «¿Vas a levantar la patita y marcarla como un chucho?».

—Tenga cuidado de no aplastar ni rasgar ninguna uva, el racimo debe de estar intacto —le aconsejó a Andrea colocándose a un lado de ella.

Stella tenía su cubo medio lleno y se encontraba ya a buena distancia mientras ella todavía estaba en la misma vid.

—¿Tal que así, chef? —preguntó Andrea sosteniendo en una mano la tijera y en la otra un racimo de uva recién cortado. Ella se enderezó y se lo tendió.

—No está mal para ser el tercero en una hora y media —exageró Luca cogiendo y dando la vuelta en la mano al racimo hasta dejarlo cariñosamente en el cubo.

—Despacito y con buena letra —sonrió Andrea mirándole. «Ya te habías dicho lo bien que le queda a Graziani el borgoña, ¿verdad?». Y eso que ahora encima de la camisa se había puesto una chaqueta. Andrea tosió disimuladamente y miró hacia un lado—. ¿Por qué recogen la uva por la noche?

—La uva está fría y por tanto es más difícil dañarla —explicó Luca fijándose en la sombra de tierra tiñendo los pómulos de ella—. Hay un tipo de vino llamado **Eiswein**, vino de hielo, que se elabora con uvas congeladas.

—¿De verdad? No lo había oído nunca —dijo sin saber... qué añadir. Andrea lo miró de nuevo, y ahí estaba ese dolor sordo en ese sitio que no quería nombrar—. Tampoco es que yo entienda mucho del tema. —Nada, ella no entendía nada del tema—. ¿Y con toda la uva se hará vino?

—No, también elaboraremos mosto y vinagre.

—¿Mosto?

—Sabe lo qué es, ¿no?

—No muy bien, señor Graziani —admitió Andrea encogiendo ligeramente los hombros.

—Alma descarriada... —se mofó Luca—. El mosto es el zumo de la uva. —Y de aquí a las sumas y restas de *Barrio Sésamo*—. Y si no sabe lo que era hasta ahora, imagino que no lo habrá probado nunca —adujo poniéndose en jarras.

—No, chef.

—¿Y va usted por la vida tan alegremente?

Volvió a reírse de ella, aunque sin la crueldad o el desprecio que lo caracterizaban. Graziani abrió la boca para...

—No tengo remedio —se adelantó Andrea a las palabras de este.

—No se disculpe, Bloom —sonrió Luca, esta vez sí cínicamente. Separó las manos de sus caderas y las movió hacia delante—. Continúe.

—Muy amable —rio Andrea, que se inclinó y se dispuso a cortar el resto de los racimos que pendían de la vid al tiempo que él se alejaba dejándola sola.

Los remolques de la media docena de tractores iban llenándose de las uvas conforme la noche se hacía más y más oscura. El frío comenzó a arreciar y a cubrir las vides con una fina capa de humedad. En contra de lo que se podía esperar en una madrugada, las voces de los recolectores se alzaron en el aire armando jolgorio.

Stella recorrió las hileras del viñedo buscando a Andrea. Se inclinó hacia abajo mirando por debajo de las plantas y luego se irguió mirando por encima de estas.

—*Andrea!* —llamó al divisarla a unos doscientos metros. Recogiéndose las faldas y con el chal pendiéndole de los hombros corrió hacia ella.

Andrea arrastraba su cubo hasta arriba de uva. Los demás habían volcado una media de cuatro cubos en lo que iba de recolecta y ella iba a vaciar el primero.

—*Sbrigati*[69] —le dijo Stella, pero Andrea le señaló el cubo—. *Non preoccuparti*[70]! —exclamó cogiéndole la mano y tirando de ella. Ya habría alguien que se diera cuenta de que el cubo estaba

---

69. (It) Espabila.
70. (It) ¡No te preocupes!

ahí y había que vaciarlo.

—¡Pero! —Su «pero» no sirvió de nada. Andrea medio voló por encima de la tierra húmeda. Stella la llevó al edificio revestido de arena y de techos de rica, gruesa y oscura madera. Dicho edificio era el lugar donde se transformaba la uva en vino, vinagre, «y no te olvides del mosto», y Andrea intuía que bajo sus pies debía de estar la bodega. Ella ya había visto la edificación desde su ventana, pues su dormitorio se encontraba en ese mismo lado. La gente se agolpó a un lado y alrededor de una enorme cuba hecha de piedra y llena de uvas. No sabía que aquello era un lagar—. *Che cosa...* —trató de formular la pregunta.

—Nadie sabe muy bien cómo ni cuándo empezó esta tradición familiar —dijo Luca salvando a Andrea de su intento de italiano, y por tanto del rompecabezas que representaría para Stella—. Amén a que usted, Bloom, no cumple todos los requisitos, pero necesitamos un par de pies más.

—¿Pies? —cuestionó Andrea tras el brinco, Graziani la había pillado por sorpresa. Ella lo miró, después miró a Stella acercándose a la multitud, quitándose el chal y remangándose la falda a los lados de sus caderas, bajo esta vestía un pantalón corto—. ¿Pies para qué, chef? —Y antes de que él pudiera contestarle, vio como junto a Stella subían otras seis chicas más al lagar y hundían sus pies en la uva—. ¿Y cuáles son esos requisitos que yo no cumplo, chef?

—Ser mujer —nombró Graziani en primer lugar mirando a las muchachas en lugar de a ella.

—He dicho requisitos que yo no cumplo, señor Graziani —puntualizó Andrea con una sonrisa jocosa en los labios aún teñidos del labial tono cereza.

—¿Está segura de que usted es una mujer, Bloom? —provocó Luca esta vez sí, mirándola.

—Segurísima —asintió Andrea cruzándose de brazos.

—Si usted lo dice... —Luca arrastró las palabras en su lengua—. Segundo requisito —comenzó a decir, andando tras Andrea y posicionando sus manos en los delgados hombros le quitó la chaqueta y la empujó para que avanzara hacia delante—. Ha de ser una mujer virgen.

—Ese sí que no lo cumplo —respondió mirando hacia atrás mientras él la llevaba entre la multitud—. ¿Hay más requisitos, chef?

Luca la situó ante el lagar; lanzó la chaqueta a su tía abuela, que estaba al lado de la *nonna*, y se acuclilló para quitarle las sandalias a Andrea. Después, la tía Maria le mojó los pies con el agua de la manguera.

—Le compraré un vestido nuevo porque dudo que lleve un pantalón corto debajo, Bloom. —Enderezándose, fue a auparla hacia dentro del lagar—. Y no se va a subir la falda de todas formas —advirtió por si a Andrea se le ocurría la brillante idea de enseñar más pierna.

Todos los deditos de sus pies se encogieron con el frío del agua de la manguera. Se tragó el gritito de sorpresa cuando Luca la tomó en brazos y la metió en el lagar.

—No me ha dicho el último requisito, chef —susurró Andrea que apoyó sus manos en los masculinos hombros y apretó las palmas contra la fuerte complexión.

—Ser soltera —le dijo con la alianza en el dedo de Andrea guiñándole el ojo. Luca la dejó dentro del lagar, sus manos fueron a retirarse de las caderas para que ella pudiera ligar sus brazos con los de las mujeres a los flancos, pero Andrea cerró los dedos encima de sus hombros y le sostuvo por la tela de la camisa—. No va a caerse, Bloom —refutó pensando que por eso ella no lo soltaba.

—¿Está fingiendo que cumplo todos los requisitos solo porque faltan pies?

Ella estaba deseando que dijera que no. «¿Por qué?». Porque tenía la esperanza de que... Andrea abrió los deditos y se echó hacia atrás estabilizándose en el lagar.

Al ella apartarse, Graziani comprendió que silenciaba la pregunta. No quería oír la respuesta. La había borrado aunque él no; sin embargo, no la respondió a pesar de que, obviamente, no estaba fingiendo que Andrea cumplía todos los requisitos solo porque necesitaban un par de pies más.

Los brazos se ligaron los unos con los otros y los pies pisaron las uvas al tiempo que las mujeres giraban en el depósito. El mosto, de un tono borgoña brillante, corría por un saliente frente al lagar y caía a un cubo con un gran colador que acababa de tamizar el zumo. Las doce mujeres que pisaban las uvas empezaron a reír al unísono, era como si el alcohol que posteriormente fluiría en el vino fuera destilado por las risotadas de estas.

Luca contempló a Andrea manteniendo el equilibrio con los pies enterrados en la uva y... giró la cabeza. Su tía abuela Maria; su otra tía abuela, Alfonsina, con la chaqueta de Andrea en mano, y la *nonna* lo estaban mirando fijamente. Y él, carraspeó haciéndose el loco.

El nivel del mosto le llegaba muy por encima de las rodillas y estaba la mar de frío. Andrea se sujetó a los hombros de Stella para no acabar de culo en mitad del lagar. Anteriormente, ellas se habían separado para recorrer todo lo largo y ancho del lagar pisoteando la uva. Sus pieles tiñéndose del rojo de la fruta. Al rato, una por una comenzaron a salir; la tía Maria daba un agua a las femeninas piernas y, para que no se mancharan los pies de nuevo, las mujeres eran aupadas hasta un rincón de la estancia en el que les esperaban unas toallas y sus zapatos.

—¿En brazos otra vez? —dudó Andrea, mirando a Luca frente a ella en el lagar y con los brazos extendidos.

—Sí, en brazos como hacen el resto —respondió Graziani moviendo los dedos.

De ser otra persona no la ayudaría a salir, más que nada por el bien de sus propios pantalones, que iban a verse salpicados por el mosto, pero con Andrea no le importaba.

—¿Y no puede llevarme Stefano o...? —Acababa de acordarse de Stefano. Andrea se puso de puntillas en el lagar y buscó entre las cabezas la de su excompañero de baile.

—¿Y por qué no puedo hacerlo yo? —interrogó Luca frunciendo el ceño, el tono gris de sus ojos se oscureció—. Deje de hacer el ganso y venga aquí, Bloom.

—Es que... —vaciló Andrea mordiéndose el labio inferior; gracias a que el labial era mate y lo había fijado, no se tiñó los dientes. Sujetándose la falda avanzó hacia Luca—. Es que peso mucho, chef —boqueó consciente de que este ya sabía lo que pesaba, pues él mismo la había metido en el lagar.

Graziani puso las manos en las anchas caderas de la mujer y la levantó.

—Es usted una exagerada. —Pesaba, pero lo normal. No era un cojín de plumas de oca, pero tampoco era una orca. Luca la sujetó en brazos ya habiéndola sacado del lagar.

—Voy a gritar —amenazó Andrea con las manos en los masculinos hombros—. No es una broma, señor Graziani —le dijo intentando no reírse, pero es que él la tenía allí sujeta como Rafiki a Simba en el *Rey León* de Disney.

—Me parece una buena idea —se mofó Luca dejando a la mujer en el suelo para que la tía Maria pasara la manguera por sus piernas y le quitara la mayor parte del zumo.

—Está fría... —masculló Andrea antes de que Graziani volviera a cogerla en brazos—. ¡Chef! —protestó sabiendo que sus pantorrillas estaban entre rojizas y violáceas—. ¡Bájeme! —mandó con él avanzando entre la multitud.

Él rio moviéndola para tomarla de lado y rodearla con un brazo al tiempo que ella se sostenía de su cuello. Los pies de Andrea chispeaban gotitas de mosto que crearon un caminito por el suelo conforme él avanzaba...

—Es usted insoportable.

—Juraría que eso ya me lo había dicho, Bloom.

—Pues se lo repito —resopló Andrea, tratando de ignorar la segunda sonrisa de Graziani en esa noche, aunque acabó mirándolo y entonces, en un segundo, lo comprendió todo. En ese mismo instante todo cobró sentido: estaba enamorada, y no lo estaba del hombre que le había pedido matrimonio y al que ella había dicho que sí, estaba enamorada del hombre al que también odiaba y ahora, ahora la llevaba en brazos. Andrea colgó dos de sus dedos en el cuello abierto de la camisa borgoña—. Estoy cansada, chef... —susurró mirándolo a los ojos.

—Dese una ducha y después métase en la cama, Bloom. —Luca fue en busca de los dedos de ella y acarició la suave rugosidad de los nudillos—. Aquí todavía queda un buen rato, pero usted mañana trabaja —añadió bajándola de sus brazos con suma delicadeza.

—Me gustaría despedirme —susurró mirando al suelo en busca de sus sandalias.

Giró sobre sí misma sin lograr verlas.

—¿De mí o del resto? —le preguntó Luca tendiéndole estas y en la otra mano una toalla.

—Supongo que... —Y sin mirarle cogió las sandalias, no la toalla, y se las calzó a toda prisa—. Del resto —soltó Andrea con la cabeza gacha y buscando una salida, la cual solo era viable si pasaba al lado de Graziani—. A usted lo veo mañana.

—A muchos de ellos los verá también mañana, Bloom —alegó Luca tomándola por un antebrazo y, de ese modo, deteniéndola.

Tiró con suavidad de ella para colocarla ante sí y tener contacto con sus ojos.

—Buenas noches, chef —dijo Andrea volviendo la cara para mirarle.

Sus ojos encontraron los de él y se quedaron varios segundos fijos en estos. Ella sacudió la cabeza y movió el brazo para librarse de la mano de Luca.

Graziani no fue detrás, a pesar de que eso era lo que deseaba. Colocó los brazos en jarras y suspiró contemplando el charco de agua un tanto teñida de borgoña que Andrea había dejado antes de calzarse las sandalias.

Andrea se despidió a toda prisa de todo el mundo excepto de Andreas, al cual no vio por ningún lado. Recorrió los viñedos y se metió en la casa, anduvo por el pasillo y entró en su dormitorio. Cerró la puerta y escarbó en el interior del bolso, que estaba sobre la cama, sintiendo la urgente necesidad de hablar con alguien. Saltaron el espejo de mano, la cartera, varios pintalabios, un paquete de pañuelos... Encontró el iPhone e ignoró las llamadas perdidas de la «*pesadadesiempre*» y sus mensajes conminándola a llamarla. Buscó a Kendall en la agenda y presionó el botoncito verde para llamarla. Hizo saltar de sus pies las sandalias y ya descalza caminó hacia el enorme ventanal.

Kendall, con el cigarrillo colgándole de los labios y la espalda pegada a la pared del pequeño callejón a un lado del *lo sono*, sacó el teléfono del bolsillo de su delantal y al ver el número que aparecía en pantalla sonrió.

—Hola, forastera —saludó atendiendo la llamada.

—Estoy loca —sentenció Andrea, acuclillándose para que no la vieran, o mejor dicho para que no la viera él. Graziani le resultaba tan..., tan atractivo.«¿Desde cuándo?». Él y su sonrisa de anuncio de dentífrico, sus tormentosos ojos, sus manos grandes y suaves, el calor de su aliento...—. Oh, Dios mío —murmulló agazapándose un tanto más al ver a Luca fuera de la bodega apartar la mirada del tractor y mover la cabeza en dirección al dormitorio.

—Cuéntame algo que yo no sepa —rio Kendall retirando el cigarrillo de sus labios y sacudiendo en el suelo la ceniza—. ¿Estás bien? —le preguntó mirando la hora en su reloj de muñeca.

La diferencia horaria entre Italia y Las Vegas era de más de ocho horas, así que en teoría su amiga debería estar durmiendo.

Si se viera reflejada en un espejo, Andrea se sentiría de lo más ridícula ahí agazapada y hablando en murmullos.

—No, no estoy bien —confesó, alzando algo la cabeza cuando Graziani volvió la vista a los dos tractores que aún esperaban a que acabaran de llenar sus remolques.

—¿Qué te pasa? —Kendall tiró al suelo el cigarro y lo aplastó con la suela del zapato—. ¿Tiene que ver con Graziani? —Rodó los ojos y levantando la mano libre exhaló—: ¡Menuda pregunta más estúpida! ¡Claro que tiene qué ver con Graziani! —Se puso en jarras y en un suspiro le preguntó—: Vamos a ver, ¿qué te ha hecho?

—Bailar.

Y aún estaba mareada, borracha por la danza que no había durado más de cinco minutos y en nada se parecía a la última y mítica escena de *Dirty Dancing*. Andrea se dio la vuelta en el suelo y se sentó de espaldas al ventanal.

—¿Bailar? ¿Graziani sabe hacer eso? —rio sacando del bolsillo del delantal un pequeño frasquito de perfume con el que pretendía enmascarar el olor a tabaco—. ¿Estamos hablando de la misma persona? —Dejaría el vicio cuando el vendaval romano volviera al *lo sono*—. ¿Sigues ahí?

—Tengo miedo, Kendall —desembuchó Andrea observando la alianza en su dedo.

Las plantas de sus pies estaban rojizas.

—¿Miedo? —interrogó Kendall sacando la cabeza de la pared del callejón para gritar a todo pulmón—: ¡Ya va! —Su turno empezaba en menos de diez minutos y, lógicamente, la estaban llamando, aunque ella no podía dejar a Andrea sin saber qué le pasaba—. ¿Miedo de qué?

—Miedo de mí.

9

Panna cotta

Eran las siete menos cuarto de la mañana y Luca no había abrazado la cama. No quedaba prácticamente nadie en la finca salvo el enólogo y un par de trabajadores que limpiaban los tractores de restos de uva. Graziani finiquitó la documentación pertinente a la vendimia y se despidió del enólogo, que todavía se quedaría un buen rato. Salió de la bodega con una botella de mosto, su chaqueta y la que Andrea se había dejado la noche anterior, y fue de los viñedos hasta la casa. Al lado de la puerta de entrada estaba Donatello, el gato, bebiendo de un plato de nata.

Cinco libros de cocina abiertos y mostrando la misma receta, tres botellas de litro de nata vacías, un bote casi desértico de gelatina en polvo y más de una docena de *panna cotta* sobre la mesa de trabajo de la cocina, sin contar las que aguardaban enfriándose en la nevera. «¿Qué es lo que hago mal? ¡¿Dónde está el problema?!». Andrea resopló venciendo la cabeza hacia delante y cerró los ojos cediendo al llanto. Estaba cansada, apenas había dormido dos horas seguidas, y para colmo...

—¿Cuánto lleva aquí?

Su voz quebró la música que sonaba casi imperceptiblemente en la radio. Luca dejó la botella de mosto en la isla de mármol y al lado la chaqueta, y guardó las manos en los bolsillos de su pantalón. Miró el zafarrancho y suspiró deteniéndose al lado de ella. Forzó a su zurda a quedarse dentro del bolsillo, pues esta deseaba salir y acariciar el corto caudal oscuro de la cabellera de Andrea.

Allí estaba, la encarnación personificada de su «*problemón*». No era la receta, no eran sus manos. ¡Era Luca!... Y Nek susurrando en la radio.

—Es que no podía dormir... —carraspeó Andrea enderezándose—. Ahora lo recogeré todo, chef —masculló ella estirando el delantal anudado a sus caderas—. ¿Le molesta la música?

—No. —Y para más inri subió el volumen de la radio—. Vamos a ver...

De uno de los armarios, Graziani sacó un vaso, destapó la botella de mosto, sirvió zumo y se lo tendió para que lo probara.

—¿Mosto? —carraspeó Andrea con los ojos escociéndole a causa de las lágrimas y no haberse quitado bien el maquillaje la noche anterior.

Tomó el vaso y olió el contenido, ahora de un tono casi púrpura.

—Sí, señora —asintió Luca tapando la boca de la botella con el corcho—. Ya no tendrá que avergonzarse de no haberlo probado.

Posiblemente ella solo conocía el *cranberry juice*[71], el zumo de naranja y de pomelo, y, por tanto, hasta ahora no sabía que el zumo de uva, el mosto, también se bebía.

Andrea sonrió por el gesto, detrás de aquella fachada de déspota y frío se encontraba un hombre ciertamente detallista y atento.

—Gracias... —susurró antes de dar el primer sorbito—. Sabe a zumo —murmuró con los labios pegados al vidrio del vaso.

—Es que es zumo —rio él con la voz enronquecida por el cansancio.

Sin embargo, el cansancio no iba a impedirle que, una vez Andrea se marchara, él husmeara en su habitación. *Sfacciato*[72]. De acuerdo, estaba mal, pero se moría por meter la nariz en sus cosas.

—Me gusta —afirmó tras beberse todo el mosto. Movió el vaso vacío con las paredes teñidas del tono púrpura del zumo—. ¿Puedo tomar un poco más? —pidió Andrea alargando el brazo para que Graziani le sirviera.

—¿Ha desayunado? —le preguntó Luca a la vez que descorchaba la botella y llenaba su vaso hasta la mitad.

En la inspección ocular de la cocina, él solo había visto ingredientes para las *panna cotta* y ni rastro de huevos, **speck** o tan siquiera galletas.

—Algo —mintió Andrea matando la sed con el nuevo vaso de mosto.

____

71. (In) Zumo de arándanos rojos.
72. (It) Descarado.

Al acabarlo lo llevó al fregadero, le dio un agua y lo dejó escurriendo.

Graziani detectó la mentira en la agudez de su voz. Ya la tenía calada: cada vez que Andrea mentía se le ponía voz de pito. Taponó la botella y la guardó.

—Voy a ayudarla. —Cerró los libros y los apiló a un lado de la mesa. Tiró las botellas vacías de nata a la basura, que estaba debajo del mueble, y se lavó las manos—. Le enseñaré cómo se hace la *panna cotta*. —Andrea no lo miraba, pero, incluso de perfil, él podía ver claramente los caminitos húmedos que habían dejado a su paso las lágrimas—. Y no llore, se pone aún más fea.

Andrea no pudo hacer otra cosa que reír, Luca era ideal para consolar a una pobre damisela como ella. Empujó fuera de su cara la lágrima, que se escurrió de su lagrimal, y de paso borró el rastro de las otras. Lo miró con una medio sonrisa; estaba muy cansada, y eso que se encontraba a una hora de empezar la intensa jornada laboral.

—Gracias —susurró antes de ir ella también a lavarse las manos.

—De nada —respondió en otro susurro siguiéndola con la mirada. Al colocarse a su lado, él levantó el bote de gelatina en polvo—. Esto no. —Sin quitarle los ojos de encima, lanzó el bote al cubo de basura y encestó—. Necesitamos tres hojas de gelatina neutra, que vamos a hidratar en agua fría. —Graziani sacó de la nevera el último botellín de nata y, tras verter parte de esta en una pequeña cazuela, le incorporó el azúcar blanquilla—. *Panna*, nata, *cotta*, cocida.

—Nata cocida. —Al final acabaría aprendiendo italiano; a regañadientes, pero lo aprendería—. Entonces... —comenzó a decir Andrea recordando la mítica receta de *panna cotta al basilico*—: En esa nata usted introducía las hojas de albahaca —afirmó a la vez que Luca abría el paquete de gelatina y hundía tres hojas en el agua para dejarla en ella unos diez minutos.

—Sí, una vez que la nata rompa a hervir las retiro. Pero en el caso de una *panna cotta*, por ejemplo, de ***speculoos***... —empezó a decir encendiendo el fuego para colocar sobre el fogón la pequeña cazuela.—Juntaríamos la crema de *speculoos* con la nata.

—No debemos utilizar las galletas, sino la crema de estas pues brinda mucho más sabor —interrumpió Andrea usando las mismas palabras que él. Lo miró alargando la sonrisa un tanto más—. Aunque le parezca raro, en sus clases siempre lo escucho.

—Bajo los grisáceos ojos de él pesaban las ojeras, así que ambos iban a conjunto—. Creo que nunca me cansaría de oírlo, aunque a veces se me hace un poco difícil, sobre todo cuando se mete con mis piernas o con mi nariz, o con lo que sea que forme parte de mi anatomía...

—Lo hago por chincharla, no es que piense que usted tiene piernas de gallina clueca... —soltó Luca sorprendido porque ella le prestara realmente atención. Se maldijo entrecerrando los ojos para pensar antes de hablar. «Cosa poco habitual en ti...»—. Bueno, casi no tiene pantorrillas, pero no me disgusta. De hecho, la hacen especial al igual que...

Andrea parpadeó aplanando una mano en la superficie de trabajo.

—¿Al igual que qué? —curioseó ella con la hora del desayuno pasando rauda en el reloj colgado de la pared.

—Al igual que... —Graziani, espoleado por *Quando non ci sei*[73] sonando en la radio, dijo—: Cuando se enfada, señorita Bloom, arruga la nariz. Y si se enfada mucho le da un tic sobre la ceja izquierda, aunque también le sucede si está nerviosa. Cuando miente se le agudiza la voz y en ocasiones se muerde los labios, cosa que sí que no me agrada porque tiene unos labios preciosos. —Le quitó el paño de cocina que pendía de uno de los femeninos hombros—. Tiende a contonearse al caminar, sobre todo con tacones. —Frotó las manos contra este y lo dejó en la mesa—. Pero no lo hace de una manera vulgar... Es un movimiento sensual y francamente adictivo para cualquiera que gaste testosterona —sentenció alzando la afeitada cabeza y mirándola—. Usted es mucho más que un par de tetas y un buen culazo andante.

Los dedos sobre la mesa se retrajeron contra las palmas blanqueando las uñas. «¿Juega conmigo?, ¿va a echarse a reír de un momento a otro?». Andrea lo miraba sin pestañear, pero el tic de la ceja la traicionaba. Se sentía desconcertada y no entendía nada. No entendía el comportamiento, tampoco aquellas palabras. Lo único que veía es que él no tenía pinta de estar riéndose de ella.

—Y tiene talento, tiene mucho talento —confesó por primera vez ante ella; es más, salvo a Doherty y Marvin, Graziani nunca había admitido que Andrea tuviera talento—. En más de una ocasión desconfía de sí misma y no debería hacerlo, señorita

---

73. *Quando non ci sei* canción de Nek perteneciente al álbum Las cosas que defenderé.

Bloom.

—¿Por qué me está diciendo todo esto? —bisbiseó Andrea con la misma y extraña sensación que experimentó el día anterior mientras bailaban.

El corazón le latía de forma acelerada como si le hubieran inyectado tiroxina, sus pupilas dilatándose hipnotizadas por el hombre que tenía ante sí.

—Usted me ha preguntado —respondió Graziani—. Y yo no le he dado una clase sobre cómo hacer *panna cotta*, hasta ahora.

Y eso lo sabía muy bien, se acordaría.

—Lo vi en uno de sus programas. —Meneó la cabeza y apartó la mirada de él, pero su corazón seguía desbocado por el *doping*—. El que grabó dos semanas después de que acabara *Supreme chef*. La cadena lo anunció a bombo y platillo, pues el gran chef Luca Graziani iba a enseñar a todo el mundo la facilidad que tenía preparar una *panna cotta*.

—Usted perdió por eso, Bloom —determinó él—. De no haber sido por esa sopa mal llamada *panna cotta*...

—¡Lo sé! —gritó Andrea interrumpiéndolo. Lo miró de nuevo y se llevó las manos al pecho para detener el frenético bombeo de su corazón—. Pero ¿por qué cebarse conmigo?, ¿por qué torturarme así por mi error?

—Porque fue ridículo y ofensivo. —Aquellos ojos oscuros desprendían fuego, un fuego que a él le quemaba más allá de la piel. Luca, sin ánimo de discutir, entrecerró los ojos y acompañando sus palabras con el movimiento de sus manos le dijo—: Y no lo digo por la *panna cotta* en sí.

—¿Y entonces?

El corazón le subía del pecho a la garganta, palpitando contra la campanilla. Un odio, aderezado con el mismo e «innombrable» sentimiento que la martirizaba, incluso antes de la noche anterior, bullía en su interior. Andrea dio la vuelta a la mesa y recogió los libros para llevárselos al dormitorio, y también la chaqueta, se iría allí para disfrutar del inminente infarto.

—Fue ofensivo para su talento —aseveró Graziani impidiéndole el paso, le quitó los libros, los golpeó en la mesa y volvió a los fogones. La chaqueta cayó al suelo—. ¿Por qué se arriesgó a hacer algo que no sabía hacer, señorita Bloom?

—¡Porque quería darle un golpe en los morros, señor Graziani! —ladró empujándole—. Quería que dejara de meterse conmigo y decirme que estaba mejor en casa, pintándome las uñas o preparándole la cena a mi novio, el mecánico. —El sentimiento innombrable era... Andrea apretó sus manos, la una junto a la otra, sintiendo la alianza en su dedo, el recuerdo de Samuel. Ella hincó la vista en sus sandalias—. Pensé que el *abatidor* enfriaría la *panna cotta* a tiempo...

Graziani apenas se tambaleó con el empujón por parte de ella. Ante los fogones escurrió entre sus dedos las hojas de gelatina, las añadió a la nata hirviendo y revolvió la mezcla con una varilla.

—Deje que la *panna cotta* se temple. —Apagó el fuego y metió la varilla en el fregadero para enjuagarla. Caminó de vuelta hacia ella y se secó las manos en el paño—. Luego tiene que repartirla en los moldes y dejarla enfriar por lo menos ocho horas, aunque lo ideal es toda la noche. —La mano que al principio había querido acariciarle la cabellera se aproximó a su cara, los reversos de sus dedos le rozaron un pómulo—. Y eso es todo —masculló moviéndose lentamente, la palma de su mano transmitió su calor al reposar sobre la mejilla de Andrea.

Había reaccionado tarde, ya era tan tarde que era inútil resistirse o calificar el sentimiento innombrable para hacerlo menos real. Estaba perdida y aterradamente enamorada de él y se odiaba por ello. También lo odiaba a él por lo mismo y tenía que decírselo.

—Te odio —silbó entre dientes colgando sus manos del cuello de la camisa borgoña de Luca—. Te odio con todas mis fuerzas.

—Lo sé. —Él descansó su frente sobre la de ella y cerró los ojos disfrutando de la tan ansiada cercanía. Ya no era soñar despierto, fantasear con ella sin que Andrea se diera cuenta. Acarició las bonitas facciones y se emborrachó de su aliento—. Ya lo sé —susurró con ella alzando la boca y dejándola tan cerca de la suya...

Andrea no olía la *panna cotta* en el cazo, tampoco oía la radio... Solo olía el *after shave* de Luca combinado con el aroma propio de hombre y su música era el fuerte retumbar del corazón de este. Sus pechos le dolían por el aplastamiento con el torso de Graziani. Cerró los ojos olvidándose de la alianza en su dedo y gimoteó segundos antes de que el beso tomara su boca.

Él unió sus labios con los de ella probando qué tal se sentía, poco después la besó. Un beso suave y hasta dulce. Luca acarició la mandíbula de Andrea y bajó pasando por la femenina garganta, el pulso latía apresurado en la carótida. El gemido femenino subió la temperatura en sus venas y su lengua hizo contacto con la de Andrea, chispazos de colores crepitaron en su bajo vientre.

En apenas un año cruzaría la barrera de los treinta y hasta ahora mismo no había palpitado tan duramente... ahí abajo. Su sexo dolía, realmente lo hacía, y su cabeza..., «Señor... ». Estaba como ida. Andrea se aferró a los hombros de Luca y pese a no querer dejar de besarlo precisaba aire. Echó la cabeza hacia atrás suspirando con los dedos de Graziani entretejiéndose en su pelo.

Luca no pudo resistirse a besar su cuello descubierto; paseó los labios por la delicada estructura muscular, dibujando un estrecho y húmedo caminito para acabarlo con un leve mordisco antes de apearse en el esternón. Abrió los dos primeros botones de la blusa, los grandes globos oprimidos por el sujetador estaban esperándole agitándose inquietos. Tirones, su erección le daba latigazos dolorosos contra el pantalón como si aporreara la puerta para que la dejaran salir. Jaló del delantal y se lo quitó desgarrando uno de los cordeles. A su edad, tendría que estar más que concienciado acerca del sexo seguro pero en aquellos momentos ni siquiera pensaba en si había una caja de preservativos en casa.

Todo el frío del mes de octubre sopló en sus pechos, la blusa le colgaba ahora de las muñecas y ella tiró dejándola caer al suelo. Las estrías blanquecinas eran fieles testigos de la masiva pérdida de peso, las cicatrices marcaban la piel impidiendo que Andrea pudiera ocultar el hecho.

Metió una mano bajo la copa del sujetador y levantó un pecho, descubriéndolo, rodeó el inhiesto pezón con sus labios y lo aspiró hacia el interior de su boca. Luca lo dejó ir rozándolo con los dientes, alzó la cabeza con las manos de ella instándole a que lo hiciera.

Andrea pasó los pulgares por los brillantes labios de él, se tragó el gemido cuando él enganchó los dedos en su falda y tiró de ella hacia arriba, hacia sus caderas.

—Luca... —gimoteó, nombrándolo por primera vez y con el blanco material de sus bragas calado por el deseo que rezumaba por él.

Graziani farfulló un improperio colando la mano entre los femeninos muslos, dos de sus dedos siguieron la forma de la profunda raja por encima de la ropa interior. Que Dios le perdonara, San Pedro podría negarle la entrada al Cielo, pero nadie iba a prohibirle penetrar, y nunca mejor dicho, aquel pedacito de Paraíso.

—*Piccola mia*[74].

Una mano sujetó la falda arriba y la otra tiró de las bragas desterrándolas a los tobillos.

El deseo le mordía el cérvix y le pellizcaba los pezones. La intensidad de la necesidad que sentía borraba toda la cordura, la tornaba ceniza que el viento levanta y se lleva de un soplo. Andrea acabó apoyada en la esquina de la mesa de trabajo, sus bragas en el suelo junto a su blusa. Un pie descalzo y el otro casi, pues la sandalia pendía de sus deditos con las uñas pintadas de rosa chicle.

—Espera, espera —exhaló Graziani, cogiendo a Andrea por la nuca. Cerró los ojos para relamerse los labios y mascullar—: Aquí no, así no.

Luca la aupó, solo tenía que dar unos pasos y meterse en el salón para, por lo menos, llegar al sofá.

Dejaron atrás, ahora sí, las dos sandalias, el pobre delantal, y las bragas. Entraron en el salón, la luz de la mañana bañaba los muebles de rica madera. Una vez en el sofá, ella se las arregló para quedar sentada encima de Graziani, le desabotonó la camisa, agradeciendo que él no llevara camiseta interior, y abrió las manos en abanico sobre los pectorales. Andrea lo miró mientras él le bajaba los tirantes del sujetador; sus senos temblequeando, pesados e hirvientes, y al borde de desmoronarse llevándose por delante las copas del sujetador.

Luca le acarició los antebrazos y dejó en ellos los tirantes del sujetador, se adelantó en el mueble cuidando de que ella no fuera a caer y soltó el cierre del sujetador, sosteniéndolo hasta que este abandonó por completo la nívea piel de Andrea. Se echó hacia atrás en el sofá, con el cuero lamiéndole la espalda, y miró la redondez de los desnudos senos de ella, los cuales juntó queriendo apropiárselos.

Andrea venció su cuerpo hacia delante para besarlo mientras él amasaba sus pechos.

—Luca... —ronroneó contra los masculinos labios viéndose incapaz de enterrar el amor que sentía por él, no había suficiente tierra para apagar el fuego; sin embargo, ella misma era el cadáver, su enamoramiento la había matado y todavía no era consciente. Muerta en vida, zombi dependiente de...

---

74. (It) Mi pequeña.

Besos, consumidores de sus antiguas existencias, premonitorios del apocalipsis que su amor compartido traía consigo. Remolcando el cuerpo de ella a lo largo del sofá, Luca se situó encima una vez acomodada. Las delgadas pantorrillas tomando posición a los lados de sus muslos, las bonitas manos de ella desabrochándole el cierre del pantalón y colándose por debajo del material para cogerle por las nalgas tras bajar la elasticidad de los bóxers.

Ella jadeó con el primer tramo de verga entrando en su sexo y subió los pies un tanto más. Sus manos apretaron las nalgas de este conminándole a entrar más, mucho más. Andrea cerró los ojos. Ladeó un tanto la cabeza, en cuyos lados se apoyaban las grandes manos de Luca.

Su erección ganando terreno, invadiendo las musculosas paredes, obligándolas a adaptarse a su tamaño. El sudor floreció en sus sienes, escurriéndose de su nuca hasta su zona lumbar. Pujó hasta estar tan dentro de ella, tan profundo que le faltaba el aliento. Graziani iba a sufrir una hipoxia: sus células, sus tejidos faltos de oxígeno, su cerebro mandaban un *SOS* a todo su sistema...

Andrea lo apretó dentro de sí, la sensación de plenitud carnal noqueó su conciencia, impidiéndole generar culpabilidad. Entreabrió los ojos, cubiertos por el semitransparente velo de la pasión, y él recogió las manos de su cara y las emplazó en el sofá, por encima de su cabeza.

Estrechó las suyas con las de ella y reculó con las caderas sacando poco a poco su erección del prieto y cremoso canal, pero solo para coger impulso y embestir.

Se miraron gimiendo a la vez, al mismo tiempo. Nudillos crujiendo bajo la fuerza de los apretados dedos entrelazados; el sonido acuoso y carnal de dos cuerpos acoplándose; pieles transpirando, liberando el aroma dulzón del sexo. El «*tic tac*» del reloj cronometrando el amor que se materializaba en la unión de los sexos.

El orgasmo viniendo a cuestas en cada una de las arremetidas sin acabar de desplegarse, muestra de que una vez desmontara asolaría cualquier rastro de... recuerdo de otros, pero para Andrea era como si solo existiera Luca. Con los ojos llorosos, sollozó un nuevo gemido y estrujó la unión de sus manos.

La comunión de sus cuerpos era tal que, en ese preciso instante, Luca tuvo una revelación. El divorcio con Susana resultó necesario, pues habían pasado de ser un matrimonio a ser amigos, amigos que se llamaban una vez a la vez semana a pesar de la distancia, amigos que se saludaban con un beso en la mejilla aún uniéndoles una alianza; sin embargo, ahora se temía lo peor y no por tener el clímax punzándole en el escroto, sino porque él había creído que ya sabía lo que era amar a alguien y que se podía sobrevivir a ello y... estaba equivocado.

Raudo, furioso e implacable, Andrea sucumbió el orgasmo, que cayó en lo más hondo de su matriz. Los pechos endureciéndose, los pezones agarrotándose, el vientre encogiéndose, hundido en una balsa de sudor. Resolló cerrando los ojos, tembló queriendo controlar la espiral cremosa para que esta no escurriera fuera de la unión de sus sexos.

Luca desunió sus manos y, atrasando su liberación, prendió a Andrea por un lado del semblante y afianzó los piececitos de ella a los lados de su cadera.

—*Lo sai che ti amo*[75]. —La voz enronquecida, velada por el esfuerzo. Arremetió dentro de ella, embistió, acometió. Su verga trabajando, provocando un nuevo orgasmo—. *Che ti amo forte*[76].

Andrea boqueó agitándose bajo Graziani, su voz penetrando en sus oídos y alborotándole el cerebro como si una pequeña parte de este sí le entendiera, si entendiera el significado de sus palabras. Lloriqueó mirando esos ojos grises, ahora del tono de la plata vieja... Los suyos debieron darse la vuelta en sus cuencas por los relámpagos orgásmicos centelleantes y ya no hubo manera de detener la crema que salió a presión entre los bordes del acoplamiento de sus muslos.

Su cuerpo se desmoronó encima del de Andrea con el último empuje, que tiroteó abundantes y largos chorros de esperma que remolinearon unificándose con la crema. Graziani resolló, su frente en la cuna huesuda del hombro de ella. Estaba dolorido y vacío, y demasiado enamorado como para curarse.

Entre tanto, las respiraciones se recuperaban, el sudor se enfriaba y la poca ropa que quedaba entre ellos sobraba. Andrea, presa aún del temblor, movió los parpados para levantarlos. Sus manos palparon la empapada complexión de los hombros de él, el aliento de Luca venteándole en el cuello.

Graziani se encaramó un tanto sobre ella aunque sin salir de su interior. Besó los labios inflamados por sus propios besos y

____
75. (It) Sabes que te amo.
76. (It) Que te amo mucho.

movió a Andrea para que ambos quedaran de lado en el amplio sofá, uno frente al otro y aún esposados carnalmente.

—¿Siempre es así? —suspiró adormilada.

Ella no había conocido a nadie más que a Samuel y había dado por sentado que el sexo no era algo que fuera de su interés. Siempre maquinal, frío y en ocasiones doloroso, nada comparado con lo de ahora. Ardiente, empapado y apasionante. Andrea buscó la posición que le permitiera descansar la cabeza sin alejarse de la piel de Luca.

—Puede ser incluso mejor —exhaló él recogiéndola contra su cuerpo.

No es que llevar los zapatos puestos y los pantalones y la ropa interior a la altura de las pantorrillas fuera de su agrado, mas no tenía intenciones de moverse hasta por lo menos recuperar del todo la respiración. Graziani le besó la frente y escuchó el silencio de la casa.

La erección fue menguando hasta ausentarse, dejando su sexo de nuevo vacío.

—Chulo... —susurró Andrea amodorrada, izando la cabeza para que los labios de él pararan de besar su frente y se unieran con los suyos.

—Un poco, sí. —Luca la besó ingiriendo parte del sueño de Andrea, sus papilas gustativas lo destruyeron y fueron desvelando la boca de ella—. *Vieni qui*[77]... —mandó con la excitación retornando.

Trasladó los besos a un lado de la mandíbula de ella, lamiendo la línea hasta el lóbulo de la oreja. Andrea, sin saber cómo ni de qué forma, acabó de pie con su sexo pulsando hambriento... Otra vez, y eso no podía ser normal. «¿Qué tiene de normal esto?». Las manos de Luca la agarraron por las caderas y tiraron de ellas. Ella jadeó entre los dientes y la lengua de él al pensar en la cama.

En ese mismo momento el pequeño Fiat 500 llegó a la vivienda. Las ruedas, pisando la gravilla y junto al claxon, avisaron de su llegada. Andreas esperó a que la puerta se abriera y Andrea descendiera las escaleras, pero no fue así. De nuevo, apretó el claxon. Él le había dicho a la *nonna* Giuliana que le comunicara a Andrea que hoy pasaría a recogerla a las ocho. Era posible que su abuela

---

77. (It) Ven aquí...

hubiera sido incapaz de hacérselo entender a esta y que aún estuviera en la casa sin tener idea de que él iba a pasar a por ella.

Al levantarse del sofá, y perdiendo menos tiempo si se subía los bóxers y los pantalones, Graziani aupó a Andrea. Su creciente erección empujaba la ropa. De camino a su dormitorio y sin dejar de besarla, notó como se ponía rígida.
—*Che cosa...?*
Era automático y no sabía por qué, pero el italiano surgía eclipsando al inglés.
Andrea miró en dirección a la entrada de la casa y seguidamente a Luca, le había parecido escuchar algún ruido; pero entonces él volvió a besarla, haciéndole el cerebro papilla. No podía pensar cuando la besaba. Su espalda quedó clavada en el pecho de Graziani al darle este la vuelta, la ascendente erección le pellizcó una nalga a través de los pantalones de él.
—*Andiamo amore*[78] —murmuró en el oído de ella—. *Andiamo a letto*[79]. —La falda arremangada en las caderas era lo único que la vestía. Luca le cubrió los senos con las manos y los apretó—. *Ho voglia di fare l'amore con te*[80] —añadió apresurando el paso.
El timbre sonó, chirrió. En el exterior, Andreas golpeó la robusta puerta de madera con los nudillos y al no abrir nadie fue a mirar a través de los ventanales del salón; desde la entrada podía entrever las cortinas corridas. Giró sobre sus pies y miró los viñedos; hizo aspavientos a uno de los tractoristas y le preguntó si su hermano estaba en casa, porque si estaba su hermano, seguro que también estaba ella.
Luca se acordó de Andreas, cerró los ojos y respiró hondo. Volteó a Andrea y la besó pellizcando su mentón con una mano.
—Ve a la cama.
Marchó hacia la puerta y la entreabrió.
Andreas se apartó de los ventanales al oír que alguien abría y anduvo hasta allí. Miró a Luca sin la camisa, con el crucifijo colgándole del cuello, empapado de sudor, y no le dijo nada o sí...
—*Testa di cazzo*[81] —masculló a la par que se ajustó las ga-

---

78. (It) Vamos amor.
79. (It) Vamos a la cama.
80. (It) Quiero hacer el amor contigo.
81. (It) Gilipollas.

fas de sol y se dio medio vuelta para volver al coche.

Luca fue a cerrar la puerta cuando la mano de Andrea se lo impidió, él ladeó la cabeza y descubrió que ella estaba vestida, calzada, despeinada y con las mejillas enrojecidas.

—¿Dónde vas? —le preguntó al tiempo que Andreas subía al coche y lo ponía en marcha.

—Me voy a trabajar, chef —respondió Andrea que, en lugar de volver a la cama y esperar en la frescura del colchón el contraste ardiente del cuerpo de él, corrió al armario, revolvió la maleta y sacó de esta un sujetador, una camiseta y unas bragas. Se vistió y se calzó recogiendo de camino su bolso.

Estaba siendo tan estúpida... Llevaba la ropa mal conjuntada, pues había cogido lo primero que tocó su mano. Ya estaba vestida, estaba vestida por el aroma de Luca. Un traje hecho a medida ataviándola de pies a cabeza, la cascada sedosa escurriéndole de su sexo hasta revestirle los muslos.

—*Tesoro*... —susurró él cariñosamente a la vez que impulsó la puerta para cerrarla, ancló la cadera de ella a su cuerpo y rotó hasta encararla. Graziani besó la comisura de los bonitos labios—. Vamos a hablar.

Estaba engañándola, no iban a hablar, no por el momento.

Andrea suspiró, comenzando a caer de nuevo en el embrujo de su boca, besándola. Cerró los ojos, el bolso le resbalaba de su hombro y su lengua hacía contacto con la de él... «¡Conciencia!». Echó la cabeza hacia atrás y mirándolo detuvo el cierre de la puerta.

—No tenemos nada que hablar, señor Graziani.

Empujó la madera y se coló por ella para salir de la casa, haciendo aspavientos a Andreas para que detuviera el coche, que maniobraba en la gravilla. No miró atrás, como la mujer de Lot, y no por temor a convertirse en sal.

—*Buongiorno*[82] —saludó subiendo al 500.

Andreas respondió a su saludo con un cabeceo, se mantuvo en silencio, castigándola con él. La *nonna* Giuliana era de misa diaria y por tanto les había arrastrado a todos a la más estricta rectitud. Bueno, él solo acudía a la Santa Misa los domingos; no obstante, estaba tentado de recordarle a la mujer que tenía a su lado el significado de la gualda alianza que llevaba en el dedo.

Ella la giró en su anular, rozando la *vena amoris*; sin em-

---

82. (It) Buenos días.

bargo, Andrea sentía que esta había sido seccionada y sangraba profusamente. Había roto el lazo con Samuel, lo había rasgado apagando el brillo del solitario en el anillo y oscureciendo el oro. «¿Y ahora?, ¿ahora qué?», se preguntó mirando por la ventanilla. «Todo vino me sabrá amargo, la comida se convertirá en ceniza en mi boca», profetizó cerrando los ojos e inclinando la cabeza en el cristal.

—No la entiendo, señorita Bloom —habló Andreas en un perfecto inglés, aunque el acento italiano patinaba al final de cada palabra.

Sus manos aferradas al volante, ahogándolo bajo las palmas.

—¿Habla usted inglés? —barboteó Andrea izando la cabeza y ladeándola para mirar al hombre al volante.

—Pasé nueve años a caballo entre Las Vegas, L.A., Nueva York, Chicago y Houston —rio Andreas de manera insolente. Él reconocería ante cualquiera que a primera vista Andrea le había producido una cosquilleante atracción, aunque después de darse cuenta de que su hermano sentía algo más que impulso sexual hacia ella, y más después de interrumpirles «*labúsquedadelapestaña*», no podía mirarla sin experimentar algo más que resquemor—. Y soy fanático de los Chicago Bulls.

—Entonces... —trabucó Andrea empujando su pelo tras su oreja con la ayuda de sus deditos. Un ligero ardor vibraba entre sus muslos y los apretó el uno contra el otro en un intento de calmarlo. «Acabarás con las bragas en los tobillos», oyó en su cabeza como si su madre estuviera susurrándoselo al oído.

—El imbécil de mi hermano me pidió que fingiera que no hablaba inglés —relató pisando el acelerador y, por ende, provocando que nubes de polvo del camino les siguieran cual estela. Andreas viró la cabeza y la miró tras las oscuras lentes de las gafas de sol—. Tranquila, salvo él y yo, nadie más habla su idioma por aquí.

—¿Y por qué?

Francamente Andrea no entendía el motivo por el que Luca podría haberle dicho a su hermano que no le hablara en inglés, salvo si... era por fastidiarla.

Andreas puso la mirada en el camino y pisó otra vez más el acelerador.

—Según Luca era para que usted se esforzara. Ya sabe, por eso de ser medio italiana y no saber hilvanar ni una frase en el idioma de su padre.—Chasqueó con la lengua la frase de corrido.

—Mi padre dejó embarazada a mi madre la primera noche y se marchó —puntualizó Andrea poniéndose el cinturón de seguridad—, así que mi padre no pinta mucho en mi vida.

—Eso no excluye el hecho de que usted sea medio italiana —sentenció él muy orgulloso del 500 y eso que con semejante trote lo estaba destrozando—. Y desde luego no es algo que alabe de un compatriota, pero por parte de su madre ¿no había métodos anticonceptivos? —Levantó el pie del acelerador dándole un poco de respiro al pobre coche—. ¿Usted utiliza alguno?

—¿Lo de ser tan imbécil es una cuestión sanguínea o qué? —Porque lo de ser hiriente parecía heredado. Andrea se apuntó el pecho con un dedo y vocalizó muy claramente—: Mi vida sexual no es asunto suyo.

—Sí lo es si implica a mi hermano pequeño.

Él era el hermano mayor y sabía bien lo que le convenía a Luca, y desde luego no era una mujer prometida y quién sabe si poco responsable con su fecundidad.

—¡Su hermano es lo suficientemente mayorcito como para que usted no se meta en sus asuntos! —reprochó Andrea en un medio grito ante el bache que hizo brincar el 500.

—No ha respondido a mi pregunta.

—Y no pienso hacerlo —zanjó Andrea abrazando su bolso antes de que con otro tumbo le saltara sobre las piernas y derramara todo el contenido.

—Mire, señorita Bloom, y me dirijo a usted como señorita porque yo sí tengo decencia... —comenzó a decir Andreas mano en alto y con la otra dirigiendo el volante.

—¡Pare el carro! —gritó Andrea boquiabierta, se ladeó en el asiento a pesar de estar ahorcándose con el cinturón—. ¿Qué sabe usted de mí para difamarme?

—¿Que está prometida? —interpeló Andreas ácidamente. Sonrió mirándola a ella y no al camino—. ¿O la alianza en su dedo le tocó en un huevo Kinder?

Andrea se enderezó en el asiento, miró hacia delante y no dijo nada. La barbilla le temblaba y el tic tenía poseída su ceja. El rubor todavía le coloreaba las mejillas e incluso el escote.

—Lo último que necesita mi hermano son problemas, ¿lo entiende? —le dijo Andreas alternando la mirada entre la carretera y la silenciosa mujer—. Trabaja mucho y no está hecho para tener una relación sentimental, en eso los dos somos iguales.

—Me ha quedado claro —respondió ella de manera maquinal.

—Manténgase alejada de él lo que queda de...

—Le he dicho que ya me ha quedado claro —le interrumpió Andrea poniendo la radio, de esa manera no tendría que oírle.

Venció la cabeza contra el respaldo del asiento y entrecerró los ojos. Estaba claro, ella no iba a desperdiciar su vida por un..., un lío con su jefe por un mes, ¿no?

10
Bloom a la fuga

Luca tardó varios minutos en asimilar que ella realmente se había ido y... zanqueó hasta la cocina. Contempló las femeninas prendas desparramadas y mandó al suelo la *panna cotta*, los libros y hasta lo poco que quedaba de nata. Tenía que hablar con ella, necesitaba hablar con Andrea. Encontró su camisa en el salón, se la puso a pesar de estar arrugada y cogió las llaves del coche. Salió de la casa y fue tras el 500.

Andrea tuvo un pálpito, apartó la cabeza ahora reclinada en la ventanilla y miró hacia atrás. Estaba convencida de que Graziani venía tras ellos, pero no vio coche alguno en el camino aún arenisco, pues no habían pisado la carretera.

«¿Vas a abordarla como un animal?», se dijo Luca apretujando el volante bajo las palmas. Pisó el acelerador y el coche gruñó por el esfuerzo, el polvo se alzó a los lados del coche y tiznó los cristales.

Ella siguió mirando hacia atrás incluso cuando Andreas salió del cruce para incorporarse a la carretera. El cinturón se le hincaba en el cuello rozándole lastimosamente el esternón. Quería verle, quería ver al gran Graziani surcando los altibajos del camino para adelantarles y cerrarles el paso con el coche, bajarse después del vehículo y avanzar hacia ellos para abrir la puerta que les separaba y empujarla fuera del coche y... besarla. «Te has pasado viendo anuncios de Dolce & Gabbana, ¿no?».

Luca pisó el freno y su cuerpo venció hacia delante, aunque supo aplacar el golpe y no se dio contra el volante. El morro del coche sobresalía del camino, las ruedas estaban a punto de pisar el asfalto y el cinturón esperaba a que él se dignara a ponérselo. Luca rugió golpeando el volante y se echó hacia atrás en el asiento. Cubrió su cara con las palmas de las manos y trató de tranquilizarse.

Andrea se enderezó en el asiento, miró hacia el frente a pesar de sentir la mirada de Andreas clavada en ella de manera recriminatoria. Podría haberle dicho que prestara atención a la carretera. «Pero ya se sabe, los italianos y su manera de conducir...». El sol con sus amarillentos rayos bañaba los campos de viñedos a los lados de la carretera por la que circulaban los coches con solemne tranquilidad, casi somnolientos excepto por...

Graziani pisó el acelerador y adelantó a Andreas. No iba a montar ningún espectáculo, todavía tenía algo de dignidad.

Ella reconoció el coche. El corazón volvió a dispararse y su consciencia, de poder, la hubiera dejado sorda, ciega y, por supuesto, muda. Poco le faltaba para desmayarse. Andrea miró asombrada como Luca no tomaba el camino que conducía al restaurante, sino que continuaba hacia delante...

—*Coscienza*[83]... —dijo Andreas como si supiera lo que ella estaba pensando.

Señaló el primer letrero de madera que guiaba al *Bellezza* y salió de la carretera tomando el camino de tierra.

Andrea suspiró y miró al hombre que tenía a su lado.

—Mantenerme alejada de él, lo sé... —masculló negando, y se mantuvo en silencio mientras este aparcaba.

El trabajo la distraería, incluso podría hacerla olvidar durante un rato, mas no borraría lo que había hecho. No desdibujaría a Luca ni arrancaría la hoja destinada a ese capítulo de su vida.

Graziani condujo un largo tramo hasta su destino, presionó el claxon al llegar ante las puertas metálicas que custodiaban la villa romana. Estas se abrieron y el coche avanzó hasta aparcar en dos rápidas maniobras. De haberlas llevado, se habría quitado las gafas de sol. Salió del vehículo, alzó la mano derecha y la agitó saludando a la mujer que salía de la casa. Cerró la puerta del coche y respiró hondamente mirando a su alrededor. La antigua pero reconstruida villa romana se alzaba majestuosa rodeada de casi siete kilómetros de olivos y viñedos.

—¿Qué haces aquí? —preguntó Susana a la vez que se abrazaba a él.

Cerró los ojos estrechándole. Su cabello rizado y negro al sol semejaba azulado.

____

83. (It) Conciencia...

—He venido a verte —murmuró Graziani, apretando el cuerpo de ella contra el suyo aunque... aflojó el agarre hasta soltarlo. Cogió a Susana por los antebrazos y miró la naciente curvatura del vientre—. Vaya, no me habías dicho nada. —Ahí estaba el motivo final que a ellos les había abocado al divorcio: los hijos. Luca no quería tenerlos, no tenía tiempo y tampoco instinto paterno, o por lo menos eso creía.

—No era algo como para decir por teléfono. —Susana tomó las manos de él y las colocó en su vientre, cubriéndolas con las suyas. Sonrió con los ojos verdosos más resplandecientes que nunca—. ¿Sabes? Leandro y yo hemos pensado que tú podrías ser el padrino.

—Me alegro mucho por ti —le dijo con completa sinceridad. Luca apartó las manos del vientre de esta y las guardó en los bolsillos de su pantalón—. No tanto por Leandro —sonrió elevando un tanto la cabeza para verle asomando del vestíbulo y apoyarse en una de las enormes puertas de rica madera—. Y lo de padrino ya lo estáis olvidando. ¡Los dos!

—Lo sé —respondió Susana a lo de que él se alegraba de su embarazo, sabía que Luca lo hacía de verdad. Ella le pellizcó un antebrazo chistándole—: Y no seas retorcido.

Y eso que Leandro, como siempre, se lo tomaría a risa.

—Estoy tratando de ser amable —se quejó Graziani frotándose la zona pellizcada.

Susana lo miró de arriba a abajo y su expresión cambió.

—¿Qué te pasa? —susurró tomándole la cara, buscó su grisácea mirada y al encontrarla repitió—: ¿Qué te pasa?

—Que estás hormonalmente inestable y ves cosas donde no las hay —resolvió Luca uniendo las manos de ella y besándole las palmas—. Hay tanta química en tu cuerpo ahora mismo que sufrirás de combustión espontánea de un momento a otro.

—La camisa arrugada, no llevas cinturón y las ojeras te llegan a los tobillos —enumeró Susana esta vez brazos en jarras—. ¿Eso es cosa de mis hormonas?

—Trabajo mucho —. Miró al suelo para que Susana dejara de escudriñar en su mirada. Luca carraspeó y la prendió por un antebrazo. Sabía que ella se lo acabaría sacando, pero mientras pudiera se haría el loco—. Vamos dentro.

Susana caminó a su lado, a paso lento, con el sonido de la tierra crujiendo bajo sus pies y el aroma de las plantas de salvia flanqueando el corredor hacia la villa.

—Es por una mujer... —descubrió abriendo los ojos desmesuradamente y apretando el agarre de él en su antebrazo.

—¡Leandro! —llamó Graziani para que este se acercara y él pudiera eludir a Susana.

—Sí, señor, ¡estás así por una mujer! —sentenció esta soltando a Luca, que fue a abrazarse a Leandro en más que una clara mala maniobra de distracción, maniobra que desde luego no le iba a funcionar.

Leandro besó las mejillas de este y sujetándole de la nuca le dio una suave colleja.

—Tengo **Strega**, ¿combina bien con el asunto femenino que te traes?

Habían ido al colegio juntos, habían trabajado juntos en el restaurante familiar de los Graziani. Los unía de ese modo una especie de lazo fraterno.

—¿Y no tienes *whisky*?

Lo último que necesitaba era un licor que supuestamente había nacido de una pócima amorosa. Luca entró junto a Leandro en el vestíbulo, ante ellos se hallaba el *impluvio*. El mármol restaurado, al igual que las antiguas estatuas, brillaba bajo la luz del sol que entraba por el *compluvium*, la abertura en el techo por la cual caía el agua de lluvia.

—Traidor a la patria... —rio Leandro empujando a Graziani hacia su costado, cruzó el brazo sobre sus hombros y miró hacia atrás—. ¡Susana! —llamó para que les siguiera. Volvió la vista al frente e inclinándose hacia Luca susurró—: Sí, tengo *whisky*.

—Gracias a Dios —masculló avanzando junto a Leandro por el *atrium*.

Los frescos en las paredes habían sido cuidadosamente restaurados. Las antiguas tinajas de vino y aceite se habían convertido en macetas, en las que pequeñas palmeras y plantas aromáticas armonizaban el ambiente. Tres de los *cubiculums* conformaban ahora un solo espacio, un gran y luminoso salón.

Graziani se dejó caer en uno de los sofás y miró a Susana, que se detuvo ante él mientras Leandro iba a por el *whisky*.

—No te vas a librar tan fácilmente, Luca. —No era una amenaza, era un hecho. Susana se sentó a su lado y, estirando las piernas, le dio un golpecito en un muslo—. Vas a contármelo todo.

—Lo dices como si vinieras a exigirme el *pizzo* —espetó Graziani. Leandro volvió con el *whisky* y se lo cedió. Él miró a Susana alzando el vaso—. ¿Antes puedo bebérmelo o no?

Cuando ella asintió, Luca se lo tragó de golpe. Con el vaso vacío, resopló antes de... confesarse.

—*Presta attenzione*[84] —chistó la *nonna* a Andrea deteniendo el ir y venir del cuchillo con el que se ayudaba para hacer los **orecchiette**.

El restaurante bullía de actividad, las pastas frescas preparadas diariamente se sumergían en agua hirviendo para después mezclarse con las ricas salsas. La *nonna* Giuliana se echó hacia atrás en la silla de madera y, dejando el cuchillo en la mesa, se estiró el delantal enganchado en su pechera gracias a los dorados alfileres. Batió palmas sacando a Andrea de sus pensamientos.

—Sí, sí —barboteó esta mirando a la *nonna*, a su lado y cruzada de brazos.

Andrea cogió el cuchillo y trató de reproducir los movimientos que la mujer hacía para dar forma a la pasta, aunque lo suyo fue un auténtico fracaso.

—No, no, no. —Giuliana le dio un suave codazo y, una vez más y muy lentamente, le enseñó cómo debía hacerlo, aunque suspiró percatándose de que Andrea estaba inmersa en sus pensamientos. Podía mostrarle una y otra vez cómo hacer los *orecchiette* que resultaría inútil—. *Accompagnami*[85].

Tomó a Andrea por un brazo y ambas dejaron los cuchillos y la pasta en la mesa.

Quería pero no era capaz de concentrarse. Al cerrar los ojos, o tan solo parpadear, se veía en aquella cocina, en aquel sofá y... y... Andrea sacudió la cabeza y se tragó el gemido, todavía le temblaban los muslos y le dolían los pezones. El par de rosados picos estaban acostumbrados a crisparse cuando ella sentía frío y no por una cuestión de excitación sexual. «Es que, ¿desde cuándo el sexo es tan..., tan?», pensó sin encontrar la palabra que definiera lo que había hecho. Porque aquello no fue sexo, fue...

—Joder —soltó como una condena. ¿Y si quería repetir? No, no, eso no podía contemplarlo. ¿Qué iba a decirle a Luca

---

84. (It) Presta atención.
85. (It) Acompáñame.

cuando lo viera? Se haría la loca o... o...

La *nonna* llevó a Andrea por toda la cocina hasta salir por una de las puertas traseras que daba a un extenso huerto, el cual no había tenido tiempo de visitar hasta ahora.

—*Che?* —preguntó Giuliana al oírla y no entenderla.

—Nada —sacudió la cabeza para acompañar la palabra.

Andrea miró hacia el frente, el sol de media mañana calentaba la tierra oscura y fértil. La *nonna* Giuliana cogió a Andrea de la mano y la guio por el caminito que recorría el extenso huerto.

—*Carota*[86] —señaló las hojas verdes y largas por fuera de la tierra—. *Zucchine, pomodoro, cipolla, aglio*[87] —enumeró mostrándole cada una de las verduras e interponiendo las manos entre ambas le dijo—: *Aspetta*[88].

Si Andrea no era capaz de centrarse en los *orecchiette,* la pondría a recoger hortalizas. No es que fueran sustitutas de Luca, pero la mantendrían algo distraída de su nieto. Giuliana no necesitaba que Andreas le contara nada acerca de lo que había visto hacía unas horas, ella se percató en el mismo instante en el que Luca entró en la cocina junto a Andrea de lo que se estaba fraguando entre ellos.

Andrea asintió a la *nonna* y aguardó a que esta volviera, aunque una idea relampagueó en su mente y aprovechó que Andreas estaba despidiendo el camión del carnicero a menos de quinientos metros para llamar su atención.

—¡Andreas!

Él caminó hacia ella mientras un par de muchachos entraban las cajas de carne en las cocinas.

—Me preguntaba si... quizás yo podría conseguir un coche—. Cada vez que se subía a un vehículo conducido por un Graziani Andrea temía por su vida—. Quiero decir, que así no tendrías que ir y venir.

—¿Tienes *carnet*? —le preguntó con un tono seco. Tras ver el asentimiento de ella, miró la carpeta que cargaba en las manos; esa no era más que otra manera de restarle importancia a Andrea—. Aquí tampoco es que importe mucho el permiso, pero... —El abuelo Massimo, el difunto marido de la *nonna* Giuliana, les había regalado el carné a Luca y a él al cumplir la mayoría de edad. Y con regalar no se refería a darles el dinero para

<hr>

86. (It) Zanahoria.
87. (It) Calabacín, tomate, cebolla, ajo.
88. (It) Espera.

que acudieran a la autoescuela; ahí el permiso se conseguía como quien compraba sellos del Duce en el mercado de Ponte Milvio—. Esta tarde tendrás un coche.

—Gracias.

Y su agradecimiento se fue con él, que no le devolvió ni un simple «de nada». Andrea suspiró bajando la mirada al suelo, a la oscuridad de la tierra plantada.

Susana parpadeó mirando a Luca, que se levantó del sofá y anduvo hasta uno de los ventanales para contemplar a través de los cristales la amplia extensión de viñedos y olivos.

—¿Y qué vas a hacer? —le preguntó tras su confesión.

Los tres estaban encerrados en el salón, casi en cónclave. Graziani se cruzó de brazos y con tono lineal les contó la conclusión a la que había llegado.

—Supongo que llamar a François de la Croix y redactarle a Andrea la carta de recomendación... —Se volvió hacia la pareja. Leandro espatarrado en el sillón individual, al lado de la chimenea de gas, y Susana tamborileando los dedos en los muslos—. Y adelantarle el billete de vuelta a Washington.

—Sí, creo que eso es justo lo que tienes que hacer —asintió Susana aupándose la panza al alzarse del sofá y, para zanjar el tema, sonrió diciendo—: Supongo que te quedarás a comer, Luca.

—Si vas a cocinar tú, no gracias. —Ella era un desastre, Susana no era capaz ni de freír un huevo sin llenar la cocina de aceite y, por supuesto, churruscar la clara y ennegrecer la yema—. Si quieres comer, ocupémonos nosotros —chistó Graziani a Leandro.

—Yo me sentaré a leer Chi—suspiró Susana la mar de feliz.

Tomó asiento en el sofá, estiró las piernas encima de la mesita de té y recogió la revista que anteriormente había dejado en el reposabrazos del mueble. Buscó la página en la que se había quedado y hundió la nariz entre las letras.

—¿Quieres hacerlo? —interrogó Leandro a Luca.

Nada más ponerse en pie, giró la rosca de la chimenea para que el gas saliera, apretó el botón y este prendió. No había fumata blanca.

—¿La comida? —interpeló Luca sin entender su pregunta.

—Leandro... —susurró Susana no tan centrada en la revista, pues levantó la mirada de las páginas y la posó en el hombre, su hombre.

—Estoy hablando con él —apuntó Leandro andando hacia Graziani. Una vez lo alcanzó, hondeó la mano de cara a Susana—. Tú sigue culturizándote. —Entonces encaró al chef para seguir la conversación—. Contéstame, Luca, ¿quieres llamar a François de la Croix, redactarle a Andrea la carta de recomendación y darle un billete de avión para que se vuelva a... donde sea que hayas dicho?

—No, no quiero hacerlo —condenó Graziani abriendo dos botones de su camisa, tenía calor y frío. ¡Estaba destemplado!

—Pero debes hacerlo —sentenció Susana cerrando la revista y bajando los pies de la mesa—. Y vas a hacerlo, Luca.

—¿Y si no lo hicieras? —Leandro miró a Graziani y a continuación a Susana—: ¿Qué pasaría?

—¡Leandro!—voceó Susana para que no alentara a Luca.

—No lo sé —Graziani se cerró los botones y llevándose las manos a la rasurada cabeza exhaló—: Ella tampoco parece estar muy por la labor, quiero decir... —apretó los dedos sobre su piel marcándola con la silueta de las diez yemas—. Se ha marchado.

—Porque se habrá dado cuenta de la barbaridad que ha cometido —resolvió Susana abanicándose con la revista—. Hay gente que tiene conciencia, Luca.

—La infidelidad es algo que no va ligado con el amor. —Leandro caminó hasta el sofá y le quitó la revista a su mujer—. Si quieres a alguien no le puedes ser infiel por muy necesitado que estés —decretó mirándola a la vez que dejaba la publicación en la mesita.

—Esa es una teoría tuya que no viene a cuento, Leandro —escupió Susana ordenándole con la mirada que dejara el tema.

Lo último que Luca necesitaba eran alas pues de dárselas acabaría como Ícaro.

—¿Cómo no va a venir a cuento? —cortó Leandro a Susana, esto ya estaba volviéndose una cuestión personal—. ¿Crees que alguien que tiene una relación de años sería infiel así porque sí?

—Una locura puede cometerla cualquiera. —De hacerlo Leandro, Susana lo mataría, aunque ahora no podía decirlo.

—Yo no me veo capaz de serte infiel por una locura repentina —determinó Leandro.

—Gracias por la parte que me toca —sonrió Susana... mordaz.

—No estoy mofándome, Susana —reprochó Leandro girando la cabeza hacia Luca, lo señaló—. ¿Tú crees que ha sido una locura pasajera?

—Una locura sí —asintió Graziani retirando las manos de su cabeza para ubicarlas a los lados de sus estrechas caderas—. Pasajera no.

Si ella no le paraba los pies cuando se encontraran en casa, o donde fuera, Luca no veía «corrección». No era capaz de hacer como si nada, de someterse a la indiferencia.

—Ella tiene veintinueve años, está prometida con el novio de toda la vida y, por lo que dice Luca, tiene una prospera carrera culinaria, y nada ni nadie va a arruinar eso —despachó Susana alzándose del sofá. Acunó el grávido vientre entre sus manos y ordenó—: Vamos a ir a preparar algo para comer y a olvidarnos de esto. Luca ya tiene claro qué es lo que debe y va a hacer.

—Claro, yo soy demasiado neurótico y huraño para ella —rechinó Graziani no dispuesto a acatar la orden de Susana, al menos por el momento—. Cumplo cuarenta y uno en noviembre, vivo de aquí para allá solo y, de alguna forma, muerto de asco por no haber sido capaz de mantener a flote mi matrimonio. —No estaba diciendo nada que Leandro no supiera. Graziani se rio sin ganas—. Pero todo el mundo tiene derecho a tener una relación sentimental más o menos estable, excepto yo.

—Te debes a tu arte, Luca. —Susana encogió los hombros y bajó la mirada hasta la redondez de su vientre, los dedos acariciaron la fecunda superficie por encima de la ropa—. Has nacido para ello y nuestro matrimonio no era compatible con él.

Graziani apartó la mirada de la mujer, cerró las manos en puños.

—Vamos a preparar la comida que yo ya sé qué debo hacer —dijo encaminándose a la cocina. Sabía lo que debía hacer y también sabía muy bien qué quería hacer. ¿Qué escoger? ¿Deber o querer?

Andrea regresó a la casa con el coro de cigarras recibiéndola con su canto nocturno. Bajó del coche y abrió la puerta con el juego de llaves que Andreas le había dado por si un día no había nadie en la casa. Fue a desconectar la alarma, pero esta no estaba puesta.

—Hola, ¿quién eres tú?—saludó al braco italiano color canela que correteó en torno a sus piernas. Sonrió cuando este se marchó a toda prisa en dirección a la bodega. Sola, así estaba la vivienda. Ella no entró en la cocina ni en el salón, el miedo y cierta vergüenza se lo impidieron. En su dormitorio, se desvistió agradeciendo el hecho de que Graziani no estuviera en la casa. Sacó la ropa de la maleta y la ordenó en el armario. Se duchó por segunda vez y frotó su piel con ahínco, como si toda esa cantidad de jabón junto al agua pudiera borrar el rastro de Luca de su piel. Lloró contra las baldosas, lloró rebosante de culpabilidad y a la vez de... miedo, miedo a sí misma, a que la parte irracional de ella venciera a la racional y sucumbiera al torrente sentimental al que el chef la tenía sumida. Salió de la ducha, no se secó el pelo y tampoco el cuerpo.

Mientras, Luca se despedía de Susana y Leandro y partía hacia la casa. Cuando llegó, bajó del coche y miró el vehículo aparcado, no le resultaba familiar. Entró en una ahora limpia y recogida cocina. Sobre la mesa se encontraban huevos, leche, mantequilla, harina y chocolate negro. El horno estaba encendido y Andrea se hallaba acuclillada en el suelo buscando moldes en uno de los armarios. El cabello de ella estaba húmedo y peinado hacia atrás; el vestido de tirantes de color rojizo realzaba el tono blanco de su piel, salvo por las diminutas pequitas en el escote y los hombros.

Andrea se enderezó apilando moldes al lado del fregadero sin saber cuál de ellos iba a utilizar. Dio la vuelta para de una vez por todas decidir qué era lo que iba a preparar y se cubrió la boca con una mano sin llegar a gritar al verle ahí parado.

—Buenas noches —saludó Luca sin disculparse por haberla asustado. La contempló, nada de maquillaje enmascarando las facciones de Andrea, pies descalzos... Su lengua se agitó contra su paladar al imaginar el sabor salobre de la piel de ella, piel injustamente cubierta por el vaporoso vestido. La calefacción hacía agradable la estancia en la vivienda.

—Supongo que querrá cenar, chef... Ahora despejo la cocina. —Difícilmente iba a despejar nada si de pronto no recordaba la receta, «recetas»—. Quería hacer un, bueno, no sé muy bien qué quería hacer —musitó Andrea. Él la miraba con tal profundidad que a su lado los rayos X serían... «rayos pero sin X».

Graziani avanzó hacia ella, se detuvo tras su espalda y le sopló en la nuca. Sus dedos treparon por los antebrazos de Andrea, regocijándose de los escalofríos que provocaban a su paso.

—Estaba dudando entre un **soufflé** o un **soffiato** de chocolate —suspiró cerrando los ojos. Sus pechos inflamándose, en respuesta a la excitación, creciendo en su centro—. ¿Lo he dicho bien? A mí me suena mejor **coulant**... —tartamudeó cuando este le lamió el lóbulo de la oreja. Andrea jadeó apoyando las manos en la mesa para darse estabilidad mientras Luca le alzaba la falda del vestido y enganchaba los dedos en los extremos de sus bragas—. ¿El *soffiato* solo es de chocolate o también puede ser de otros sabores? —gimoteó con el negro material de la ropa interior rozándole los talones.

Él la dejó hablar, se agachó, le alzó un pie y seguidamente el otro para retirarle las bragas, que dejó en el suelo. Sus manos treparon de los tobillos a las estrechas pantorrillas. Besó el inició de uno de los muslos y subió por él hasta la nalga, la cual mordió para después besar la marca de sus incisivos.

—Ya sé que no es una cena de lo más apropiada, y menos para mis muslos y mi culo, pero... —barboteó con el pecho sobre la mesa de trabajo, estirada de tronco hacia arriba gimió con un lado del semblante contra la madera—. Luca... —jadeó al sentir los dedos de él presionándole las nalgas para abrírselas.

Andreas podría decirle lo que quisiera, amenazarla de muerte, pero ella no se veía capaz de... de... si es que ahora mismo ni recordaba lo que este le había dicho.

El prieto sexo se encontraba ahí como un capullo de pétalos aterciopelados y húmedos, Graziani tiró algo más de las pompas y aproximó su boca a los regordetes pliegues. Paladeó el deseo que de ellos rezumaba, pujó con la lengua para introducir la punta de esta por la hendidura de la raja.

Andrea amortiguó con su gemido el sonido de los huevos cayendo al suelo. La lengua de él profundizando en su sexo, extrayendo el deseo que se amontonaba cremoso en las musculadas paredes. No podría soportarlo. Abrió los ojos cuando Luca se irguió y, poniéndola en pie, le dio la vuelta. Estaba mareada, ruborizada y tan excitada que sus neuronas desconectaron para dar preferencia a la oxitocina, la mal llamada molécula del amor.

Graziani la besó permitiéndole probar su propio, su mismo sabor. Subió a Andrea a la mesa y la tumbó en ella, separando sus muslos con las manos para poder colar la cabeza entre ellos.

—Mejor *coulant*... —habló, colocando las manos a los lados de las caderas de ella—. Es esponjoso por fuera —susurró depositando un beso en la tirantez del clítoris. Lamió la distancia que separaba este de la entrada de la vagina— y líquido y caliente en el centro —dijo segundos antes de hundir la lengua en la profundidad cavernosa.

El paquete de harina cayó hacia delante rajándose, la blancura polvorienta de la harina tiñó la mano de Andrea, blanqueándole la piel. Se estaba fundiendo al igual que lo hacía la mantequilla que había sacado de la nevera para preparar el... *coulant*. Ya no dudaba entre este, un *soufflé* o un *sofiatto*. La lengua de él excavando en su interior, profundizando hasta el núcleo, hacía imposible cualquier pensamiento.

Giró, la lengua giró, dio vueltas y a continuación los labios sorbieron ruidosos. El vientre de Andrea se contraía en abrasadores espasmos, inflamándole los pechos de tal modo que Luca tuvo que cogerlos entre sus manos, mejor dicho, todo lo que era capaz de agarrar. El apretón ardiente en torno a su lengua anunciaba el clímax, relajó la mandíbula y aguardó al cremoso torrente orgásmico.

Andrea experimentó por segunda vez la indomable sensación de la culminación, la arrasadora sacudida del orgasmo, la momentánea muerte. Los sonidos de succión de él junto a sus propios jadeos ahogados hacían eco en la cocina. Ella no sabía si tenía los ojos abiertos o cerrados, puede que estos hubieran emigrado a su nuca, de todas formas no los sentía.

Luca se afanó en reunir en su boca todo el cremoso orgasmo, lo tragó con un audible gemido que más que gemido sonó a gruñido. Retiró las manos de los pechos de Andrea, las palmas se le quedaron frías, aunque no por mucho tiempo. Arrastró a la mujer por la mesa hasta posicionarla delante, la cogió en volandas y le dio la vuelta. La musiquita de la cremallera bajando los pantalones tarareaba igual que la pretina de los bóxers.

La acampanada cabeza de su erección entraba en el sexo de Andrea cantando húmedamente. La botella rodó en la esquina de la mesa hasta caer y derramar toda la leche. Andrea inhaló y, con los deditos de los pies tocando el suelo, acompañó la entrada de la verga en su sexo con el movimiento de sus caderas hacia atrás hasta tener a Luca morando entero en su interior.

Él la prendió por el cuello y le acarició los tensos músculos.

—*Tanto lo so che sei innamorata di me*[89]... —masculló metiendo una mano entre los muslos de Andrea para encontrar el vibrante clítoris—. *Quasi quanto io di te*[90].

Le besó la mejilla. Su dedo medio frotó suavemente el capuchón del clítoris hasta descubrir la pequeña perlita. La friccionó a la vez que sus caderas recularon, haciendo emerger casi del todo su erección, que sobresalió revestida del deseo de ella y del *presemen* que su uretra iba a liberando.

Andrea boqueó girando la cabeza, su boca hizo contacto con la de él, pero no se besaron. Respiraron el mismo y cargado aire, intercambiaron jadeos cuando Luca comenzó a embestir. La mano de él masturbándola, su verga marcándola a cada acometida. Era imposible determinar dónde empezaba uno y terminaba el otro.

Abrazos de Cleopatra. ¿Qué hombre no pondría en jaque a todo un imperio por una mujer? Recoveco caliente y tan cerrado que le cortaba la circulación. «Un hombre que no está en su sano juicio, igual que tú». Graziani cargó de nuevo. La embistió en un estado casi febril, dentro, fuera, de manera rápida y hasta violenta.

—*Prendimi*[91] —pidió, saboreando el orgasmo y devorando su boca en un beso agónico.

Andrea apuntaló su sexo con la mano de Graziani y el cierre de sus muslos y presionó atizada por el clímax, acompañado del bombardeo de esperma. Su otra mano se aferró a la de Luca en su cara y entrelazó los dedos. La esencia del hombre vaciándose en su interior prolongó su orgasmo hasta dejarla lánguida contra el pecho masculino.

Luca la sostuvo contra sí sujetando también su propia alma.

—*Amore mio*[92] —jadeó, el sudor goteaba en sus sienes y tabique nasal.

Graziani sacó la mano antes sepultada entre los muslos de Andrea, salió de su interior y, a continuación, la hizo girar para encararla. Envolvió con los brazos el extenuado cuerpo de ella y reclinó su frente sobre la de Andrea.

El aroma a sexo flotaba más alto que el del chocolate y el cacao, incluso que el del café. El suelo estaba salpicado por la ha-

---

89. (It) Sé que estás enamorada de mí...
90. (It) Casi tanto como yo de ti.
91. (It) Tómame.
92. (It) Amor mío.

rina, humedecido por la leche y algo grasiento por la mantequilla. Ambos de pie, Andrea y Luca, aún resollaban por el interludio pasional.

Graziani se descalzó con un movimiento de pies, empujó los calcetines hasta quitárselos y pateó la ropa en torno a sus tobillos. Cogió a Andrea por las caderas y la sostuvo en brazos.

—Gracias —susurró al ella desabrocharle la camisa todavía sofocada y con la cara más roja que el vestido. Anduvo hasta el dormitorio de Andrea y la dejó en la cama. Fue a enderezarse, pero ella aprovechó para tirarle de los extremos de la camisa haciendo que cayera al colchón.

—¿Dónde vas?

Se movió con él en la cama hasta apoyarse a un lado del cuerpo de Luca tumbado boca arriba. Ambos tenían la piel impregnada de sudor y por tanto brillante. Su cabeza descansó encima de la losa de un pectoral y movió la mejilla sobre este para cerrar los ojos.

Al ella acurrucarse contra su cuerpo, Luca descansó la cabeza en la almohada y afianzó su brazo sobre el hombro de Andrea.

—A ningún sitio —le dijo con los pulmones expandiéndose en busca de un poco más de oxígeno.

Andrea entrecerró los ojos disfrutando de la quietud y el silencio. La piel del pectoral estaba húmeda, pero asombrosamente suave, sin un vello que le hiciera cosquillas en la mejilla.

—No, no te vayas a ningún sitio —masculló ella rasgando el velo de silencio—. Quédate aquí —le pidió acunando su mano en la varonil cadera.

—¿Y si roncas? —La cuestión era chincharla, como siempre.

—Te aguantas —bostezó Andrea sin moverse un ápice.

Era conveniente que se tapara con las sábanas, ya que, sudada como estaba y al dormirse, el cuerpo se le quedaría frío y húmedo, cosa que podría acarrearle un resfriado, pero es que se encontraba tan a gusto...

Graziani acarició el delgado hombro, subió por el cuello hasta apear los dedos en la línea de la mandíbula, acarició el delicado hueso para seguir subiendo hasta la mejilla y, al llegar, Andrea ya estaba dormida. Esperó, Luca esperó a que cayera en lo más profundo del sueño para moverla y apartarla de su pecho, recogió las sábanas y, con cuidado, la tumbó bajo ellas. Salió del dormitorio para dirigirse al suyo, se dio una ducha y se cambió, reparando en la hora que marcaba el reloj del cuarto de baño: la una de la madrugada.

En pantalones de estampado de tartán y una camisa de tirantes fue a la cocina, recogió el estropicio del suelo y de la mesa de trabajo y reencendió el horno, que se había quedado templado transcurrido el margen desde que Andrea lo había encendido y el temporizador había dado por finalizado el supuesto tiempo de cocción de lo que fuera que iba a preparar. Graziani untó dos moldes con mantequilla, los espolvoreó con harina y azúcar glas. En un cuenco en el microondas fundió chocolate negro con un chorrito de Cointreau y otro de extracto de vainilla. Reservó el chocolate y en un bol mezcló huevo, azúcar blanquilla, una pizca de sal, levadura en polvo y harina. Una vez templado el chocolate, lo incorporó a la mezcla del bol y, con movimientos envolventes, revolvió la masa, masa que llevó a los moldes para luego meterlos en el horno.

Andrea abrió los ojos, la despertó el «*runrún*» de las sábanas cubriéndola hasta el cuello y el aroma del chocolate. Se sentó en la cama y miró a su alrededor, en la oscuridad del dormitorio ni rastro de Graziani. Salió del colchón y sin encender la luz buscó su bata de Hello Kitty en la silla...

Unos pies descalzos con las uñas rosas se deslizaron por el pasillo, ligeramente iluminado por la luz proveniente de la cocina.

—Roncabas mucho —mintió Graziani.

No la había visto entrar en la cocina, pero sí la había oído moverse en el dormitorio, recorrer el pasillo y finalmente llegar hasta él situándose al otro lado de la isla de mármol. De ella no haberse levantando, Luca la habría ido a despertar pues los *coulant* ya estaban listos. Abrió el horno y sacó la pareja de moldes.

—Mentiroso —medio rio anudándose el cinto de la bata, esta ocultaba su desnudez. Andrea se peinó hacia atrás con la cara llameando sopor a conjunto con el brillo en los ojos—. Y antes de que digas nada, a mí, mi bata me gusta —le dijo notando su mirada cuando Luca dejó los moldes en la isla de mármol.

La prenda destacaba con un fondo blanco perla y millones de caritas de Hello Kitty que llevaban un enorme lazo rosa, rosa Barbie. Luca no podía quedarse callado.

—No tengo autorización para decir nada al respecto de...

—No —le interrumpió Andrea sabiendo que iba a destripar con mordacidad su maravillosa bata y ella no estaba por la labor.

Con los pies desnudos, pisó el suelo aún algo húmedo tras haberlo fregado él. Abrió la parte superior de la nevera, que correspondía al congelador, y sacó helado de vainilla, que no era precisamente comprado en un supermercado. Ningún helado sabía igual que el casero, ni siquiera un helado de Ben & Jerry's.

—Si me sigo mordiendo la lengua voy a envenenarme —replicó Graziani desmoldando los *coulant* con sumo cuidado y maestría.

—Qué pena... —ronroneó Andrea calentando agua en el hervidor y destapando el helado justo al lado de Luca. Inclinó la cabeza para que sus labios hicieran contacto y sonrió al mirarle, pero responder a su beso no fue más que un choque de bocas—. ¿No ibas a envenenarte?

Era la primera mujer capaz de dejarle con la palabra en la boca y eso... ¿le gustaba? Miró los *coulant*, uno en cada plato, a los que se unieron dos grandes y dulces bolas de helado. Alzó la rasurada cabeza y la observó tapando el helado. Al ir a devolverlo al congelador, Luca la detuvo, prendiéndola por la cadera con toda la largura de su brazo. Tiró de ella sin violencia, dejando la femenina espalda contra su pecho.

Andrea ladeó la cabeza al recibir un beso en la nuca.

—Gracias —murmuró, sujetando en una mano el tarro de helado mientras con la otra acariciaba los nudillos de Graziani.

Estaba dejando de lado su mente racional, ella había calentado la frialdad que congelaba su cerebro y lo había vuelto cálido, tórrido. Luca besó por segunda vez la delgada y suave nuca, apretó un poco a Andrea contra sí y cerró los ojos aspirando el aroma de su piel, que olía en parte a él, a él mismo.

—Luca, el helado se está deshaciendo... —susurró Andrea unos pocos segundos después y porque le goteaba el tarro humedeciéndole toda la mano de rocío—. Luca... —insistió ladeando la cabeza del todo para poder mirarlo.

—Hablas mucho —rezongó él retirando el brazo y dejándola ir—. Y no duermes siempre con calcetines.

—Hablo por ti y por mí —aseveró Andrea abriendo el congelador y metiendo el helado—. Lo de los calcetines era una pequeña mentirijilla —le dijo acordándose del día en que él le había regalado el bote de insecticida.

Graziani sacó del cajón un par de cucharillas y le tendió la suya cuando se aproximó. Junto al plato, el *coulant* humeaba y la bola de helado iba deshaciéndose creando una balsa de rica vainilla.

—Tu hermano tiene dominado el inglés. —Andrea cogió el plato y puso rumbo a la mesa que había en la cocina, movió la silla y se sentó—. Casi resulta nativo.

Sonrió hincando la cuchara en el *coulant*, el bizcocho exterior sonó esponjoso al cortarlo y el interior líquido desbordó en remolinos de chocolate.

—Qué poco ha tardado en descubrirse... —chasqueó Luca sentándose frente a ella—. ¿Y qué te ha dicho en inglés?

—Nada en especial. —Mezcló el bizcocho con un poco de helado y se llenó la boca.

Luca crispó las cejas y entrecerró los ojos.

—¿Qué te ha dicho? —cuestionó dejando intacto su *coulant*, la cuchara estaba ahí en el plato a la espera de ser utilizada.

—Hablamos de la cocina y del tiempo en Roma... —mintió Andrea mirando en todo momento al plato, los surcos de chocolate y helado de vainilla—. ¿Cointreau? —le preguntó aún sin mirarle y comiéndose un nuevo trozo de *coulant*.

—Estás mintiendo. —Luca cogió el plato de Andrea y se lo quitó—. Sí, lleva Cointreau.

Se cruzó de brazos y, echándose hacia atrás en la silla, esperó a que ella se confesara.

—No es verdad.

Intentó recuperar su plato y al hacerlo se llevó un azote en la mano. Andrea resopló uniendo ambas manos y mirándose las palmas masculló—: Te he dicho la verdad, Luca.

—Se te pone la voz de pito y tus ojos se mueven hacia arriba y a la izquierda.

—Eso lo has visto en *Lie to me* —espetó Andrea alzando la cabeza y mirándolo.

—¿Qué te ha dicho? —Se estaba enfadando. Por mucha autoridad que tuviera Andreas, el hecho de ser el hermano mayor no le daba derecho a aleccionar a la mujer. Graziani se puso en pie y situándose al lado de Andrea le alzó la cara por el mentón—. Son las dos de la mañana y un *coulant* frío no vale nada, tu bata me daña la vista y tengo ganas de follarte, así que podemos hacerlo por las buenas o te lo saco por las malas.

—¿En otra vida fuiste miembro de las SS o... Jack el destripador?

Andrea se mordió el labio inferior y, aún la sujetaba por el mentón, miró la pared.

—Lo que tú digas, pero canta —instó Luca apretando la delicada barbilla.

Sus ojos hicieron contacto con los de ella.

—Me dijo que me alejara de ti todo lo posible y más —confesó sin tortura alguna, o un poco sí... Su olor era todavía más apetecible que el *coulant*. Andrea dejó la cuchara y tomando la mano de él, que no apartó de su mentón, suspiró—. Y yo lo entiendo porque...

—Calla —mandó Graziani con aquel tono prepotente tan suyo—. No tengo quince años como para que mi hermano decida por mí.

Mañana, mejor dicho hoy, dada la hora, Andreas iba a enterarse de lo que valía un peine.

—Luca...

Tenía que haberse callado, pero a ver quién era el listo que soportaba un interrogatorio de Graziani. Andrea aprovechó que la mano de él abandonaba su mentón para apretarla contra su palma.

—Cállate...

—Hablas demasiado —dijo acabando la frase de él—. Ya me lo has dicho. —Andrea se levantó del asiento y descansó su frente contra la de este—. Olvídalo, ¿quieres?

—No me digas qué es lo que tengo que hacer —bufó Luca echando la cabeza hacia atrás y rompiendo la unión entre ellos, de estar Andreas en la cocina se hubiese dado por muerto.

—¿Vas a seguir hablándome así? —le reprendió Andrea, con el enfado activando el tic en su ceja izquierda y le amenazó—: Porque entonces me marcho a la cama y aquí te quedas.

Luca no iba a pedirle perdón porque... no sabía hacerlo y eso que nunca era tarde para aprender. Movió la cabeza y estiró los brazos hacia delante cogiéndola por las caderas, rozándose la una contra la otra y sus pelvis danzando al encontrarse.

—A mí, mi bata me gusta —balbuceó Andrea con sus dedos jugueteando en el cuello de la camiseta de Graziani, podía entreverse un crucifijo bajo la ropa a media altura del masculino esternón.

Las manos de Luca se encaramaron más arriba de las caderas y deshicieron el nudo de la bata.

—A mí me gusta más en el suelo —dijo quitándole la prenda para descubrir aquel lienzo pálido y rosado.

Enterró la cabeza en su delgado cuello y aspiró el aroma de

la piel alimentándose de este, prefería el calor que ella desprendía al del *coulant*, anteponía el sabor de Andrea al del chocolate
y la vainilla.

11
Confesiones

La despertó el sonido de la lluvia y el trueno repentino, abrió los ojos y ladeó la cabeza en la almohada topándose con la cara de Luca, que estaba dormido. El semblante relajado, en paz, los grisáceos ojos sepultados por el telón de los párpados. Andrea contuvo la respiración mirándolo... La premonición de no volver a sentirse así de plena si no amanecía con él todas las mañanas le apuñaló el pecho. Alzó una mano, le tocó la sien y bajó por ella acariciando la robustez de las facciones, aun así él no despertó. Un nuevo trueno sonó, los relámpagos surcaron el firmamento... Andrea fue a levantarse de la cama, pero el masculino brazo la aprisionaba contra el colchón.

—¿Dónde vas? —masculló él abriendo los ojos y mirándola somnoliento. Elevó la mano de su torso y ahuecó un lado de la cara de Andrea para acariciarlo—. ¿Llueve? —preguntó, dejando de mirarla un instante para mover la cabeza en la almohada y fijarse en los ventanales de la pared del fondo del dormitorio. La lluvia otoñal lloraba entelando los cristales.

—Al baño, ahora vuelvo... —susurró Andrea besándole el cuenco de la mano. Movió las sábanas para salir de la cama, pero acabó sobre Luca literalmente—. Sí, está lloviendo —asintió antes de que los labios de él tomaran su boca en un beso de buenos días.

—Voy a cronometrarte —murmuró Graziani en los labios de ella al dar por finalizado el primer beso matutino. No sabía qué hora era, había luz a pesar de la tormenta, así que serían más de las siete y media de la mañana; no obstante, no le importó. No tenía prisa por ir a trabajar.

—Desde ya... —Logró salir de la cama, la desnudez la tenía desamparada del frío. Respingó frotándose los antebrazos al tiempo que Luca se daba la vuelta en la cama y se cubría con las sábanas y el edredón hasta el afeitado cogote. Andrea entró en el baño y su propio reflejo en el espejo le llamó provocando su mirada. «Espejito, espejito, ¿quién es la más hipócrita de las mujeres?». Las marcas de los dedos de Graziani estaban en su piel, el relieve de los incisivos, incluso llevaba medio collar de...—. Chupetones —susurró acariciando las cuentas a modo de mordiscos.

El dormitorio de Andrea, que estaba más cerca que el suyo, había sido declarado habitación oficial desde la noche anterior. La cama era de matrimonio y había más luz, la gran diferencia entre su dormitorio y el de ella era que el baño adjunto no tenía bañera como el suyo.

—*Cosa stai facendo*[93]*?!* —preguntó alzando la voz, pero no la cabeza ni el resto del cuerpo. Ya llevaba un rato ahí dentro y a él se le estaban quedando los pies fríos.

«Espejito, espejito... », Andrea se mojó la cara salpicando de paso el espejo para dejar de verse reflejada. Cristales rotos, pedazos puntiagudos hincándosele en el corazón, el mismo corazón que no hacía más de cinco minutos había vaticinado apuñalado.

—¡Ahora voy!—Se sentó en el váter, encima de la tapa fría, esperando, esperando... Hundió las manos en su corta cabellera y cerró los ojos para continuar aguardando, aguardando. «¿A qué?, ¿al desamor?».

En la cama, acunado por los sonidos de la tormenta y arropado por el blanco edredón, Luca volvió a dormirse, eso sí, con los pies fríos.

Andrea se levantó del *wc* dispuesta a salir al dormitorio y hablar con Graziani, hablar seriamente de zanjar lo que fuera que tuvieran. Acabaría con sus casi dos semanas contractuales, hinchándose a antidepresivos, M&M's y Maltesers. Al volver a Washington se habría olvidado de todo, jamás hablaría del tema y ni muchos menos echaría en falta al chef. Cogió el albornoz colgado del perchero tras la puerta, se lo puso y lo anudó a sus caderas con fuerza.

—Luca —lo llamó saliendo del baño y él, él no le contestó.

Somnus se había convertido en su dueño. Los fines de semana no existían y las vacaciones eran algo que había pasado a la historia hacía años. Estaba cansado, Luca estaba terriblemente

---

93. (It) ¡¿Qué haces?!

cansado, y el cuerpo caliente y suave de Andrea, acurrucado en el mismo colchón, y su respiración acompasada le transmitían paz. Se durmió con la certeza de que ella volvería a la cama y aún en sueños él se movería para pegarla a su cuerpo.

Andrea no tuvo corazón para despertarlo y en parte agradeció el hecho de no tener que hacerlo, ahora «y otra vez... ». Había ganado la cobardía. Fue de puntillas al armario, sacó ropa y se metió en el cuarto de baño. Se vistió echando en falta darse una ducha, pero la posibilidad de que él despertara mientras ella se encontraba bajo el agua abortó la idea de ducharse. Con los zapatos en la mano salió del baño. En silencio salió también del dormitorio. Cogió las llaves del coche y el bolso y se marchó.

—*Buongiorno* —saludó la *nonna* Giuliana cuando Andrea entró en la cocina ataviada con la chaquetilla y el delantal francés.

Miró a la *nonna* queriendo cubrirse los oídos, pues se oían chillidos, auténticos chillidos agudos y aterradores. Andrea miró a su alrededor, la cocina estaba a reventar de gente y todos agolpados hacían por salir por la puerta que daba al otro lado del huerto.

—*Che cosa succede*[94]? —logró preguntar pegándose a la *nonna* Giuliana.

—*Stella!* —llamó Giuliana. Cuando esta llegó ante ellas, le pidió que le explicara a Andrea qué era lo que estaba pasando.

Stella se las vio y se las deseó para hacer lo que la *nonna* le había pedido. Para no pronunciar la frase entera, ya que Andrea comprendía mejor palabra por palabra, formuló la primera— : *Maiale*[95]. —Pero no hubo suerte, Andrea no lo entendió—. *Porco*[96]. —Y con la segunda palabra hizo un gesto con la nariz e imitó el sonido del cerdo.

—¿Un cerdo? —El día anterior la *nonna* le había explicado que ese sería era un día especial, puesto que se celebraba un banquete de bodas, así que ella no entendía por qué había un cerdo en el restaurante. «¿Es una tradición?, ¿ameniza la velada con los chillidos?»—. ¿Para qué?

Stella, cansada de que Giuliana la azuzara para que se lo

---

94. (It) ¿Qué pasa?
95. (It) Cerdo.
96. (It) Cerdo.

explicara todo a Andrea, la agarró por una mano y tiró de ella.

—*Passo passo! Scusa scusa*[97]!

Fue gritando conforme avanzaba entre la multitud. Ambas salieron al exterior y ahí estaban, tres hombres corpulentos sujetando al cerdo que iba a ser sacrificado en breve.

—Es... es para comer —resolvió Andrea, a la que le faltaba darse una palmadita en la espalda.

Ladeó la cabeza para evitar la mirada de la escena del pobre animal siendo degollado. Pobre hasta cierto punto, pues se le mataba para servir de alimento y la primera carnívora era ella misma.

—*Ragazze*[98]! —voceó la *nonna*, con todo lo que había por hacer no podían quedarse ahí de brazos cruzados. Batió palmas al mirarlas, las gafas colgaban del cordel sobre el pecho, el crucifijo dorado daba color al *look total black*, exceptuando el delantal blanco.

Le gustaría quedarse, y con quedarse quería decir a vivir, no unas largas vacaciones. Andrea llevaba apenas tres días en Roma, no había visitado la ciudad y ya se sentía parte del lugar, de la tierra, de su cálido sol... «será cosa de la sangre italiana que llevo en las venas», resolvió para sí.

Las nubes cargadas de lluvia continuaban soltándola sobre la casa y los terrenos adyacentes, Andrea se había librado de la manta de agua al marcharse. Con el motor silenciado por los truenos, se había escabullido como una auténtica delincuente.

Luca abrió un ojo, de la misma tonalidad que la de las nubes en el firmamento, movió la mano a su espalda buscando en el colchón el cuerpo de ella, pero no estaba. Se sentó en la cama, la llamó, pero no respondió. Al levantarse, se puso los pantalones y cuando se estaba pasando la camiseta oyó la puerta. Puede que ella hubiera salido de la casa y se hubiera dejado las llaves.

—Buenos días —saludó el señor Prieto, en italiano, él era el jefe de los agricultores de la casa. Bajo la lluvia, protegido solo por un chubasquero color verde ocre, alzó más la voz—. Necesitaríamos que viniera a firmar una documentación.

—¿Una documentación?

Graziani alzó la cabeza buscando a la mujer en la cortina de

---

97. (It) ¡Paso, paso! ¡Perdón, perdón!
98. (It) ¡Chicas!

lluvia, mas no la encontró. Estirando los costados de la camiseta, acabó de ponérsela. Casi había olvidado la presencia de los trabajadores en la casa y, por tanto, sus obligaciones en cuanto a dejar todo listo para la producción del vino, el vinagre y el rico mosto.

—Van a cerrar unas barricas y, como siempre, necesitamos que usted...

—Prieto, ¿ha visto a la señorita Bloom? —le preguntó pensando en que, por pura casualidad, esta hubiera ido hasta la bodega y una vez allí se hubiese distraído con los quehaceres de los trabajadores. A fin de cuentas, Andrea no tenía ni idea del tema vinícola.

—¿A la señorita? —repitió la pregunta agradeciendo que Luca le dejara pasar al recibidor. Las suelas de sus botas ensuciaron de barro el suelo.

—Sí.

—Hace un par de horas que se ha marchado —de hecho se habían saludado. Prieto, sin desabrochar el botón que ajustaba la capucha a su cabeza, frunció el ceño preguntándole—: ¿Ocurre algo, señor? —Luca había palidecido de golpe.

Graziani tragó saliva mirando al suelo, avanzó hasta situarse tras la puerta y con una mano le indicó a Prieto que saliera no sin antes decirle:

—Me termino de vestir y voy.

Se apoyó contra la puerta de rica madera y se rio sin ganas. Antes de salir del dormitorio había visto los enseres de Andrea por aquí y por allá; por tanto, no se había fugado de vuelta al continente americano, eso le hizo respirar más tranquilo. Fue a la cocina descalzo, quizás ella hubiera dejado una nota en algún sitio. Recogió del suelo la bata de Hello Kitty y, tras comprobar que no había papelito alguno, buscó en el dormitorio y tampoco... El alivio se tornó enfado, se sentó en la cama con «la bata del demonio» en su regazo, levantó el teléfono inalámbrico de la mesita de noche y marcó el número del restaurante.

Leandro movió la cabeza al ritmo de los limpiaparabrisas, la manta de agua era tal que no veía más allá de su nariz, conducía por instinto. Detuvo el coche después de luchar con el motor para que dejara de gruñir conforme las ruedas chapoteaban en los charcos de tierra y agua amarronada del camino. En el asiento del copiloto iba el paraguas, la americana y un ligero abrigo.

Luca, al verificar que Andrea estaba en el restaurante, se vistió y salió de la casa sin paraguas. Ya que llovía, por lo menos se daría un agua y con suerte se le enfriaría el cabreo y se le aclararían las ideas. Bajó las escaleras a la vez que se apagaban las luces del Mustang.

—¿Qué coño haces tú aquí? —ladró abriendo la puerta del coche.

Leandro dio un bote en el asiento, miró a Luca con los ojos como platos y titubeó:

—He llamado al restaurante para ver si estabas ahí y me han dicho que debías de estar en casa, y he venido. Ayer me quedé preocupado, pero vamos que me voy por donde he venido.

Estaba lloviendo dentro del coche y se le iba a encharcar la alfombrilla.

—Haz lo que te salga de las pelotas —condenó Graziani sin dignarse a cerrar la puerta. Chapoteó de camino a la bodega.

—¡¿Qué coño te pasa?! —le gritó asomando la cabeza fuera del coche. Al ignorarle, Leandro, no tuvo más remedio que sacar las llaves del contacto, salir del coche sin paraguas ni abrigo y cerrar la puerta—. ¡Mierda! —aulló metiendo un pie en un profundo charco, acababa de ahogarlo... ¡Zapato hecho a medida, de piel, tan italiano como él y de un coste de mil quinientos dólares! La pareja, por supuesto.

—¡A mí, nada! —gritó Graziani bajo el aguacero y sin detener la caminata.

—Luca, ¡¿sabes lo que es un paraguas?!

—¡Lo que vas a tragarte si no me dejas en paz! —respondió el aludido que paraguas no tenía, pero sí dos puños.

—¡Eso! Corramos bajo la lluvia. —Y correr, corrió. Leandro se colocó al lado de Luca y exclamó—: ¡Muy romántico!

—¡Yo no te he pedido que vinieras!

No tenía derecho a quejarse. Luca se detuvo con los pies clavados en el oscuro suelo del viñedo, las vides desnudas de fruta flanqueaban su camino.

—¿Qué te pasa? —resopló Leandro posicionándose frente a Luca.

Una cascada de agua desfilaba de su frente a su nariz y se le despeñaba por la punta para gotearle en los labios y el mentón.

—¿Tú entiendes a las jodidas mujeres? —exhaló Graziani con los brazos en jarras.

Millones de gotitas que se transformaban en ríos surcaban su cabeza afeitada. El color de las nubes palidecía ante el tono tempestuoso de sus ojos, los iris le brillaban de tal manera que parecía que Júpiter hubiera extraído el rayo de aquellos ojos.

—Ni yo ni nadie—sentenció Leandro agitando las manos en el aire.

Sus dedos goteaban y le pesaban los puños de la camisa.

—Me va a volver loco —jadeó Luca avenando con ambas palmas el cúmulo de agua en su cabeza.

—¿Andrea?

—No —negó Graziani mirándole con la cortina de agua nublándole la visión—, tu madre.

—¡No te metas con mi madre! —rugió Leandro, eso eran palabras mayores.

Nadie podía meterse con su madre, ni si quiera él mismo. Su madre era tan sagrada como el mismísimo Dios.

Luca miró al suelo, a los charcos entre sus pies. Se quedó en silencio a modo de disculpa. Levantó la cabeza y sus ojos lograron contemplar las nubes un par de segundos antes de que las gotas chispearan en su cara obligándole a cerrar los parpados.

—Se ha ido —articuló a duras penas.

—¿Adónde?

—¡Al restaurante! —bramó Graziani. Estaba claro que Andrea se había ido al restaurante, tan claro como que en un principio él no sabía dónde estaba.

—¿Y qué tiene eso de raro? Se ha ido a trabajar —resolvió Leandro, que parecía haberse caído a una piscina de lo empapado que estaba. Llegaría a casa con una pulmonía a cuestas.

—¿Has venido para incordiarme? —bufó Luca.

Las palabras salían de su boca con grandes nubes de vaho, como si emergieran de la boquilla de una pipa. Y no precisamente de la pipa de la paz.

—No, he venido porque estoy preocupado —le contestó rotundo y con un escalofrío.

—Y porque Susana te ha obligado.

Aquella mujer podía ser muy persuasiva y chantajista. Graziani echó la vista atrás, a la bodega.

—Un poco... —carraspeó Leandro rezando para que Luca optara por entrar en la bodega y quedarse bajo techo y no continuar bajo el torrente de agua, aunque ya no llovía con tanta intensidad.

—Así que no la metes si no me sonsacas —determinó con una sonrisa haciéndole cosquillas en las esquinas de su boca.

—Tampoco te creas que la meto mucho... Susana no está

muy por la labor —admitió Leandro, que frunció el ceño. Graziani había dejado de mirar hacia la bodega para mirarlo a él con una gran sonrisa en la boca, sonrisa que desprendía mofa—. Me estoy empapando por ti, abriéndote mi corazón y... ¿te ríes?

No se rio, se carcajeó. Sus manos escurrieron el agua de su cabeza y el pecho le dolió por la violencia de la risa.

—¿Te has parado a pensar que lo más maravilloso de este mundo es a la vez lo más desquiciante? —le preguntó Luca con la risa saltando a la comba con cada una de sus palabras.

—Dios las creó para alegrarnos y a la vez amargarnos la vida —dictaminó Leandro, dándole un golpe en un antebrazo para que dejara de reírse.

—¿Tú alguna vez te has creído lo de que Dios creó a Eva de la costilla de Adán?

Ese día se había levantado filosófico o es que el agua le había anegado el cerebro y este ya no regía correctamente.

—No seas irreverente —le regañó Leandro. Se santiguó y, mirando al cielo, cuestionó—: ¿Vamos a seguir mucho rato bajo la lluvia? —Ya de paso podían tirarse al suelo y rebozarse en el barro.

Graziani se puso al lado de Leandro, pasando un brazo sobre los mojados hombros de este.

—Ay, mi delicada flor... —susurró.

Juntos caminaron hacia la bodega con los zapatos embarrados hasta la altura de los tobillos y la ropa empapada adhiriéndose a la piel.

—De flor delicada, nada —se quejó Leandro indignado—. Vas a pagarme un traje nuevo. —Era una amenaza. Detuvo el avance ya frente a la bodega para decirle apuntando a sus mismos pies—: ¡Y unos zapatos!

Toda la cocina olía a **porchetta**, y eso que la comida se había servido hacía un par de horas. El banquete de bodas aún seguía, continuaban llevando al comedor postres, alcohol y puros, muchos puros, y la mitad de los trabajadores de la cocina aprovechaban ese momento para comer.

Tiziano, el hermano pequeño de Stella, había cortado muy fino el lomo del cerdo hecho al horno y lo había introducido en una olla llena de los jugos de la propia cocción, un generoso chorro de vermut blanco, unas cuantas hojas de laurel, romero, tomillo y cáscara de limón y lo había dejado ahí marinando hasta entonces. Cortó por la mitad las **ciabattas** y las rellenó con el cerdo marinado. Empapó el pan con la salsa, rompió **mozzarella** en varios pedazos, que en contacto con la carne comenzaron a deshacerse, y sobre todo eso amontonó una buena cantidad de rúcula. Con el primer sándwich hecho y sujetándolo entre sus manos, se lo dio a probar a Andrea.

Cerró los ojos dando el primer bocado, el cerdo se deshacía en la boca junto al queso, el sabor de las hierbas y la cáscara de limón calaban la miga del pan, pero dejaban la costra firme y crujiente. «Si existe el Cielo debe saber tal que así», pensó Andrea acabando de masticar el pedazo y relamiéndose los labios.

—*Allora, che fai nella vita, oltre ad eccitare gli uomini e renderli pazzi di desiderio*[99]? —inquirió Tiziano con ella inclinada encima de la mesa y mordiendo el bocadillo.

Él contuvo el gemido mirando aquellos gruesos labios y el atisbo de la blancura de los dientes. La señorita Bloom tenía medio alborotada a la plantilla masculina; por mucho que vistiera la chaquetilla, se percibían a la perfección el grosor de los pechos, la anchura de las caderas y el trasero prieto en los pantalones de trabajo.

Stella le soltó una soberana colleja a Tiziano. Se estaba aprovechando de que Andrea no lo entendía, pero ella sí y lo que le hacía falta a su hermano era una ducha de agua muy fría.

—Está muy bueno —susurró Andrea sin haber entendido ni «*pio*» de lo que le había dicho Tiziano. Dejó de lamer la superficie de su labio superior cuando el dedo de este retiró con la yema el sobrante de salsa. Ella por instinto se echó hacia atrás y bajó la mirada agradeciendo el gesto, pero dándolo por finalizado—. Pero... —barboteó tras la colleja de *Stella*.

Luca había cumplimentado la documentación que necesitaban en la bodega, había invitado a Leandro a darse una ducha en casa y hasta le prestó ropa, pues usaban la misma talla. Él también se duchó y despachó a su manera a su amigo. Graziani, más tranquilo aunque ciertamente molesto y, por qué no decirlo, dolido, subió al coche y condujo hasta el restaurante. Entró en la cocina, saludó a la *nonna*, que comía en una mesa apartada, y su grisácea

---

99. (It) Entonces, ¿qué haces más en la vida aparte de excitar a los hombres y volverlos locos de deseo?

mirada apuntó a...

Andrea fue a coger el bocadillo para, por lo menos, comerse la mitad y seguir cortando apio, cebolla y ajo cuando...

—Da gusto cómo trabajas —le dijo Luca agarrándola por un codo y tirando con fuerza, con mucha fuerza de ella; después de todo, la encontraba «flirteando, calentando braguetas».

Andrea emitió un gemido y suerte tuvo de no tener el bocadillo en la mano porque habría acabado en el suelo.

—Chef—susurró, pues le estaba haciendo daño. Graziani la arrastró por toda la cocina, la movió colocándola frente a él y la invitó a bajar las escaleras de la bodega—. Chef... —masculló esta vez descendiendo las cuatro escaleras de piedra. En la bodega hacía frío. Andrea retrocedió al ver a Luca cerrar la puerta, dejar las llaves puestas y bajar los mismos escalones—. Tengo que volver a mi puesto de trabajo. «Por supuesto, eso es lo más idóneo para decirle a tu jefe».

—¡¿Por qué me mientes?! —ladró Graziani.

Las aletas de su nariz estaban dilatadas, las venas en sus sienes bombeaban todo el cabreo que le corría por dentro.

—¿Mentirle? —tartamudeó Andrea cerrándose el cuello de la chaquetilla a la vez que continuaba retrocediendo.

Cerró hasta el último botón, de poder hubiera hecho un nudito bajo su mentón; de esa forma Luca no vería como sus senos se inflamaban del deseo que su sola presencia le insuflaba—. No le he mentido, chef.

—¡Me has dicho que ibas al baño y que volvías a la cama! —La apuntó con la mano libre. En la otra llevaba una carpeta y su teléfono—. ¡Y te has largado! —eso último sonó a lamento.

—Era tarde, chef...

Sí, le había mentido o medio mentido, porque su idea inicial era volver a la cama. Andrea no tropezó de milagro, miró hacia atrás para esquivar la barrica tumbada en el suelo y descubrió que apenas le quedaba espacio para seguir alejándose, aunque tampoco importaba mucho, pues Graziani avanzaba todo lo que ella retrocedía.

—¿Que era tarde? —rio cínico—. ¿Tan tarde que no podías haber dejado ni una jodida nota? —Miró al suelo para controlarse, pero ya era demasiado tarde—. ¡No te pido que me dejes escrito el antiguo testamento, Andrea, solo que pegues una escueta y condenada nota en la nevera que diga que estarás aquí!

—acabó gritando, con ella dejando de retroceder y ambos rodeados de barricas y botellas de vino.

—¿Y dónde iba a estar si no es aquí, chef?

Respiró Andrea con la voz entrecortada, miró al suelo, a sus Crocs. Se arrancaría los ojos si esa fuera la manera de volverse insensible, impasible a su presencia. Pero su olor estaba enterrado en su propia piel, su sabor adherido a sus papilas gustativas y cada tramo de carne, de músculo de su virilidad, había conquistado su sexo haciendo que se amoldara a su largura y grosor. Su cuerpo parecía haber dejado de pertenecerle, solo respondía a las demandas de él.

—¡¿Quieres dejar de llamarme chef y mirarme cuando te hablo?! —vociferó Graziani estampando la carpeta y el teléfono en lo alto de unas de las barricas tumbadas.

Por inercia, el iPhone cayó por el lateral de la barrica y se golpeó contra el suelo; en cambio, la carpeta se balanceó de delante hacia atrás sin llegar a caer.

—Le estoy mirando, chef —contestó Andrea e ingirió su olor y parte de su calor corporal—. Eso es justo lo que estoy haciendo.

Luca tensó más todavía la cuerda, casi la oía deshilacharse. Acorraló a Andrea contra la pared, adhiriéndola a las estanterías de piedra que sostenían las incontables botellas.

—Cuando follamos no te diriges a mí como chef —soltó mirándola sin parpadear.

Pensar era lo último que hacía estando con Graziani y se suponía que ella era una persona racional. «Justo eso, suponías». Andrea cerró los ojos aunque ahí estaba su olor, su calor, él estaba ahí.

—Chef, tengo que volver al trabajo —masculló haciendo caso omiso a las palabras de Luca.

—Tú estás aquí por mí —gruñó amenazante. Afianzó la mano a uno de los estantes, las botellas tintinearon al moverse mientras su zurda cogía a Andrea por el mentón y empujaba hacia arriba la cara de esta—. Y vas a hablar conmigo, ahora.

—¿Y de qué hablamos, chef? —preguntó abriendo los ojos y topándose con los grisáceos de él—. ¿De **albardillar**? —sonrió Andrea sin ganas—, ¿de qué vamos a hablar si no?

—¿Por qué te has largado?

«Pregunta directa, respuesta directa». Luca se inclinó y besó el pulso en la carótida de ella, su mano descendió abriéndole el primer botón de la chaquetilla.

—Ya he respondido a eso, chef —suspiró luchando para no volver a cerrar los ojos, pues de hacerlo...

Andrea los cerró, gimió con la boca de este succionándole el pulso, bebiéndose su vida. Sus pechos henchidos trataban de sobresalir por las copas del sujetador.

—Quiero la verdad —exigió Graziani terminando de abrirle la chaquetilla. Andrea no llevaba camiseta interior, solo le separaba de su piel el sujetador—. Cuéntame la verdad.

Recogió entre sus manos la redondez de los pechos y se inclinó para besar por encima la sombra de las areolas.

—Es la verdad —jadeó alzando las manos, estas acariciaron la rasurada testa—. Era tarde.

Ahí estaba de nuevo, excitada, enrojecida y tan deseosa de él que no le importaba nada más.

No era la respuesta que él quería. Graziani levantó la cabeza y la miró.

—Que sea incapaz de controlar la puta erección por tu culpa no quiere decir que tengas derecho a jugar conmigo. —Tenía sentimientos. No es que los expresara de forma habitual, pero los tenía. Y no quería ser para ella un mero «¿Pene?».

—¿Que juego contigo, Luca? —susurró mirándole, abrió la boca y repitió la pregunta—: ¿Que juego contigo? —Con el sujetador desajustado, la chaquetilla abierta, ruborizada y mojada, Andrea se arrancó el pañuelo de la cabeza y se lo tiró a la cara—. ¿Cómo puedes ser tan cerdo?

—¿Yo soy el cerdo? —rio él apuntándose al pecho con un dedo—. Yo no voy pavoneándome delante del personal —dijo a continuación señalando a Andrea. Que no fuera de inocente, pues tenía de eso, de inocente, lo que él de pelo en la cabeza. Pero ¡él era calvo voluntario!

—¿Que yo me pavoneo?

—Meneas el culo, sonríes como quien no quiere la cosa y... —Su tono se elevó de tal manera que Luca acabó gritando—: ¡Pones ojitos!

Eso le recordaba que, cuando terminará de discutir con Andrea, tenía que llevarse a Tiziano al monte y pegarle un tiro. *Piatto*[100]*!*

—¿Que pongo ojitos?

____

100. (It) ¡Plato!

Él ahí llamándola «putón» y ella tentada de coger una de las botellas de vino tras su espalda y estampársela en la cabeza. Le daba igual que fuera tinto, blanco o rosado; la cuestión era atizarle con una.

—¡Deja de repetir todo lo que digo!

Graziani ya tenía suficiente con tener que hablar coherentemente, teniendo en cuenta la visibilidad de los pechos de ella embutidos en el sujetador sin cubrir por la chaquetilla.

Andrea empezó a reír al darse cuenta de que él...

—Estás celoso.

Luca miró a otro lado y ella, ella se rio aún más.

Andrea no le había dado motivos para estarlo o por lo menos no adrede. Estiró las manos y lo cogió de los costados de la americana tono gris piedra.

—No —espetó a primeras, pero al volver la cara y mirarla...—. O sí. —Graziani le tomó las manos y, en lugar de mantenerlas para acariciárselas, las apartó de su chaqueta—. ¿No puedo estarlo? —la increpó sacudiéndose la americana.

—Es bastante absurdo estarlo sin motivos.

Cuando quería era más arisco que un gato. Andrea cerró las manos en un puño y miró al suelo, a sus Crocs.

—Poner ojitos, pavonearte y menear el culo no son motivos suficientes —enumeró Luca, tan cínico como únicamente él podía llegar a ser.

—Eres prepotente, cínico, desagradable, celoso y yo diría que patológicamente posesivo.

Andrea soltó aquella retahíla de «virtudes» levantando la cabeza y mirándolo fijamente a los tormentosos ojos.

—Habló la histérica, hipocondríaca y calientapollas. —Luca se quedó muy a gusto al decirle aquello—. Yo seré todo eso que tú dices, pero... —La visión de los bonitos labios de ella, carnosos y rosáceos, le ablandó un poquito...—. Yo no he dicho que volvía a la cama para después aprovechar que me haya dormido para largarte.

Dolido, esa era la palabra que definía como se sentía. Graziani no se movió, aun con el ademán de ella por apartarle.

—¿En el contrato consta que tenga que acostarme con mi jefe y después dormir en la misma cama? —cuestionó Andrea, que comenzó a abotonarse la chaquetilla sin reajustarse el sujetador—. ¿Quizás haya una cláusula sobre mamadas?

—No, en el contrato no dice nada porque es un jodido contrato laboral, pero yo no estoy hablando de trabajo —apuntó deteniendo las manos de ella a mitad del escote—, estoy hablando de nosotros —enfatizó Graziani apretando los largos y finos dedos bajo la fuerza de sus palmas.

—¿De nosotros? —Casi se le para el corazón al oírle aquel «nosotros». Luca Graziani iba a volverla completamente loca. Andrea se relamió los labios, aún podía saborearlo en ellos—. ¿Qué somos nosotros, Luca?

—¡No lo sé! Pero somos algo, ¿no? —condenó él a la espera de que Andrea dijera algo más, pero no lo hizo. Desenganchó sus manos de las de ella y movió la cabeza para asentir—. Eso sí, por mí encantado si constara lo de las mamadas. —Sus ojos fueron a mirar los gruesos pechos de Andrea y con la voz tornándose un tanto más grave masculló—: Pensándolo mejor, ¿cubanas?

—¡Acabas de arruinarlo todo! —protestó Andrea queriendo llorar. Si después de ese «somos algo, ¿no?» Luca le hubiera propuesto atracar TIFFANY'S y fugarse a lo Bonnie and Clyde, ella hubiera accedido, loca, loca por él; sin embargo, Graziani tenía que haberlo estropeado diciendo lo de las «cubanas». Ella lo apartó de un empujón y le señaló gritando a pleno pulmón—: ¡Basta!

Vio el dolor reflejado en los oscuros ojos de ella y se odió.

—¿Basta de qué? —cuestionó Luca asiéndola por un codo y devolviéndola a la posición anterior, contra la pared.

—¡De esta espiral de sexo y remordimientos, de más sexo y...! —tartamudeó. Andrea lo miró y fue a darle un bofetón o por lo menos agredirlo de la forma que fuera—. ¡Basta! ¿Me oyes? ¡Ya basta!

Graziani la prendió por las muñecas antes de que las manos se transformaran en puños y le atizara.

—Muy bien, toma tu carta de recomendación y llama a François de la Croix. Tienes el número en pantalla, te dirá que ya he hablado con él —explicó tirando de Andrea para que se arrodillara junto a él. Recogió el iPhone del suelo y se lo tendió—. Venga, llama y cógela —instó entregándole también la carpeta.

—No —protestó Andrea rehuyendo de todo lo que le tendía Luca. Se irguió del suelo sacudiendo la cabeza de un lado al otro y su melena peinada hacia atrás se revolvió completamente.

—¿Por qué no? —inquirió Luca alzándose al igual que ella. Movido por el enfado, tiró el iPhone al suelo. Este se descalabró y murió, sesgando la posibilidad de que Andrea pudiera realizar la llamada—. ¡¿No quieres parar esto?! ¡¿No acabas de decir que basta de esta espiral de sexo y remordimientos?! —gritó, rematando la faena al tirar al suelo también la carpeta.

—¡Llevo con Samuel desde los diecinueve años, me ha costado cuatro aceptar su propuesta de matrimonio y llegas tú y lo mandas toda a la mierda! —acusó como si Graziani fuera el eje del mal. Andrea se acuclilló recogiendo los dos trozos en los que se había convertido el teléfono—. ¡¿Y por qué tiras las cosas?! —reprendió alargando los deditos para coger la carpeta—. ¿Te está dando un brote psicótico o qué?

Luca cerró los ojos, respiró hondo y, manos arriba, se rindió.

—La culpa es toda mía, sí. —Abrió los ojos, viéndola levantarse del suelo por enésima vez. «Ni que estuviéramos jugando a las agachaditas»—. ¿Te sientes mejor ahora?

—¡No, no me siento mejor, Luca Graziani, y tu cinismo solo lo empeora! —chilló Andrea entregándoselo todo. Encima no iba a montarle el iPhone, que se encargara él del cadáver que para eso era suyo—. Me siento miserable, ruin y asquerosa.

—Vamos al despacho... —pidió sujetando en las manos lo que le quedaba del teléfono y la carpeta—. Llamas desde ahí a De la Croix y compruebas lo que te he dicho. —Luca maniobró para tenderle la carpeta—. Aquí, junto a la carta de recomendación, también va a un billete de vuelta a Estados Unidos. Sale en cuatro horas, tienes tiempo de recoger tus cosas...

—No —interrumpió Andrea.

Había llegado hasta ahí y no iba a salir corriendo ahora por mucho que Luca le estuviera ofreciendo todo lo que ella deseaba, «no todo». Los dedos le temblequeaban, ella por entero lo hacía, así que no lograba cerrarse la chaquetilla.

—Le pediré a Andreas que te lleve al aeropuerto. —Un segundo, frunció el ceño—. ¿No? —repitió Graziani desconcertado—. No ¿qué? —La situación ya era hasta cómica.

—No —dijo Andrea desistiendo de abotonarse—. No a todo —sentenció prefiriendo pasar los días que le quedaban a su lado a aceptar su ofrecimiento.

—¡¿Entonces qué mierda quieres?!

Estaba teniendo un brote psicótico. «¡Sí, señora! ¡Enajenación mental y, por tu culpa, no va a ser transitoria!».

—A ti... —susurró sabiendo que no debería haberlo dicho. Estaba siendo sincera, demasiado y fríamente sincera. Andrea tragó saliva esperando a qué él le dijera algo, pero se quedó callado mirándola—. Te quiero a ti, aunque solo sea por lo que queda de este *stage*...

Adiós iPhone, adiós carpeta y adiós sentido común. Luca la cogió por las caderas y la aupó de golpe, avanzando con ella hasta la pared. Las botellas en las estanterías de piedra tintinearon.

—Nos olvidaremos de esto al acabar estas dos semanas —mintió desabotonándole del todo la chaquetilla.

—Sí, nos olvidaremos —mintió también. Andrea jadeó con sus pechos brincando fuera del sujetador, se agarró a la nuca de Graziani y apretó las piernas en torno a las estrechas caderas masculinas—. Como si no hubiera pasado nada —gimoteó, con su núcleo tan caliente que el fuego llameaba calcinándole las bragas.

Luca hundió la cara entre los senos, la piel blanca y excitada ronroneándole en las mejillas. Pinzó los extremos del pantalón de Andrea y tiró hacia abajo obligando a que las piernas de ella se desenredaran de sus caderas el tiempo suficiente como para desnudarla. Le rajó las bragas haciendo de ellas un deshecho de tela y recogió entre sus manos lo rollizo de las nalgas.

Andrea totalmente desnuda de cintura para abajo y con los Crocs a mucha distancia de sus pies hincó las uñas en la nuca de Graziani.

—Solo eso y después... —jadeó con él abriéndose el pantalón, el grueso glande rozaba su llorosa entrada.

—Después, dentro de dos semanas... —boqueó, derribando contra sus rodillas los pantalones y los bóxers. Luca balanceó las caderas y pujó con ellas hacia arriba. Su erección se deslizaba dentro del sexo de ella como en mantequilla, se fundía, lo embadurnaba—. Seremos casi dos desconocidos —gimió izando la cabeza para unir su boca a la de Andrea.

Las salivas eran batidas por las lenguas, las feromonas se desprendían de las pieles de ambos. La besó como si su vida dependiera de ello, el aroma a sexo podría saborizar los vinos.

—¿Puedes odiar a un casi desconocido? —suspiró ella con él entrando más y más.

Su gruesa largura la hacía creyente, fiel devota de su divinidad. Andrea cerró los ojos entrando en éxtasis, experimentando la celestial sensación de tenerlo dentro, tan dentro que se mareaba. Su cabeza daba vueltas.

—¿Y amarlo? —Luca quedó varado dentro de ella, no se

movió. La ondulante musculatura lo aferraba fuertemente—. ¿Puedes amarlo?

Se sentía un pobre diablo y si así se sentía ahora mismo que la tenía con él, gimiendo y jadeando, ¿qué sentiría después cuando fueran eso, casi dos desconocidos?

—Durante dos semanas... —Andrea encogió el vientre, elevó las caderas y su chorreante sexo comenzó a montar la verga de él. Con la chaquetilla pendiéndole de los hombros, los pechos por fuera del sujetador, sus manos buscando apoyo en los hombros de Luca jadeó—: Amarlo solo durante dos semanas.

Las mejillas le brillaban de rubor; los labios, húmedos de sus besos. Adán y Eva pecaron por tentación... Esto era casi, casi lo mismo. Sucumbir al deseo durante dos semanas «y después ser expulsados del Edén... ».

Graziani dejaría de respirar en aquel esplendoroso cojín que había descubierto entre los rellenos pechos de ella, perecería con el sonido de fondo del latido del corazón de la mujer. Apretó las muelas, cerró los ojos.

—*Non urlare o qualcuno ti sentirà*[101]—dijo más para él que para Andrea.

Si tuviera la posibilidad de plastificar su corazón..., protegerlo de las fisuras que ya habían empezado a agrietárselo. Andrea sabía que acabaría destrozado, su corazón quedaría hecho añicos y más si mantenía la idea de que lo suyo con Luca era cosa de dos semanas. Taponó la boca de él con el cuenco de su mano, apoyó momentáneamente la frente encima de la Graziani y siguió cabalgando la gruesa vara de carne.

Odiaba a ese hombre, a ese hombre que iba a casarse con ella y, aunque este la hiciera feliz, Luca seguiría odiándolo, odiándolo hasta la última porción de tuétano. No se sentiría agradecido de que Andrea fuera dichosa. No, no, era egoísta, y que Dios le perdonara por ello, pero lo odiaba... Graziani hincó los dedos en los cachetes de ella y la obligó a quedarse quieta. Zambullido en su interior, movió la boca para que ella retirara la mano con la que se la cubría.

Todas las novelas románticas, historias delirantes y pasionales eran meras tonterías con lo que ella estaba viviendo. Su mano se escurrió de los labios de él hasta su quijada, acopló sus labios y lo besó.

____
101. (It) No grites o cualquiera te oirá.

Luca unió su boca a la de Andrea y la besó como si no hubiera un mañana, pues así lo sentía. Cada segundo de esas dos semanas sería el último. «*Questa volta è amore*[102]». La estrechó contra sí, quería tenerla de todas las formas posibles, quería estar dentro de ella como ahora, quería abrazarla, quería quemarla con esa vorágine de sentimientos que solo ella le hacía sentir. Mordió los labios de Andrea, sí, también quería que ella sintiera un poco de dolor, un mínimo del dolor, el que a él le arañaba a modo de celos.

Con el orgasmo burbujeando, activando rápidas convulsiones en la musculatura vaginal, Andrea tapó la boca de Graziani al mismo tiempo que su boca también era cubierta por una de las manos de él. Presionó los labios contra la palma y ahogó el gritó del orgasmo en la barrera de cálida piel, la descarga lechosa bombardeó su útero anegándoselo.

---

102. (It) Esto es amor.

12

De Roma al Cielo

La luz del amanecer comenzaba a teñirse de las tonalidades otoñales, los rayos rojizos y amarillentos acariciaban los viñedos desnudos de racimos de uva. La cama estaba siendo ocupada por ambos en aquel cuarto en un principio perteneciente a Andrea. Ladeada en el colchón, suspiró con la mano de Luca acariciándole la espalda a modo de buenos días.

—¿Quieres que cierre los ojos, me haga el dormido y tú mientras te escabulles? —le preguntó con la voz adormilada.

Luca detuvo la mano en la cuna de la cadera y acarició el hueso por encima de la sábana.

—Es domingo y... —Andrea entreabrió los ojos, movió la cara frotándose contra el almohadón y suspiró—: Muy temprano. —Domingo no era sinónimo de fiesta para ellos. Aunque no hacía mucho habían repiqueteado las campanas de la pequeña iglesia, eran casi las siete.

—Los domingos no hay fugas... —Alzó la mano y acarició un lado de las bonitas facciones de ella—. Tomo nota. —Graziani sonrió al ver a Andrea abrir del todo los ojos y mirarlo directamente a los suyos.

—¿Por qué te divorciaste?

Luca se rio tumbándose boca arriba y miró al techo empujando las sábanas para aplanarlas sobre su pecho.

—Buenos días. —Ladeó la cabeza en la almohada y la miró a su lado—. Dejamos de ser un matrimonio, pasamos a ser solo amigos.

—¿Y eso cómo es posible? —dudó Andrea volviéndose en la cama para apoyar la cabeza en su pecho. Miró hacia arriba, al brillo plomizo de los ojos de Luca.

—No tengo un trabajo muy dado a la vida familiar. —Descansó la mano derecha encima del desnudo y femenino hombro—. Cada vez aspiraba un poco más alto. Grababa un programa de cocina por la mañana hasta la tarde y por la noche inauguraba un nuevo restaurante. —Sus dedos acariciaron la forma del hueso—. Al principio, durante los dos primeros años, Susana estaba siempre ahí, conmigo, pero... Un tiempo después empezó a quedarse en casa, a no seguirme por mi ruta de Chicago hoy, Nueva York mañana y pasado Las Vegas y... Un día, éramos un matrimonio compuesto por dos amigos que se llamaban una vez a la semana para preguntarse qué tal iba todo y se despedían con un cuídate.

—¿Cuánto tiempo estuvisteis juntos?

—Salimos dos años y estuvimos casados seis.

—¿La quieres? —Andrea acababa de formular la pregunta del millón.

—Sí —respondió Luca sin dudar. Bajó con la mano por el antebrazo de Andrea y saltó a las caderas, tiró de la sábana y la destapó de cintura para abajo—. Es una mujer fantástica y se merece todo lo bueno que le pase. —Torció su cuerpo a un lado llevándose a Andrea consigo. Su pecho contra el de ella—. ¿Y tú por qué te hiciste eso? —le preguntó alzando la mano y pasando la palma por encima de la piel estriada en los senos.

Andrea contuvo la respiración. Hasta entonces no se había sentido avergonzada con Luca de la carretera de piel estriada, los surcos blaquecinos en sus pechos, muslos, la zona lumbar. El pudor la hizo ir a por la sábana para cubrirse.

—Es por el peso, yo... —masculló bajando la cabeza.

—Voy más allá de las estrías —la interrumpió Graziani no dejando que levantara las sábanas—. ¿Quiero saber por qué le hiciste eso a tu cuerpo?

Le intrigaba el hecho de que alguien pudiera maltratarse hasta tal punto.

Andrea supo que no le quedaba otra más que «desembuchar».

—Tuve la primera regla con diez años, así que todas las niñas de mi clase eran tablas de planchar y yo... —Apoyó las manos en sus pechos—. Los chicos te dicen cosas, las chicas se te quedan mirando como si fueras un bicho raro. Me daba una vergüenza horrorosa cambiarme en clase de gimnasia —sonrió sin ganas.

Luca la miró manteniéndose en silencio, dándole pie para que ella continuara hablando.

—En realidad no fue algo de la noche a la mañana, el problema se instaló con toda su fuerza en mi cerebro a los quince —asintió corroborando sus palabras—. El reflejo en el espejo cada vez me resultaba menos soportable. —Andrea jugueteó con el crucifijo que colgaba del cuello de Graziani—. Me veía como una auténtica foca hasta que un día, no sé cuál y tampoco recuerdo bien bien cómo... —Su mirada fue del crucifijo a los tormentosos ojos de él—. Pensé que si vomitaba lo que me obligaban a comer no engordaría. Me metí dos dedos en la boca y me provoque el vómito.

Luca era un tipo antisocial, anti... casi todo. Sin embargo, ella le despertaba un sentimiento de protección, un instinto que le obligaba a pegarla contra su cuerpo, recostarle la cabeza en el centro de su pecho y acunarla con la fibrosa complexión de sus brazos.

—Y lo hice una vez y dos y tres —carraspeó Andrea en la seguridad del masculino y reconfortante abrazo—. Cada vez iba a más, y tan a más que descubrí que sustancias como la cocaína que, aparte de inhibirme el hambre, podían ayudarme a adelgazar. Sí, hasta en un cole de pijos que mamá había ido pagando mes a mes se consumían estupefacientes, ni que fuera el Bronx. Es como una bola de nieve, al principio es pequeñita y rueda poco a poco, pero cuando te quieres dar cuenta es enorme. —Esto es lo último que Andrea se hubiera imaginado hacer con Luca, confesarle aquellos oscuros secretos tan perturbadores—. Empecé a bajar peso rápidamente y todas las alarmas se encendieron. Mamá llevándome al médico, médico haciéndome pruebas, después psicólogos —enumeró riéndose fingidamente—. ¡Hola! Tienes anorexia y es un trastorno mental. —El vaho de su boca se condensaba en los pectorales de Graziani—. Yo pensé... genial. O sea que, aparte de gorda, estoy loca.

Luca entrelazó sus piernas con las de ella, le besó la negra coronilla al presentir el venidero llanto en el tono de su voz.

—Era el mundo contra mí, lo único que yo quería era estar delgada —protestó con las palabras ahogándose en las lágrimas que sus ojos empezaron a dejar caer—. Pensaba, ¿qué tiene eso de malo? ¡Mira las revistas, la tele! Son todas delgadas y yo tengo... —Sus manos no se movieron para apuntar a su cuerpo, pero como si lo hubieran hecho al entonar—: Esto. —Andrea negó—. Continué bajando de peso y el médico le dijo a mi madre que tenían que ingresarme. —Y, aún sin reconocerlo, ese día Andrea había sentido pánico, pánico ante la posibilidad de entrar en la boca del lobo, pues uno sabía cuando ingresaba en uno de aquellos centros, pero no cuando salía—. No sé cómo lo hizo mamá, pero logró que no me internaran, aunque ella sí me encerró en casa. —La risa amarga hizo un dueto con el sollozo—. Adiós espejos, ni hablar de pisar el baño sola, le quitó hasta las puertas. Mi madre era como mi jodida sombra. —El sabor amargo de aquellos días le atiborró la boca—. Al no poder conseguir nada, y con nada quiero decir la mierda que me mantenía, tuve síndrome de abstinencia. —Si después de contarle todo aquello Luca no salía corriendo podía darse por bendecida—. No se me hace fácil hablar de esto.

Graziani le dio un nuevo beso y frotó la mano en su zona lumbar animándola a seguir.

—Si cierro los ojos me veo junto a mi madre, en la cocina. —Mientras lo contaba sus parpados cayeron sobre sus iris, la oscuridad dio paso a las imágenes del pasado—. Ella con una cuchara de postre y un *petit-suisse*, llorando para que me lo comiera. Y te juro que la odiaba, la odiaba con toda mi alma —y lo había hecho, Andrea no estaba adornando el relato—. Es la persona a la que más he odiado, sentía que ella era lo peor del mundo por no dejarme ser como yo quería.

Luca apenas se acordaba de la suya. Tenía cuatro años cuando sus padres tuvieron el accidente de tráfico y fallecieron, dejando a Andreas y a él a cargo de sus abuelos maternos. Graziani no había tenido tiempo para odiarla, aunque lo que sí recordaba bien era lo mucho que la había querido, sus manos arropándolo, su sonrisa templada induciéndolo al sueño.

—Quise morirme, acabar con todo. —Cada palabra le sabía a bilis—. La idea de seguir viviendo pendiente de coger un gramo más era algo que no quería. Si bebía agua, iba a engordar; si seguía respirando, continuaría engordando. —La obsesión de entonces batallando con la cordura del ahora—. ¿Qué mierda me importaba si el médico me decía que los huesos no podían cambiar de tamaño? Que mi complexión física era la que era y que eso no iba a cambiar pesara sesenta quilos o treinta —Andrea alzó la cabeza, su cara repleta de lágrimas y del rubor propio del sofoco—. Me daba todo igual, Luca.

Graziani la besó como si su beso fuera el bálsamo que pudiera curar todas las heridas, sanarlas de tal modo que ya no quedaran ni cicatrices.

—Lo superé, soy como una exalcohólica. En mi historial

médico consto como exanoréxica y cuando voy a hacerme un chequeo no me dejan ver la báscula —medio rio ella sobre los labios de Luca—. Ya no evito los espejos y tengo estrías en los pechos, en la espalda y en las nalgas, soy como la mujer cebra. —Las manos de él le acariciaban ahora el rostro, insuflándole el hecho de que... hoy el mundo era un poco mejor—. A veces tengo alguna idea rara, veo la talla del pantalón o mi reflejo en el espejo y... —Respiró hondo y lo miró a los ojos, a esos ojos que podría contemplar hasta que las cataratas se lo impidieran—. Pienso en todo lo bueno que tengo ahora y lo poco que haría falta para deslizarme por el filo de esa mierda para volver a hundirme. No me puedo permitir ser una enferma y no es solo por mí.

—Qué fea te pones cuando lloras —protestó Luca barriendo con las palmas las mojadas y saladas lágrimas de ella.

Y antes de que Andrea dijera nada, le besó la frente y volvió a acurrucarla contra su pecho. Casi adormilada al calor del cuerpo de él, Graziani se movió dejando de abrazarla.

—¿No nos quedamos un rato más? —susurró con la nariz desenterrada del centro del pecho de él. Luca olía a aquella combinación de hombre sexualmente satisfecho y... falto de café. Andrea se sentía más ligera, como si al haberse confesado no tuviera miedo de... nada, de absolutamente nada. Se movió para impedir que se irguiera en el colchón—. Un ratito...

—Ya hemos dormido —masculló acariciando la corta cabellera de la mujer. Izó la cabeza y la miró empujando el cuerpo de ella con el suyo—. Arriba.

Luca sonrió cosquilleándole detrás de la oreja. Después de todo, aquella debilidad y a la vez su fortaleza, acababan de hacer que se enamorara de ella un poco más.

—Has dormido tú más que yo —reprochó Andrea en un resoplo.

Él entraba en fase *REM* como si le hubieran golpeado con un mazo y a ella, a ella le costaba conciliar el sueño. Se agarró a Graziani cogiéndolo por las caderas y encogió los hombros para protegerse el cuello de las venideras cosquillas.

—Suficiente —resolvió Luca haciendo acopio de toda su fuerza para sentarse en la cama y se rio al verla crisparse como un gato. Le quitó la sábana y le frotó los hombros—. Arriba, arriba, *piccolina.*

¿Quién le hubiera dicho que Luca Graziani tenía una vena dulce y cariñosa? No obstante, ahora mismo se la cercenaría y le dejaría desangrarse, porque antes de que la obligara a sentarse en la cama y la destapara se encontraba muy a gusto.

—¿Qué pasa hoy? —mascó con el peso de él abandonando la cama—. ¿Hay que entrar antes?

—No. —Graziani la cogió por los tobillos y tiró suavemente de ella para posicionarla al borde de la cama—. O te levantas tú o... te cojo en brazos.

—Luca... —ronroneó con la esperanza de que él se lo pensara, se lanzara sobre ella en la cama y...—. ¡Voy! —protestó cuando Luca fue a cogerla realmente en brazos—. Ya está, ¿contento?

—No vamos a ir al restaurante —explicó acariciando la cara de ella con sus manos, recorrió los pómulos y se detuvo en la forma regordeta de los labios—. Iremos a Roma.

Luca sonrió al ver a Andrea abrir los ojos desmesuradamente.

—¿A hacer qué? —curioseó siguiéndole al baño—. ¿Y el trabajo? —preguntó Andrea alzando la voz para que se le oyera por encima del sonido del agua de la ducha cayendo al plato.

—Te cuesta, lo sé. —Luca la sostuvo por los hombros posicionándose delante de Andrea, cogió aire y le dijo de manera pausada—: Aun así te lo pido *tesoro*. —Para dramatizar un tanto más el asunto, cerró los ojos y susurró—: Cállate.

Andrea se mordió los labios no queriendo reírse.

—Lo intentaré —masculló, apoyando sus manos en las de él sobre sus hombros—. Te estoy diciendo que lo intentaré, no puedes pedirle peras al olmo —rio viendo a Luca suspirar como un mártir.

Se ducharon, o más bien derrocharon agua y muy poco jabón. La casa se llenó del aroma del café recién hecho y de la **torta margherita**. Graziani llamó a Andreas para decirle que no acudirían a la comida en el restaurante, no le dio explicación aunque este sí se la pidió. Luca estaba hasta por no acudir el día siguiente al *Bellezza*; total era lunes, por lo tanto libraban. Alzó la cabeza mirando a la mujer a través de las cristaleras de la terraza.

Andrea se echó hacia atrás en la silla, cubierta por una manta cerró los ojos y respiró el aire limpio del campo. Sonrió con los labios de Graziani depositando un beso en una de sus mejillas.

—Ahora me visto —musitó ladeando la cabeza y alzándola para mirarle.

—Ponte pantalones tejanos y lo que tengas de zapato cerrado —pidió, acuclillándose a un lado de la silla—. Nada de tacones —apuntó, alzando una mano para tocar con la yema de un dedo la nariz de Andrea.

—¿Y eso por qué?

Era un día de aquellos que el tiempo pedía vestir una larga falda hasta los tobillos, entallada en lo alto de las caderas, con un *crop* top de manga larga y una chaqueta por encima si es que el sol dejaba de calentar. Sin olvidarse, por supuesto, de las elegantes sandalias.

—Aparte de hipocondríaca y aprensiva, no le tendrás miedo a las motos ¿no?

Sus ojos sonreían aún más de lo que lo hacía su boca, cierta traviesa maldad brillaba en las pupilas de Luca.

Andrea le sacó la lengua respondiéndole; a la moto no le tenía miedo, le tenía miedo a él en moto. Se mordió el labio inferior parándose a pensar.

—¿Has dicho tejanos y zapatos cerrados? —repasó mentalmente lo que había metido en la maleta.

—Justamente.

—No tengo ni una cosa ni otra —susurró Andrea inclinando la cabeza para juntar su nariz con la de él.

—¿Algún tipo de pantalón? —le respondió Luca frotando la punta de su nariz contra la de ella, que rio de aquella manera que a él le provocaba un nudo en el estómago.

—Sí —dijo con respecto a lo del pantalón, aunque sabía que no era el tipo de pantalón que él se imaginaba. Andrea volvió a echarse hacia atrás en la silla—. Y lo más cerrado que tengo son una especie de merceditas. —De haberlo sabido se habría traído un *look* motero. «¿Tú gastas de eso?».

—¿Merceditas? —preguntó más para sí mismo que a ella, Graziani no tenía ni «zorra» idea de qué era eso de «merceditas».

—Ahora lo verás.

Sonrió Andrea poniéndose en pie. Le echó la manta encima de la cabeza y trotó al dormitorio.

Luca se rio mirándola siendo consciente de que Andrea no tenía para menos de quince minutos y él debía desempolvar la moto. Miró el reloj en la cocina, eran las ocho y cuarto, así que salió de la casa, bajó la pequeña cuesta al otro lado de la edificación y con el mando a distancia abrió la pesada portezuela del garaje. La Harley-Davidson FXDB Dyna Street Bob del 2013 esperaba abrigada bajo una gruesa lona.

—¡*Tarááá!* —exclamó Andrea casi quince minutos más tarde y ante la puerta de la vivienda, pues Graziani había traslado la moto y se encontraba sacándole brillo—. ¡Luca! —llamó para que le prestara atención.

Manos arriba y el cuerpo ligeramente inclinado hacia un lado, posición *Pin Up*. Pitillos negros, merceditas negras con brillo charol, una blusa blanca de cuello mao y un fular muy rosa puesto en la cabeza como lo llevaban aquellas actrices de los años cincuenta y sesenta. En su mano, el bolso y una parka que Stella le había llevado el día anterior. Ella rio al verle la cara y se puso las gafas de sol.

—¿No tenías nada más rosa?

No es que ella vistiera el modelo ideal, pero antes que la minifalda... Luca se apoyó contra la moto, pasando de una mano a la otra el paño que había estado utilizando para sacar brillo a las llantas.

—Sí —asintió Andrea en la mitad de las escaleras. Cerró el bolso y, mirando hacia atrás, apuntó a la puerta—. Voy y me cambio.

—¡No! —Si ella volvía a cambiarse llegarían a Roma para la cena. Graziani se encaminó hacia las escaleras, las subió y entró en la casa. Puso la alarma y cerró con llave. Bajó hasta Andrea y, un peldaño más abajo que ella estiró de los lados de la blusa—. Quédate así.

—¿Tengo que subirme a eso? —interpeló desviando la mirada del hombre a la Harley.

—No, tienes que correr detrás de eso —bromeó y, cogiendo su mano libre, la llevó hasta la moto. Recogió el casco para ella, al lado del suyo, encima del asiento—. Me parece que tendrás que quitarte el pañuelo, Sophia Loren.

Andrea suspiró quitándoselo y se lo anudó al cuello.

—Luego me vas a peinar tú —articuló con la cabeza dentro del casco.

Enderezó el cuello, que protestó por el peso del casco, y aguardó a que él se pusiera el suyo. Cuando Luca se subió a la moto, ella se encaramó tras él, se puso la parka y ajustó el bolso justo entre los dos.

—Lista —confirmó él poniendo en marcha la ruidosa moto.

Ladeó la encasquetada cabeza al sentir los brazos de Andrea rodeándole la cintura y estrechándosela, el cuero de su chaqueta chasqueó en cada una de sus articulaciones.

—No —rio ella con las rodillas vibrando al compás de los

ronquidos de la Harley. Cerró los ojos con fuerza... Se sentía como si acabaran de subirla al Falcon's Fury... Rezó, oró lo que no sabía—. ¡No corras, no corras! —carcajeó nerviosamente al ponerse en marcha la moto.

—¡No estoy corriendo...! —«No todavía», pensó riendo entre dientes. El polvo del camino se alzaba y flotaba tras ellos. Luca condujo hasta la capital. En los últimos veinte minutos de viaje, la fuerza que Andrea ejercía en su vientre había ido menguando, la notaba menos agarrotada, más relajada. Parados delante de un semáforo le dijo—: Primera parada, Castillo de Sant'Angelo. —Y se detuvo ante la lucecita roja para comunicarle aquello.

El miedo que había pasado yendo a la ciudad no se comparaba con el pánico de ese momento. Luca no paraba ante los pasos de peatones, los carriles no estaban señalizados. Incluso vio como los coches y las pequeñas *scooters* transitaban por la vía del tranvía. Andrea se tragó un chillido mirando a un lado, un Alfa Romeo de los *carabinieri* yendo a toda pastilla les adelantó en medio pestañeo.

—No has muerto —rio Graziani tras aparcar la Harley. Sentado sobre esta se quitó el casco, miró hacia atrás y rio aún más—. Ya puedes soltarme, *tesoro* —le dijo a Andrea, pues sus brazos estaban ceñidos en torno a su cintura impidiéndole la circulación.

—¡De milagro! —aulló bajando de la moto. Tuvo que estabilizarse, ya que el casco pesaba una tonelada. Llevándose las manos a la cabeza, Andrea consiguió quitárselo. Y apuntándole con él, con la cara roja como la grana, tartamudeó—: ¡¿Aquí la gente se saca el *carnet* de conducir o te lo regalan con la mayoría de edad?!

—Exagerada... —se burló Luca, prefiriendo no responder al tartajeo de Andrea. Aseguró la Harley y quitándose el casco se lo colgó de un antebrazo—. ¿Vamos o te quedas aquí? —Caminó adelantándose a ella.

Andrea se peinó, se ajustó el bolso en el hombro y, tirando del fular ligado al cuello, brincó tras Graziani. Lo tomó de la mano y miró hacia delante. Iba tan derecha que su naricilla estaba a punto de tocar el cielo.

Los cascos colgaban de sus antebrazos, las manos ligadas, entrelazadas. El sol sobre Roma iluminaba a los ángeles del Puente Sant'Angelo y la pareja paseó sobre el perenne suelo de adoquines. Visitaron el Castillo de Sant'Angelo y, al salir, él miró la hora en su reloj de muñeca. Faltaban diez minutos para las diez y media, hora en la que las cafeterías dejaban de servir los famosos *maritozzo*.

Andrea, empujada por Luca, corrió junto a él hasta una pequeña cafetería en mitad de una plaza que olía a café y crema de leche. Se sentaron fuera, en la terraza, donde ella inició la conversación.

—¿Cuántos restaurantes tienes?

Recordaba que Kendall le había dicho el número de locales, pero ella no se acordaba. Andrea agradeció al camarero su taza de *cappuccino* y el platito con el *maritozzo* grávido de nata.

—Unos cuantos —medio sonrió Luca dándole un golpecito en la mano para que ni se le ocurriera abrir el sobrecito de azúcar. El *cappuccino* no lo necesitaba—. No hagas eso —chistó, viendo su intención de meter la cucharilla y revolver la bebida; de hacerlo le bajaría toda la rica espuma.

—Mandón... —bufó, dejando la cucharilla en el plato y abortando la misión «Azucarillo». Andrea levantó la taza y sorbió un poco del *cappuccino* que, por cierto, en nada se parecía al de Starbucks—. ¿Y cómo haces para... saber cómo van todos? —cotilleó soplando antes de dar el segundo sorbo.

—Viajo a unos y a otros con asiduidad y pago a gente para que se ocupe de que todo esté en orden —masticó las palabras tras morder el esponjoso bollo.

Luca se lamió las comisuras de los labios para recopilar la nata en su lengua y sacó una servilleta del dispositivo en la mesa.

—Qué mafioso ha sonado eso... —cuchicheó Andrea yendo ya por el quinto sorbo de *cappuccino*. Por encima, habían espolvoreado algo de canela y lo hacía adictivo.

Luca se rio y alargándose en la silla pasó el dedo por un poco de la nata montada del *maritozzo* de Andrea.

—¡Eh! Es mío —se lanzó ella a defender su bollo. Movió el plato y se lo acercó más. Señaló el que le habían servido a Luca y le soltó hinchando los carrillos—: Cómete el tuyo.

—Qué ofensiva eres... —murmuró él tras el borde de la taza. Bebió sin llegar a quemarse la lengua y a continuación masculló—: Me ha costado mucho llegar donde estoy.

—¿La clave?

Andrea partió un pedazo del *maritozzo* y se lo llevó a la boca. El rico sabor del almíbar recubriendo el bollo junto a la untuosa nata fresca, nada de nata de bote, nata fresca. ¡Oh!, aquello le alegró el alma, hizo que cantara la opera entera de *Rigoletto*.

—Trabajar, trabajar y trabajar.

—¿Y los descansos, las vacaciones?

—Ya descansaré cuando esté muerto —rio él con el crucifijo pendiendo en el centro de su pecho—. Y ahora mismo acabo de tomarme unas mini vacaciones.

Para Luca el no haber ido a trabajar ese día representaba unas vacaciones, ya que incluso estando con fiebre acudía al trabajo. Vivía por y para el trabajo, o al menos lo había hecho hasta que la señorita Bloom apareció en su vida.

—A esto se le llama disfrutar del domingo —dijo ella riéndose de Graziani.

—Eres muy quisquillosa.

Luca movió la cabeza, la balanceó graciosamente y volvió a inclinarse encima de la mesa para quitarle un poco más de nata. Se relamió los dedos mientras pegaba el culo al asiento.

—Y tú, un ladrón de mucho cuidado —rechinó ella sin llegar a tiempo para darle dos buenos manotazos a esas zarpas suyas.

Andrea se echó hacia atrás en el asiento y se acabó el *cappuccino* cediéndole a Graziani lo que le quedaba del bollo. Miró a la gente en la plaza, las flores en los tiestos que colgaban de las ventanas y balcones, aquellos colores tan vivos y eso que estaban casi a finales de octubre.

Graziani pidió la cuenta, se levantó y, cogiendo su casco, le tendió la mano.

—Nos vamos a la Piazza Navona —y al decir aquello le hizo pensar en que...—. Creo que sería mejor ir a por la moto, con ella nos moveremos mejor que a pie.

Se conocía la ciudad como la palma de la mano y sabía de callejuelas y caminos que les harían la ruta más cómoda.

—No, no —repitió Andrea de corrido al recoger el casco—. Vamos caminando.

Lo sentía en el alma, pero ella quería llegar viva a los treinta y cuanto más redujera las posibilidades de «*muerteporchoquefrontalalaitaliana*», mejor que mejor.

Luca accedió y lo hizo porque... estaba de buen humor. Se puso las gafas de sol y agarrando a la mujer de la mano se la llevó hasta la Piazza Navona. Durante el recorrido, ella estaba tan fascinada que la dejó ir, Andrea revoloteaba alrededor de la Fontana dei quattro fiumi como una polilla alrededor de una llama.

—¿Sabes? Nunca he entendido por qué, para la mayoría, el Coliseo es posiblemente la mayor joya arquitectónica de toda

Roma.

—Pues porque es impresionante... —Ella lo había visto desde lejos, por el camino, y le había constreñido la respiración, así que no sabía qué esperar una vez lo viera verdaderamente. Apartó la mirada del obelisco y miró al hombre que tenía a su lado—. En realidad todo en esta ciudad lo es.

—Voy a enseñarte algo aún más impresionante que el Coliseo —y sabía que aquello era mucho decir, pero no se la jugaba, iba a lo seguro. Luca condujo a la mujer hasta el Panteón de Agripa. La miró y sonrió asintiendo—. Y no lo has visto por dentro —alegó ante su cara de pleno estupor—. Dieciséis columnas en total; algunas las hicieron en granito rosa egipcio y otras en gris —le explicó a Andrea agarrando su mano contra la suya mientras ambos avanzaban hacia el edificio—. Fíjate en los detalles, en los capiteles corintios.

Sus pies pisaban los interminables adoquines de la maravillosa ciudad y su cuello crujía de tanto tener la cabeza mirando hacia arriba. Andrea observó la inscripción en el dintel del panteón lamentándose entonces de no haber atendido en clase de latín.

—¿Podemos entrar? —le preguntó como si temiera que la respuesta fuera no, sin reparar en la obviedad de la gente entrando y saliendo libremente del edificio y los pases que Luca había comprado ahorrándoles las colas a cualquier monumento.

—Claro que podemos.

Apretó su mano, unida a la de ella, y tiró de su cuerpo para que se pusiera a su altura. Sus pies anduvieron sobre el pavimento del pórtico en pórfido, granito y mármol. Nada más cruzar el dintel ya se apreciaba la inmensidad del panteón. Luca liberó su mano de la de Andrea y esta avanzó entre la gente como siguiendo la luz que entraba por el óculo.

Andrea comprendió la expresión «de Roma al Cielo»; aquella luz, aquella luz era celestial y quiso llorar, algo dentro de ella hizo «clic» como si llevara toda la vida esperando ese momento. Nada que hubiera conocido se comparaba a Roma, nada olía como Roma, nada sabía como Roma. ¡Nada era Roma salvo la misma Roma!

—Cada domingo de Pentecostés... —Luca se aproximó a ella y señaló la cúpula; en el centro de esta, el óculo—. Se arrojan pétalos de rosa para celebrar la venida del Espíritu Santo. —Ella lo miró con los ojos vidriosos repletos de una fascinación propia de un niño al que le están contando una historia fantástica—. Tenemos que volver cuando anochezca.

El panteón no era el mismo por la noche, las estatuas vibraban a la luz de la luna.

—¿Ya nos vamos? —titubeó Andrea mirando a su alrededor—. Es que yo quiero ver...

—Hay tiempo para todo, *tesoro* —alegó Graziani tirando de ella—. No vamos a venir solo hoy —le dijo a continuación, pues, si ese día se había tomado unas vacaciones, todavía quedaban días para escaparse.

—¿De verdad? —y su voz sonó tan tomada por la felicidad que Luca rio haciendo que ella se inclinara hacia él. Su cabeza se apoyó en la complexión de su hombro.

—De la buena —respondió Luca ladeando la cara para besarle la sien al tiempo que ella levantaba la cabeza y le sonreía.

Visitaron la explanada desnuda del circo Massimo, caminaron hacia el monte Aventino. Graziani la llevó hasta el parque Savello, el olor a cítricos flotaba con la brisa del mediodía. Había gente sobre el césped, otros hablaban sentados en los bancos.

Andrea se detuvo cerca del mirador; allí, a un lado, había una estatua. No era muy alta y tampoco destacaba entre la maravillosa frondosidad del parque. Ella soltó la unión de sus manos y anduvo hasta quedar ante la escultura. El ángel, con claras facciones femeninas, pechos bien definidos y las alas abiertas, sostenía entre sus brazos el cuerpo lánguido de un hombre. Andrea bajó la cabeza fijándose en la leyenda de la plaquita.

—*Amo solo te*[103] —pestañeó volviendo la vista a la estatua.

—Vaya... —masculló Luca parándose detrás de ella y cambiando el casco de antebrazo—. Hacía años que no la veía.

—¿No está siempre aquí?

En esa ciudad había obras de arte, monumentos en cada rincón, ¿le estaba diciendo que iban cambiándolos de sitio? Y de ser así, ¿por qué?

—Aunque te parezca extraño es una efigie itinerante.

—¿De quién?

Le llamaba tanto la atención que no podía dejar de mirarla.

—No lo sé —alegó Luca encogiéndose de hombros y pasando una mano por su calva, ligeramente caliente por el contacto con el sol.

---

103. (It) Te amo solo a ti.

—Lo tuyo no es ser guía —replicó Andrea, viéndose reflejada en los cristales de sus gafas de sol al mirarle un par de segundos antes de volver la vista a la estatua.

—La escultura recorre la ciudad, pero no sé quiénes son.
Siempre se han oído habladurías, pero no estoy seguro de...

—Cuéntame una de esas habladurías —exigió Andrea cortándole a mitad de la frase—, la que te resulte más convincente.

—¿Recuerdas lo que te he contado sobre la gran peste
del 590? —Se lo había explicado cuando estaban en el Puente
Sant'Angelo. No necesitó hacerle un resumen porque Andrea
asintió rápidamente indicándole que desembuchara de una
vez—. Pues parece ser que...

—¡¿Qué?! —Quería saberlo, necesitaba saber el porqué,
fuese lo que fuese, de esa «llamada». Andrea lo miró y le tiró de
un lado de la cazadora abierta—. ¡Vamos, hombre, di!

—Es que esto es como contar un cuento, no hay bases his-
tóricas —rio Luca por la insistencia de ella.

—¡Bueno! —resopló Andrea acercando su cara a la de él, le
puso morritos y ronroneó batiendo las pestañas de manera teatral—. Cuéntamelo.

—Dicen que el Papa Gregorio I no fue el verdadero Papa,
es decir, que hubo alguien durante ese papado, pero no era él.
¿Me explico?

Creía que lo había explicado bien, pero no estaba del todo
seguro. Graziani se rascó la nuca y al ir a darle la vuelta a la frase
ella abrió la boca.

—¿Que el Papa Gregorio sustituyó en la historia a otro, al
verdadero?

—Sí. —¡Andrea lo había entendido! Dio gracias por ello
porque de no haberlo entendido no habría sabido explicárselo.
Luca empezaba a tener hambre y mientras hablaba se centraba
en el recuerdo de un pequeño restaurante al que se escapaba
todas las veces que se encontraba en Roma y no quería cocinar—.
Supuestamente lo borraron de la historia como...

—Pretendieron hacer con Hatshepsut —añadió Andrea
cada vez más intrigada.

—Eso es...

—Y todo por culpa de una mujer.

—¿Cómo lo sabes? —dudó Graziani mirando también la estatua, buscando qué le veía Andrea para estar tan absorta en ella.

—Intuición femenina, creo... —susurró Andrea levantando

una mano y dudando en si llegar a tocarla.

—Si de verdad se ha querido borrar así del mapa nada más y nada menos que a un Papa, tiene que haber una historia muy truculenta detrás, o más que eso —caviló Luca y la observó, sus finos dedos tocando los cabellos del ángel, rozando su nariz.

Andrea asintió cerrando la mano en un puño, lo miró y pestañeó algo atribulada. La efigie le transmitía una sensación que ahora mismo no podía expresar, quizás el sol romano le había recalentado algo el cerebro.

—Ven. —Graziani la cogió por un antebrazo y pegándola a su cuerpo caminaron hacia delante—. Vamos —instó viendo a Andrea echar la mirada hacia atrás de nuevo, hacia la estatua.

A él le parecía hermosa, algo melancólica, pero nada más.

El mirador... Desde él se tenía una visión fascinante de la ciudad eterna, compuesta por majestuosas cúpulas, campanarios, vestigios romanos, el río Tiber... Andrea se sentó en la robusta piedra del mirador y observó, observó en silencio para almacenar las vistas en sus retinas. Suspiró contemplando la cúpula de la Basílica de San Pedro.

—¿De verdad prefieres Estados Unidos a esto? —masculló con el corazón en un puño.

La mano libre de él se colocó sobre uno de sus hombros.

—En Estados Unidos trabajo, aquí... —Inhaló profundamente admirando las vistas—. Aquí vivo.

Luca quería envejecer aquí solo por llevarle la contraria al apodo de Roma, la ciudad eterna. Sabía que llegada su hora su cuerpo le pediría tierra, le pediría la tierra oscura de sus campos, la tierra de sus raíces.

Se quedaron ahí un buen rato, las campanas sonaron anunciando la una de la tarde y entonces ambos reanudaron la caminata. Andrea miró por última vez la intrigante imagen y después avanzó junto a él por las calles. Llegaron a la Piazza dei Cavalieri di Malta; tras la puerta del Palacio del Aventino, había una larga cola, la gente parecía mirar por la cerradura.

—¿Qué hacemos aquí? —le preguntó a Graziani al incorporarse a la cola—. No te rías, cuéntamelo.

—Es un secreto... —susurró él mirándola de soslayo. La cola fue acortándose y, al tocarles el turno, le señaló la cerradura—. Mira por el ojo.

Al principio no se fiaba. Andrea observó a la gente que había ido antes que ella en busca de algún surco alrededor del ojo o algo que delatara la «travesura» por parte de Graziani, pero no encontró indicio alguno de... maldad. Se acercó más a la puerta, se inclinó hacia delante y miró por el ojo de la cerradura. Lo que vio le hizo sonreír. Un encuadre de cipreses y en el centro la cúpula de la Basílica de San Pedro, parecía una pintura.

Graziani la tomó de la mano y siguió sus propios pies conduciéndolo hasta el pequeño restaurante en el barrio del Trastevere. Sonrió para sí pensando en lo afortunado que había sido de que Andrea no llevara tacones, pues hubiera acabado descalza a los cinco minutos de recorrer el pavimento de *sampietrini*. Dejó a la mujer en una de las mesas de la terraza y él entró, entreteniéndose unos cinco minutos con el dueño del diminuto y claustrofóbico restaurante.

Andrea miró a su alrededor: las fachadas descoloridas, acordes con vigas y postigos de madera, armonizados por la frondosidad de plantas trepadoras y macetas colgantes repletas de flores. No reparó en el retraso de Graziani, estaba tan embelesada por lo que la envolvía que se dio cuenta de su vuelta al sentarse ante ella al otro lado de la mesa.

—Después..., ¿podremos ir a la Fontana di Trevi? —Se quitó la parka que antes se había puesto, pues hacía calor, la colgó de la silla; dejó el casco en el suelo, entre sus pies; juntó las manos y suplicó—: ¡Por favor, por favor, por favor!

—¿No se te ha ocurrido nada más típico?

De acuerdo que la Fontana di Trevi era visita obligada si se iba a Roma, pero aún quedaba tiempo como para no tener que ir ese mismo día; de hecho, Luca guardaba un as en la manga que solo jugaría en el momento adecuado.

—La he visto en tantas películas que tengo que visitarla —sentenció Andrea, que se levantó para ir al baño.

Después de todo no iba comer con las manos sucias. Fue al aseo, se lavó las manos y mientras recorría el pasillo de vuelta, tan estrecho como para que no cupieran dos Andreas en el mismo sentido, tuvo que pararse, pues le dio el alto quien dedujo era el dueño del diminuto local. Sí, asintió ella para sí, después de estar diez minutos de pie y bajo un aguacero de preguntas. Al verse por fin liberada, volvió a la mesa y, retomando la conversación, le dijo a Graziani: —Además, quiero pedir mi deseo.

—Por el amor de Dios... —rio él partiendo con los dedos un pedazo de **filetti di baccalà**. Acababan de traérselo así que estaba recién frito y ardiendo. Boqueó con el trozo en la boca y, como pudo, respondió—: Mira lo que han hecho esas películas, la creencia popular nada tiene que ver con pedir un deseo.

—Ah... ¿No?

Andrea frunció el entrecejo, ella quería vivir algo parecido a *La dolce vita*. Tamborileó los dedos encima de la mesa con el entusiasmo de ver un plato de **alici marinate** aterrizando ante ella y también una bandeja de *antipasto* de verduras asadas compuesto por berenjenas, pimientos, espárragos verdes, cebollas blancas y tomates.

—No —declaró Luca descorchando la botella de vino blanco. Sirvió la copa de Andrea y la suya y le dijo—: La primera creencia dice que arrojando una moneda te aseguras regresar a Roma, cosa que tú vas a hacer sin tener que tirar nada. —Su comentario provocó una de aquellas largas risas por parte de ella—. Si arrojas dos monedas, encontrarás el amor con un italiano. —A pesar de la negrura de sus lentes, él captó como los ojos de ella se oscurecían ante el significado de sus palabras—. Y si arrojas tres, te casarás con ese italiano —cantó pinchando con el tenedor dos jugosas rodajas de tomate. A lo largo de unos buenos diez minutos se mantuvieron en silencio, comiendo hasta que los platos quedaron vacíos y fueron sustituidos por dos raciones de **spaghetti al limone**. Graziani la observó girar la pasta en torno al tenedor con la ayuda de la cuchara—. Debes lanzarlas con tu mano derecha por encima de tu hombro izquierdo.

Ella bebió acabándose todo el vino de la copa, se desanudó el pañuelo y lo dejó caer a los lados de su cuello.

—¿Por qué quieres pedir un deseo?

—Todo el mundo tiene deseos, Luca...

Incluido él, por mucho que se atreviera a llevarle la contraria.

—Cuéntamelo —pidió, acabándose el plato de pasta y lo que restaba del de ella.

Graziani miró hacia la puerta del restaurante y asintió, indicando al único camarero que podía llevarse los platos y traer el *secondi piatti*[104]. Y, con él, el tinto que le había encargado al dueño.

—Si te lo cuento no se cumplirá... —susurró Andrea con ganas de quitarse los zapatos y estirar las piernas encima de las de Luca, inclinarse en la silla, cerrar los ojos y echarse una siesta...,

____

104. (It) Segundo plato.

aunque no habían acabado de comer.

—Depende de qué deseo. Puede cumplirse si te ayudan a llevarlo a cabo —refutó Graziani mezclando con el tenedor la balsa de polenta con la salsa del *agnello pasquale* que acababan de servirles. La miró trinchando el primer trozo de carne—. No te hagas la remolona —le dijo tanto para que empezara a comer como para que le dijera cuál era ese deseo.

—Si te ríes, me voy yo sola a por la moto... —amenazó apoyando los mangos de los cubiertos encima de la mesa.

Andrea miró su plato, después a Luca y de nuevo al plato.

—¿Sabrás conducirla? —se mofó él tratando de imaginársela sacando a pasear a Dyna.

Con el pañuelo puesto en la cabeza, sin el bolso ni la parka ni el casco y con el culo ligeramente hacia atrás en el asiento para que las rellenas nalgas lucieran mejor, Andrea sería toda una visión.

—No eres nada gracioso—soltó haciendo una mueca. Jugó con la polenta, la empapó de la salsa color *toffee* y saboreó un poco antes de hablar—. Quiero montar un restaurante... —Sus ojos se encontraron con los de Graziani aun con los cristales de las gafas de sol de él de por medio—. Lo quiero mío, totalmente mío —sumó mascullando aquello a la espera de una risotada por parte de Luca.

—¿Ese es tu deseo? —interpeló echándose contra el respaldo del asiento y levantando la servilleta de su regazo para pasarla por sus labios.

—Sí, señor Graziani, ese es mi deseo —exhaló Andrea descorchando la botella de tinto.

Se sirvió y empinó el líquido, el alcohol le ayudaría a pasar el mal trago si Luca empezaba a reírse de su deseo.

—Yo no creo que sea un deseo —dijo él alzando su copa para que ella le sirviera un poco de vino.

—¿Qué quieres decir? —interrogó Andrea sin llegar a inclinar la botella para verter el caldo en la copa de Graziani.

—Es una meta, todos es proponérselo —sonrió más y más hasta que le dolieron las esquinas de la boca, pero nada... Al final tuvo que decirlo—: Por favor...

Y entonces Andrea le llenó la copa de vino; mas si esperaba un «gracias», iba apañada.

—No es tan fácil... —Él tenía dinero, experiencia y ella... Andrea no tenía de una cosa y muy poco de la otra. Masticó un pedazo de carne, estaba tan tierna que se despegaba del hueso y en la boca tenía una textura melosa—. Aquí cocinan mejor que tú —bisbiseó con todas las de la ley para chincharle. Realmente, el guiso era fantástico, tan fantástico como para que ella pasara de sentirse llena a buscar un hueco en su estómago para seguir comiendo.

—No, no lo es, pero tampoco es imposible —respondió Luca algo pensativo. No obstante, ante su comentario no tuvo otro remedio que reírse y asentir con la rasurada cabeza—. En eso no te voy a llevar la contraria. —Acabaron de comer y Graziani hizo acopio de fuerzas para levantarse—. Si nos damos prisa podremos ir al Coliseo y, con mucha suerte, a la Basílica de San Pietro in Vincoli... —Andrea tenía que ver ese mismo día la estatua de Moisés de Miguel Ángel. Él pagó la cuenta y la miró guiñando un ojo tras los cristales de las gafas de sol—. Y acabamos con la Fontana.

Se rio al verla dar un brinco y colocarse a su lado. Luca pasó un brazo encima de los hombros de Andrea y sujetó con el otro el pesado casco.

Dicho y hecho, visitaron el Coliseo y al salir de él, a media tarde, se toparon con un puesto de *grattachecca*. Hacía calor y aquella especie de granizado era ideal para apaciguar la sed y refrescarse. Con el sol cayendo, visitaron la basílica y luego se dirigieron a la plaza.

A pocos metros de la Fontana di Trevi, Andrea le dio su casco.

—Quédate aquí, ahora vengo.

Se descolgó el bolso del hombro y le dio la espalda a Luca.

—¿No querías ver la dichosa Fontana?

Y ahí estaba él, cargando con dos cascos y con cara de idiota. La plaza estaba abarrotada, no cabía ni un condenado alfiler.

—¡Y a eso voy, pero sola! —gritó Andrea entre la multitud—. ¡No te muevas de ahí, ya mismo vuelvo!

Luca la esperó sin moverse lo más mínimo y ella, ella no tardó en volver.

—¿Ya está?

No sabía qué era lo que Andrea había hecho, pero volvía con una cara de felicidad que a él le insuflaba cierto temor.

—Sí... —respondió alegremente. Cogió su casco y, colgándose de un brazo de Graziani, agudizó la voz diciéndole—: ¿Podemos irnos a casa, por favor? —Cenarían allí y luego se meterían en la cama, ¡no había mejor plan posible!—. Me duelen mucho los pies... —susurró Andrea a modo de cuchicheo.

—No, no podemos irnos.

Luca la guio entre el gentío, subieron las escaleras y no anduvieron mucho más. Se dirigieron a uno de los edificios que quedaban justo a un lado de la plaza de la fuente. Él sesgó el lazo entre sus manos y buscó algo en el interior de uno de los bolsillos de su pantalón tejano.

—Eres una tortura... —exhaló Andrea dejando que Luca tirara de ella. Le faltaba sentarse en el suelo y que él la arrastrara; no obstante, achicó los ojos y frunció el ceño al quedar ante el portal con un hermoso dintel de piedra—. ¿Dónde...? —Luca metió la llave en la cerradura y la puerta se abrió—. ¿Y dónde vamos?

No había ascensor, así que había que subir las escaleras. Graziani encendió la luz del pasillo y yendo por delante enfiló escalón a escalón hasta el piso más alto. Zanqueó la segunda puerta a mano derecha y la abrió. Encendió la luz del recibidor y la invitó a pasar.

—Entra. —Andrea metió un pie al que le siguió el otro y estiró el cuerpo hacia delante para quedarse parada en mitad del recibidor. Él rio observándola, pasó a su lado y fue a abrir una de las ventanas. Las contraventanas resonaron contra la pared exterior y señaló hacia fuera—. Mira.

—Tienes muy buena vista de la fuente... —dijo casi sin aliento.

Desde ahí se distinguía mucho mejor. Lo que no sabía, pues no lo había visto, es que al fondo del salón había una terraza con dos sillas y una mesa central redonda, perfecta para sostener los cafés de una pareja que contemplara la hermosa panorámica.

—No diré que aburrida...

Sonrió él quitándole el casco y dejándolo junto al suyo, encima de uno de los butacones cubiertos por una sábana para protegerlo del polvo. Luca se movió tras Andrea y le escurrió la parka que llevaba en los hombros, la lanzó junto a los cascos y deslizó las manos por los extremos del fular... Ella no retuvo el aliento, sino que lo transformó en un gemido que acabó ahogándose en la presión de sus dientes, hincándose en su labio inferior justo al caer el fular a sus pies. El rubor coloreó sus mejillas e inflamó sus pechos, Andrea rotó hacia Luca y quedó frente a él.

—Hace dos semanas tenía alquilado el apartamento y volverá a estarlo la semana que viene, pero mientras...

Al año de comprar el piso los alquileres de temporada casi le habían devuelto la inversión. El as guardado en su manga era el apartamento y esperaba que ella se hubiera dado cuenta, pues el tenerlo disponible hasta la semana siguiente iba a darles la comodidad de quedarse en la ciudad la media jornada que Andrea no estuviera en el *Bellezza*. Lo de media jornada acababa de decidirlo ahora..., para eso era el jefe. Graziani sumergió las manos en el caudal negruzco del pelo de ella, su boca sobrevoló la suya.

—*Ho voglia di te*[105].

---

105. (It) Te deseo.

13

Con medias y a lo loco

Cinco días más tarde...

Eran las nueve de la mañana del viernes y sus pies pisaban los adoquines del mercado de Campo de' Fiori, el amanecer se había levantado perezoso y fresco, así que Luca decidió coger el coche en lugar de la Harley. El día anterior dejaron el apartamento adyacente a la Fontana di Trevi y pasaron la noche en casa. Los dedos de su diestra iban sujetos a la mano de Andrea, que ahora caminaba por delante de él entre la gente que había acudido al mercado. Graziani la miraba moverse al compás del sonido de sus tacones. El vestido rosado no le molestaba. Era entallado en las caderas, pero tenía mucho vuelo en la falda; por tanto, no se ajustaba a los muslos y le cubría unos diez centímetros por debajo de las rodillas. Era un vestido sugerente.

—¿Pasa algo? —le preguntó Andrea deteniéndose y mirando hacia atrás.

Era la primera mañana que había conseguido maquillarse, y todo por haberse puesto el despertador a las seis y hacer mil y un malabares para que un dormido Luca la dejara escapar del peso de sus brazos.

—No —le dijo él, empujándola para hincar la espalda de ella contra su pecho, iba a ir caminando detrás de ella, pero muy pegado—. No pasa nada.

Nada salvo que los días volaban y el fantasma que anunciaba la partida de Andrea se acercaba a pasos agigantados. Graziani le besó una mejilla calentándose los labios con la tibieza de la suave piel. El aroma de las especias, las hierbas aromáticas, las flores, frutas y verduras no enmascaraban el olor de su perfume.

Andrea sonrió empujando la mejilla contra los labios de él, sus manos encontraron apoyo en los masculinos brazos envueltos en sus caderas. No es que fuera muy cómodo caminar con él tan pegado a su espalda, pues los pasos que ella daba Luca debía darlos al mismo tiempo, pero le gustaba. Le hacía bien tenerlo tan cerca.

—*Puttanesca* —masculló leyendo uno de los pequeños letreros sobre los cestos de especias.

En su carta, o mejor dicho «sus cartas», él no tenía pasta *alla puttanesca*. Si Andrea no había probado la **salsa *peppone*** hasta llegar a Roma, dudaba mucho que hubiera probado la *puttanesca*. Luca la guio a empujoncitos hasta el puesto y, separando su cabeza de la de ella, le pegó un grito al tendero, que a su orden le sirvió en una bolsa de plástico transparente unos gramos del condimento para elaborar *sugo alla puttanesca*.[106]

La alianza de compromiso no estaba en su dedo, llevaba días desterrada en un cajón y le daba igual, no la quería alrededor de su anular. Andrea observó al tendero vertiendo con cariño la mezcla especiada y girando la bolsa para anudarla. Ella estiró la mano y cogió la bolsita, mientras Luca la sujetaba con un brazo por la cadera y dejaba un par de monedas en la palma del vendedor. Al ir a preguntarle por la salsa *puttanesca*, la estatua en el centro de la plaza y ahora frente a su izquierda la enmudeció.

—Giordano Bruno —nombró Graziani mirando en la misma dirección que ella y metiendo la bolsa de especias en el bolso que colgaba del hombro de Andrea—. Fue un filósofo acusado de herejía.

—¿Y por qué está la estatua aquí en mitad de la plaza?

A ella le infundía un tanto de respeto, encapuchado, tan oscuro. Ni el tímido sol se atrevía a iluminarlo con su luz.

—*Tesoro*. —Luca se colocó a su lado y, tomándole la mano, masculló—: Lo quemaron aquí, en la plaza. —Por el rabillo del ojo fichó un puestecillo de hortalizas en el cual iba a comprar tomates pera—. Aquí se celebraban las ejecuciones públicas —le explicó haciéndola caminar a su paso—. ¿Te has comprado un segundo par de medias?

—No sé para qué pregunto... —suspiró Andrea echando una última mirada a la estatua... Esta no le gustaba como la otra, a la cual, por cierto, el día anterior había convencido a Luca para

---

106. (It) Salsa a la «putería».

visitar de nuevo. Mas ya no estaba, el jardín de los naranjos le pareció más triste sin la presencia de la angelical efigie. Sin duda necesitaba buscar en Internet alguna información relativa a la estatua, algo que aportara luz y calmara sus ansías por saber—. Llevo unas de recambio en el bolso —respondió a la pregunta que le parecía que venía sin ton ni son.

Pirámides de tomates de diferentes colores y tamaños se alzaban casi a la altura de sus hombros, y eso que Andrea contaba con diez centímetros extra de tacón. Observó como Graziani, tras tomar una bolsa de papel de un montón que había frente a ellos, iba llenándola de tomates que previamente olía.

—Pues porque eres curiosa —resolvió Luca, aproximando un tomate a la nariz de ella. Andrea lo olió y asintió rápidamente con la cabeza—. El olfato hace por ti mucho más de lo que crees. —Le tendió el tomate para que lo tomara. Ladeó la cabeza y, sin mirarla, le preguntó pícaramente—: ¿Son de esas que se ajustan a los muslos por una banda de silicona?

Andrea cogió el tomate de la mano de él y lo mordió como si se tratara de una manzana. Había una señora haciendo lo mismo al otro lado del puestecillo y ella comprendió el porqué cuando el sabor dulce, muy dulce del tomate, le desbordó las papilas gustativas.

—La curiosidad mató al gato —respondió a Graziani dejándole dar un mordisco—. Sí, son de esas —susurró acalorada apretando el bajo vientre.

—O solo se cayó al cubo de agua y se mojó —masticó él pasándole a la tendera la bolsa para que pudiera pesarla—. ¿Y llevas algo más que las medias bajo la falda? —le preguntó a Andrea como si estuvieran hablando del tiempo.

—Pues... —Ahora mismo a ella le sobraba la chaqueta, el vestido... y hasta la piel. Miró al suelo, a los adoquines y, tratando de controlar el rubor en sus mejillas, masculló—: Claro que sí.

—Cuando te cambies al acabar el turno déjate solo las medias.

Era una orden no una sugerencia. Luca cogió una nueva bolsa y, sin abrirla, le pidió a Andrea la botella de agua que llevaba en el bolso.

Ella se la dio con la mano trémula y agradeció que Graziani le dejara el culín. Como aún estaba sedienta, se acabó el tomate por entero al tiempo que él pelaba un ajo negro hasta extraer dos dientes..., como si las palabras «cuando te cambies al acabar el turno déjate solo las medias» no las hubiera pronunciado.

—Es ajo —masculló ella mirando el diente totalmente negro, alquitranado. Negó como si Luca se hubiera vuelto totalmente loco. «¿Comerse un diente de ajo crudo y... de ese color? ¡Ni borracha!».

—Prueba, mujer de poca fe —sonrió acercando el ajo a los labios de ella, que apretó hinchando los carrillos.

Alternó la mirada entre los ojos de él, el diente de ajo ante su boca y la botella de agua en su mano. Apretó los parpados cerrando los ojos, abrió la boca y el diente descansó en su lengua a la espera de que ella cerrara la boca y masticara.

—Sabe... —Degustó sin creer que lo que estaba comiendo era un ajo. Andrea parpadeó escéptica—. ¿Dulce? —El sabor le recordaba a...—. Regaliz.

—Ajo negro —nombró él masticando su diente. Este era de textura muy suave, cremosa. Un sabor muy profundo con notas afrutadas y de regaliz. Graziani llenó la bolsa con cinco cabezas más lo que quedaba de la que había sacado los dos dientes—. Es muy popular en la cocina asiática y ahora ha empezado a hacer furor en Europa.

—Una *mousseline* **de ajo** negro sobre un lomo de lenguado —fantaseó Andrea transportada por los matices de sabores.

—Tengo una idea mejor. —Luca pagó la compra: un quilo de tomates pera, los ajos negros, dos cabezas de ajo común, cebollas blancas y dos cajitas de frambuesas, cerezas y uva—. ***Provolone*** al horno con tomate *concasse* y velo gelatinizado de ajo negro. —No esperó a que Andrea dijera nada, ya estaba tirando de ella. Su mano, unida a la de ella, le daba tironcitos para que se acoplara a su paso—. Pero vas a aprender a hacer la *puttanesca* y para eso tenemos que darnos prisa.

Andrea dio saltitos a su lado para no perder el ritmo. Ligó su brazo al de él, el cuero de la chaqueta de Graziani chasqueó bajo el material de la suya. Antes de salir de la casa, Luca le había dicho que quería hacer unas compras y después irían al restaurante. Pero ya eran las once; siempre, por una cosa o por otra, acababan entreteniéndose. Ante la «quesería móvil», metió en el bolso la botella de agua, y eso que estaba vacía. El aroma salobre del suero de leche le cosquilleó la nariz. Con los ojos muy abiertos, casi en un guiño infantil, contempló como extraían los *bocconcini* de la piscina de suero en la que estaban sumergidos. Cuchillos de doble mango y otros de punta redondeada, cortando y partiendo pedazos de lo que parecían variedades de quesos sinfín.

Luca le encargó al tendero todo lo que necesitaba, pues iba a dejar a Andrea allí aunque solo por un momento.

—Ahora vuelvo —le dijo desuniendo sus brazos.

—Luca, espera. —A Andrea le entró el pánico. ¿Dónde iba? ¿Por qué? ¡No podía dejarla sola! Le tomó la mano y apretándosela susurró—: No me dejes sola. —Su súplica no sirvió de mucho, ya que él apartó la mano y le dio la espalda—. Luca —llamó palideciendo.

No sabía qué hacer o, mejor dicho, qué decir si le preguntaban algo, y Graziani la dejaba sola y desamparada, como cuando su madre la enseñó a ir en bicicleta. Una vez, Andrea creía tenerle pillado el punto y, confiando en que mamá iba tras ella, aceleró. Lo hizo de tal manera y con tal ilusión que miró hacia atrás, para encontrarse con que su madre ya no estaba siguiéndola. Se había quedado a un lado parada mirándola, lo que hizo que Andrea dudara y acabara de culo en el suelo. Desde aquel día ella no quiso saber nada más de bicicletas, acarreando un trauma infantil de lo más... ridículo.

—Ahora vengo, encárgate tú.

Ya era mayorcita como para que él le hiciera de niñera y no tenía un pelo de tonta. Sí, tenía un ligero problema de adicción con el rosa, pero aquello no impedía que pudiera desenvolverse sola. Luca le dio el dinero para que pudiera pagar y se escabulló entre el gentío.

Andrea miró el dinero en la palma de su mano y contuvo la respiración, volviendo la vista al tendero que metía en una cajita de plástico transparente los grandes cortes de parmesano. Graziani no apareció cuando la compra estuvo debidamente empaquetada y embolsada, así que pagó, recibió el cambio y se estiró para recoger la bolsa, llevándose de paso un rico pedazo de ***pecorino* trufado** como regalo.

—Nos vamos —anunció Luca tras un abanico de buganvillas en una escala de rosas.

Apartó a Andrea de en medio del paso y le endosó el ramo.

—¿Es para mí?

No podía creerlo. Luca Graziani regalándole un ramo de flores y de color rosa. Andrea le dio la bolsa de la compra y cogió el ramo, las yemas de sus dedos acariciaron los delicados pétalos.

—No, el ramo es para el tendero —soltó él en un mal intento de broma. Andrea estaba embobada y sonrojada hasta las orejas, cosa que a Luca le hizo alzar las cejas curioso—. ¿Nunca te han regalado flores? —chasqueó la lengua meneando la rasurada cabeza—. No es tan raro...

—Así no —masculló Andrea izando la mirada de las flores a los tempestivos ojos de él. Movió el ramo apoyándolo en uno de sus hombros y se inclinó hacia Graziani, pasó un dedo por encima de los masculinos labios—. Gracias.

—¿Así cómo?

En ella era común jugar con el doble sentido y, como buen hombre, Luca no había entendido lo que Andrea quería decir con ese «así no». Se quedó quieto mientras el dedo de ella acariciaba sus labios.

—Calla un rato —ordenó Andrea retirando el dedo de sus labios y adhiriendo su boca a la suya.

Lo besó, un beso cálido y dulce. Un beso que obligaba a cerrar los ojos y suspirar disfrutando de la avalancha hormonal que bombardeaba el cerebro de los enamorados. Lo suyo no fue un flechazo a primera vista y directo al hipotálamo, lo suyo fue una especie de odio y amor, o amor y odio. Y ahora, ahora Graziani estaba demasiado enganchado a Andrea, tan enganchado como para sentir síndrome de abstinencia cuando ella se marchaba al restaurante. Incluso viéndola en sus recorridos de casa al *Bellezza*, él se sentía ansioso por tenerla cerca, más cerca, por oírla respirar o ver aquella medio sonrisa suya. Era tener a Yiruma tocando el piano ininterrumpidamente y a Ella Fitzgerald cantando al compás de su pulso. Luca cargó las bolsas en una mano y descansó la otra en una de las femeninas mejillas, en su beso se escabulló un pequeño suspiró que le hizo cerrar los ojos.

No eran las flores, era el gesto de que él se las hubiera regalado. Luca tenía mal carácter, era egocéntrico y cínico, pero a la vez y para su sorpresa lo encontraba cálido y tierno. Andrea, todavía con los ojos cerrados, despegó sus labios de los de él, mas seguían cerca, muy cerca, lo suficiente como para sentir el calor de la piel.

—¿Tenemos que irnos?

Ella abrió los ojos y medio sonrió al ver que había manchado los labios de Graziani con su labial y que este tenía aún los ojos cerrados.

—Sí —respondió, el dedo de ella limpiaba el pintalabios de su boca—. Vámonos.

Luca abrió los ojos y le mordió la yema. Marcharon al coche y él condujo hasta el restaurante. Una vez allí y tras veinte minutos dentro del vehículo, buscando las lentillas que ninguno de los dos utilizaba, Andrea se fue al vestuario y él a la cocina. Graziani guardó la compra y tras ello anduvo al despacho de Andreas, que se convertía en suyo cuando él estaba allí.

Andrea, que se encontró a Stella justo en la puerta del vestuario, le pidió que le pusiera las flores en agua. Se cambió y, con el uniforme y el pelo recogido bajo el pañuelo, entró en la cocina. Besó la mejilla de la *nonna* Giuliana, esta estaba sentada en su mesa desgranando guisantes.

—¡Bloom! —llamó Luca ataviado con su uniforme tras haber salido del despacho antes que ella del vestuario. Había reservado un lado de la cocina para Andrea. Los ingredientes que iban a utilizar estaban dispuestos y en meticuloso orden, una perfecta **mise en place**.

—Empieza escaldando los tomates, trocea y reserva —mandó Luca cruzándose de brazos y apoyado en la esquina de la mesa de trabajo.

Miró atentamente como Andrea se lavaba las manos y se ponía a cortar superficialmente los tomates pera, para luego poder pelarlos mejor. Los tomates chapotearon en el agua hirviendo y a continuación pasaron a un cuenco con agua fría y hielo. Ella estaba tan centrada en lo que hacía que conforme pelaba los tomates apenas parpadeaba. La hoja del cuchillo cortaba cubos de tomate y la hoja golpeaba la tabla.

Andrea metió el tomate en un cuenco e izó la cabeza.

—¿Ahora? —le preguntó a la espera del siguiente paso.

—En una sartén pondrás un chorro de aceite infusionado en ajo. —Él se refería a las botellas de aceite virgen rellenas del dorado líquido junto a varios dientes de ajo—. Deja que caliente y le añades un diente de ajo laminado; no lo quiero hecho puré, Bloom, lo quiero laminado.

Andrea tenía la manía de utilizar el ajo en modo puré para todas sus preparaciones, y no siempre era correcto por mucho que a ella le gustara.

—*Padella*[107] —dijo Andrea acuclillándose para sacar la sartén del estante que estaba a la altura de sus muslos. La colocó encima de la cocina aún sin encender y dijo moviendo la cabeza

---

107. (It) Sartén.

graciosamente—: Laminado, no hecho puré. Oído, chef.

Que ella se esforzara en recordar palabras y ya comenzara a hilvanar intentos de frases en italiano le hacía gracia. Le arrancaba una sonrisa que a la vez le cosquilleaba en el bajo vientre. Graziani se obligó a concentrarse en lo que estaban haciendo, en resumen, él mandar y ella obedecer.

—Antes de que el ajo se dore, baja el fuego e incorpora la guindilla. —Desligando los brazos, alzó uno apuntando hacia la guindilla—. No queremos salir ardiendo, así que no te pases.

Andrea era fan del picante y él, él no lo era tanto.

—Soso —chistó Andrea de manera coqueta.

Con el ajo laminado y una puntita de guindilla, encendió el fuego.

—No me gusta vivir al límite. —Sí, quería llegar a los sesenta. Luca pasó tras ella y abrió los recipientes de las anchoas y las alcaparras—. Escurre los filetes de anchoa y córtalos de manera gruesa. Una vez los tengas, mételos en la sartén —dictaminó, cogiendo dos tomates más de la bolsa y llevándolos bajo el chorro de agua en el fregadero.

Ella hizo lo mandado, cuidó el ajo y la guindilla para que no se quemaran, cortó las anchoas y las incorporó al resto de ingredientes.

—¿Me he quedado corta de tomate, chef? —le preguntó echando la vista atrás para ver como Graziani pelaba el tomate desnudándolo de su piel.

—No, es algo que me gusta hacer, ya verás.

La miró con los tomates ya pelados en la mano, caminó hasta Andrea y los dejó sobre la tabla de corte.

—¿Algo que te gusta hacer? —dijo ella bajito y agitando las largas pestañas embadurnadas de rímel.

—Bloom.

La estaba llamando al orden.

—No me desconcentro, no me desconcentro.

—Ahora las alcaparras. —Luca midió a ojo la cantidad que ella cogió y asintió con la cabeza, pero antes de que Andrea las añadiera a la sartén le cerró la mano en un puño—. Espachurra y suelta.

—Chef, ¿me ha parecido oírte la palabra espachurra?

Medio rio Andrea haciendo lo que le había dicho: «espachurra y suelta».

—Es muy coloquial. —Se posicionó tras ella y levantó la

sartén del fuego, con dos golpes de muñeca mezcló el contenido y volvió a dejarla encima de la llama. Graziani besó una de las femeninas mejillas y le susurró al oído—: También puedo decir *jopetas*.

—Menudo descaro... —Andrea se limpió las manos en el paño que le colgaba del delantal y agitó la cabeza para enfatizar aún más lo que iba a decir—: Qué boca más sucia.

—Ahora el tomate —mandó Luca con los trompicones de la risa marcando cada palabra. Asintió cuando ella añadió el tomate y le indicó—: Turno de las especias.

No tuvo que corregirle la cantidad, pues a simple vista cogió y echó a la salsa la cantidad necesaria de condimento.

—¿Y ese tomate? —le preguntó ladeando la cabeza para mirarlo.

Sí, ella se refería a aquella pareja de «*rojos*» que él había dejado en la tabla de corte.

—Ten paciencia —susurró, pellizcándole la mejilla que ella, como quien no quiere la cosa, iba acercando a sus labios. Graziani de nuevo alzó la sartén, dos golpes de muñeca y ya estaba todo bien mezclado—. Deja que sofría —susurró una vez más cubriendo la sartén con su correspondiente tapa.

—Con eso me desconcentro... —ronroneó Andrea cuando este la besó, justo en el linde en que se alzaba el cuello de su chaquetilla. Estaban en la cocina, bueno, en una esquina, bastante apartados, pero esta estaba a rebosar. De acuerdo que todo el mundo iba a lo suyo, pero...—. Yo estaba muy centrada en el trabajo.

—Aprende a trabajar bajo presión, Bloom.

—¿Lo de la presión va con segundas? —La erección de él iba pinchándole las nalgas a través del pantalón. Andrea cerró los ojos unos segundos y, mordiéndose el labio inferior, masculló—: Lo digo por no querer un boquete en una nalga.

—¿No estabas concentrada en el trabajo?

Sus dientes rozaron la epidermis y mordieron sin hincarse en la dermis. Luca apretó el bajo vientre y contuvo el impulso de dar un empujoncito hacia delante con las caderas, como si su misma pelvis quisiera marcarla.

—Estaba, pasado.

—Estás, presente.

—Muy bien. —Andrea carraspeó moviéndose para alejarse un poco, solo un poco de él. Que corriera algo el aire. Se llevó las manos a las caderas y evitó por todos los medios mirarle a..., a... ¡Bueno! Lo estaba mirando a los ojos, los tenía preciosos, grises—. ¿Y cómo sé yo que la salsa está bien sazonada?

Luca se rio ante su arrebato.

—Poca paciencia... —masculló, rozándola para poder llegar a la tabla de corte. Cogió los tomates y destapó la sartén—. Esto es algo que me gusta hacer a mí —dijo segundos antes de espachurrarlos contra sus palmas—. Así tendrás dos texturas y un pelín de acidez —explicó abriendo la mano y dejando caer el tomate en la sartén—. Mezcla, déjalo tres minutos y pruébalo. Si está, apaga el fuego —ordenó yendo a lavarse las manos. Se las secó y mirándola añadió—: Yo voy a por unos *spaghettoni*.

Andrea mezcló la salsa y la tapó. Frotó las manos en el paño que pendía de su delantal y, con una ligera sudoración en la frente y en las sienes, no pudo evitar chinchar un poco.

—¿Sabes que dicen que el invento de la pasta seca es de los árabes?

Sus pezones roían la tela del sujetador no queriendo que este estuviera ahí, estorbando. En su centro, en lo profundo de la matriz, se acumulaba el deseo tornándose cálido y cremoso.

—Pon agua a hervir con sal —gruñó entre excitado y molesto por «*lasolemnetonteríaqueacabadesoltarporesosmorrossuyos*». A Luca podían ponerle las pruebas delante, en papel y certificadas, que para él la pasta era un invento suyo, solo suyo. Ni chinos ni árabes—. ¡¿Qué te parecería dormir en el felpudo?! —soltó alzando la voz, ya que se encaminaba al almacén.

Andreas, que había entrado en la cocina en busca de Luca, lo único que tuvo que hacer fue seguirlo al almacén. Entró tras él y cerró la puerta.

—Tenemos que hablar —le dijo en italiano utilizando aquella frase tan conocida y a la vez temida.

—Dime.

Sin mirarlo, Luca buscó en el estante adecuado el paquete de pasta. Una vez lo cogió, lo sopesó en la mano.

—¿Dime? —tartamudeó Andreas aflojándose el nudo de la corbata.

—¿Qué pasa?

Este volvió la afeitada cabeza y fijo sus ojos en los de Andreas, casi de la misma tonalidad que los suyos.

—Se ha jodido el ahumador —ladró Andreas, uniendo sus manos delante de su vientre, dando una palmada y separándolas para hacer extraños aspavientos.

—¿Has llamado para que vengan a repararlo?

La pregunta era un tanto absurda, pues Andreas era el hombre más eficaz que conocía.

—No vendrán hasta mañana —soltó Andreas desabrochándose la americana.

—Bueno... —comenzó a decir Luca viéndole desabrocharse la chaqueta para volvérsela a abrochar, Andreas estaba hecho un manojo de nervios—. Tenemos en carta cuatro platos en los que utilizamos el ahumador, ¿no? —le preguntó para que corroborara lo dicho.

Andreas, sin ser chef, se sabía la carta de cabo a rabo, aunque solo faltaría. Él era el jefe, ¡el gran jefazo! Después de él mismo, claro.

—Cuatro, sí —confirmó Andreas apoyándose en la pesada puerta y cerrándose el nudo de la corbata como para ahorcarse.

—Pues mientras no esté disponible el ahumador no lo estarán los platos —resolvió Luca, y fue a decir algo que hasta ahora Andreas no habría podido llegar a imaginar—: Haces bien tu trabajo, no tienes que preocuparte por pasar un par de días sin ahumador.

Andreas no daba crédito a lo que estaba oyendo y a lo que estaba viendo.

—¿Te drogas? —El amor era una droga, y de las duras, en su opinión peor que la cocaína, el caballo o las anfetaminas. Aunque quizás y para rematar, aparte de enamorarlo, Andrea le administraba marihuana o pegamento—. Soy tu hermano mayor, puedes contármelo.

—¿Cómo dices? —rio él negando con la cabeza cuando iba a salir del almacén con el paquete de pasta en mano.

—Que si te drogas, Luca —insistió Andreas cortándole el paso.

—No, pero empiezo a pensar que tú sí lo haces. —Entregándole el paquete de *spaghettoni*, Luca le aflojó el nudo de la corbata. Este debía estar impidiendo que la sangre le llegara al cerebro—. ¿Qué te pasa?

—Hace un mes te llego a decir que no funciona el ahumador y me matas. —Andreas se lo imaginaba con el delantal manchado de sangre y las manos goteando plasma a la vez que sostenía en alto un cuchillo para trinchar—. Me troceas, me metes en la cámara frigorífica y me sirves a modo de *bolognese*.

—Metería una parte de ti en la cámara frigorífica y la otra en el congelador. —Si había que ponerse a imaginar, pues había que hacerlo bien. Luca le quitó el paquete de pasta y, mirando al techo como si pensara, añadió—: Más que *bolognese*, **polpettone**.

—Acaba con lo de la señorita Bloom.

Y no es que sonara a ruego, es que era un ruego. Andreas acercó las manos a los hombros de Luca, pero este retrocedió.

—¿Me dejas pasar?

Hizo como si no lo hubiera oído. Llevaba días, tantos días de buen humor que no sabría decir cuántos y ahora no iba a enfadarse porque al «gilipollas» de su hermano mayor le apeteciera.

—No, no te dejo pasar —negó Andreas, sus hombros sentían la frialdad del metálico material de la puerta—. Te quedan tres días con ella y continúas como si tal cosa.

—Cuando volvamos a Estados Unidos todo habrá acabado.

Estiró la sonrisa en la boca, aunque más bien le enseñó los dientes.

—Te vas a destrozar, Luca... —suspiró Andreas sin moverse un ápice.

—Apártate —gruñó él, aunque no sirvió de nada. Andreas seguía en sus trece—. ¿Recuerdas el día en que nos zurramos en serio por primera vez? —interrogó Luca mirándose los zapatos de trabajo—. ¿Recuerdas que te dije que si volvía a pasar dejarías de ser mi hermano? —y encima se habían peleado por una chica. Fue en el instituto y Andreas terminó ganándosela para después sustituirla por otra. Esta vez los hermanos Graziani se miraron a los ojos y Luca inquirió—: ¿Quieres que ese día sea hoy, Andreas?

La salsa había dejado de borbotear en la sartén al apagar el fuego, Andrea recogió la mesa de trabajo y esperó a que Graziani volviera. Cuando iba a ir a buscarlo, la puerta del almacén se abrió y ahí estaba él... arrancándole una sonrisa y, tras Luca, Andreas ni la miró.

—¿Estás bien? —le preguntó al chef al llegar a su altura. Le tomó por la barbilla, sus ojos hicieron contacto con los de él—. Cariño, ¿estás bien?

—Sí, estoy bien —asintió Luca tomándole la mano y besándole el dorso. Estiró una sonrisa en la boca y fue a curiosear la salsa. La destapó y olió el perfume que desprendía—. No está mal para haberlo hecho tú, pero...

Andrea ató cabos, Luca debía de haber discutido con Andreas por ella, otra vez. Sabía que no era la primera vez porque, al día siguiente de ella confesarle a Graziani la advertencia de Andreas, él lo había hecho llamar al despacho e incluso desde la cocina se oyeron las voces, que cesaron cuando la *nonna* Giuliana tomó cartas en el asunto.

—Falta ligar la salsa con un poco del agua de la cocción de la pasta.

Medio sonrió respondiendo antes de que él acabara la frase.

—Y el *pecorino* —apuntó Luca metiendo los *spaguettonis* en el agua salada e hirviendo.

—¿Por qué se llama *puttanesca* la salsa, chef?

—*Puttana* es prostituta... —explicó Luca medio riendo antes de que la mujer se sonrojara hasta parecer un tomate.

Desvió la mirada de la pasta y buscó el escurridor.

—¿De puta, puta? —susurró Andrea muy muy bajito.

—Sí, de puta, puta —la imitó Graziani en eso de susurrar muy, muy bajito.

—¿Salsa a la putería o a la puta o... a la meretriz? —se preguntó en un murmullo. Andrea sacudió la cabeza apoyando las manos en sus encendidas mejillas—. Shhh, es igual, déjalo —instó antes de que Luca le dijera una de sus lindezas.

—Hay varias hipótesis para que la salsa lleve este nombre, la primera de ellas es que... —Sacó un *spaguettoni* del agua, directamente con los dedos. Estaba acostumbrado al agua hirviendo, al calor de la plancha, al del aceite. Estaba curtido en la cocina—. Durante la edad media las prostitutas de Nápoles cobraban sus servicios a los pescadores de anchoas con dicho pescado —negó, a la pasta le quedaban un par de minutos—. Otra versión dice que, debido a la vida nocturna, las prostitutas llegaban tan tarde al mercado por la mañana que los ingredientes que quedaban eran muy escasos y solo daban para preparar esta salsa.

Graziani encendió el fuego para llevar la salsa a ebullición. Andrea se quedó embobada mirándole. Podía estar la vida entera escuchándolo, contemplando el movimiento de sus manos al trabajar, el refulgir blanquecino de sus dientes al hablar.

—También cuentan que, entre las vueltas que hacían las prostitutas en busca de clientes, necesitaban comer un plato con muchas calorías. —Destapó la sartén y, con un pequeño cazo, midió una mínima cantidad del agua en la que se estaba cociendo la pasta para verterla en la salsa. Con mucha rapidez y sujetando la sartén por el mango, revolvió sin derramar nada de la *puttanesca*—. Tú no me has visto —masculló antes de meter la puntita del meñique en la salsa, la probó y asintió. Coló los *spaguettonis* y en el mismo cazo donde había cocido la pasta, volcó la salsa. Tras un par de vueltas más, sirvió el par de platos que Andrea previamente había dejado ahí—. Y la más divertida de todas dice que a la salsa la llamaron así haciendo alusión a las **aminas**.

Ralló el *pecorino* por encima de la pasta y, cogiendo dos tenedores, le entregó un plato a Andrea y el otro se lo quedó él. Luca apagó el fuego y se apoyó en una esquina de la mesa de trabajo.

—¿A las aminas? —Le sonaba, pero ahora no caía en qué era eso de las aminas. Andrea sostuvo su plato y enrolló los *spaguettonis* en torno al tenedor. Miró a Luca riéndose conforme masticaba una más que generosa cantidad de pasta. Ella frunció el ceño, su cerebro buscaba la información de las aminas cuando recordó las clases de ciencias naturales en el instituto y...—. ¡Oh, por Dios! —exclamó acordándose exactamente de lo que eran.

Graziani tosió y se carcajeó. Siguió tosiendo y carcajeándose para sorpresa de todos, que se lo quedaron mirando. Luca cerró los ojos, que le lloraban, y dejó el plato encima de la mesa.

—Tendrías que haberte visto la cara —sollozó desternillándose.

—¡No tiene gracia!

Iba a ponerle el plato de sombrero. Andrea miró a su alrededor y no pudo evitar sonreír, y eso que se había propuesto ignorarlo mientras Luca se carcajeaba.

—¿No quieres más? —masculló en un carraspeo.

Graziani se enderezó y se retiró las lágrimas de la cara. Ella lo miró con una ceja alzada y los morritos apretados para no reírse; él cogió su plato y, al dejarlo encima de la mesa, no pudo evitar volver a reír.

—Si te entra hipo Luca no pienso darte palmaditas en la espalda.

A Andrea se le había quitado el hambre de golpe, bueno, se le quitó después de lo de las «aminas».

—La pasta, se nota que la has hecho tú. —Ella lo miró de tal manera que también rompió a reír. Ahora estaban los dos riéndose a carcajadas—. *Scusa, scusa*[108] —lloró Luca alzando una

---

108. (It) Lo siento, lo siento.

mano para disculparse con el personal, que los miraba como si ambos se hubieran vuelto locos. Tomó aire lentamente y poco a poco dejó de reírse, inhaló con fuerza y recobró la compostura—. Hay que acabar varios fondos para la noche —le dijo retirando las lágrimas que aguaban el rímel en las pestañas inferiores de Andrea—. Ponte a ello—. Le besó la frente y echó a andar sabiendo que solo quedaban tres horas para finalizar el turno.

Andrea se puso manos a la obra con los fondos y otras preparaciones. Poco más tarde, cayó en la tentación de comerse su plato de pasta; estaba fría, pero a ella no le importaba. Le gustaba comerse hasta los canelones fríos y también la **melanzane alla parmigiana**. Lo suyo era digno de estudio, sí.

Graziani se reunió en el despacho con el chef ejecutivo, la *nonna* Giuliana y Andreas. Juntos repasaron la carta y se pusieron al día para que Luca pudiera marcharse sabiendo que todo estaba en orden, aunque no albergaba dudas de que así era. Las tres horas transcurrieron rápidamente en el imparable giro de las agujas del reloj. Luca despidió a todo el mundo. Cerró la puerta del despacho, se cambió los pantalones, se calzó los zapatos y se desabotonó la chaquetilla, se quitó la camiseta interior y...

—¡Por el amor de Dios, que me estoy desvistiendo! —espetó en italiano.

El frío que se filtraba por la puerta abierta le hizo volver la cabeza hacia esta y ver así a la *nonna*, ahí parada.

—Te he cambiado los pañales hasta que dejaste de usarlos a los... cinco años. —Giuliana cerró la puerta, se quitó las gafas y dejó que estas cayeran sobre su pecho como haciendo *puenting*—. No voy a ver nada que no haya visto antes.

—Las cosas han cambiado desde que tenía cinco años —gruñó Luca quedándose con la camiseta interior puesta. Al ser de tirantes sus brazos quedaban al descubierto y tenía algo de frío.

—Te ha salido pelo en todos lados y te afeitas la cabeza. —La *nonna* se sentó tras la mesa. El asiento de cuero crujió bajo su peso, elevó las manos y le señaló—: ¿Qué más?

—No vas a irte hasta soltar el sermón —asintió Luca pasando una mano por la calva.

Anduvo hasta la mesa y se sentó frente a ella, meneó la cabeza dando el pistoletazo para que comenzara a aleccionarle.

—¿Qué os hemos inculcado vuestro abuelo y yo desde que tenéis uso de razón, Luca Gianni Graziani Belgrano?

Y cuando ella decía el nombre entero es que la cosa era

muy sería.

—¿Por qué no me sueltas lo que sea de una vez?

Luca sentía ansiedad por que su abuela le dijera lo que fuera y él pudiera escaparse del despacho en busca de Andrea, que seguramente estaría a punto de salir del vestuario para esperarle en el *hall* o puede que apoyada en el coche.

—Lo que no es tuyo no se toca.

—Voy a ir al Infierno.

Y él era católico apostólico y romano, muy católico apostólico y romano, pero estaba desesperado. Y ahora mismo podían mandarle al mismísimo Averno si antes le concedían unos minutos con aquella mujer, cinco condenados minutos.

Giuliana se irguió del asiento, se situó al lado de su nieto y lo prendió por una oreja, retorciéndola como cuando este era un mocoso.

—¡No digas esas cosas! —riñó retorciéndosela un poco más.

—¡Abuela! —protestó Luca a punto de quedarse sin pabellón auricular.

Al soltarlo, él se frotó con ahínco la zona lastimada.

—Ni abuela ni tonterías —sentenció ella cruzándose de brazos al igual que hacía Luca—. ¿Te das cuenta del daño que vais a haceros?

—Somos dos personas adultas y sabemos lo que estamos haciendo —farfulló Luca frotándose y frotándose. Notaba como la oreja le palpitaba. «Como poco todo quedará en una gangrena... ». Casi podía oír a Andrea mofándose de él con un «hombres...»—. ¿Y quién dice que no es mío?

—Una alianza de compromiso.

—Andrea se la ha quitado.

—Eso ya lo he visto, no estoy ciega —reprendió la *nonna* volviendo al asiento—. Y se la volverá a poner en Estados Unidos —suspiró negando repetidamente—. Sabes que no puedes hacerla feliz, Luca, la chica tiene toda la vida por delante para que tú se la destroces.

—¿A Andreas le has soltado el mismo sermón antes de casarse las tres veces?

—Tu hermano...

—Es infiel por naturaleza, ya —interrumpió Luca y la miró apuntándose el pecho—. Yo nunca lo fui estando con Susana y créeme que tuve oportunidades más que de sobra para haberlo sido. —Una vez la fama le hizo despegar, las mujeres iban a él como las moscas a la miel; sin embargo, nunca cayó en ningún tipo de tentación—. ¿La hice feliz? Obviamente no, pero ¿qué te hace pensar que no puedo hacer feliz a Andrea?

—Porque lo que más amas en el mundo es la cocina.

—¿De verdad crees eso o me lo estás diciendo porque sabes que te equivocas? —Él asintió con la mirada dubitativa de su abuela. Apoyando las manos en la mesa rio sin ganas—. Sabes que te equivocas, sabes que puede funcionar, pero te da miedo que sea ella la que se niegue a mandarlo todo a la mierda por mí y que yo acabe tan hecho polvo que me dé a la bebida, o acabe suicidándome metiéndome en el friegaplatos industrial. —Sus dedos juguetearon con la cadena dorada en torno a su cuello—. Tranquila, me has educado tan bien que voy a negarme la jodida felicidad por ser un buen samaritano. —Cogió el crucifijo y lo besó.

La *nonna* Giuliana por un lado temía esa posibilidad, aunque la veía más improbable que la otra que le rondaba por la mente y a la que ahora no le iba a poner nombre.

—Nunca te había oído reírte así y menos en público.

Ni siendo niño Luca se había mostrado tan risueño.

—¿No puedo reírme?

—Luca. —Sí, ahora sí iba a ponerle palabras—. ¿Y si ella accediera a dejar a su prometido y tiempo después tú...?

—¿Yo qué?

—¿Le dieras de lado como a Susana? —Nada más formular la pregunta supo que había noqueado a su nieto durante unos segundos. Giuliana agarró las patillas de sus gafas y se las puso—. Andrea se quedaría sola, tú con cargo de conciencia en la distancia —elevó un tanto el tono de voz al verle levantarse, darle la espalda e irse a poner la camisa—. Y entonces te darías cuenta de que a veces amar a alguien no es suficiente.

—Te he dicho que puedes quedarte tranquila, soy un buen samaritano. —Se abotonó y en dos zancadas descolgó la chaqueta del perchero y se la puso. Abrazó el pomo de la puerta bajo el calor de su palma y le dijo—: Aunque no voy a acabar con esto antes de lo previsto, me quedan tres jodidos días de felicidad. Y perdonadme tú y el mismísimo Dios porque no pienso renunciar a ellos.

Salió del despacho sin permitir ni una palabra, sin ceder a la llamada de su abuela. Entró en las cocinas, sacó de las neveras la bolsa de la compra de la mañana y fue en busca de Andrea al *hall*, pero ella no estaba.

Andrea, apoyada contra el coche, sostenía entre las dos manos el ramo de buganvillas. Los rayos del sol de media tarde jugueteaban con el negro de su pelo dándole un tono azulado. Oyó abrirse la puerta de servicio y vio a Luca poniéndose las gafas de sol, vistiendo aquella chaqueta de cuero y bajando las escaleras.

—¿Por qué no me dejas conducir a mí? —le preguntó con vocecilla provocona.

—No sabes el camino —respondió Graziani sacando las llaves del coche del bolsillo derecho de su chaqueta.

Abrió el coche con el musical, «*click-clack*», y la miró, estaba poniéndole morritos y batiendo las pestañas teatralmente.

—Sí me lo sé.

O no... Se lo sabía más o menos, y si no siempre podía tirar de intuición femenina. Andrea dio dos saltitos sobre los altos tacones para apoyarse contra la puerta del piloto.

—Entonces... —Luca abrió el maletero, metió las bolsas en él—. No quiero dejarte el coche —soltó golpeando la portezuela y zanqueando hasta la mujer. Con las manos libres, bajó el ramo que ella había antepuesto a su cara y le besó la puntita de la arrugada nariz—. Quiero conservarlo intacto.

—Yo conduzco mejor. —Era una sentencia y a la vez un reto.

—Ni en tus mejores sueños —se burló Luca captando el tic nervioso en la ceja de Andrea.

Él, por el contrario, se metió las manos en los bolsillos del tejano, guardó en uno de ellos las llaves del coche y alargó la sonrisa fanfarrona.

—No, en esos estás tú y yo no soy la que conduzco.

—¿Y qué haces?

El pulso se le aceleró, la sangre fluyó rápidamente en sus venas y se dirigió allí, entre sus muslos. La voz se le enroquecía mientras ella... se hacía la remolona.

Andrea le dio con el ramo en toda la cara para que no se le ocurriera ponerle esas largas y malvadas manos encima.

—¿No te interesa más saber qué haces tú? —Ladeó la cabeza y con la mano libre le acarició la zona del esternón por encima de la chaqueta—. Son sueños demasiado...

—¿Demasiado qué?

—Salvajes... —susurró Andrea levantándose un poquito en la plataforma delantera del zapato y elevando los tacones para poder rozar su nariz con la de él. Sonrió para sí al verle tragar saliva, sabía que acababa de cerrar los ojos, aunque no pudiera verlo por la oscuridad de los cristales de las gafas de sol—. Déjame conducir a mí y puede que luego te cuente lo de esos sueños y podamos recrearlo...

Luca miró al cielo y exhaló, demasiado excitado como para negarse. Recuperó las llaves de su bolsillo y las alzó delante de la cara de Andrea, que no tardó ni dos segundos en quitárselas, aunque a cambio le dio...

Graziani miró su mano, portaba las bragas de encaje negro; por tanto, ella solo llevaba las medias bajo la falda.

—*Padre Nostro, che sei nei Cieli*[109] —empezó a rezar cogiendo el ramo de flores y dando la vuelta al coche para sentarse en el asiento del copiloto—. *Sia santificato il tuo nome, venga il tuo Regno...*[110]

---

109. (It) Padre nuestro que estás en los Cielos.
110. (It) Santificado sea tu nombre. Venga a nosotros tu Reino...

14

¿Y qué si le quiero?

El rocío humedecía las vides y oscurecía más aún la tierra de aquel color tan profundo. Los rayos del sol se estiraban adormilados como quien remolonea en la cama, aunque en este caso el colchón estaba compuesto de nubes y firmamento. La luz blanquecina parpadeó en la pantalla del iPhone: cuarenta y dos llamadas perdidas, quince mensajes de voz y diez de texto, sin contar el colapso en WhatsApp. Andrea apartó la mirada del teléfono y la fijó en el horizonte, en la salida del sol. Se había levantado dejando a Graziani dormido en la cama. Se había calzado unas sandalias, puesto el camisón y por encima una manta. Detuvo su avance en mitad del viñedo, las lágrimas se despeñaban de sus pestañas en un torrente cálido que se tornó frío y pegajoso a la altura de la barbilla. No quería irse, no quería volver a casa, pues ya estaba en ella y, sobre todo, lo que no podía hacer era dejar a Luca. Él no era un encaprichamiento que con el tiempo se deterioraría hasta tornarse un recuerdo más. Andrea desbloqueó la pantalla del iPhone, buscó el número en la agenda y llamó.

Por una noche a la semana que podía dormir como cualquier hijo de vecino, un desalmado la llamaba. Kendall aupó la cabeza del almohadón y, con la mano y a tientas, cogió el teléfono que vibraba en la mesita de noche.

—¿Qué?—bufó con el antifaz manteniendo sus ojos en la penumbra.

—Le quiero, Kendall —soltó Andrea a bocajarro.

Con la voz rasgada y las manos trémulas, sostuvo el teléfono contra su oreja. La manta sobre sus hombros planeó hasta el suelo y se quedó ahí, tras sus pies manchados de tierra. El sol fue estirándose en el firmamento, sacando la cabeza para ir bañando con sus rayos la fracción de campo en la que Andrea se encontra-

231

ba, vestida solo con el camisón color perla.

Kendall se sentó en la cama, empujó a su frente el antifaz y miró el despertador. Eran las doce menos cuarto de la madrugada.

—Cariño... —Bajó la cabeza pasando la mano por su pelo, ahora repleto de pequeñas trencitas—. No llores.

—Lloro porque no puedo quererle y lo hago —sollozó Andrea. El llanto era tan intenso que tenía la sensación de que, a cada exhalación, parte de su existencia se marchaba con ella y dolía, dolía en su caja torácica, en el centro de su pecho—. Lloro porque no quiero volver a mi vida anterior. —Adiós a la absurda relación con Samuel... Si quedarse con Luca implicaba renunciar a trabajar con François de la Croix, renunciaba en ese mismo instante—. Lloro de impotencia.

—Enamorarte es lo peor que puedes hacer en la vida —y eso que ella no había llegado a enamorarse. Con la cantidad de sapos a los que había besado, en lo último que ahora mismo creía era en ese amor idealizado puro y no dañino—. Así acabas.

—Me estás ayudando mucho, Kendall —sorbió por la nariz.

Andrea levantó la mano derecha, la sombra del anillo de compromiso seguía en su piel y, por más que había tratado de borrarla frotándose, no había manera de quitar la marca. Se podía decir que ella casi había desconectado de Samuel en todo ese tiempo, pues no le había llamado por teléfono y ni siquiera le había mandado un mensaje. Pero Samuel era real, formaba parte de su vida y le pesaba como una condena.

—Lo siento —suspiró Kendall, pecando de insensibilidad.

Andrea ya estaba acostumbrada a la falta de tacto, liada como estaba con el señor Graziani.

Kendall encogió las piernas bajo las sábanas y miró por la ventana, las luces de neón de Las Vegas iluminaban su dormitorio como si fuera de día.

Andrea alejó de dos manotazos las lágrimas que le calaban el semblante y miró al suelo, sus deditos con las uñas pintadas de rosa chicle se movieron en las sandalias. Hipó cerrando los ojos, el llanto fue apagándose, muriendo en sus cuerdas vocales.

—¿Cuándo coges el avión?

—Mañana por la mañana. —Andrea no tenía el billete, era Luca quien los guardaba, pero sí le había dicho a la hora que cogían el vuelo—. A las seis.

—Pediré unos días libres e iré a verte.

Jacks era un buen tipo y ella le explicaría para qué los quería, seguro que él accedería a darle por lo menos un par de días. No es que Kendall fuera a sustituir al calvo y ácido de su «*súperjefazo*», pero sabía que su compañía animaría un poco a Andrea.

—¿Y por qué no vienes para ayudarme con el tema de la boda? —ironizó intentando desdramatizar toda la situación. Solo hablar de la boda le hacía daño—. Vas a ser una de mis damas de honor, ¿recuerdas? —Andrea aguardó un par de segundos a que Kendall dijera algo más. No lo hizo y ella no quería hablar más. De manera seca y cortante, se despidió—: Cuando llegue a Washington te llamo.

Luca bufó al despertador y abrió los ojos, ya que la voz del locutor duraba más que de costumbre. Andrea no había atizado al despertador para que se callara. Abrió los ojos y se topó con la cama vacía; o no del todo, pues había una nota sobre la almohada que rezaba: «no me he fugado con el lechero». Él se rio amodorrado, retiró las sábanas a un lado del colchón y sus pies tocaron el suelo. Al vestir solo los pantalones de pijama sintió frío, el ambiente ya era mucho más fresco. Graziani se metió en el baño para cepillarse los dientes, y eso que no había desayunado. Se enjuagó la boca y, al volver a salir al dormitorio, recogió la camiseta de encima de la silla.

—Hola, Donatello.

Andrea saludó al minino, sintiéndolo frotarse contra sus tobillos y pantorrillas. Se acuclilló y lo cogió en brazos, encaminándose de nuevo a la casa. Acurrucó al gato contra su pecho y tiró de la manta en su espalda para poder cubrirlo y que él también estuviera calentito.

—¿A quién se le ocurre salir al campo en camisón y antes de que amanezca? —la intención era sonar molesto, pero no se le dio del todo bien. Luca mantuvo la puerta abierta conforme ella subía las escaleras de la vivienda. Aún en pijama y descalzo, crispó las cejas al percatarse de que Andrea llevaba entre sus brazos a la bola de Donatello—. Deja al gato en el suelo, no es un bebé y te va a llenar de pelos.

—A mí —respondió a la pregunta de Graziani. Andrea subió el último escalón con el gato ronroneando y frotándose esta vez contra su pecho—. Y no me ha picado ninguna víbora. —No le había picado ninguna porque no había víboras por allí—. Los pelos se quitan. Lo que le falta al gato de arisco es lo que te sobra a ti.

—Las habrás asustado —chasqueó la lengua contra el paladar al tiempo que la mujer dejaba al gato en el suelo—. Cumplidos de buena mañana —dijo como si le hicieran gracia las palabras de Andrea, él no era arisco era... un tipo distante.

Andrea se quitó la manta y la dobló un par de veces, con sus ojos puestos en el suelo evitando la mirada tormentosa de Luca. Tragó saliva al sentir una de las manos de él colocándose bajo su mentón y tirando hacia arriba de su cara.

La barbilla y las mejillas estaban pegajosas, síntoma de que ella había llorado. La voz algo ronca y la rojez en las pupilas confirmaban el diagnóstico: Andrea había llorado y mucho.

—*Tesoro*... —La atrajo hacia sí, pasó un brazo por debajo de las caderas de ella y la aupó—. Llevas los pies llenos de barro —susurró a la par que esta enredaba sus brazos en torno a su cuello.

Andrea movió los pies en el aire para que las sandalias cayeran al suelo, después enterró la nariz en el centro del pecho de él dejándose llevar en volandas hasta el baño.

Luca la metió en la bañera, abrió el grifo y, comprobando la temperatura del agua, comenzó a lavarle los pies, prestando atención a los pliegues entre los deditos y en los delicados talones. Enjabonó la piel hasta que las pompas del gel recubrieron los pequeños pies, los aclaró y volvió a coger a Andrea en volandas, sentándola encima de la tapa del váter.

—Voy a ir a hacer el desayuno —dijo a la vez que se enderezaba para coger de un estante una de las toallas—. ¿Te vestirás solita?

Medio sonrió, doblándose para secarle los pies. Ambos se habían duchado la noche pasada, así que no había necesidad de darse otra agua.

Andrea asintió como respuesta a la pregunta. La suave toalla abandonó sus pies, ahora secos, para acabar en el cesto de la ropa sucia.

Él trataba de no pensar en que ese día, ese mismo día era el último día juntos. El siguiente no lo contaba, pues volaban y, una vez pisaran suelo estadounidense, todo habría acabado, aunque Luca comenzaba a pensar si no sería mejor cortar el hilo que les unía incluso antes de subir al avión, puede que de ese modo fuera menos doloroso. En pie, frente a ella sentada en la tapa del inodoro, acarició con ambas manos las femeninas cervicales.

Andrea venció la frente contra su vientre. Rodeó con los brazos las estrechas y masculinas caderas, aferrándose a ellas como a un clavo ardiendo. Cerró los ojos concentrándose en la respiración de Luca. Tenía miedo, Andrea tenía miedo a la venidera desesperación, a la soledad... Iba a sentirse completamente desamparada. A sus ojos, el mundo se quedaría sin colores; la sangre de sus venas no fluiría carmesí ni latiría caliente.

Graziani le acarició la nuca y los desnudos hombros, subió hasta el cuello y la apremió para que alzara la cabeza. Los oscuros ojos de Andrea se encontraban sumergidos en lágrimas.

—Te pones muy fea cuando lloras.

Sus pulgares retiraron las estelas lagrimosas.

—Me da igual —protestó ella con un largo sollozo.

Quería llorar, abrazarse a él y seguir llorando. Bien, era una actitud infantil, totalmente impropia de alguien de su edad, pero... «¡Que se joda el mundo!».

Luca la peinó, pues ella había salido de la cama y se había ido al campo sin cepillarse la corta melena. Sus dedos se entretejieron en las hebras, alisándoselas.

—A mí no me da igual.

Le dolía verla llorar y era cierto que se ponía muy fea cuando lo hacía, se le enrojecía la cara y se le inflamaban los parpados; no obstante, así y todo, Graziani seguía tan enamorado de ella como para darle la espalda hasta que se le recompusiera el semblante.

Andrea no tuvo otro remedio que desligar sus brazos de la cintura de él y apartar la cara de su calor, ya que Luca se acuclilló ante ella, allí sentada sobre la tapa del inodoro. Esgarró sonoramente, y más roja que la grana, miró las manos de él tomando las suyas.

—Me recuerdas al mono aullador rojo. —Acarició los largos dedos, los delicados nudillos, la sombra que había dejado la alianza alrededor del dedo anular—. Y no solo por el color, esas criaturitas del Señor no dejan de hacer ruido.

Andrea hablaba mucho, él no estaba diciendo nada que no fuera verdad. Ella rio y después sollozó, volvió a reírse y de nuevo a sollozar.

Sus manos acogieron las de ella y las abrazaron transmitiéndole todo el calor de sus palmas.

—¿Te ríes o lloras? —le preguntó Graziani mirándola y forzando en su boca una sonrisa bastante convincente.

Andrea no lo sabía... Estaba haciendo ambas cosas a la par: reír, llorar. La cortina acuosa en sus ojos le difuminó la imagen de Luca, de su cara, al tomarla por el mentón y redirigirle el semblante para que pudieran mirarse.

Graziani unió sus manos encima de la cara de la mujer y con las palmas secó la cara de Andrea. Sus huellas dactilares, sus dedos, sus palmas se llevaron todas las lágrimas.

—Mucho mejor... —murmuró mirándola—. Ahora, solo falta que sonrías. —No le permitió bajar la cabeza y volver a sumirse en la melancolía. Luca asintió alzando la voz para dejar atrás los murmullos—. Hazlo por mí, *tesoro*; sonríe para mí.

Y ella, ella sonrió con nuevas lágrimas perlándole las pestañas inferiores. Andrea cerró los parpados con el beso de él en su frente, sobre el tercer ojo.

—¿Me vas a buscar la ropa? —pidió admirando ahora el plateado claro en los iris de Graziani.

—¿La que yo quiera?

Si era así iba a traerle lo más recatado y tapado de todo lo que encontrara en el armario. Luca se enderezó hasta ponerse completamente en pie y ante el «sí» de ella la dejó en el baño para ir en busca de la ropa. Una vez en el dormitorio, descolgó del armario un vestido largo de color azul y alguna que otra flor blanca. La prenda se cerraba al cuello con dos finos tirantes. Él no tenía claro si iba con sujetador o no y, mucho menos, qué zapatos a conjunto iba a ponerse.

Andrea llegó al rescate, cogió el vestido que él tenía y se lo agradeció con un beso en la mejilla. De un cajón sacó la ropa interior, incluido el sujetador sin tirantes y un nuevo par de medias. Sacó de la correspondiente caja la pareja de zapatos de cuña; hoy iba a ser otro de esos días bien llamados *ottobrate romane*, aunque necesitaría una chaqueta.

Graziani la contempló moverse igual que el día anterior, cuando él se quedó en la cama y desde allí, a través de la puerta del baño abierta, pudo verla maquillarse. Le pareció perfecto, y con perfecto quería decir que era una de esas cosas de la vida que él consideraba como un momento inolvidable, un momento marcado en su retina, enterrado en lo profundo de su cerebro.

—No te entretengas, *tesoro* —le dijo a sabiendas de que aquello era pedirle demasiado.

La dejó en el dormitorio y él se metió en la cocina.

Se vistió, no le daba tiempo a maquillarse; no obstante, sí se puso un poco de corrector en las ojeras y crema hidratante en la cara, por lo menos que estuviera un poco presentable. Con los pies descalzos, el bolso colgando de un hombro y los zapatos en una mano, llegó al recibidor. Dejó en el suelo las cuñas, colgó el bolso y se encaminó a la cocina, donde se lavó las manos y desayunaron.

Donatello dormía al sol tras haberse pasado un largo rato jugando con Bruto, que ahora seguía el rastro de algo peludo y pequeño, posiblemente una liebre, aunque al oír abrirse la puerta principal de la casa corrió hacia ella...

Por esta salió Andrea que llevaba la parka puesta encima del azulado vestido. Con el bolso colgando y las llaves del coche en la mano saludó al señor Prieto. Acarició la cabeza del perro y le dio dos golpecitos en el lomo, el animal brincó animadamente a su alrededor como la liebre a la que le había estado siguiendo el rastro. Ella sonrió bajando las escaleras hacia el coche, lo abrió y dejó la parka y el bolso en los asientos traseros.

Luca se encontró de frente con Prieto, cerró la puerta tras de sí y no conectó la alarma. Puesto que el señor Prieto sabía que se marchaban al día siguiente, venía a informarle de los últimos papeles que él debía firmar. Graziani miró en dirección al coche, Andrea acababa de sentarse en el asiento del copiloto y Bruto ladraba implorándole alguna que otra caricia más. Negó no dejando continuar a Prieto; de hecho, a partir de la segunda frase había dejado de escucharle. Quedó con él que cuando volviera miraría y firmaría lo que fuera, pero ahora tenía prisa.

Ella cruzó por su pecho el cinturón de seguridad y, cuidando de no pisarse la falda, esperó a que Graziani llegara.

—Mi madre pasará a recogerme al aeropuerto —carraspeó cuando Luca se metió en el coche, se puso el cinturón y encendió el motor.

—¿La has llamado?

Luca no la había visto «pegada» al teléfono. Sus ojos, escondidos por la oscuridad de los cristales de las gafas de sol, la miraron de soslayo conforme su pie presionaba el acelerador.

—No, le he pasado un mensaje de texto. —Si hablaba con ella, solo era para que su madre le reprochara por esto, por lo otro y lo de más allá, así que Andrea había optado por comunicarse con ella, todos los días, pero solo a través de mensaje de texto y al teléfono de Grant. «Mamá, estoy bien; mamá, buenas noches; mamá, mi vida sexual no es asunto tuyo; mamá, tranquila, no vas a ser abuela de un nieto ilegítimo»—. Es suficiente.

Tan suficiente como que la había bloqueado en WhatsApp.

—Con lo que a ti te gusta hablar...

—Es más que suficiente, ya hablaré con ella cuando la tenga delante.

—Vale —soltó él ante el ataque directo. No quería hablar del tema, pues no hablarían—. No he dicho nada, tranquila, fiera.

Andrea se pellizcó el puente del entrecejo, cerró los ojos.

—Perdona es que... mi madre es peculiar y no está acostumbrada a que no hable con ella tres horas todos los días.

El ambientador del coche olía apetecible, era como... Ella retiró la mano, abrió los ojos y se dio cuenta, por primera vez, de que el ambientador en formato tarjeta con aroma a Juicy Peach de Yankee Candle colgaba del retrovisor, sobre sus cabezas.

—Lo compré en un *Duty Free* —explicó Graziani pendiente de la carretera al abandonar el camino de tierra—. Aquí no hay todavía franquicia de Yankee Candle, pero, tranquila, llegará.

—*Ouuu* —pronunció aquel sonidito de manera divertida—. Para tu cumpleaños te regalaré una caja de la gama de Man candles. —Andrea sabía que el dieciocho de noviembre Luca cumplía años, cuarenta y uno exactamente, y él era de esa clase de hombre a los que... una no sabía qué regalar. ¡Hasta ahora!—. Aroma a First down, Man town, On tap, MMM, BACON! —Ella era fanática de Yankee Candle, así que conocía muy bien numerosos nombres de los variopintos olores.

—¿No puedes regalarme una corbata?

Graziani se rio sin mirarla.

—Con mi sueldo no puedo comprarte la corbata que a ti te gustaría. —Quería decir con el sueldo de la zapatería, pues ella no había tenido otro tipo de trabajo hasta entonces—. Y se la darías a la parroquia, así que para eso no me gasto el dinero.

—Hay corbatas de seda asequibles a tu bolsillo.

Continuó riéndose por lo exagerada que era ella.

—Claro, y no como carne en todo el mes.

—¿Cómo puedes ser tan intensa?

«De aquí a *Lo que el viento se llevó*». Se mofó él esta vez mirándola, pero de refilón; en menos de cinco minutos llegarían al restaurante.

—Eres muy italiano, ¿qué quieres que haga?

—¿Y tú qué? —acusó él, pues Luca sí era romano al cien

por cien; pero ella era mitad y mitad, aunque ahora que lo pensaba no sabía si el padre de Andrea era napolitano, siciliano o puede que también romano.

—Yo lo soy medio y para comprarme estos zapatos estuve ahorrando tres meses.

«*Lapesadadesiempre*» casi montó en cólera cuando Andrea le enseñó las preciosas cuñas de Louboutin, que le habían costado la mitad de su precio original al comprarlas en eBay, de segunda mano.

—Pues bombones y un ramo de rosas —resolvió Graziani de forma jocosa.

Andrea cayó en que… no iba a haber regalos de cumpleaños. Dos días después al bajar del avión serían dos desconocidos o muy poco conocidos. Unió las manos en su regazo y miró el letrero del restaurante.

—¿Qué harás tú después de aterrizar?

—Tengo un par de cosas importantes que hacer en Washington, así que aprovecharé —mintió Luca, esperaría al próximo vuelo hacia Las Vegas y eso sería todo.

Ella aguardó a que Graziani aparcara, desenganchó el anclaje del cinturón de seguridad y abrió la puerta. Dio la vuelta al coche para sacar la parka y el bolso.

—¡Eh! —la llamó Luca saliendo del vehículo. Se colocó ante ella y le cogió la parka, pasándosela él mismo por encima de los hombros. Cuando Andrea hizo ademán de echar a andar, la tomó por los antebrazos—. Espera, espera.

Andrea no quería ponerse a llorar otra vez y, mirando sus pies cubiertos por el vuelo de su falda, bajó la cabeza para escuchar lo que Graziani tuviera que decirle.

—Cuando sea la hora de salir te paso a buscar.

Presionó los femeninos antebrazos, pero no para dañarlos, sino para remarcar lo dicho.

—Como siempre —masculló Andrea izando la cabeza. Lo miró, aunque no podía verle los ojos a causa de las oscuras gafas de sol.

—Sí, como siempre. —«Como siempre hasta hoy», pensó tomándola por las mejillas, acariciando lo alto de los pómulos con los pulgares. Antes de que él se lo dijera, Andrea se forzó a sonreír—. Buena chica —susurró Luca besándola.

Ella encaramó las manos sobre las de él cuando el beso consumió todo el oxígeno de sus pulmones.

—Hasta luego entonces.

Andrea le dio la espalda y, sujetándose el bolso al hombro y descolgándose la parka para llevarla en la mano, entró en el restaurante. Una vez en el vestuario, se puso el uniforme y se cubrió el pelo con el pañuelo. Saludó al entrar en cocinas y oyó un grito...

—*Andrea!* —voceó la *nonna* Giuliana—. *No!* —exclamó al responderle uno de los pinches que se llamaba Andreas, este no se había percatado de que Giuliana no había pronunciado la *s*—. *Bloom!* —dijo al fin con las manos en alto y agitándolas como para indicarle el camino a la susodicha.

—*Buongiorno, nonna* —saludó Andrea besándole una mejilla.

La mano arrugada y anciana se alzó para acariciarle un lado del semblante. Giuliana no le dijo nada y lo dijo todo, se ponían a trabajar ya mismo. Los ingredientes dispuestos sobre la mesa esperaban a que ellas hicieran magia.

—*Farina*[111] —pronunció Andrea cuando Giuliana señaló un cuenco que volcó encima de la tabla de trabajo—. *Burro*[112]—dijo a continuación cuando la mujer indicó la mantequilla reblandecida, que mezcló con la harina y una pizca de sal obteniendo un engrudo harinoso.

La *nonna* incorporó azúcar blanquilla y cuatro yemas de huevo.

—*Rossi d'uovo*[113]? —preguntó Andrea.

Por un lado, le pareció que solo eran las yemas y, por el otro, no tenía muy claro si lo estaba diciendo correctamente.

Giuliana asintió, solo las yemas de esos cuatro huevos y, sí, lo había dicho bien. Con las gafas colgándole del pecho y las manos sumergidas en la mezcla, le indicó a Andrea que añadiera la esencia de vainilla. Amasó un par de segundos y le cedió el sitio para que terminara ella de amalgamar la masa.

—*Adesso la **pasta frolla** deve riposare in frigo per un'oretta*[114] —vocalizó pausadamente a la vez que introducía la bola de masa en un cuenco que tapó con papel film.

Su oído se había afinado y podía decir que entendía el cuarenta por ciento de lo que se le decía, siempre y cuando no fuera

---

111. (It) Harina.
112. (It) Mantequilla.
113. (It) ¿Yema de huevo?
114. (It) Ahora hay que dejar la masa reposar una horita en la nevera.

en carrerilla o muy enrevesado. Andrea metió el cuenco en la cámara frigorífica y, al volver junto a la *nonna*, esta la largó a hacer otras cosas mientras la *pasta frolla* se enfriaba. Peló patatas, picó cebolla y también escaldó tomates para luego poder elaborar las salsas. Luca le había dejado claro que si quería dedicarse a la cocina profesionalmente iba a empezar desde abajo y eso que ella ya estaba graduada, aunque Andrea se había fijado en que incluso Graziani hacía ciertos trabajos de pinche al meterse en la cocina, cosa que ella no había visto hacer en otro sitio; de hecho, el pinche tenía sus quehaceres; las diferentes partidas de chefs, las suyas, y cada una correspondiente a su cargo. Y ella, ella se suponía que estaba ahí como cocinero ayudante. Y, entonces, ¿la *nonna*?

Giuliana daba una vuelta por la cocina, metía la cuchara en las ollas, probaba y aleccionaba si algo no estaba como debía. Comprobaba el corte de las verduras, el de la carne y le miraba los ojos al pescado.

—Chef... —susurró Andrea con una medio sonrisa y haciendo que estaba centrada esta vez en despiezar una gallina.

Otra de las cosas curiosas que había descubierto en el *Bellezza* era que el matadero servía las aves sin desplumar y, por tanto, sin eviscerar; las liebres y los conejos, más de lo mismo. Incluso un día, al entrar en la cámara de congelación, se topó con cuatro cabezas de jabalí mirándola.

La *nonna* sacó de la nevera la masa y volvió a la mesa de trabajo, se puso las gafas y con un dedo llamó a Andrea.

—*Piano infarinato*[115] —mandó cuando destapó la *pasta frolla* y dividió en dos mitades, una bastante más grande que la otra. Colocó la primera mitad encima de la superficie emblanquecida por la harina y le señaló a continuación—: *Stendete con il matterello*[116].

Andrea hizo lo que se le mandó, enharinó la mesa y extendió la masa del grosor que la *nonna* Giuliana le indicó. Siguió con la mirada a la mujer, que fue a por un molde y un bote de lo que a ella le pareció confitura de cerezas.

Giuliana se hizo ayudar por Stella, a la que llamó, como siempre, a voz en grito. Ambas llegaron a la mesa. Ella con el molde y la confitura y Stella con un bol de cerezas frescas, limpias y deshuesadas, y también un cuenco con queso *ricotta* endulzado con azúcar blanquilla y unas semillas de vainilla. La *nonna* no tuvo

____

115. (It) Enharina la tabla.
116. (It) Estírala con el rodillo.

que decirle nada más a Andrea, le dio el molde y ella lo forró con la *pasta frolla*.

—*Un velo di confettura sul fondo*[117]. —La confitura únicamente era para saborizar un tanto más la masa, lo realmente importante era el relleno—. *Ciliegie*[118].

Y como sabía que esa palabra le era nueva a Andrea, le entregó el cuenco de cerezas y la ayudó a repartirlas por encima de la confitura. Como último paso del relleno, añadió la crema de *ricotta*.

Andrea no pudo evitar reírse pues mientras extendía la crema con ayuda de la espátula, Stella metió el dedo y se llevó una señora cantidad de *ricotta* haciendo que la *nonna* la echara con paños calientes.

—*Chi non fa, non falla*[119] —suspiró Giuliana volviendo la vista a Andrea después de regañar a Stella—. *Livellate bene*[120] —advirtió quitándole la espátula para repasar ella el nivel de la crema. Se limpió las manos en el paño que colgaba del delantal de Andrea, y con lo que quedaba de masa cortó tiras para hacer un bonito enrejado.

Los oscuros ojos de Andrea prestaron atención al movimiento de las manos que disponían las tiras de masa encima de la crema de *ricotta*. El oro del anillo matrimonial que Giuliana lucía le dañó la vista, obligándola a mirar su mano diestra, obligándola a mirar la sombra que había dejado su propio anillo, desterrado ahora en el cajón de la mesita de noche.

—*Sfornatela, lasciatela raffreddare e spolverizzatela con lo zucchero a velo*[121].

La *nonna* se llevó la **crostata** al horno y, al volver junto a Andrea, se sacó del bolsillo de su delantal un papel doblado en cuatro y se lo tendió.

Con la curiosidad picándole en la nariz, Andrea cogió el papel, lo desdobló y leyó las tres primeras líneas. Estaban en inglés. Leyó dos líneas más y descubrió que era la receta que acababan de elaborar. En primer lugar, Andrea sabía que aquella receta no salía de un libro de cocina y, por tanto, que le había sido entregado algo con mucha historia. En segundo lugar, alguien que habla-

---

117. (It) Unta la base con confitura.
118. (It) Cerezas.
119. (It) El que no hace, no falla.
120. (It) Nivélalo bien.
121. (It) Hornéala, déjala enfriar y espolvoréala con azúcar glas.

ra inglés debía de haberla traducido. «Luca». Y en tercer y último lugar, Andrea sabía que la *nonna* no le daría a cualquiera una receta «o tan siquiera un café... ».

Giuliana quería a Andrea a pesar de ser esta protestante, y eso era mucho decir... Le había cogido tal cariño que se le iba a hacer muy raro no tenerla en la cocina, no reprenderla cada vez que hacía algo mal y enseñarle a hacerlo correctamente o llamarle la atención al igual que a Stella, porque ambas se entretenían parloteando en vez de trabajar. Levantó el brazo y dejó que Andrea se acurrucara en su pecho, bajó el ala y acarició el femenino antebrazo.

—*Non piangere*[122]... —susurró con aquel tono propio de abuela.

Andrea parecía una plañidera. Se había levantado llorando y tenía el presentimiento de que se iría a dormir también llorando. Cruzó un brazo por detrás de las caderas de la *nonna* Giuliana y el otro por delante y se quedó ahí un rato, con los ojos cerrados y llorando a moco tendido.

La *nonna* la meció contra sí y, a base de golpecitos amorosos en el antebrazo, logró que el llanto fuera menguando hasta transformarse en largos suspiros.

—*Adesso vediamo se riesco a farti sorridere*[123] —dijo Giuliana haciendo que Andrea se pusiera derecha.

Le cogió las orejas bajo cuatro de sus dedos y tiró suave y graciosamente de ellas haciendo que se medio riera.

Ella, animada por la *nonna*, volvió al trabajo y en nada se le echó encima la hora de comer. Luca no apareció en la cocina para unirse al almuerzo. Andrea comió junto a Stella, Tiziano, la *nonna* y el resto del grupo que había entrado en el restaurante para el primer turno. Alargó el tiempo entre bocado y bocado para no tener que irse; no obstante, no podía pasarse la tarde así... El momento de las despedidas fue bastante frío, como si nadie tuviera tiempo para pararse y decirle adiós. Las ganas de llorar aumentaron en Andrea al salir de la cocina. Se metió en el vestuario con el pensamiento de que, a pesar de que todos en aquel lugar habían hecho mella en ella, ella no parecía haber logrado lo mismo en los demás. Se vistió apenada.

—Espera. —Graziani, ataviado con ropa de calle, la estaba esperando a la salida de los vestuarios. Le cogió el bolso y le tomó

____

122. (It) No llores...

123. (It) A ver si consigo que sonrías.

una mano, tirando para que lo siguiera—. Tienes que acompañarme un segundo, luego nos vamos.

—Gracias, me ha hecho mucha ilusión —titubeó Andrea dando saltitos en las cuñas para acompañar el rápido paso de Luca.

—¿Ilusión? —Viró la rasurada cabeza hacia ella—. ¿El qué?—le preguntó enarcando las cejas.

—La receta, claro —respondió Andrea parándose, pues él se había detenido.

—¿La receta? —Graziani no tenía la menor idea de lo que Andrea le estaba diciendo—. ¿Qué receta?

Andrea le pidió el bolso, lo abrió y del bolsillo, en el que guardaba el teléfono también, sacó el papelito al que hacía referencia.

—De esta receta —masculló mirándolo.

—Esta es la receta de mi familia de la *crostata di ricotta e ciliegie*[124]. —Para él aquella receta era como la de la sopa de pollo de los judíos, penicilina pura, el remedio para todos los males, sobre todo los del corazón—. ¿Te la ha dado la *nonna*? —y se dio un puñetazo mental tras la pregunta, pues era del todo estúpida, solo la *nonna* podía habérsela dado.

—Sí, tú la has traducido, ¿no?

—No —soltó Luca doblando el papelito y guardándolo en el mismo sitio en el que estaba anteriormente. Desoyendo las preguntas de Andrea, la empujó con la mano y la metió en la cocina—. Tendrás que despedirte como Dios manda.

Todos, todo el mundo había hecho un parón, incluyendo los chicos que fregaban los platos. No, todos no, la *nonna* Giuliana no estaba. El personal alineado aplaudió, aplaudió con tal intensidad que el suelo bajo sus pies vibró.

Ahora Andrea entendía por qué nadie se había despedido realmente y ella, ella ya estaba llorando otra vez. Echó un segundo la mirada hacia atrás para observar a Luca y, en aquellos ojos que siempre semejaban fríos y metálicos, vio un destello de orgullo. Las mariposas revolotearon en su estómago y aletearon con mucha fuerza para llegarle a la garganta. Los brazos de Stella se le vinieron encima para abrazarla y Andrea dejó de mirar a Graziani para responder al cálido estrechamiento. Sí, era cierto que los últimos días la *nonna* Giuliana les había llamado la atención en

____

124. (It) *Crostata* de *ricotta* y cerezas.

más de una ocasión, pues ahora que Andrea le había pillado la confianza a *chapurretear* el italiano no perdía el tiempo. «Falta Kendall para formar el trío fantástico».

—Señorita Bloom —llamó Andreas aproximándose. Juntó las manos y carraspeó antes de decir—: Lamento haber tratado tan poco con usted y lo que he tratado, en fin, no he sido del todo amable.

—No, la verdad es que no, pero... —Andrea agitó la cabeza de un lado al otro. Stella dejó de abrazarla, aunque se quedó a su lado—. Agua pasada, no se preocupe. —Ella no era una persona rencorosa. «¡Pelillos a la mar!». Y además había hecho que este le consiguiera un coche para luego no utilizarlo.

—Espero que la traducción sea la idónea —dijo Andreas sonriendo. Y sonreía de verdad, sin edulcorantes u otro tipo de aditivo.

—¿La ha hecho usted? —claro, si no había sido Luca, tenía que haber sido Andreas. Ella asintió ante la obviedad—. Gracias. —Entrecerró los ojos irritados por las lágrimas—. Lo de usted me hace sentir mayor.

—Sí, disculpa, a fin de cuentas nos llamamos igual salvo por una *s* final y... —O lo decía ahora o se iba a la tumba con ello. Andreas intercaló la mirada entre la mujer y su hermano, que estaba detrás—. Luca se ha enamorado dos veces en la vida...

—Andreas —gruñó Luca mandándolo callar.

—Y sé que han sido dos veces porque, a pesar de matarnos de vez en cuando, nos queremos. Y eso que Luca es un tipo poco agraciado. —Andreas se rio esta vez mirando únicamente a la mujer que se encontraba ante él—. Con esto quiero decir que Luca no puede haberse enamorado de alguien que no merezca la pena admirar.

Andrea se quedó muda, no supo cómo reaccionar a las palabras de Andreas. Mas cuando la *nonna* apareció en la cocina con una caja para tartas, esta posicionó su mano sobre uno de los hombros de Andrea y le dio la caja.

—Es verdad. *Grazie* —gimoteó Andrea, volviéndose hacia la mujer para coger la caja y abrazarse a la ancha complexión.

—*Non piangere* —chistó Giuliana elevando la cabeza de Andrea, con dos dedos le levantó el mentón y le indicó que se pusiera derecha—. *Dio ti protegga*[125] —masculló conteniéndose

---

125. (It) Que Dios te proteja.

las lágrimas al tiempo que Andrea se separaba y caminaba hacia la puerta.

Luca le echó una miradita de las suyas a Andreas, de las de «*yahablaremostúyyoytevasaenterartíolisto*», y le abrió la puerta a Andrea para que pudiera salir.

Ambos salieron del *Bellezza* y subieron al coche. Andrea iba con la *crostata* encima del regazo y la vista puesta en el camino de tierra. No hablaron, no hubo el murmullo de la radio, únicamente el sonido del motor del coche acompañado por sus propias respiraciones. Él estuvo tentado de hablar pero no lo hizo, prefirió el silencio. Llegaron a la casa, aparcó y al ir a colocar su mano sobre la de ella, antes de que Andrea saliera del coche, el señor Prieto le llamó al tiempo que se acercaba al vehículo. Junto a él, Bruto, que se dirigía a toda prisa hacia la puerta del copiloto para recibir a la mujer. Se miraron, ella pidiéndole que no bajara, que se quedaran, juntos, pero en el coche; sin embargo, asintió ante el susurro de «no tardaré» sin llegar a creerle. En cuestiones de trabajo, Graziani no escatimaba ni un solo segundo.

Andrea se quitó el cinturón, abrió la puerta y saludó a Bruto.

—Hola, chico.

Bajó del coche con la tarta en una mano y con la otra acarició la cabeza del perro. Se las arregló para recoger la parka y el bolso, y saludó al señor Prieto antes de encaminarse a las escaleras.

—No está puesta la alarma.

No le dijo nada de las llaves, pues sabía que Andrea llevaba un juego. Luca miró al señor Prieto avanzando por el camino que conducía a la bodega y él, él se quedó mirando a Andrea. Le parecía preciosa, el viento un tanto fresco que se había levantado hacía unas horas agitaba la falda del largo vestido, su cabello parecía azulado a la luz de media tarde y la blancura de la piel batallaba con el amarillo y el naranja de los rayos solares. A causa del sudor y las lágrimas, el corrector de ojeras había dejado de hacer su función y unos cercos grisáceos pesaban bajo los femeninos ojos. Aun así, ella le parecía preciosa.

—*Signore*[126] *Graziani?* —Prieto frenó sus pasos, miró hacia atrás e insistió—. *Signore Graziani!*

Andrea, tras abrir la puerta, se percató de que Luca la es-

---

126. (It) Señor.

taba mirando. Dejó las llaves puestas en la cerradura y elevó una mano para retirarse los mechones de pelo que iban a entrometerse delante de su cara. El amor le sabía tan dulce en la boca, tan pleno y exquisito que le desconcertaba la sapidez amarga que ahora experimentaba en su paladar, ese sabor no era otro que el del dolor, el dolor que le estaba causando la todavía no distancia.

Ella era como una pompa de jabón, cristalina con reflejos de mil colores, hermosa en forma y ligereza, pero tan rápido pululaba a su alrededor como se la iba a llevar el viento. Graziani bajó la cabeza, dejó de mirarla, sus pies se movieron y siguieron a los de Prieto.

Andrea entró en la casa, colgó el bolso y la parka en el perchero y se quitó los zapatos, los cuales tomó en la mano libre. Una vez en la cocina, colocó la tarta encima de la isla de mármol y caminó al dormitorio. Las sábanas aún revueltas, la ropa de ambos esparcida por el suelo... Casi podía oír sus respiraciones, el eco húmedo de sus sexos al acoplarse, el chasquido de las lenguas al paladearse. Necesitaba darse una ducha. Andrea dejó las cuñas en el suelo y encima de ellas el vestido, se quitó la ropa interior y fue a ducharse.

Luca firmó la documentación sin leerla. No era algo que acostumbrara a hacer, pero quería ir a casa lo antes posible. Se despidió de los empleados y anduvo el camino de tierra hasta subir los escalones de la vivienda. Donattello dormía en el felpudo. Empujó la puerta, ya que Andrea la había dejado entrecerrada. El olor a café impregnaba el ambiente.

—Creo que lo he hecho bien —masculló Andrea guardando el molinillo y tapando bien el bote de café.

La ducha no había mejorado su estado de ánimo, de hecho, incluso se sentía todavía más melancólica. Al salir de debajo del chorro de agua, no se había untado crema hidrante. Solo se había puesto la ropa: un vestido blanco de tirantes de corte bohemio y la ropa interior, que solo era un *culotte*. Tenía el pelo muy mojado y las ojeras más acentuadas.

Sentarse a mirar el reloj, ver las horas pasar hasta tener que ir al aeropuerto, puede que esa fuera una buena forma de ignorar lo que la vocecita en su cabeza le gritaba... Que la quería, la quería tanto que estaba hundido, tan hundido que no sabía cómo iba a salir del pozo. Graziani la siguió hasta la terraza. En la mesa, Andrea había dispuesto las tazas, dos platos, dos tenedores y la *crostata* espolvoreada con azúcar glas. Él se sentó sin irse a lavar las manos. Quería mirarla, no quería hacer otra cosa más que eso, mirarla hasta que ella se marchara. No le importaba no dormir, no descansar, no comer; le daba igual, él solo quería mirarla.

Andrea sirvió el oscuro brebaje y cortó dos pedazos de *crostata*, la masa crujió conforme ella le hincaba cuchillo.

—Lo único que sé, y no puedo asegurar que sea del todo cierto, es que... —Tomó asiento y hundió el tenedor en su porción de tarta—. Mi padre, supuestamente, se llama o se llamaba Rodolfo y era de Montecompatri.

La combinación de la *ricotta* dulce con la confitura y las cerezas... Ella no pudo evitar gemir. La *crostata* estaba perfectamente balanceada, la masa no quedaba harinosa y seca en la boca.

—De ser eso cierto, puede que tu sangre romana sea lo que te quiera arraigar a esta tierra.

Era la primera vez que Andrea le hablaba abiertamente de su padre, de hecho, en los vídeos pertenecientes a los *castings* de *Supreme chef*, ella había evitado dar más información aparte de que no había conocido a su padre y de que este era italiano. Luca sorbió un poco del café, no estaba mal, un poco suave para su gusto. Pero para ser la primera vez que Andrea lo preparaba podía darlo por bueno.

—No es mi sangre romana lo que quiere que me arraigue a esta tierra. —Era él, Luca era el culpable de que estuviera tan tentada de ceder al deseo de quedarse aquí. El ambiente del restaurante, la forma de trabajar, la *nonna*, Stella. Todo contribuía a acrecentar ese deseo, aunque Graziani era el principal motivo por el cual Andrea se moría por quedarse—. Y sé que lo has dicho porque quieres que me ahorre el trago de decirte lo que siento y hacer esta situación llevadera, pero a mí me está resultando insoportable —admitió con una sonrisa amarga y los ojos puestos en el tenedor con un nuevo pedazo de tarta—. Y es verdaderamente muy tierno por tu parte, quiero decir, sabiendo que eres el hombre con menos sensibilidad que conozco.

Luca tragó saliva y, lentamente, colocó encima de la mesa la pequeña taza de café a medio terminar.

—Andrea... —pronunció mirándola y sin saber cómo seguir.

Si le decía lo que sentía, temía, y al mismo tiempo deseaba, que ella decidiera quedarse y con ello dejar su vida completamente atrás. Y si se callaba... Si se callaba aparte de miserable se sentiría un completo cobarde.

—Déjalo, hablemos del café. —Andrea interrumpió el silencio de este. Movió la cabeza en dirección a la taza de Graziani y le preguntó o, más bien, afirmó—: Está muy suave para ti, ¿no? —Ella se puso en pie—. ¿Vuelvo a llamarte chef? —logró balbucear antes de llevarse la mano a la boca para silenciar el sollozo—. Voy..., voy a preparar el equipaje —masculló en un vago intento de sonar entera. Y sin esperar respuesta por su parte, salió de la terraza.

Graziani echó el asiento hacia atrás y se levantó.—Espera, espera un momento —le pidió marchando tras ella y prendiéndola por un antebrazo. Los ojos encharcados de ella hicieron contacto con los suyos y él se perdió en ellos.

15

Amo solo te

Andrea esperó, aguardó a que Luca le dijera algo, pero se quedó callado, otra vez, mirándola y como sopesando si abrir la boca o no.

—Voy a hacer el equipaje —farfulló hiposa.

La mano de este la dejó ir y ella se miró los pies danzando con el vuelo de la falda al caminar hacia el dormitorio. Una vez en la puerta, izó la cabeza y contempló la estancia. El sol entraba a raudales por los ventanales y los rayos se estiraban para iluminar las blancas y revueltas sábanas.

Graziani negó, el nudo en el estómago le oprimía tanto que temía que llegara a cerrarle la garganta. Sus manos se deslizaron, frotaron su calva y de ahí al cuello. Las palmas presionaron la tensión en las cervicales.

Andrea se acuclilló recogiendo la ropa del suelo y la tiró encima de la cama, comenzando a doblarla en vez de llevarla directamente al cesto que estaba en el baño y poner una última lavadora. Contuvo el aliento al oír los pasos de Luca aproximándose por el pasillo. Apretó la camisa de él, sus dedos arrugaban la prenda.

Allí estaba ella de espaldas. Luca inhaló en silencio y caminó para recoger el sujetador que esta se había dejado en el suelo. Lo amontonó en la cama y fue a abrir las ventanas. Cerró los ojos y, sin moverse, la oyó caminar, respirar.

—Pídeme que me quede contigo —susurró Andrea a modo de súplica. Como si la camisa de él fuera un rosario, la apretó más con los dedos, «cuestión de fe»—. Pídemelo, por favor, Luca.

—No puedo —respondió Graziani sin mirarla, con sus ojos puestos en la extensa colección de viñedos—. No puedo hacerlo —reiteró hincando las palmas de las manos en el alfeizar exterior; el ladrillo había recogido parte del calor del sol, así que este le escalfó la piel.

A pesar de toda la fe, había demasiada agua y esta se diluía en las lágrimas que le corrían mejillas abajo.

—¿Por qué? —sollozó Andrea con el temblor de sus manos frunciendo aún más la camisa.

—Porque no puedo arruinarte la vida —determinó volviendo la vista. Luca negó escondiendo las manos en los bolsillos de sus pantalones—. Quiero que seas feliz.

—¿Y no puedo serlo contigo? —Andrea iba a atragantarse con toda la sal de sus lágrimas, le dolían los ojos y la respiración se le estaba atascando en los pulmones—. ¿No puedo ser feliz contigo?

—No lo sé, *tesoro*. —¿Qué más quisiera él que decirle que sí? Que, por supuesto, iban a ser felices y que cocinarían y comerían perdices, mas no lo sabía. Luca no lo sabía y no quería que ella jugara a la ruleta rusa, que por su culpa Andrea se pegara un tiro—. Ojalá pudiera pedirte que lo dejaras todo por mí, pero... —Estar ahí de pie con ella sollozando lo estaba matando. Luca sacó las manos de sus bolsillos y se aproximó. La cogió por la cara, sus manos empapándose de las femeninas lágrimas—. No tengo derecho a hacerlo, no tengo derecho a pedirte que mandes tu vida a la mierda por mí.

Ella soltó la camisa, que cayó a sus pies, venció su cuerpo contra el de Graziani. Las manos de este resbalaron de su rostro a su cuello y trataron de consolar el furibundo llanto que la estaba desgastando. Andrea cerró los ojos y apretó las manos sobre los pectorales.

—Nunca debería haber dejado que esto ocurriera —se lamentó Luca besando un lado de la calada cara. Rodeó la ancha cintura con su antebrazo y suspiró cerrando los ojos a la par que apoyaba su frente encima de la coronilla de Andrea—. Se supone que cuando amas a alguien lo último que quieres es hacerle daño.

Meterse en un agujero negro, perderse en la inmensa oscuridad..., pero juntos. Fuera lo que fuera debería ser... juntos. Andrea elevó la cabeza, tenía la nariz roja y los ojos inflamados.

—Pídemelo —barboteó.

Él solo tenía que decirlo y ella, Jesús, ella arrasaría su existencia para seguirlo. Pero tenía que pedírselo.

Graziani la peinó, observando su cara transformada por el llanto. Su cara, su preciosa cara velada por el dolor.

—Mírate... —masculló él sabiéndose culpable del lamentable estado al que Andrea estaba sometida.

—Por favor, por favor, pídemelo —rogó cerrando las manos en puños sobre el pecho de él—. Pídemelo.

Andrea no quería que Luca le dijera nada más; no quería que se le declarara como en cualquier película romántica hollywoodiense, solo quería un «quédate conmigo».

—No puedo —vocalizó mirándola fijamente. La charla con la *nonna*, las palabras de Susana; no, él no quería hacerle a Andrea lo de Susana, no quería dañarla—. Entiéndelo, *tesoro*. —Ahora ella no era la única que rogaba—. Entiéndelo —repitió viendo como los ojos de Andrea dejaban de segregar la marea salada.

Pues si él no iba a pedírselo, por lo menos...

—Dime que me recordarás. —Si sus vidas no volvían a cruzarse, ella quería que Luca la recordara. Andrea iba a hacerlo todos los días. Es más, se había hecho la idea de fantasear con él para paliar el amargor de la separación—. Me recordarás —asintió adelantándose a las palabras de Graziani. Abrió las manos, estas acariciaron la complexión de los hombros, los dedos desabrocharon los tres primeros botones de la camisa—. Me recordarás aunque solo sea en tus sueños.

Andrea hacía alusión a *Wildest dreams*[127]. La canción con el mismo nombre sonaba en su cabeza a la par que acababa de abrirle la camisa.

La prenda voló hasta sus pies, él se quedó con la camiseta interior y sus brazos al descubierto. Se le erizó la piel cuando Andrea pellizcó los extremos de la camiseta y tiró de esta hacia arriba para quitársela. Luca la miró. Los dedos de ella abrieron el cierre del vestido, este se derrumbó por las curvilíneas formas revelando la redondez de los senos, la hermosa concavidad del vientre.

Andrea descolgó de sus caderas el *culotte*. El triángulo velloso flechaba su sexo, arropado entre el grosor de los pálidos muslos. Alzó un pie y luego el otro para rechazar la prenda interior.

—No —dijo al ver a Graziani acercar su boca a la suya.

Interpuso una mano entre ambas y las yemas de sus dedos acariciaron los masculinos labios.

---

127. *Wildest dreams* canción de Taylor Swift perteneciente al álbum 1989.

¿No? ¿Cómo que no podía besarla? Estaba desnuda y tan cerca que él oía el latido de su corazón en lo profundo de sus propios tímpanos, hasta apreciaba el susurro de la piel liberando la fina pátina de sudoración y la crema, propia de la excitación, agolpándose entre los regordetes pliegues del femenino sexo. Luca empujó su boca contra los dedos para que Andrea los apartara y él pudiera besarla.

—No —reiteró ella oprimiendo los labios de Graziani con los dedos.

Su otra mano serpenteó por el masculino abdomen, abrió el cinturón del pantalón y bajó la cremallera. Entrecerró los ojos al oírlo tragar saliva, pues ella estaba metiendo la mano por debajo de la elástica pretina del bóxer. Andrea rodeó en la palma el pulsante glande, el *presemen* le humedeció la piel.

La nuez de su garganta iba a dar un salto al vacío de un momento a otro. Luca cerró los ojos, los sepultó bajo los parpados y jadeó contra la calidez de la palma de Andrea. Puesto que ella había metido la mano bajo la ropa, él tenía que controlar los empujes que querían arremeter sus caderas y, no, no era nada fácil. Y aún menos cuando ella empezó a masturbarlo.

Andrea pestañeó mirándolo. El sonido sofocado de la respiración de él contra su palma se unía al restallido que producía la otra mano al trabajar en la dureza de la erección bajo la cortina del bóxer. La posibilidad o, mejor dicho, la realidad de que Graziani fuera a estar con otras mujeres le escaldaba la sangre. No es que fuese celosa o, por lo menos, hasta entonces no lo había sido, tampoco hasta entonces había amado a alguien. Andrea retiró la mano de la henchida barra de carne, el relieve de las venas se le había quedado en la palma.

—*In amore chi arde non ardisce e chi ardisce non arde*[128] —recitó de manera aceptable, eso diría Luca aunque ella lo había pronunciado bastante bien. Andrea apartó las manos de la piel de él—. Niccolò Tommaseo —dijo haciendo mención al escritor italiano a la par que bajaba la ropa de Luca de cintura para abajo y, con ella en los pies, lo empujó hacia la cama.

Graziani se quedó sentado e inmóvil, inmóvil hasta que ella tiró de él hacia atrás del colchón y, cuando estuvo a la altura idónea, lo empujó haciendo que se tumbara. Por norma general, Luca era el que llevaba la voz cantante, el del cartelito de «*fi-*

____

128. (It) Quien no se arriesga en el amor no se quema, quien se quema no se arriesga.

guraactivapresente» y ahora... no podía ni pensar. Sintió que la ropa abandonaba sus piernas y el calzado sus pies. Y, de pronto, al mover la cabeza y mirar hacia abajo, vio como Andrea gateaba sobre su cuerpo. «¿Debería estar acojonado?», se preguntó sin parpadear.

—A mí... ¿Me quieres más que a ella? —le preguntó Andrea uniendo las manos encima del pecho de él, sus dedos rozaron el crucifijo que pendía del masculino cuello.

—¿Que a quién? —cuestionó con la voz ronca.

Luca apretó el bajo vientre al sentir a Andrea quedarse parada sobre él, su erección daba tironcitos hacia arriba para rozar el femenino pubis. La miró a los ojos; estaban inflamados por las lágrimas, pero le brillaban de manera hipnótica.

—Que a esa otra mujer de la que ha hablado tu hermano. —A ella le había hecho mella el comentario de Andreas.—Si me quieres más de lo que querías a... ¿Susana? —dudó mirando los tormentosos iris.

Luca tiró de su cuerpo, y a la par del de ella, para sentarse en la cama con Andrea encima.

—Sí —asintió dando respuesta a la pregunta. Condujo las manos de Andrea tras la espalda e hizo que las uniera ahí, seguidamente él llevó las suyas a las femeninas mejillas y las acarició—. Para mi desgracia —añadió aproximando su boca a la de ella.

Andrea lo besó y aquel beso le supo dulce y a la vez amargo, amargo como el café que él poco antes se había medio bebido. Las manos de Graziani volvieron sobre las suyas, atrás en su espalda. Ella izó las caderas haciendo fuerza con las rodillas, Luca movió la pelvis y encontraron la postura idónea, la latitud exacta para que el sexo de ella se deslizara encima de la inhiesta verga de él. Los gemidos combustionaron con el acoplamiento de las bocas.

Lo acogía con repetidos, musculados y asfixiantes abrazos. Ella devoraba su sexo conforme descendía lenta y tortuosamente por él. Luca apretó las manos de Andrea y adhirió su pecho a los bamboleantes senos de ella al esta sentarse sobre su erección. Abrió la boca, que quedó pegada a la húmeda de ella, apretó los parpados paladeando la embriagadora sensación de estar dentro de Andrea, de estar palpitando en su epicentro.

Lava, el deseo se le acumulaba en la matriz y le hervía como la lava. Andrea sorbió los labios de Luca en un nuevo beso, se los bebió como si empinara un chupito de tequila. Intenso, alcohólico, ácido y salado… Si ahora mismo le hacían un test de alcoholemia, daría positivo. La resaca vendría cuando se separaran y sería una resaca permanente.

Graziani presentía que iban a carbonizarse cuando ella alcanzara el clímax; ahora, ahora se estaban flambeando. Andrea empezó a moverse de arriba a abajo, montando su verga, y él agazapó la cabeza y su semblante encontró cobijo en un lado de su cuello. Luca besó la carótida como agradecimiento.

Andrea resopló queriendo atrasar el orgasmo, posponerlo hasta que este pudiera unirse con el de él en un torrente lechoso. Apretó los parpados, presionó las mandíbulas y encogió el vientre para contener el clímax. El sudor florecía en sus sienes, escurriéndose por su columna vertebral en finos y delgados riachuelos.

Luca se contuvo para no morderla, para no dejarle el cuello marcado con la impronta de sus incisivos. Alzó la cabeza y miró las bonitas y sonrojadas facciones tomadas por el placer, los ojos vibrando bajo los parpados, la boca jugosa y sonrosada medio abierta para regular la inestable respiración. Él hincó sus manos en las amplias caderas y de un rápido movimiento la tumbó boca arriba en la cama.

Su sexo de pronto vacío protestó, emitió un sonido nada silente. Andrea, con la cabeza sobre la almohada y el resto del cuerpo acurrucado en el colchón de sábanas revueltas y desajustadas, alzó los brazos y sus manos invitaron a Graziani a que se tumbara sobre ella; sin embargo, él jaló sus piernas hacia arriba, las ajustó a sus hombros y pujó dentro. Embistió dentro de ella con tanta fuerza, con tal ímpetu que Andrea gritó.

Acometidas rápidas, fuertes; el «*clap, clap*» de los sexos; el golpeteó de la cabecera de la cama contra la pared; los gemidos de ella *in crescendo*; los suyos propios brotando de su boca de manera ronca y gutural. Luca clavó los dedos en los finos y delicados tobillos y se quedó quieto, se quedó muy quieto y anclado dentro de ella cuando Andrea sucumbió al orgasmo. La marea espasmódica y cremosa bombeó su verga, la oprimió en un puño convulso y empapado.

Los ojos debían de estar dándole vueltas en las cuencas tras el telón de sus parpados. Andrea tiritó, enfrascada en las sacudidas orgásmicas; sus pezones rígidos y más oscuros de lo normal friccionaron el torso de él al bajarle las piernas y afianzarlas a la estrechez de sus caderas.

Luca comenzó de nuevo a embestirla, pero esta vez de una manera lenta, pausada, prolongando el pulso del clímax, dilatando el asfixiante placer. La besó, engullendo los soniditos que Andrea iba prorrumpiendo. La necesidad de liberarse le pinchaba en las ingles y bombeaba en su saco escrotal, pero Graziani no quería derramarse porque una vez lo hiciera, una vez se drenara dentro de ella sería la última vez. La última vez que la tenía para él y solamente para él. Sus manos ascendieron por los trémulos flancos, acariciaron los laterales de los rellenos pechos.

Andrea ligó sus piernas en torno a las caderas de Luca, sus pies sobre las masculinas nalgas, sus pechos elevándose y empujando contra el torso. Deslizó las manos por la nuca de él y oprimió la cara contra su cuello. Sus labios quisieron acercarse al oído de Graziani y, una vez allí, susurrar lo que su corazón clamaba—: *Amo solo te*—jadeó recordando la placa de aquella hermosa estatua en Savello. Sus ojos se toparon con los de Graziani cuando este alzó la cabeza para mirarla.— *Solo a te*[129]—gimoteó con las lágrimas escurriendo por las esquinas de sus ojos.

Acunó la cara de él bajo el calor de sus palmas y una parte de ella pereció en el beso que tomaba sus labios.

Luca abrió algo más la boca interrumpiendo el beso para resollar. El esperma que subía por su verga la endureció de tal modo que hasta le resultó doloroso, los testículos vibraron antes de que el semen bombardeara el interior de Andrea. El crucifijo que le colgaba del cuello se había pegado al esternón de ella y él, él estaba agotado. Sin salir del acogedor abrazo de los pliegues, Graziani se dejó caer sobre ella.

Bajo él y con él aún morando en su interior, Andrea buscó la postura para que Graziani no la aplastara. Besó su frente, perlada de sudor, y miró al techo. Las sombras iban mordiendo los rayos de sol, acortándolos. Suspiró con la inestable respiración de Luca arrullándola.

Él movió los dedos de la zurda para seguir con ellos la forma de la femenina mandíbula y ahora su cabeza descansaba encima de uno de los hombros de Andrea mientras seguían unidos en los vórtices de los muslos, percibiendo la piel suave, lívida y aromatizada con aquel perfume que sus papilas olfativas no iban a olvidar.

Andrea ladeó la cara entrecerrando los ojos para disfrutar

---

129. (It) Solo a ti.

del roce de los dedos de él.

—No quiero dormirme... —susurró en dos pestañeos—. Si lo hago, perderé tiempo que podría estar contigo.

Por mucho que dijera, iba a dormirse, pues Somnus estaba vertiendo sobre ella su bálsamo soporífero e induciéndola al sueño.

—Duerme... —murmuró Luca, contemplando como los ojos se le iban cerrando y sus facciones se relajaban bañadas en una brillante pátina de sudor, resaltada por la rojez en las mejillas y la hinchazón rojiza y carnosa de los labios entreabiertos—. Duerme, *tesoro* —dijo sabiendo que ella ya dormía.

Él desembrolló las sábanas y cubrió con ellas los cuerpos desnudos. Al contrario que Andrea, no durmió. Se quedó en la cama, ladeado, y a pesar de la poca distancia entre sus cuerpos el frío lo invadía. El frío de no estar ya recogido en el interior de Andrea, protegido por el femenino y húmedo calor. Luca vio el tiempo pasar en la cara de ella, en la luz sucumbiendo a la oscuridad para ser aniquilada por esta. Se volvió en el colchón, miró la hora en el despertador y retiró las sábanas. Se levantó en completo silencio y se marchó a su dormitorio. Recogió ropa limpia y volvió a la habitación para meterse en el baño, ahí se duchó y, al acabar, dejó la puerta de la estancia abierta para que se filtrara un tanto de luz en el dormitorio. De ese modo y después de vestirse, pudo empezar a hacer las maletas.

De no haber sido por la mano de Luca acariciándole un hombro, Andrea no se habría despertado. Abrió lenta y somnolientamente los ojos. La figura de Graziani sentado en la cama e iluminado por la luz de la mesita de noche le llenó las pupilas.

—Son las tres —murmuró él frotando la mano sobre su hombro para que acabara de despertarla. Andrea tenía que ducharse, vestirse y comer algo. Después había que ir al aeropuerto, así que tenía que hacer que se levantara—. ¿Querrás café?

—Con azúcar y mucha leche. —Todo lo contrario al *ristretto* al que Luca era adicto.

Había dormido muchas horas, más de las suficientes según lo que decían todas las revistas a las que ella era asidua. La noche pasada no había cenado y ahora tenía un poco de hambre. Andrea estiró las piernas bajo las sábanas, la tela de estas suspiraba sobre su piel desnuda.

—Con azúcar y mucha leche —repitió Graziani imitando el tono de Andrea.

De estar seguro de que podría hacerla verdaderamente feliz le pediría... Luca le pediría que se casaran, y se lo pediría ahora mismo de tener anillo, «¡e incluso sin él!». Salvo en el terreno culinario, él nunca se había arriesgado a nada. No había cometido locuras como intentar bañarse en la Fontana dei Quattro Fiumi, no le había negado la entrada a ningún mafioso a cualquiera de los restaurantes que tenía en Roma, no había consumido drogas y tampoco se había hecho un tatuaje. Pedirle matrimonio no era tampoco una locura, «locura»... Había gente que se casaba tres días después de conocerse y se pasaban la vida juntos, y otros que se conocían desde la infancia y el matrimonio mataba el amor en medio mes. Él negó acallando el debate mental.

—Gracias.

Ella no resistió la tentación de tocarle la cara, la piel en la quijada estaba suave y libre de barba. Sonrió al bajar una mano por su nariz y pasar a sus labios, de los que recibió un beso. Luca no había dejado de ser el rey «*delborderíomáximoporquemicalvalovale*», aunque su faceta cariñosa y tierna, oculta bajo una gruesa capa de hielo, la tenía totalmente conquistada.

Tiró de las sábanas y se las quitó. Cuando se ladeó aún más en el colchón para remolonear, él le dio dos suaves azotes en la nalga.

—Arriba —apuró Graziani levantándose de la cama y aprovechando para cerrarse los puños de la camisa.

Andrea en otras circunstancias le habría dado una coz... Se sentó en la cama y no se levantó, se quedó mirándolo. Con esa cara de concentrado.

—Dame —le dijo sonriendo. Luca estiró el brazo y le permitió abotonarle el puño, que no había manera de que lograra cerrar.

—Muy amable, Bloom —susurró, moviendo la muñeca y comprobando que el gemelo estaba en su sitio. Miró la hora en el reloj despertador y adhirió su boca a la de la mujer y le dio un beso—. Ve a ducharte.

Ella respondió a su beso e hizo lo que él había ordenado. El agua de la ducha la desveló, y al salir descubrió sobre la tapa del inodoro una muda de ropa. Todos los utensilios de maquillaje estaban dentro del neceser al igual que la colección de cremas. Todo lo que ella había tenido en el baño estaba ahora ordenado y listo para ir a la maleta. Andrea se vistió con la ropa que Luca le había dejado y, sin maquillarse, recogió los enseres y salió al dormitorio. Llenó la maleta fijándose en la ropa debidamente doblada, ni ella lo hubiera preparado con tanto cuidado. Caminó descalza a la cocina.

—Cuando acabes repasaremos si está todo el equipaje —le dijo Graziani vertiendo la leche caliente en la taza preñada de café.

Endulzó la mezcla con tres cucharadas de azúcar blanquilla y le hizo entrega de la taza. En un plato sobre la isla de mármol, había un pedazo de la *crostata* del día anterior.

Andrea asintió cogiendo la taza y soplando el tambaleante humo que surgía de su café, fue a sentarse en uno de los taburetes frente a la isla de mármol y sus ojos repararon en los billetes de avión que había a menos de diez centímetros de ella.

Luca empinó el tercer *ristretto* y la observó comer apoyado contra uno de los armarios de la amplia cocina. La luz provenía de las luces que se encontraban sobre sus cabezas, pues la oscuridad devoraba todo a su alrededor, ni una estrella brillaba en el firmamento. Al acabar, él hizo que lo siguiera al dormitorio.

—Ven aquí —le pidió dando dos golpecitos al colchón. Al Andrea sentarse en la cama, Graziani se acuclilló y abrió el primer cajón de la mesita de noche. Dentro de un sobre hecho con una hoja de papel en blanco estaba la alianza de compromiso de Andrea—. Dame la mano. —Él sacó el anillo y la miró—. Por favor.

Andrea unió las manos en su regazo. Elevó la cabeza y lo miró a los ojos.

—Luca... —No quería que se lo pusiera él, porque de hacerlo rompería a llorar de un instante a otro.

—Por favor... —repitió por sexta vez en lo que iba de año.

Graziani, con cuidado y cierta ternura, toda la que cabía esperar de él, cogió la mano diestra de Andrea. Los finos y largos dedos se movieron contra su palma. Luca deslizó la alianza en su anular. Miró el anillo y el oro no brillaba, desde luego no como el solitario que él le compraría. Sí, le compraría un zafiro montado en oro blanco. A ella le sentaría bien con el color de la piel y haría juego con la negrura de su pelo.

Andrea apretó la mano cogiendo la de él; la alianza le quemaba, le ardía en el dedo. No iba a decirle de nuevo que le pidiera que se quedara con él, ya no iba a decirle nada. Estaba decidido y ella lo había aceptado o, por lo menos, la parte que quedaba de ella y que no había muerto hacía unas horas en la misma cama en la que ahora estaba sentada.

—Tenemos que irnos —anunció Luca irguiéndose.

De pie, ayudó a Andrea a levantarse y, al abrazarse a su cuerpo, le besó la húmeda y oscura coronilla.

—Nos iremos como vinimos.

Andrea frustró el ademán de él por separarse al ella apretarse un tanto más contra su torso.

—Sí —confirmó Graziani, la hora en el despertador resaltaba en números rojos—. Nos separaremos en el *check-in*. —Todas aquellas horas de vuelo, juntos, sabiendo que al bajar del avión deberían convertirse en dos desconocidos, serían malas tanto para él como para ella, así que Luca no cambió los billetes—. Tú irás en turista y yo en preferente.

—Exactamente igual —musitó Andrea enterrando la nariz en el centro del masculino pecho.

Luca olía a café, a *after shave*..., a casa.

—Sí —asintió abrazándola para arrullarla entre sus brazos. Andrea continuaba siendo adicta al rosa, a los zapatos y conservaba el tic en la ceja izquierda; no obstante, no era la misma que la que había llegado dos semanas antes a Roma y él, ¡maldición!, él tampoco era el mismo. Dos semanas bastaban para enamorarse hasta el tuétano, bastaban incluso dos segundos. Mas para olvidar no bastaban ni dos segundos ni dos minutos, a veces ni toda una vida. Graziani fue soltando el abrazo y sus manos le cogieron la cara mirándola—. Tenemos que irnos.

Recogieron las maletas y dieron el último vistazo a la casa.

Luca llevó todo al coche excepto el bolso de Andrea, que le colgaba del hombro.

Ella, ya calzada, miró a su alrededor. La casa estaba en calma, la única luz que brillaba ahora era la del recibidor. Donatello se coló dentro y se frotó contra sus piernas.

—Pórtate bien.

Lo cogió en brazos y sonrió con el ronroneo del animal.

—Te va a llenar de pelos —chistó Luca subiendo las escaleras y cruzándose con Andrea en la puerta.

Él entró, apagó la luz, puso la alarma y cerró con llave.

—No me importa. —Andrea esperó a que él se apartara para poder dejar a Donatello sobre el felpudo—. Hazte una bolita... —le susurró acariciándole el lomo.

Es que iba a echar de menos hasta al gato, y eso que Luca nunca le había dejado meterlo dentro y así tenerlo encima mientras estaba sentada en el sofá o en la cama.

Graziani descendió las escaleras y esperó a Andrea mientras sujetaba la puerta del copiloto.

—¿Lo llevas todo? —Ella era «tan cabecita loca» que era probable que se hubiera dejado algo. Le sujetó el bolso mientras ella subía al coche. Al ir a entregárselo y ante el asentimiento de ella, insistió—: ¿Seguro?

—Sí.

Colocó el bolso en su regazo, aunque antes tuvo que recoger el sobre que había estado sobre el asiento. Andrea entrecerró los ojos con el golpe de la puerta al cerrarse, se puso el cinturón y miró por la ventana hacia arriba, hacia el cielo teñido de oscuridad y esponjosidad grisácea.

Luca había dejado los billetes en el salpicadero del coche después de colocar el equipaje en el maletero.

—Lleva la documentación en la mano —le dijo para que la cogiera.

Giró la llave en el contacto y el motor del coche roncó despertándose.

—Has dicho que nos separaríamos en el *check-in*. —Andrea cernió la mirada en el sobre que llevaba en su mano y leyó el «François de la Croix» escrito en la blancura del papel—. Gracias.

—No tienes por qué dármelas, tu carta de recomendación es más que merecida —alegó con total sinceridad.

Graziani no miró hacia atrás conforme se alejaban por el camino de tierra. Cuando salieron de este y, tras varios minutos en silencio, giró la cabeza al oírla hablar nuevamente.

—No te las estoy dando por esto —articuló Andrea mirando la carta sin abrir—. No te doy las gracias a nivel laboral, Luca.

Aunque debería, lo que había aprendido en el mes que había pasado en sus cocinas valía una fortuna.

—Tampoco me las des por eso.

Él movió la mano del cambio de marchas y la apoyó en el femenino muslo, el apretón a Andrea le valió de caricia.

El largo camino hacia el aeropuerto transcurrió en silencio o, al menos, el silencio que brindaban las respiraciones de ambos.

Luca aparcó y llegó el momento de bajar del coche. Él cargó la maleta con ruedas, la maleta de mano y la manta de cuchillos; sería mejor que lo llevara él, si no Andrea acabaría perdiendo la mitad de cosas por el camino, y eso que no llevaba tacones.

Una vez en el *check-in*, Andrea entregó la documentación y después Luca hizo lo propio. Ambos fueron juntos, casi pegados hasta que sus pies pisaron la zona de embarque.

Ella observó sus manos unidas, el bolso colgándole ahora de un antebrazo y dentro de este la carta de recomendación. Andrea también cargaba con la bolsa de mano; la manta de cuchillos había acabado dentro de la maleta de ruedas al pasar por la revisión del equipaje.

—Bueno... hasta aquí —dijo tragándose el sollozo.

Cerró los ojos para retener las lágrimas en sus cristalinos.

—No te equivoques de puerta. —Luca, que solo llevaba la maleta de mano, le subió las solapas del cuello de la parka—. En aduanas acuérdate de enseñar esto —dijo a continuación señalándole el permiso de los cuchillos metido en el pasaporte que ella sujetaba entre dos deditos.

—No, no me equivocaré —gimoteó luchando para mostrar entereza.

Andrea asintió a lo del permiso y sujetó con más fuerza el pasaporte.

—Y cuando tengas la entrevista con De la Croix no te pongas nerviosa, no hay motivo para ello —recalcó sus palabras subiéndole la cabeza para que se miraran. Luca con una mano, retiró las lágrimas que mojaban su cara—. Utiliza la cabeza, piensa las cosas antes de hacerlas y, si algo no lo tienes claro, no te arriesgues...

—Y no tengas miedo, todo irá bien —acabó Andrea por él.

Estiró las esquinas de su boca y sonrió, una sonrisa trémula y lluviosa, pues las lágrimas saltaron de sus ojos y corrieron por su cara.

—Sí, todo irá bien, *tesoro* —asintió él acariciándole los labios, aquellos labios gruesos y rosados. Graziani se bebió su sonrisa al besarla, la besó apurando el oxígeno de sus pulmones. El hielo de sus ojos se fundió, volvió a su estado líquido y batalló con los lagrimales para rebosar de ellos—. Todo irá bien —murmuró apartándose lentamente de ella.

Luca la miró, Andrea tenía los ojos cerrados y la sombra de su beso estaba en sus labios.

Se fue, se fue su sabor, se fue su olor, se fue su calor también... Él por entero se marchó dejándola ahí sola y torturada. Andrea no miró hacia atrás ni hacia delante o a los lados; no fue a buscarlo, se quedó quieta durante varios minutos que le supieron a eternidad y después..., después fue a sentarse a la sala de embarque. Una vez llamaron por megafonía, hizo como las ovejas, siguió a la multitud y lo buscó, lo buscó con la mirada, pero... no lo vio.

Luca se las arregló para salir del aeropuerto. Con las dos manos en el volante aceleró por la autopista, conduciendo de vuelta a casa. El hecho de estar con Andrea en el avión, por mucho que fuera a distancia, se le hacía insoportable. Iban a compartir el mismo oxígeno y las posibilidades de encontrarse por un motivo u otro en el avión mismo o al subir o al bajar, hasta incluso a la hora de recoger las maletas, eran demasiado altas.

—*Porca miseria*[130] —sollozó golpeando una mano contra su rostro para arrastrar las lágrimas que le empapaban la cara.

En la radio, encendida para paliar el sonido de su propio llanto, sonaba *When I was your man*[131]. Incluso Italia FM estaba en su contra. Graziani llegó a la vivienda, salió del coche y, sacando las llaves del bolsillo del pantalón, abrió la puerta. Dejó fuera a Donatello, que se desperezó en el felpudo al verle llegar. Luca desactivó la alarma y cerró de un portazo, zanqueó al dormitorio y se dejó caer en la cama, con las sábanas revueltas, vestido y calzado.

Un par de horas más tarde, una segunda llave giró en la cerradura de la puerta principal de la casa. Pasos aproximándose a la habitación, una mano posicionándose en la puerta entreabierta y empujando la madera para que esta se abriera.

—Sabía que no te habías ido... —suspiró Andreas mirando la cama.

Allí estaba él, aunque ahora se encontraba sentado en una esquina de la cama con... una bata sobre las piernas, una bata blanca con millones de caras de Hello Kitty.

—Lárgate, Andreas —espetó Luca apretando la prenda bajo la fuerza de sus manos. La había descubierto colgada detrás de la puerta del baño, Andrea se la había dejado y en ella estaba impregnado el olor de la femenina piel. Luca izó la cabeza y miró a su hermano—. Lárgate de una vez —insistió con un carraspeo.

—La última vez que te vi llorar tenías ¿siete... ocho años? —lanzó la pregunta al aire.

Andreas jugó con las llaves en su mano a la par que mira-

---

130. (It) Mierda.

131. *When I was your man*, canción del artista Bruno Mars perteneciente al álbum *Unorthodox Jukebox*.

ba los ojos enrojecidos de Luca, Donatello ronroneaba entre sus piernas.

—Te apropiaste de mi tren y le jodiste la locomotora —escupió él acordándose de aquello como si fuera ayer.

—Y el abuelo me las hizo pagar.

Medio rio Andreas apoyándose a un lado del marco de la puerta.

Luca negó sacudiendo los hombros, la risa enronquecida emergió de sus cuerdas vocales y vibró en sus pulmones.

—Sí, te las hizo pagar —afirmó al hacer memoria.

El abuelo Massimo le dio tal somanta de azotes a Andreas que este no pudo sentarse en toda la tarde.

—Si necesitas hablar. —Él se enderezó y agitó las manos haciendo tintinear las llaves—. O emborracharte en compañía. —Andreas giró sobre sus pies; no obstante, antes de eso se inclinó para coger en brazos a Donatello—. Estaré en el restaurante, solo llámame y vendré directo.

Era el hermano mayor y, por tanto, el deber de cuidar de Luca le corría por las venas. Andreas era la persona que el abuelo había dejado al mando, por mucho que él supiera que este siempre había sentido más debilidad por Luca, seguramente porque eran iguales. El mismo carácter.

—Andreas —llamó Luca haciendo que este se detuviera y lo mirara—. Gracias.

Y aquel era el séptimo y último gracias de ese año.

El avión sobrevolaba cielo americano, las barras y estrellas de la bandera arropaban la tierra que se divisaba por la ventanilla.

Andrea durmió la mitad del viaje y al hacer escala en Nueva York pudo estirar las piernas. Al subir al segundo avión, buscó a Luca en el recorrido del pasillo de embarque, pero tampoco lo vio... Tomó asiento y le mandó un mensaje de texto a Grant avisando de que llegaría a Dulles en, aproximadamente, hora y media. Ese tiempo lo pasó mirando por la ventanilla, en silencio, en la soledad que le brindaba un avión repleto de gente y un alma hueca, vacía.

Megan esperó a Andrea con un chaquetón invernal, pues fuera hacía frío. Se abrió paso entre las gentes que aguardaban como ella a los recién llegados.

Andrea, con la maleta moviéndose tras de sí, la manta de

cuchillos, la bolsa de mano y el bolso, apretó el paso al ver a su madre esperándola. Los brazos la acogieron y la mecieron en aquel vaivén suave y maternal.

—Hola, cariño... —saludó Megan, empujando a Andrea para que se quedaran a un lado y no molestar—. Ven aquí.

La arrulló acariciándole la corta melena, sus labios besaron la mejilla cuando su hija apoyó su cachete contra su cara y alzó las manos para pasarle sobre los hombros el chaquetón.

Andrea rompió a llorar. En este mes de octubre estaba batiendo el récord de lloros, no había llorado tanto en toda su vida. El calor de la chaqueta no la consoló, no calentó su alma.

—Vamos al coche. —Megan cogió la manta de cuchillos y la maleta de ruedas y, con el brazo libre, rodeó la cadera de esta—. Vamos, vamos al coche.

Andrea la siguió porque no tenía otra. Miró hacia atrás, hacia las puertas que ella había cruzado por si milagrosamente él asomaba la cabeza, pero... Luca no estaba y no lo estaría más. Negó y miró esta vez hacia el frente, el frío la abofeteó al abrirse las puertas del exterior. Encogió los hombros sintiendo como las lágrimas en su cara se cubrían de escarcha.

—¿Por qué nunca me haces caso? —se lamentó Megan, estirando el cuello para mirar un tanto más allá en el aparcamiento, divisó el coche y tiró de Andrea hacia él.

—Mamá, por favor... —suplicó Andrea no queriendo oír una de sus largas y machaconas charlas.

Con ayuda de su madre, metió el equipaje en el coche, se frotó la cara con sus heladas manos y subió al vehículo, descansando el cuerpo en el mullido asiento. Estaba cansada, muy cansada, y tenía las piernas entumecidas y el cuello afectado por una creciente torticolis.

—Te dije que acabarías con las bragas en los tobillos y ¿qué ha pasado? —Megan cerró la puerta de su lado y poniéndose el cinturón exclamó—: ¡Justamente eso!

Sin poner en marcha el motor la miró. Andrea parecía enferma, estaba pálida salvo en la zona de las ojeras; ahí estas pesaban como dos losas negruzcas.

El brillo en sus ojos se había extinguido. Se cubrió de cuello para arriba con el chaquetón, que ejerció de manta, se encogió en el asiento y buscó un poco del sol que iluminaba con timidez. Cerró los ojos y suspiró sin mediar palabra.

—Te habrás protegido, ¿no?

Megan se lo preguntaba con conocimiento de causa. Así y todo había intentado educarla debidamente en el terreno sexual. «¡Póntelo, pónselo!».

—Sí, mamá —la interrumpió sabiendo por dónde iba.

Andrea subió las piernas, las colocó encima del asiento y las acercó a su pecho; movió el bolso a un lado y cerró con más fuerza los parpados sobre sus cansados ojos.

—Mira que...

—Mamá llevo un DIU.

Ese «paragüitas» llevaba ahí dentro tres años y hasta el momento había funcionado como cabía esperar.

—Tú sabes la cantidad de niños DIU que hay por el mundo. —Ella conocía a cuatro, cosas más raras se habían visto. Megan se estiró en el asiento y peinó hacia atrás el corto cabello de su hija—. Cariño, yo lo digo porque...

—¡Por el amor de Dios, mamá, estoy fatal y tú solo te preocupas por si me han hecho un bombo! —chilló Andrea volviéndose en el asiento y zafándose de la mano de esta—. ¡Luca no es como mi padre, y yo tampoco soy como tú! ¡No me he acostado con él a la primera de cambio!

Megan se quedó mirándola con la mano en alza.

—Perdóname —dijo pocos segundos después del último chillido de Andrea—. Perdóname por preocuparme por ti —pidió negando con la cabeza y subiendo las manos como si su hija estuviera apuntándola con un arma.

Andrea cerró los ojos e inhaló profundamente, dándose cuenta de lo «burra» que había sido.

—Lo siento —susurró negando—. Mamá, lo siento —insistió abriendo los ojos y cogiéndola por un antebrazo—. Perdóname, por favor.

Megan suspiró mirando al frente y dio dos golpecitos en la mano de su hija.

—¿Qué vas a hacer? —le cuestión mientras ponía el coche en marcha.

—Volver a casa —respondió Andrea sin rodeos.

Retomó la posición en el asiento, y eso que su bolso se había caído y había medio volcado el contenido en la alfombrilla.

—¿Y ya está?

—He tenido una aventura antes de casarme.

—Andrea...

—No voy a contárselo jamás a Samuel.

—Andrea...

La misma Andrea que ahora miraba por la ventanilla viendo el paisaje correr al ritmo del coche.

—Quiero a Luca como nunca en la vida podré querer a Samuel —masculló. Las palabras dolían al salir de su boca, le lastimaban la lengua y los dientes—. Y no puede ser, se acabó la historia.

Una historia que le dolía en todo su cuerpo.

Megan deslizó la mano del cambio de marchas hacia una de las recogidas piernas de Andrea y le acarició el muslo.

Esta contuvo el aliento, giró la cabeza hacia la mano de su madre y estiró las piernas viendo como su mano seguía en su muslo. El gesto le recordó a Luca, aquel gesto silencioso en el coche, pero cargado de significado.

—Samuel es muy diferente a Luca mamá. Samuel es un pasota.

—Tú también has sido una pasota estos últimos días.

Andrea no queriendo admitir que su madre tenía razón cambió de tema, no quería reconocer que había «ignorado» a Samuel mientras enloquecía por Luca.

—Es muy probable que François de la Croix me dé trabajo, así que no tengo motivos para estar triste —explicó sin apartar la mirada de la mano.

Megan la llevó a su casa, a la casa familiar y no al apartamento que Andrea tenía alquilado con Samuel. Arriba, en las escaleras, frente a la puerta entreabierta, estaba Grant esperándolas.

Andrea abrió la puerta y bajó del coche olvidando el bolso intencionadamente, pues quería subir las escaleras y echarse en aquellos brazos que tan paternos le resultaban. Al sentirse estrechada en ellos cerró los ojos dejándose mecer, mas algo fallaba... Por muy buenos que fueran los abrazos de Grant, le iban a faltar los de Luca y los de la *nonna* Giuliana, las risas de Stella y las descaradas y a la vez desternillantes miraditas de Tiziano.

—¿Qué tal el viaje? —interrogó Grant acariciando la corta melena de Andrea, la tomó por los hombros y miró su... mala cara—. Ya veo —dijo esta vez pellizcando cariñosamente las mejillas de ella—. Bueno, vamos a ir a tomar un café.

Su madre estaba subiendo las escaleras con su bolso y el chaquetón, el equipaje se quedaría en el coche hasta que fueran a su apartamento. Andrea caminó al lado de Grant pegado a su cuerpo, ya que este la llevaba cogida por las caderas. Ella miró al cielo, al sol, y supo que, a pesar de ser el mismo astro, allí no calentaba ni iluminaba igual que en Roma. Miró más atrás, el asfalto, que nada tenía que ver con la oscura tierra de los viñedos. El olor de la ciudad no era el del campo y el café de Grant... El café de Grant estaría mejor que el de Luca, pero hasta ese menjunje negruzco lo iba a echar de menos. Andrea entró en la casa y no pensó en llamar a Cathy, la organizadora de bodas ni a Samuel, su prometido. No pensó en él ni cuando aquella noche compartió la misma cama.

16

Futuro apellido: Row

Tres meses más tarde. Washington.

Hundió la cuchara en la *panna cotta*. El color caramelo, adquirido por la mezcla con el *toffee*, contrastaba con la plata del cubierto. Luca cerró los ojos saboreando la suavidad de la nata, bien balanceada con el caramelo y los pequeños y crocantes granos de café amargo, recubiertos de una finísima capa de chocolate.

—Es fantástica —suspiró ante la potencia y, a la vez, ligereza del postre.

—Lo es —asintió François de la Croix en su despacho y con Luca Graziani sentado al otro lado de su mesa probando la especialidad que había sido el último empujón para conseguir la nueva estrella *Michelin*—. Lo que no entiendo... —comenzó a decir con su acento francés intoxicando cada una de sus palabras en inglés— es porque no tienes a esa chica trabajando para ti.

—Somos incompatibles —dijo Luca hundiendo la cuchara en la *panna cotta*, que era claramente una creación de Andrea.

Era ella a cada ráfaga de sabor. Medio sonrió mirando el plato, ahora Andrea acabaría haciéndolo mejor que él y tendría que largarse con el rabo entre las piernas.

—Tú, como siempre, eres el problema —determinó De la Croix quitándole el plato y la cuchara, la cual utilizó para rebañar lo que restaba de *panna cotta*—. Esa chica tiene muy buen carácter y sabe trabajar.

Graziani se relamió los labios y se echó hacia atrás en la silla desabotonándose la americana.

—Y es toda tuya. —De él, de él ya no era nada. «¿Es que alguna vez lo fue?». Luca centró la mirada en los puños de su camisa y sacudió la rasurada cabeza—. No quiero entretenerte.

Que Luca Graziani se presentara en su restaurante habiendo llamado previamente ya era raro, pero que lo hiciera y pidiera probar la *panna cotta* en su despacho era más que sospechoso.

—¿Y solo has venido a hacerme una visita?

Washington en enero era un infierno helado, y todos sabían la animadversión al frío que tenía Luca.

—Tenía que cumplir con lo acordado con Doherty y Marvin, comprobar que ella está haciendo bien el trabajo y... —Graziani se irguió en el asiento. Una vez de pie, volvió a abotonarse la americana y recogió el abrigo que había dejado sobre sus piernas. Podía haberlo dejado en el guardarropa de la entrada, sin embargo, prefirió llevarlo todo encima para marcharse lo antes posible—. Eso es todo —carraspeó sacando del bolsillo del abrigo el par de guantes de cuero.

François de la Croix se levantó junto a él, circundó la mesa y abrió la puerta.

—Te acompaño.

Le cedió el paso aún sin creerse que Luca hubiera venido para comprobar si la chica estaba haciendo su trabajo, pues ahora él era su jefe y, por tanto, el responsable. Y probar la *panna cotta* era su deber.

—Gracias —dijo Graziani saliendo tras él del despacho.

Cruzaron el pasillo interior. Como en su restaurante de Las Vegas, las vidrieras mostraban la cocina. Fue entonces cuando la vio...

Andrea inyectaba una vinagreta de mostaza y miel en los pequeños tomates *cherry*. Estos, de diferentes tamaños y colores, engordaban con la mezcla para acabar sobre un lecho de brotes de apio, soja y berros. Concentrada en inocular la cantidad adecuada, y con el ruido de fondo de una cocina que se preparaba para el servicio de la noche, no se percató de que Luca la miraba. De hecho, no lo habría imaginado allí. La esperanza de verlo había perecido, de verlo de la misma manera que hacía unos meses. Encender la tele y verlo en sus programas de televisión, en revistas era inevitable; mas volver a tenerlo ante sí mirándola con aquel fuego grisáceo... «no».

Luca sonrió por el pañuelo rosa en la cabeza de Andrea y más por los dibujos de pintalabios plasmados en él, se jugaría el cuello a que los Crocs también eran de color rosa. La sonrisa fue difuminándose en su boca al percatarse de que estaba algo más delgada; los huesos de los pómulos se marcaban en su bonita cara. La echaba tanto de menos: su risa atolondrada, su incansable y continuo parloteo... La pasada Navidad había sido un auténtico patíbulo. No le había quedado otro remedio que volver a Roma y pasarla solo, rodeado de gente. La *nonna* Giuliana mirándolo y, sin palabras, diciéndoselo todo; Andreas tan preocupado por él que no le dejaba ni respirar; los niños dando vueltas en torno a la mesa, compitiendo en velocidad por la cocina, queriendo hacerle sombra a Il Dottore el famoso piloto de moto GP, y Cristo olvidándolo, a pesar de estar ahí en la iglesia la noche de la Misa del Gallo.

—¿Graziani? —llamó François habiendo salido del pasillo, teóricamente lo estaba siguiendo. Rehízo el camino, se detuvo a su lado y le preguntó—: ¿Todo bien? —Miró en la misma dirección que Luca y frunció el ceño al reparar en la escena que lo había detenido—. ¿Seguro que no quieres entrar y saludar?

—Sí... —dijo de manera inconsciente, aunque su cerebro rebobinó reproduciendo la pregunta de De la Croix y se apresuró en espetar—: No, tengo prisa.

Luca la miró por última vez, apretó los puños y se forzó a caminar al tiempo que se ponía el abrigo y embutía las manos en los guantes.

Andrea se llenó de vinagreta al inyectar demasiada en el tomate, este se rasgó salpicándola. Respiró hondo, dejó la jeringuilla y el tomate en la bandeja y cerró los ojos. Nervios, nervios provocándole náuseas y mal humor, unos nervios terribles que deberían ser para bien. O por lo menos eso creía, ya que al día siguiente iba a dar el definitivo: «no quiero».

—¿Ya has ensayado el sí quiero? —Ken, el *sous chef*, un tipo divertido aunque un poco neurótico, se detuvo al lado de ella—. Si no lo has hecho ya te estás yendo a casa.

—Recojo y me marcho —sonrió forzada.

De la Croix le había dado permiso para marcharse antes del servicio de cenas, y eso que ella no se lo había pedido. Andrea suspiró cuando Ken le quitó la bandeja y la envió fuera de la cocina.

—De eso nada. —En la puerta estiró el brazo señalándole el pasillo, la estaba echando como quien manda fuera al chucho, desde el cariño por supuesto. Ken batió palmas haciendo ademanes—. Márchate ya.

Andrea sonrió forzada por decimoquinta vez en lo que iba de día, se despidió del personal que había en la cocina y se encaminó al vestuario. Retiró los guantes de plástico y los tiró a la basura, tenía las manos resecas. Al abrir la taquilla, cotilleó los mensajes de WhatsApp y comprobó que tenía tiempo para darse una ducha. Se desnudó y se quedó un rato largo bajo el chorro de agua caliente.

De la Croix acompañó a Luca hasta el taxi sin insistir en el verdadero motivo que a este le había traído hasta su casa.

—La nieve... —chistó al chico que trataba de mantener libre la entrada del restaurante. Carraspeó y entró en el local para terminar en la barra del bar pidiéndole al camarero un agua con gas—. ¡Bloom! —llamó al verla salir del pasillo.

—Chef —saludó Andrea, que no se había secado el pelo, pero sí se había puesto un gorrito de lana rosa.

Con las manos metidas en mitones, y un muy largo abrigo de palo que casaba con las UGG, caminó hacia su jefe.

—No se marcha ya, ¿verdad? —Miró el reloj, quedaba menos de media hora para que abrieran las puertas del restaurante al público. François bajó del taburete pegado a la barra—. ¿Quiere tomarse algo?

Estaba deseando hacerlo y además quedarse. Si trabajaba no pensaría. Andrea balanceó la cabeza en negativa.

—No gracias, señor, voy a cambiarme.

Le dio la espalda y fue a ir de vuelta al vestuario cuando...

—¡No, no! —François elevó la voz forzándola a no avanzar—. Váyase a casa, tiene que descansar para mañana estar radiante —sonrió mirándola. Los oscuros ojos de ella y los suyos hicieron contacto de nuevo—. Ya no podré llamarla Bloom...

—Row... —adelantó Andrea—. Mi apellido de casada será Row. —La aplicación de WhatsApp sonaba. Andrea suspiró mal sonriendo de nuevo—. Me marcho pues, chef.

François le dio un abrazo y después un ligero pellizco en la mejilla.

—Nos vemos el miércoles.

Como buen caballero, la acompañó hasta la salida del local y cerró la puerta acristalada.

Ella cerró los ojos, el vaho surgió al abrir la boca y le humedeció la cara.

—Hasta el miércoles —se despidió del chico que todavía acarreaba nieve.

Por el frío que logró filtrarse en su abrigo, sabía que no tardaría nada en volver a nevar. Andrea sacó el teléfono del bolso, toqueteó la pantalla y alzó la cabeza, pues le había parecido que la llamaban...

—¡Nena! —gritó Kendall haciendo aspavientos con las manos en el aire. Casi resbaló en dos ocasiones en la corta distancia del paso de peatones hasta Andrea—. No tienes cara de novia...

—¿Y de qué tengo cara..., de novio? —cuestionó Andrea, retirándose de la entrada al restaurante para ir al encuentro de Kendall. Sonrió forzadamente, pero no tanto. Había algo de sinceridad en esa sonrisa.

—Tienes cara de pasa... —El gorro con la borla roja en mitad de la cabeza de Kendall, la bufanda tan larga que le daba cuatro vueltas al cuello y aun le llegaba cerca de las rodillas. Iba equipada como para hacer el K2. La abrazó aunque ninguna de las dos podía notar sus cuerpos, más bien las capas infinitas de ropa—. De Corinto —susurró antes de romper el achuchón.

—Estoy cansada.

Y no era mentira. Andrea guardó el iPhone y le ajustó el gorro a Kendall, ya que tras el abrazo lo llevaba ligeramente ladeado.

—Tú quieres casarte ¿de verdad? —interrogó Kendall.

Ella había pedido vacaciones para acudir a la boda como dama de honor. En menos de seis meses, Andrea y ella se habían hecho inseparables; horas de mensajes de WhatsApp, llamadas telefónicas y videoconferencias por Skype lo avalaban.

—Dios, Kendall. Si has venido desde Las Vegas a comerme la cabeza, ya estás cogiendo un avión de vuelta —bufó echando a andar. Si venía detrás bien; si no, ¡también! Andrea clavó las suelas de las botas en el suelo—. Mierda, lo siento.

—Tranquila, no voy a tenértelo en cuenta —respondió Kendall sin rencor, brincó a su altura y enredando su brazo al de ella le dijo—: ¿Sabes que me ha pasado una cosa muy rara?

—¿Te han abducido los extraterrestres por error y te han tirado de la nave?

—Pues no. —¡Y era una pena porque ella era una fiel creyente del Majestic 12 y, por tanto, de los ovnis!—. Mientras esperaba a que el semáforo se pusiera verde me ha parecido ver a...

Kendall se quedó callada y miró a Andrea con expectación.

—¿A quién?

—A Abraham Lincoln —soltó Kendall de golpe caminando por la Connecticut Avenue.

Le había parecido ver a Luca Graziani parando un taxi en la puerta del restaurante de De la Croix y despidiéndose de este;

no obstante, se lo habría imaginado. De haber estado ahí con su jefe, Andrea lo hubiera sabido y si no le había dicho nada, es que habían sido imaginaciones suyas.

—Bienvenida a Washigton —rio Andrea inclinando su cuerpo contra el de Kendall hasta descansar la cabeza en su hombro.

Luca bajó del taxi, pagó al conductor y no le dio propina, claro. «Generando odio por el mundo. Sí, señor». Entró en el hotel y sacó la llave de su *suite* en forma de tarjeta, jugó con ella en la palma de la mano y marchó al ascensor. Se desabrochó el pesado abrigo y meditó entre empinarse todo el alcohol del pequeño minibar de la habitación o, por el contrario, beberse los diminutos botes de jabón, champú, suavizante y pasta de dientes del baño. «Lo que vaya a darte más resaca... Entonces, el colutorio». Al llegar a su planta, arrastró los lustrosos zapatos por la alfombra, abrió la puerta y se metió en la *suite*, arrancándose el abrigo antes incluso de cerrar. El hotel tenía complejo de Casa Blanca o, más bien, el estilo que Jacqueline Kennedy le había dado a esta. Concretamente, el dormitorio tenía un aire a la Yellow Oval Room. Graziani lanzó el abrigo encima de una de las sillas. Este se escurrió, pero Luca lo dejó ahí, en el suelo; se quitó los guantes y se desabotonó la americana. —*Porca miseria...*—, condenó abriendo la puerta del minibar. Sacó una botella de ginebra y un paquete de Reese's Miniatures. Desenroscó la **Brooklyn Gin** y se la tragó de un tirón, calmó el fuego del alcohol llenándose la boca de chocolate. Luca deambuló por la habitación comiendo Reese's y abriendo nuevas botellas de alcohol, encendió la televisión de la salita y se apoyó en una de las ventanas. Miró abajo, a la calle, imaginando que Andrea caminaba por ella bajo la suave cortina de nieve que empezaba a caer de nuevo... La voz algo estridente del presentador de Fox News le trajo de vuelta de su ensoñación. —Gilipollas... —ladró al ver en pantalla al pedante de Donald Trump.—¿Qué sería de este país si no fuera por nosotros los inmigrantes? ¡Imbécil!—. Luca había acabado en Washington aquella mañana para cumplir con lo cometido hacía unas horas: ir al restaurante de De la Croix, informarse y... verla. Ver a Andrea, aunque no estaba siendo del todo sincero. Estaba en el hotel, en el mismo hotel donde al día siguiente, a las diez menos diez de la mañana, Andrea iba a dar el «sí quiero». ¿Y por qué? Porque una parte de él esperaba que ella saliera corriendo como en la película *Novia a la fuga* y que por arte de magia supiera que él estaba ahí, subiera a su habitación y... Luca se tambaleó ligeramente, el alcohol corría por sus venas intoxicándole la sangre.

—Es bonito esto... —dijo Kendall mirando a su alrededor.

Paseaban bajo la nieve sin rumbo fijo al parecer. Carraspeó volviendo la cara hacia Andrea, a su lado y agarrada a su antebrazo.

—Sí lo es —asintió ella haciendo tiempo para no ir a casa, sin tener en cuenta la mochila que Kendall cargaba y en la que llevaba la muda para los días que iba a pasar en Washington.

—Ya sé que no quieres hablar del tema porque está muerto y olvidado y *blablablá*... —empezó a decir Kendall, frenando a Andrea para que se diera cuenta de que estaban ante un paso de peatones y con el semáforo en rojo—. ¿Cómo llevas lo de Graziani?

—Si el tema está muerto y olvidado, Kendall... —Las bajas temperaturas espesaban el vaho que salía de sus bocas y de sus fosas nasales—. ¿Por qué lo sacas?

—¡Vale, hermana! —exclamó Kendall rompiendo el lazo de sus brazos. Izó la cabeza hacia el semáforo y al ver que cambiaba a verde pisó el asfalto—. Hablemos de otra cosa... —le propuso a Andrea—. ¿Está todo listo para mañana?

—Creo que prácticamente todo.

—¿Te han arreglado el escote?

—Sí, pero parezco una morsa.

Con el escote más o menos ajustado se veía como una auténtica morsa. El vestido en sí era el problema. Le gustaba en la percha, pero no en la suya... Andrea encogió los dedos, con las puntas de estos al descubierto. Debería haberse puesto guantes y no mitones.

—¡No digas tonterías! —espetó Kendall. Los pies estaban empezando a dolerle y las tripas le rugían demandándole algo de cena y, a poder ser, ¡caliente!—. ¿Y el labial va a ser con brillo o tono mate?

Andrea no estaba prestando atención a las «tonterías» que Kendall le estaba preguntando. El vestido, los invitados, la boda. Lo único que quería ahora mismo era huir de todo ello—. ¿Cómo está? —preguntó sin poder evitarlo.

No fue más explícita; su amiga sabía perfectamente a quién

se refería.

—Aún más antipático, arisco, hosco, susceptible y borde de lo normal... —habló Kendall reparando en la presencia de un policía bien... uniformado—. Y damos gracias a que se marchó hace unas tres semanas al restaurante de Nueva York, porque si no te juro que Toulouse sale del local con los pies por delante —dijo obligándose a dejar de mirar al machote con porra.

—He querido llamarlo muchas veces —confesó Andrea entrecerrando los ojos. Su pelo, húmedo antes de ponerse el gorro, se le estaba pegando en la nuca—. Hola, soy yo, la mujer desesperada por excelencia, ¿podrías decirme si todavía me quieres o te las estabas dando de tipo interesante?

—No te cases. —Kendall se detuvo, empujó a Andrea para que ambas se hicieran a un lado de la calle—. No quieres a Samuel o por lo menos no como quieres a Graziani —dilucidó encogiendo los hombros.

—¿Y me planto ahora? —Que Kendall le estuviera prestando tanta atención teniendo a menos de cien metros al doble de Shemar Moore era una nueva muestra de su sincera amistad—. ¿Después de todo?

—Más vale tarde que nunca.

—No puedo hacer eso —condenó Andrea alzando la mano para morderse las uñas.

—¿Y vivir en la mentira sí puedes hacerlo?

Kendall le sujetó la mano antes de que ella comenzara a hacer uso de los dientes.

—Se me pasará, me olvidaré.

Andrea se persuadía con esa idea. Si se machacaba con ella seguramente ocurriría. ¡Se olvidaría de él! Esto era como aprender chino viendo películas con subtítulos. «¡Imposible!».

—Si no lo has hecho en este tiempo...

—¡Eres una persona tóxica! —chilló Andrea.

Apartó la mirada de Kendall y se abrazó a sí misma queriendo consolarse.

—Soy una persona hambrienta —respondió a su amiga, la cual necesitaba una dosis inyectable de algún tipo de antidepresivo. «¡Es urgente!». Kendall se situó a su lado y, pasando un brazo por encima de sus hombros, asintió—. Y tú también necesitas comer.

La posición en el asiento no era cómoda y las náuseas producidas por el mareo, derivado de la estúpida ingesta de alcohol, no hacían más llevadera la situación. Luca miró el paquete de encima de la mesita de té, ahí estaba el regalo de bodas de Andrea. Al día siguiente, antes de marcharse, lo dejaría en recepción para que el personal del hotel se lo llevara al comedor a la hora del banquete... «*La speranza è l'ultima a morire*[132]... ». La botella de *whisky* escupió lo que quedaba del dorado líquido, este le mojó la camisa. Graziani hincó los dedos en los reposabrazos del sillón y fue a levantarse, le costó pero lo logró. El ruido de la botella cayendo al suelo y rompiéndose en la alfombra le taladró las meninges.

—*Cazzo!* —gruñó al irse al suelo de culo, se golpeó la espalda contra el sillón y el dolor le acalambró las cervicales. Eros Ramazzotti, Umberto Tozzi, Gianni Bella; ellos y sus canciones podían irse al Infierno—. *C'è qualcosa che non torna... C'è qualcosa che non gira*[133]—tarareó mirando el techo de la estancia.

Plantearse la opción de acudir a un «loquero» cada vez cobraba más sentido y le restaba locura al asunto. «Tú y tus juegos de palabras». No era capaz de centrarse en el trabajo; dormir y comer eran necesidades fisiológicas, nada más. Ningún placer, ni un retazo de felicidad; solo vacío, un vacío sordo.

Nudillos golpeando la puerta, dedos largos y finos con las uñas pintadas de rojo burdeos. Más golpes, la impaciencia cruzando la puerta.

Luca parpadeó al querer centrar la mirada.

—¡¿Qué?! —gritó ladeándose en el suelo. Tenía que apoyarse en la moqueta pringosa y salpicada de alcohol y de ahí... levantarse.

Susana sacó su teléfono del *maxibolso*, llamó a Graziani y nada. Siempre cabía la posibilidad de que este no estuviera en la habitación... Ella se dirigió al ascensor para buscarlo en el bar cuando la puerta se abrió.

—Luca... —masculló sin creer lo que veían sus ojos. Estaba borracho, muy borracho—. *Oh Dio*[134]... —susurró Susana echando la vista hacia atrás y a los lados.

Nadie debía verlo así. Empujó a Graziani contra la pared del recibidor de la habitación, maniobró para pasar por la puer-

---

132. (It) La esperanza es la última en morir...

133. *Solo con te* canción de Eros Ramazzotti perteneciente al álbum *Musica è*.

134. (It) Oh, Dios...

ta entreabierta sin golpearse la voluminosa barriga. La semana siguiente salía de cuentas y, puesto que Leandro y ella habían decidido que Enzo naciera en Los Ángeles, se habían trasladado a la ciudad hacía tres meses; sin embargo, al enterarse de lo de la boda de Andrea y para prevenir la posible locura de Luca, Susana había quedado con él en el hotel.

—*Non sono ubriaco*[135]... —chistó él viendo a dos embarazadísimas Susanas y ninguna de las dos se estaba quieta—. *Sono di Pisa*[136] —rio torciéndose ligeramente a un lado.

—Ja, ja, ja. —La broma era ingeniosa, pero el cabreo pesaba más que el humor. Además, le dolían horrores los pies. Susana lo agarró por los antebrazos e interpuso su vientre entre ambos para clavar al hombre contra la pared—. Luca, no soy un derroche de movilidad, así que haz lo posible por ayudarme —le dijo haciendo gala de su inglés casi exento de acento.

Graziani cerró los ojos y subió las manos a los hombros de Susana.

—Vale, vale.

Trastabilló tomando aire profundamente por la nariz. Con su ayuda llegaron hasta el sillón del que él se había caído antes, los zapatos de Susana pisaron los pedacitos de cristal de la botella. En su sistema iba a instalarse una licorería: ginebra, ron, *whisky* y faltaba el vodka. «¡Sin hielo y con un chorrito de limón!».

Susana maldijo levantando un pie, pues la suela de su zapato estaba pegajosa y espolvoreada de cristal.

—Esta habitación apesta... —Envoltorios de chocolatina por todos lados como confeti, ropa sucia hecha ovillos, la tele encendida a un volumen atroz—. Tú apestas —lo imputó como único culpable. Susana cogió el mando de la tele de la mesita de té y apagó aquel «trasto infernal»—. Café, necesitas mucho café.

Antes de que Susana fuera a llamar al *roomservice* para pedir todo el café que pudieran traerles, él le tomó una mano apretando la suave palma. Luca descansó la nuca contra el reposacabezas y cerró los ojos; no sabía qué era peor, pues, tenerlos abiertos o cerrados, todo daba le vueltas del mismo modo incluyendo la oscuridad.

—De nada —susurró Susana a ese «gracias» no dicho con palabras, si no con el gesto de cogerle la mano. Ella le dio dos golpecitos en el dorso y se la soltó diciéndole—: Pero no pienso

---

135. (It) No estoy borracho...
136. (It) Soy de Pisa.

ayudarte a ducharte...

A través de las ventanas rectangulares del pequeño y concurrido local, se podía ver iluminado el Capitolio. La Navidad había abandonado la ciudad, pero regresaría, «como siempre». El frío arreciaba un tanto más, la temperatura iba bajando haciendo que la gente evitara las nevadas calles.

Andrea miró su plato, no había hincado el diente al *fried chicken and waffles* y se le iba a quedar frío.

—Gracias... —masculló al Kendall empaparle con sabroso sirope el pollo y los gofres.

—De nada. —Volvió a sentarse y levantó del plato el chorreante *chili dog*. La salsa le estaba manchando los dedos y los labios. El olor de la cebolla junto a la mostaza y las especias se introducían en su piel—. De todas, todas, tu boda no tiene nada de normal —masticó Kendall relamiéndose los labios. El queso fundido le quemaba el paladar—. No habrá viaje de novios, nada de despedida de soltera...

—No quiero al novio —apuntó Andrea tirando de la alita con los dedos. El rebozado bañado por el sirope le pegoteó las yemas—. ¿Qué más? —preguntó antes de meterse la porción de pollo en la boca.

—Gracias por admitirlo. —Kendall dejó lo que le quedaba del *chili dog* en el plato, cogió un gajo de boniato bien dorado y le dio un mordisco ignorando la **salsa tártara**—. ¿Te acuerdas de *Novia a la fuga*? —Antes de que Andrea dijera nada, ella añadió—: No sería por Richard Gere pero...

—Tienes la cabeza llena de pájaros —negó Andrea. Al fin cenaron, tomaron un par de copas y cogieron un taxi hasta su apartamento. El señor *Muffin* aguardaba tras la puerta—. Hola, gatito... —saludó tras el largo maullido.

—Sí que habéis tardado —dijo Samuel saliendo de la cocina con un tarro de helado de chocolate.

En el congelador había helado casero que Andrea preparaba cada mes, pero él se empeñaba en seguir comprando industriales a sabiendas de que a ella eso le molestaba. Era un tío de costumbres.

—¡Eh!, ¿qué haces aquí? —exclamó Kendall tapando a Andrea con su cuerpo o, al menos, intentándolo—. ¡No puedes ver a la novia! —galleó con *Muffin* saltándole por encima del hombro para caer en el sofá—. ¿Se puede saber qué le dais de comer a esa bola? «*Spidercat*[137]!».

—Solo quería despedirme. —Samuel, con la boca llena de helado y parte del cerebro congelado, se encogió de hombros. Motas de chocolate le manchaban la camiseta de los Washington Wizards—. Voy a dormir a casa de mis padres.

—Supersticiones —dijo Andrea, acuclillándose para quitarse las botas. Se desabrochó el abrigo, lo colgó tras la puerta junto al bolso y se quitó también el gorro y los mitones—. Nos vemos mañana entonces.

Samuel no había ni guardado el helado y Andrea ya lo estaba echando.

—Sí, mañana nos vemos. —Olvidó el tarro. Con la cuchara clavada en el helado encima de la mesa del comedor y relamiéndose, pasó al lado de Kendall—. Buenas noches —se despidió de ella—. Llama a Cathy —le dijo a Andrea y, como respuesta, esta le tendió el abrigo y le ofreció la mejilla para que pudiera besársela.

Kendall miró a Samuel, viendo la puerta cerrarse tras este, y volvió la vista a Andrea.

—¿Qué es lo que vas a hacer mañana con él? —le cuestionó Kendall—. Recuérdamelo porque ahora mismo me he quedado en blanco...

—Casarme... —carraspeó Andrea avanzando por el apartamento descalza. Recogió el helado de la mesa y se metió en la cocina. Una vez allí, levantó la tapa de la basura y tiró el tarro con cuchara incluida—. Casarme.

—¡Ahora ya sabes cómo me siento yo todas las mañanas desde hace treinta y ocho semanas! —Susana alzó la voz al ver a Luca tirar de la cadena tras vomitar, por cuarta vez. El café había hecho efecto. Hambrienta, rajó la bolsa de los Twinkies, que olió entrecerrando los ojos—. La pena es que están fríos... —masculló echando de menos el microondas.

---

137. (In) Juego de palabras *Spider*: araña. *Cat*: gato.

Graziani se refrescó la cara y se miró en el espejo, ahora por lo menos no le daba todo vueltas. Metió las manos bajo el chorro de agua fría y se empapó la cabeza.

—No te envidio... —dijo cerrando el grifo y secándose solo las manos, ni la cara ni la cabeza. Salió del baño y fue a sentarse en el sillón que olía a alcohol—. ¿Sabes cuánto me va a subir la factura?

Contando el desastre en la estancia, las bebidas, las chocolatinas y todas las gaseosas y chucherías que Susana seguía comiendo...

—Has dejado vivas tres botellas —enumeró Susana apretando uno de los pastelitos para que este escupiera parte de la rica crema y poder lamerla—. Te va a salir caro.

Luca recostó la cabeza en el mueble admirándola.

—Te sienta tan bien...

No estaba celoso o molesto porque ella fuera feliz, al contrario; pero sí le dolía no haber sido capaz de darle esa dicha él mismo.

—No te rías de mí... —amonestó Susana acercándose.

Presionó un tanto más el pastelito y se apresuró a lamer toda la crema dejando el bizcocho seco. Se sentó en el sillón al lado del de Luca y posicionó su otra mano en la de este, encima del reposabrazos.

—Nunca me rio de ti. —Graziani detestaba la bollería industrial y más, en esos instantes, con el estómago revuelto, aunque Susana devoraba los Twinkies como si fueran el manjar más delicioso—. Me rio contigo.

Sonrió Luca moviendo la mano para entrelazarla con la de la mujer.

Susana y sus hormonas clamaban por proteger a Luca, por cuidarlo, por eliminar todo el mal que le estaba destrozando poco a poco. Si bien él ya era mayorcito y sabía defenderse solo, ella no podía evitar querer ejercer de mamá gallina.

—Cabemos los tres en esa cama —le dijo refiriéndose a la *king size* del dormitorio—. O duermes en el sofá.

—¿Sigues dando coces?

En una *king size* difícilmente iban a rozarse siquiera, si no había previa intención; pero la cuestión era chincharla. Graziani, acostumbrado a los colchones duros y muy amplios, no pedía una cama individual.

—Yo nunca he dado coces... —se quejó ella con un montón

de miguitas en las comisuras de los labios. Susana lo señaló peligrosamente con un dedo—. Y tampoco ronco —dijo antes de que este se atreviera a insinuarlo.

—¿Y Leandro?

—Le he pedido que se coja un vuelo mañana... —Susana se levantó del sillón y resopló acunando su vientre, que ya había comenzado a bajar. Enzo estaba colocado, así que iba a salir cuando le diera la gana. Ella extendió los brazos tendiéndole las manos para que Luca se las tomara—. Quiero ir al Museo Nacional, aún no he estado y me apetece mucho ver la *A Glorious Burden*. —Ahora de pie, Luca parecía bastante estable—. ¿Por qué no te vas a primera hora? —Susana le apretó las manos y fijó la mirada en ellas—. No se te ha perdido nada aquí.

—Lo sé... —Sí, sí había algo que se le había perdido allí. Allí mismo, en esa habitación, y era la esperanza.

17

La loca vestida de novia

Los rulos en la cabeza, el maquillaje retocado tres veces. Andrea había bajado a las cocinas del hotel desde su habitación, pero no en bata. Aún le quedaba algo de cordura. Porque en la bata, en esa «*horripilancia*» color perla que le habían obligado a vestir mientras la arreglaban, llevaba escrito en la espalda y en letras rosas: *The Bride*[138].

—Andrea… —llamó Megan. Esta estaba inclinada sobre la mesa manga pastelera en mano, llenando los vasos de hileras de crema de castañas y nata—. Cariño… —Se aproximó a ella y la tomó por los hombros—. Para un segundo. —El ir y venir de cocineros y camareros la estaba poniendo todavía más nerviosa—. ¿Crees que es necesario todo esto?

—Sí, sí lo es, mamá —asintió Andrea. Los rulos iban a salir disparados de su corta melena si seguía agitando la cabeza de aquel modo—. Lo es porque es mi banquete —dijo girando la manga para que la crema no escurriera fuera de la boquilla—. Y tiene que salir perfecto —y no estaba saliendo perfecto, pues… Andrea miró los vasos y…—. ¡No sé qué es lo que le falta, pero le falta algo!

—Te estás obsesionando… —advirtió Kendall con el cabello cuidadosamente recogido y engarces de cristal adornando las trencitas. Una auténtica maravilla estética… Hundió la cuchara en el vaso, la sacó para llevársela a la boca y atiborrada masculló—: Está perfecto.

—¡Grageas de regaliz! —chilló Andrea, los sabores armonizaban en su cabeza y, si lo hacían en ella, lo harían en el paladar—. Las haré polvo y espolvorearé con él la nata. —Puso la manga encima de la mesa y le quitó el vaso a Kendall dejándole la

---

138. (In) La novia.

cuchara. Preguntó a voz en grito si había grageas y la respuesta la hizo palidecer—. ¿No hay? ¡¿Cómo qué no hay?!

—¡Tranquilidad! —Kendall, después de chuperretear la cuchara, apuntó con esta a una Andrea que hiperventilaba—. Yo iré a por ellas, hay tiempo y un Best World Supermarket cerca. ¿Cuántas hacen falta?

—Todas las que encuentres —pidió Andrea—. ¡Gracias, gracias, gracias! —No la besó, pues le quedaban una veintena de vasitos por rellenar. Tomando de nuevo la manga, le dijo a Kendall saliendo de la cocina—: ¡Te quiero, te quiero, te quiero!

Cathy, con la carpeta en la mano y un bolígrafo sujetándole el moño en mitad de la cabeza, la miró exasperada.

—Andrea, se supone que me pagáis para que coordine todo esto y la boda va a ser un caos si no espabilas. —Y ella no quería tirar su trabajo por tierra porque la novia tuviera «dudas existenciales».

—Pues lárgate —espetó Andrea demasiado ocupada como para encararla.

—Andrea —chistó Megan para que su hija se controlara.

—Que se largue si no está conforme —sentenció Andrea mirando a su madre.

Cathy resopló, no estaba dispuesta a perder la mitad restante de su sueldo.

—Mejor me largo a ver si está todo listo en la sala de ceremonias —le soltó a Andrea. Dicho y hecho, ella con su traje chaqueta de Balenciaga se marchó de la cocina.

—Señorita. Disculpe, señorita

El jefe de sala entró en la cocina y trató de llamar la atención de Andrea.

—¿Qué? ¿Qué pasa? —inquirió esta con los ojos fijos en la crema subiendo en el vasito al ritmo que marcaba su mano apretando la manga.

—Yo me ocupo, Reginal, gracias. —De ese modo Susana despidió al jefe de sala, saludó con un cabeceo a Megan y miró a Andrea—. Buenos días, señorita Bloom, lamento molestarla y más... con lo ocupada que está —sonrió alzando la mano y saludando esta vez a Michel, el chef, que estaba al otro lado de la cocina—. No todas las novias se preparan para su boda y de paso orquestan la cocina para el banquete.

Andrea terminó de rellenar los vasitos y alzó la cabeza mirando a la mujer. El suave, muy suave deje italiano la hizo sonreír.

—¿En qué puedo ayudarla? —le preguntó moviéndose para colocar la manga vacía sobre la bandeja.

—El chef y yo somos amigos hace años, pasaba por la ciudad y he querido venir a visitarlo —comenzó a decir Susana estudiándola. Ella la había visto en fotografías y en la televisión, nada que ver con hacerlo en vivo y en directo—. No quiero parecerle descortés, señorita Bloom, pero últimamente me muevo por antojos y al entrar en la cocina solo podía oler....

—Oh, claro. —Por seguridad habían preparado una veintena más de vasitos de crema, junto a los que saldrían a la sala un amplio surtido de *petit fours*. Andrea se hizo con una cuchara y le tendió el vasito a Susana—. No está acabado...

Y ella solo rezaba para que Kendall regresara pronto con las grageas.

—Muchas gracias. —Susana, a través del cristal del vasito, contempló las capas de crema y nata. Se contuvo de relamerse y hundió la plateada cuchara en el postre—. ¿No lo está? —cuestionó segundos antes de introducir en su boca la cuchara. Ella cerró los ojos, los sabores fusionándose en su lengua hicieron cantar a su paladar—. *Che buono*[139]...

Suspiró sin entender qué era lo que le faltaba al postre, a ella le parecía redondo. Susana abrió los ojos y la miró. Desde luego la mujer que tenía ante ella no parecía una novia.

—No tiene por qué darlas —sonrió Andrea tirando del paño anudado a su delantal—. Y no, no está acabado, le falta el polvo de gragea de regaliz. —Su madre, señalándole el reloj, le hizo perder la sonrisa—. Si quiere, puedo pedir que le reserven otro y así lo puede probar terminado.

—Muy amable por su parte, pero tengo que irme. —Susana vació el vasito y dejó dentro la cuchara, disponiendo ambas cosas en un rincón de la mesa. Se frotó las manos y, agarrando el asa de su bolso que le pendía de un hombro, le dijo—: Le deseo que sea muy feliz. —Le dio la espalda, mas acabó ladeándose—. De verdad, le deseo la mayor felicidad, señorita Bloom.

—Muchas gracias. —Andrea siguió a la mujer con la mirada, puede que esta fuera crítico o periodista, o quizás nada de ello—. ¡Ya lo sé, mamá! —exclamó a su madre que no dejaba de insistir en la hora—. Ya lo sé...

Pero antes de volver a la habitación, Andrea debía informar

---

139. (It) Qué bueno...

al equipo de los pasos que debían seguir cuando Kendall trajera las grageas.

Luca oía hasta el vuelo de una mosca y este, este le resultaba ensordecedor. La resaca..., sería cierto eso de que con los años cada vez se toleraban peor porque él estaba por pedir unos palillos para sujetarse los parpados tras la negrura de las gafas de sol.

—No necesita un máster para entender lo que estoy tratando de explicarle... —gruñó llevándose una mano a la sien a la par que vencía su cuerpo encima del mostrador de la recepción del hotel—. Quiero que coloque esto en la pila de regalos en el jodido salón donde va a celebrarse el banquete —dijo moviendo el paquete encima del mostrador y posicionándolo bajo sus manos.

—Sí, señor... —titubeó el recepcionista. El traje tenía la elegancia de un *tuxedo*[140], aunque el pañuelo rosa bombón engalanándole el bolsillo cegaría a más de uno, perteneciera a la comunidad gay o no. —Pero es que no sé si hay pila de regalos...

—¿Y no puede mandar a alguien a averiguarlo? —refunfuñó Luca con una sonrisa repleta de dientes y... de cinismo. Giró la cabeza a un lado condenándose por el rosa, era inevitable que ese color le recordara a Andrea—. ¿Desde cuándo no hay pila de regalos en un jodido banquete de bodas? —masculló más para sí que para el personal del hotel.

—Tiene usted razón, si me disculpa voy a hacer una llamada —barboteó el recepcionista alejándose un tanto tras la mesa y levantando el teléfono—. Un momento, por favor —apuntó al tiempo que marcaba.

—*Dio, dammi la pazienza*[141]... —rezongó Luca con una pequeña maleta de mano en el suelo, entre sus piernas, y el pesado abrigo sobre sus hombros; el cuero de los guantes le crujía en las manos y el sombrero Fedora estaba encima del mostrador, justo al lado del paquete.

Susana tiró de los costados de su blusa premamá y aguardó varios segundos tras Graziani, a la espera de que este se diera cuenta de su presencia. Al no hacerlo, le tocó con suavidad un hombro.

—¿Cuánto ha costado?

---

140. (In) Esmoquin.
141. (It) Señor, dame paciencia...

El hotel tenía seguro y él tampoco había destrozado tanto la habitación, nada comparado con una fiesta al estilo KISS.

Luca torció la cabeza a un lado.

—Pienso pasarle la factura a tu marido... — le gruño en italiano y la sonrisa socarrona de ella hizo que se ablandara un poco, ¡pero no! Frunció el entrecejo y eso dolió... Si es que le dolía hasta el pelo que no tenía en la calva—. ¿Dónde estabas? —le increpó a Susana, recogiendo su sombrero para ponérselo.

—Tenía hambre —rebatió la mujer colocándose a su lado.

Miró al recepcionista, claramente amedrentado por Luca, y le sonrió. Durante su matrimonio les habían conocido como la Bella y la Bestia y a ella siempre le había hecho gracia, y más con el sentido que tenía el apodo. «Ni que no tuvieras abuela».

—Vaya pregunta más estúpida —reflexionó en voz alta. Chasqueó la lengua contra el paladar y de nuevo miró al recepcionista para decir—: Tenía hambre... —Luca tamborileó con los dedos encima del paquete impacientándose.

—Lo sé, lo sé, yo tampoco podía creerlo. No sé en qué piensan estos guionistas de *Glee*... Veremos qué pasa en el próximo capítulo...—rio el recepcionista con un timbre agudo que, sin saberlo, al borde estaba de sacar de quicio a Luca—. Kriss..., tengo que dejarte. —Estiró una sonrisa nerviosa en sus labios y colgó mirando al Vesubio—. Señor, no hay problema. Lo dejaremos ahí. —Fue a coger el paquete, pero las manos de Graziani seguían puestas encima—. ¿No lleva nada...

—No, no lleva nada escrito —cercenó Luca la pregunta antes de que el recepcionista pudiera terminarla. Movió el antebrazo, del que estaba tirando Susana llamándolo al orden, y gruñó—: Usted haga que llegue a la sala y basta. Si quiere ir dando piruetas en el aire como una bailarina sin tutú, no me importa; pero espabile, que para algo le pagan.

—Discúlpele, tiene un pequeño problema de resaca... — susurró Susana empujando a Luca a un lado del mostrador—. Y de fondo, uno de ira... —susurró aún más bajito tras dar dos pasos para inclinarse por encima de la recepción. Se estiró la blusa y volvió ante Luca y la maleta—. ¿Me llamarás cuando llegues? —le preguntó en italiano asegurándole el sombrero en la cabeza.

—Susana... —refunfuñó Luca al verla disculparse—. No eres mi madre —protestó cargando con la maleta—. Quita —la riñó, dándole un palmetazo en una de las manos que trasteaban con su sombrero.

—Te quiero —sonrió Susana interponiendo sus manos entre ambos.

—Ya lo sé —mascó Graziani mirando en dirección a la entrada del hotel.

Por ella, entraba una larga peregrinación de invitados ataviados para una boda, y que él supiera la única que iba a celebrarse era la de...

—Luca —llamó Susana cogiéndole del mentón para captar su atención.

Podía sentir la grisácea mirada en sus ojos a pesar de los oscuros cristales de las gafas de sol.

—Qué sí, yo también.

Graziani tomó las manos de ella en una de las suyas, pues la otra sujetaba la maleta. Las besó y carraspeó, comenzando a caminar hacia las escaleras que separaban la recepción del *hall*.

—Luca... —le llamó Susana por segunda vez.

—¡¿Qué?! —gritó girándose para mirarla.

A estas alturas de la película quedaba bastante claro que a él poco le importaba lo que pensara la gente. Su propia voz reverberó en el interior de su cerebro y le hizo apretar las muelas.

—¿Y Enzo?

—¿Qué le pasa?

Él estaba ahí dentro, metidito en el remanso de paz del vientre de su madre, que iba a acabar reventando de un instante a otro. Ese niño, de momento no tenía nada de qué preocuparse. Graziani aplastó la mano libre en su sombrero para que no se le cayera; este estaba seguro ahí en el calorcito de la calva, pero a Luca le dolía tanto la cabeza que sentía como si la misma fuera a rodar de su cuello al brillante suelo.

—¿No te despides de él? —cuestionó Susana apuntando con dos dedos a la gravidez de su panza.

—¿Y cómo lo hago Susana? —Graziani sin moverse sonrió descarado—. ¿A través de tu ombligo?

Al verla reír, se despidió con un leve movimiento de su cabeza. Bajó los escalones abriéndose paso entre largas faldas, lentejuelas y pamelas. Fuera hacía tres grados bajo cero. El sol dormía tras los nubarrones henchidos de nieve. «¿Para qué esas pamelas que más parecen pararrayos?». Luca ahora iba a salir del hotel y a pedir un taxi que le condujera hasta el aeropuerto.

Kendall, más helada que un **Frigo Pie**, regresaba del supermercado cargada con una bolsa repleta de grageas de regaliz.

—Lo que no haga yo por ella... —boqueó con un escalofrío. Se detuvo y entrecerró los ojos creyendo que de nuevo veía visiones—. ¿Graziani?

¡Era él! Esa manera de caminar, hasta de parar un taxi. ¡Era él! Y el día anterior, en el restaurante también era él. Kendall lo vio subir al taxi y seguidamente miró la entrada del hotel.

En el interior, Susana observaba a Luca mientras este salía. A través de las puertas de cristal y moviéndose para verlo entre tanta cabeza, lo siguió con la mirada para asegurarse de que subía al taxi.

—¡Espere! —clamó al recepcionista con el paquete en la mano y a punto de dárselo al camarero que habían enviado desde el gran comedor—. Deme el paquete —pidió ella alargando las manos. Las asas del bolso se le escurrían por el hombro—. Yo lo llevaré.

Kendall, que acababa de entrar por las puertas, decidió intervenir.

—Usted es la exmujer del señor Graziani. Antes me pareció que la conocía de algo, pero cuando entré a trabajar en el *lo sono* ustedes ya estaban divorciados, aunque sí la he visto en fotografías —dijo Kendall interponiéndose en el camino de Susana. Para su ignorancia, las intenciones de la mujer no eran dejar el paquete en el salón, sino en la habitación de Andrea; tenía amigos hasta en el Infierno—. No sé por qué no he caído antes —se riñó Kendall con su mano durmiéndose a causa del peso de las grageas. Había cogido todos los paquetes que encontró en el estante—. El señor Graziani no está aquí de casualidad, hay un millar de hoteles en esta ciudad.

Que nadie tratara de venderle la moto con que no había conciencia entre la boda de Andrea y la presencia de Luca Graziani en el mismo lugar.

Susana miró el paquete entre sus manos.

—¿Tu amiga de verdad quiere casarse?

Ella pondría la mano en el fuego porque la respuesta a la pregunta era que no. No conocía a Andrea, no más allá de lo que Luca le había contado y también por boca de la *nonna* Giuliana y todos los que habían tratado con ella; no obstante, no tenía cara de novia o, por lo menos, de novia feliz. Más bien parecía la... novia cadáver.

—No —respondió Kendall. El recogido que le habían hecho estaba repleto de nieve que se fundía en sus trenzas y las hacía brillar de humedad, y eso que encima llevaba el gorrito—. Pero el señor Graziani tiene el tacto en el culo y un ego tan grande que no le deja verse lo que tiene entre las patas —criticó cogiendo en la mano libre el paquete que le tendió Susana—. Y, bueno..., Andrea tampoco ayuda mucho —añadió mirando el regalo envuelto en papel sobrio y sin nota o pegatina que indicara a quién iba destinado.

—Dáselo —indicó Susana agarrando el asa de su bolso con ambas manos—. Voy a ir a desayunar. —Por segunda vez, caminó hacia el restaurante alejándose de la mujer. Leandro no aparecería hasta las once y ella no iba a estar dando vueltas por Washington, tenía los pies demasiado hinchados y ahí fuera estaba cayendo la segunda o tercera era glacial.

—¡¿Qué es?! —alzó Kendall la voz intercalando la mirada entre el paquete y Susana marchando a paso lento pero seguro.

—No lo sé. —Susana se detuvo y se ladeó mirándola—. Debe de ser algo que significa mucho si Luca quería que se lo dieran a Andrea tras la boda, durante el banquete, y no ahora —pronunció estirando un brazo. Movió la mano y despejo la muñeca de la manga de la blusa—. Por cierto, su avión sale en... media hora.

Kendall no le dijo nada más. Se quedó mirándola hasta que Susana se perdió en el pasillo que conducía al inmenso comedor. El hotel era tan grande que contaba con dos comedores, cinco salones para fiestas y otras cinco salas para reuniones. Ella ajustó el paquete bajo su brazo y, en lugar de ir a las cocinas a llevar la compra, cogió un ascensor.

Andrea se miró en el espejo. Estaba de pie en mitad del salón de la *suite*. El velo aún no le cubría la cara y, por tanto, no ocultaba las lágrimas que pronto iban a desfilar de sus pestañas a su mentón deshaciendo todo el *eyeliner*.

—Parezco un pastelito de nata... —farfulló pellizcando los lados del nacimiento de su falda. La pedrería en su escote tipo corpiño la deslumbraban y la falda era pomposa y tan larga como para ejercer de alfombra de pasillo—. Un pastelito espolvoreado de Swarovski...

Ya no se preguntaba por qué había elegido ese vestido, no

le gustaba cómo le quedaba y tampoco le gustaba el velo, el recogido, el maquillaje...

Megan movió las manos indicándoles a las damas de honor, la peluquera y la maquilladora que salieran al pasillo. A fin de cuentas Grant, su marido y quien iba a llevar a Andrea al altar, ya había subido a avisar que les quedaban cinco minutos para ir hacia el ascensor.

—Cariño... —susurró aproximándose a Andrea. Se entrometió entre ella y el espejo y sacó un pañuelo del diminuto bolsito de mano. Secó los lagrimales de Andrea y sopló suavemente sus ojos para evitar que las lágrimas se desbordaran y arruinaran el maquillaje—. No pareces un pastelito de nata, estás preciosa.

—Lo que estoy es horrorosa —murmuró Andrea mirando esta vez al techo para tratar de contener las lágrimas.

Arrugó la nariz y sorbió el lloriqueo que le golpeaba los dientes para salir por su boca.

Megan arrugó el pañuelo en la mano, manchado de la negrura del *eyeliner* y la máscara de pestañas.

—Voy a avisar a Grant. —Había esperado hasta ahora para que su hija reaccionara y tomara por sí misma la decisión de poner fin a esta locura—. Tiene que cancelar este paripé.

—Ni hablar. —Andrea cogió a su madre por las muñecas y negó efusivamente—. No se va a cancelar nada —vocalizó ronca. Apartó las manos de las de su madre y respiró hondo—. Ya estoy mejor —mintió esta vez asintiendo—. ¿Dónde..., dónde está Kendall?

—No solo vas a arruinar tu vida —aleccionó Megan. El tocado en su cabeza pesaba media tonelada y, de vez en cuando, las plumas insertadas en el recogido le cosquilleaban la nariz—. Creo que te he educado lo suficientemente bien como para que seas algo más responsable.

—¿Y cancelar esta boda, en la que hemos dilapidado tanto dinero, no es una irresponsabilidad?

Andrea volvió la mirada al espejo, a su reflejo. Pasó las manos por el nacimiento de su pomposa falda y las ahuecó en su escote para acomodar sus pechos en la prenda. Aun así parecía que fueran a desbordar de un momento a otro. «Una cabaretera con pinta de pastelito de nata, guarda el disfraz para *Halloween*».

La puerta entreabierta de la habitación se abrió del todo, aunque, para poder pasar, Grant tuvo que quitar la fila de damas de honor empujándose las unas a las otras queriendo cotillear.

—Megan —llamó él cerrando la puerta en las narices al corrillo femenino—, tenemos que irnos ya —anunció recorriendo el pasillo. Se detuvo en la boca de este mirando a la pareja de mujeres y, en concreto, a Andrea—. Vaya, eres todo un pastelito de nata.

—Con *sprinkles* brillantes —apuntó mirando de soslayo a su madre. Forzó la sonrisa en la boca y volteó hacia Grant, que se detuvo ante ella y le bajó el velo—. Gracias. —Miró a su alrededor, hacía mucho que no veía a Kendall y no recordaba que su madre la hubiera echado fuera junto al resto de damas de honor—. ¿Kendall está fuera?

—Ha ido a comprar las grageas, debe de estar a punto de llegar.

Megan rodeó a Andrea y tiró de la cola del vestido para evitar los pliegues.

—¿A punto? —Andrea cogió el ramo de tulipanes y lo sacudió—. ¡Yo no puedo casarme hasta que ella no esté aquí! —chilló en una nube de pétalos rosados.

—Tranquila. —Grant le ofreció el antebrazo a Andrea, pero ella estaba tan nerviosa que comenzó a moverse de un lado al otro—. Tu madre va a llamarla por teléfono —le dijo en tono firme. Caminó hacia Andrea y detuvo su ir y venir—. Mientras, vamos tirando.

Andrea miró a Grant, a aquel rostro adusto y arrugado de ojos tiernos.

—Vale, vale... —susurró temblorosa. Quería huir..., huir bien lejos de todo, mas no podía; era demasiado tarde—. Pero tenemos que esperar a Kendall.

Ligó su brazo al antebrazo de Grant y apretó la mano sobre la dureza del bíceps.

—No te preocupes.

Grant golpeó cariñosamente la mano de esta hincándose en su antebrazo.

Megan llamaba por teléfono a Kendall mientras ellos avanzaban directos a la puerta, tras la que se encontraba el elenco de damas de honor y la peluquera y la maquilladora, quienes no habían podido dar el toque final. El móvil sonó haciendo que las cabezas de las mujeres giraran para ver a Kendall saliendo del ascensor, cargada con la bolsa de grageas y un paquete.

Andrea iba a matar las flores de tanto apretar los frágiles tallos. Grant abrió la puerta y ¡ahí estaba Kendall!

—¿Dónde te habías metido? —chilló conteniéndose para no atizarle con el ramo en toda la cabeza—. ¡¿Por qué no has llevado el regaliz a la cocina?! —increpó empezando a hiperventilar. Lo único que para Andrea tenía sentido de ese día era el banquete y Kendall... «¡Iba a arruinarlo!»—. ¡¿Sabes qué hora es?! —Porque ella no lo sabía o sí... «la hora de adiós a la vida».

Kendall todavía estaba helada y sabía que una vez se quitara el gorro iba a estar toda despeinada y eso, eso la cabreaba.

—Ábrelo —ordenó tendiéndole a Andrea el paquete.

—¿Ahora? —farfulló ella empujando el velo tras su cabeza con la mano que sujetaba el ramo. Le cedió este a Kendall y cogió el paquete. Era ligero y blando como..., como si contuviera algo de carácter textil.

—¡Andrea, ábrelo! —gritó Kendall.

El asunto estaba tan feo que podría ponerse a objetar en medio de la ceremonia. «¿Alguien se opone a este matrimonio? ¡YO!». Si era capaz de recorrerse todo Washington, «exagerada», para comprar grageas de regaliz por una amiga también lo era para detener la farsa de su matrimonio.

La susodicha desunió su brazo del de Grant y empezó a desembalar el paquete.

—Kendall, espero que no sea una tontería porque... —La voz murió en sus cuerdas vocales. Tras rajar el papel y retirar un sobre en el que parecía haber un buen puñado de documentos, Andrea descubrió una chaquetilla cuidadosamente doblada con las letras bordadas en rosa—. Chef... —leyó con un nudo al fondo de su garganta.

—¿Qué es? —Megan atrapó entre los dedos el sobre, despegó la solapa y masculló—: Déjame ver. —Al darse cuenta de lo que tenía entre las manos, pasó una página y otra más—. Oh, Dios mío... —bisbiseó alzando la vista de la documentación—. Te ha regalado un local.

Andrea comprimió contra su pecho la chaquetilla y seguidamente se la llevó a la cara, el olor de Luca estaba en la prenda.

—¿Qué dices? —Sin desprenderse de la chaquetilla miró a su madre, que con la mano trémula le entregó la documentación—. Dios mío... —logró articular.

Las letras se intricaban ante sus ojos, la elegante firma de Graziani... Era cierto, le había regalado un local, un local en una de las mejores zonas de Washington, en Georgetown. Ella nunca hubiera podido aspirar ni a alquilar un pequeño recinto allí.

—En menos de veinte minutos coge un avión a Las Vegas... —Kendall la miró—. Andrea... —¿No había oído el pistoletazo de salida? ¡Tenía que ir a por él! Después de todo su propio jefe no era tan... «cabrón»—. Andrea, ¡reacciona!

Ella le entregó la documentación a su madre y la chaquetilla, se cubrió la cara con el velo y tiró de Grant para que caminara a su lado. Andrea recorrió el pasillo con la vista fija en la alfombra.

—Por favor, lleva el regaliz a la cocina, te esperamos en la antesala —le dijo a Kendall deteniéndose ante el ascensor.

El dedo de Grant presionó el botón para llamarlo.

Kendall gruñó como un perro rabioso y dio un puntapié en el suelo. Con el abrigo puesto encima del vestido de honor tono violeta y el gorrito de lana en la cabeza, ¡ah!, y sujetando la bolsa y el ramo de flores, dejó salir toda su rabia—: ¡Te vas a arrepentir toda tu vida! —gritó. Correteó tratando de no caer y se metió en el ascensor en último lugar, y apuntando a Andrea con el ramo le espetó—: ¿Me has oído?

—Sí. —Era como si le hubieran chutado algo, cualquier droga que la dejara fuera de juego. Andrea apoyó la cabeza en la frialdad metálica de la pared del ascensor—. Gracias.

Kendall le puso el ramo en la mano y ella lo oprimió contra la palma, con los pobres tulipanes quedándose desnudos de pétalos. El silencio tomó el ascensor, un silencio pesado y tan denso que ahogaba conforme bajaba y bajaba.

Los presentes se miraban los unos a los otros y de refilón a Andrea, hasta que las puertas se abrieron. Kendall salió la primera rumbo a la cocina, el resto lo hicieron en orden y se encaminaron a la antesala del gran salón donde iba a llevarse a cabo la ceremonia.

Andrea miró hacia un punto fijo de la pared mientras las damas de honor se aseguraban de que los bajos del vestido no se plegaran y la larga cola no se arrugara.

Megan estiró los extremos del velo antes de marcharse a la sala y Grant movió el brazo para coger a Andrea de la mano. Se la apretó cariñosamente. Un suicidio sentimental, eso es lo que iba a cometer Andrea; iba a inmolarse.

Kendall dejó las bolsas en la cocina y se dirigió a la antesala. Una vez allí se quitó la chaqueta, dejó el bolso y se arrancó el gorro, adiós al minucioso peinado.

—A lo mejor te trae suerte... —dijo portando la chaquetilla y dejándola sobre los hombros de Andrea; esta no encajaba con el conjunto, no obstante era mucho más importante que el vestido y todo lo demás—. No lo hagas...

La chaquetilla besó sus hombros desnudos. La idea de llevar un vestido sin mangas en pleno mes de enero no era la más adecuada, aunque la boda de por sí no lo era. Andrea encogió los hombros, el olor de Luca la envolvió... «buen Dios». Casi podía sentir el calor de su cuerpo, su reconfortante calor. Ella ni miró a Kendall, colocó en mitad de su pecho el ramo aferrándose a él.

—Estoy lista... —articuló a duras penas.

Grant le preguntó a Andrea si realmente quería hacerlo y ella asintió. Cierto era que la boda les había costado un riñón y parte del otro, pero su felicidad era más importante.

—Cariño, podemos anularlo, no pasa nada... —le susurró.

—Por favor, vamos ya.

—Muy bien... Como tú quieras, es tu vida.

Este dio la orden de que avisaran en la sala y la marcha nupcial comenzó a sonar. Sin soltarle la mano a Andrea, aguardó a que todas las damas de honor desfilaran ante ellos.

Los invitados se pusieron en pie, la novia apareció en la puerta del brazo de Grant. El novio esperaba en el altar en aquella preciosa sala ceremonial. Ellos no eran los primeros que iban a celebrar su casamiento en el lugar, conducido por un pastor evangelista contratado por el mismo hotel. Los bancos a los lados de la sala y abarrotados de asistentes habían sido decorados con tulipanes, los mismos que portaba en el ramo la novia.

A Andrea la marcha le sonaba a réquiem, la sangre bombeaba en sus venas rápidamente. «¡Multa por exceso de velocidad!». El velo, el finísimo velo la ahogaba, arrebatándole el aire. La chaquetilla sobre sus hombros pesaba y le quemaba la piel... Los recuerdos de Graziani, sus escasas sonrisas, el fulgor de sus ojos, el sabor de sus besos... Andrea cerró los ojos, sus pies seguían andando, pero su mente estaba sumergida en la remembranza.

Grant detuvo su avance, los pies de Andrea dejaron de moverse; ladeó la cabeza y la miró.

Para Andrea ya no sonaba la marcha nupcial lo hacía la canción *E ritorno da te*[142] . Abrió los ojos y contempló a Samuel, emperifollado y hasta afeitado en el altar. Ella apretó con fuerza la mano de Grant.

---

142. *E ritorno da te.* Canción de Laura Pausini perteneciente al álbum *The Best of Laura Pausini: E ritorno da te.*

—Lo siento... —El aliento hizo bailar el velo delante de su boca. Amaba a Luca. Lo amaba a pesar de su «*borderio* máximo y sus neuras», lo amaba de tal manera que no podía casarse con Samuel. Primero, por el propio Samuel, ya que ella no sería justa con él, y, en segundo lugar, de hacerlo se moriría y lo haría de verdad—. Lo siento mucho.

Soltó la mano de Grant y, recogiéndose la falda con la mano libre y la chaquetilla pendiéndole de los hombros, salió corriendo.

—¡Andrea! —llamó Samuel sin creer lo que estaba ocurriendo.

Bajó los tres escalones del altar y, entre el caos de los invitados levantados de los asientos, corrió a por Andrea, pero Grant se interpuso en su camino.

Cathy lanzó la carpeta sobre su cabeza y los papeles volaron como el arroz que no iba a tirarse a los novios cuando terminara la ceremonia.

Los tacones repiqueteaban, había pétalos planeando, igual que el velo, y la cola de su vestido volaba tras ella.

—¡Lo siento, disculpe! —gritaba sin detener la carrera.

La gente se giraba, deteniéndose para mirarla. Andrea cruzó el *hall* del hotel y se peleó con la puerta para salir del edificio. El frío le abofeteó la cara, tenía que parar un taxi, subir a él y llegar al aeropuerto antes de que Luca se marchara a Las Vegas.

La casualidad quiso que Leandro bajara de un taxi en ese momento. Miró la hora en el reloj de muñeca y se encogió del frío, había llegado antes de lo acordado con Susana. El ala de su sombrero lo resguardaba de la nieve, que caía de manera continua.

—Espere... —pidió al taxista, que sujetaba la puerta—. ¡Señorita! —llamó con su acento italiano impregnando la palabra. Susana le había llamado la noche anterior mientras Luca dormía, así que estaba al corriente de todo y aquella mujer vestida de novia no podía ser otra que...—. ¡Andrea!

Oyó su nombre y ladeó la cabeza echando hacia atrás el velo con la mano libre. Sin llegar a tropezarse, correteó la poca distancia entre la entrada y el taxi.

—Gracias, gracias, gracias. —Andrea se subió al coche y aquel hombre que la había llamado por su nombre, y que ella no conocía de nada, la ayudó a meter toda la cola de su vestido dentro del taxi. La chaquetilla continuaba en sus hombros por intervención divina.

—Llévela a Ronald Reagan y dese prisa —le dijo Leandro al taxista una vez cerró la puerta y dejando a Andrea embutida ahí atrás. A través de la ventanilla, pagó al taxista y con el maletín en la mano los vio partir.

—¿La dejaran subir al avión vestida... así? —interrogó el conductor cumpliendo con lo que le había pedido su anterior pasajero.

Además, este le había dado casi el doble del pago común del trayecto entre el hotel y el aeropuerto. Siendo la primera vez que conducía a una novia casi enlatada, no podía hacer otra cosa que llevarla cuanto antes al destino.

—No tengo intención de subirme a un avión. —Andrea se peleaba con el ramo y la montaña de tela a su alrededor—. ¡Corra! —imploró al taxista cuando el semáforo cambió de rojo a verde.

La hora en el reloj del coche iba en su contra... Menos mal que no se trataba de un vuelo internacional, pues de ser así le resultaría imposible llegar a Washington-Dulles antes de que el avión de Luca despegara.

El taxi recorrió las calles de Washington hasta llegar al aeropuerto. El conductor, un buen hombre, bajó del automóvil y le abrió la puerta. La auxilió sacando parte de la cola del vestido y le tendió las manos para que pudiera salir de la nube de tela.

—Gracias —jadeó Andrea.

Apoyó los pies en el suelo y, sin esperar a que el resto del vestido escurriera por los asientos, comenzó a correr. Las puertas acristaladas de la terminal se abrieron y ella las cruzó a golpe de tacón. El velo susurraba tras ella junto a la falda del vestido..., parecía que tuviera alas: una blanca y brillante ave volando bajo el techo curvado de la terminal. Los pocos pétalos que quedaban en los tulipanes se estaban cayendo y la chaquetilla se le escurría por los hombros. Con el aliento constreñido en la garganta, Andrea se detuvo mirando el panel. Fue localizar el vuelo de Luca y correr de nuevo.

La gente se detenía en su avance y giraban las cabezas para mirar a la mujer vestida de novia que galopaba por el aeropuerto. Había japoneses con sus cámaras haciéndole fotografías.

—¡Oiga! —gritó un guarda de seguridad, pero ella no se detuvo.

A través de las cristaleras, vio los salones móviles. Posiblemente en uno de ellos debía de ir Luca o puede que estuviera recorriendo el puente de embarque. Ella aceleró con los tobillos doliéndole encima de la finura de los tacones.

—Lo siento, disculpe —pidió, apartando y empujando a los que hacían cola frente al estand de la compañía esperando el *check in*—. ¡Es una urgencia!

—Señorita... —barboteó la chica tras el mostrador.

—Necesito que me dejen pasar —soltó Andrea de sopetón habiendo captado la atención de medio aeropuerto y, sobre todo, del «comando» del control de seguridad.

—¿Disculpe? —La muchacha miró a sus compañeras que se encontraban a lo largo del pasillo y negó—. No, no puedo dejarla pasar.

—¡¿Usted cree que hago la carrera de mi vida por nada?! —Andrea golpeó sobre el mostrador el ramo de tulipanes mortecinos—. ¡Estoy aquí, vestida de pastelito, por una buena razón! —chilló agitando las manos en el aire para mantener atrás el velo—. Por favor, déjeme pasar —suplicó con la cara roja y sudada.

—Señorita, haga el favor de... —comenzó a decir la chica cuando uno de los miembros de seguridad se acercó al estand con clara intención de desalojar a la loca vestida de **cupcake** de Magnolia Bakery. La prendió por un antebrazo y la apartó del mostrador.

—Escúchenme, en uno de esos aviones va el hombre al que quiero, lo quiero tanto que me duele —dijo Andrea recuperando su ramo y apretándolo contra su pecho. No obstante, sacudió la cabeza haciendo bailar el velo—. No, no lo quiero, lo amo. ¿Me entienden? —La chaquetilla se escurrió de sus hombros y fue a parar al suelo, pero ella no lo notó—. He salido corriendo de mi boda solo para que me diga que él también lo hace... —La mano del guardia la soltó y ella miró a su alrededor buscando algún tipo de complicidad—. Sé que estoy loca, lo sé; pero necesito que me ayuden.

—¿De su boda? —comenzó a decir el de seguridad llevándose las manos al cinturón en torno a sus caderas.

En la pared, y de gran tamaño, un reloj digital no detenía el tiempo...

—Es una larga historia —balbuceó Andrea, y desnudó sus pies de los dolorosos tacones—. Mire, me quito los zapatos y tenga. —Le entregó el ramo y se subió ligeramente la falda del vestido para que este viera que no llevaba nada sospechoso excepto la liga, claro—. Ni bomba ni explosivos ni nada. ¡Por favor, déjeme pasar! —imploró con los números del reloj digital reflejándose en sus ojos.

—Daniels, déjala pasar —ordenó la mujer con pinta de jefazo que estaba al lado de uno de los arcos de seguridad—. ¡¿En qué vuelo va ese hombre, señorita?!

Descolgó el teléfono de su cinturón, dispuesta a llamar al dispositivo de embarque para que estos se ocuparan.

Andrea estaba descalza y sin el ramo, pero aún conservaba la chaquetilla; las manos de aquel gorila la recogieron del suelo y se la pusieron encima de los hombros desnudos.

—Gracias —manifestó cuando este le permitió pasar. Ella avanzó pasando a la carrera bajo el arco de seguridad—. ¡Gracias, gracias, gracias! —gritó yendo a toda prisa, aunque tuvo que detenerse unos segundos para informar del vuelo.

El suelo estaba helado y la falda de su vestido le cosquilleaba los talones a cada zancada... El mostrador de la puerta de embarque estaba ahí, lo anunciaba el enorme letrero sobre el alfeizar de esta. ¡Ya casi estaba!

—¿Por quién debemos preguntar? —interpeló una de las chicas tras el mostrador de la puerta de embarque nada más colgar el teléfono.

De no ser por la llamada del equipo de seguridad, Andrea habría corrido todo el largo pasillo para volver a dar explicaciones.

Luca, ya en el avión, desdobló el periódico, pero no lo leyó. Lo tiró en el asiento que había libre a su lado y llamó a una de las azafatas que atravesaba el pasillo.

—¿Podría servirme un *whisky*?

El vuelo salía con retraso y su humor cada vez se amargaba más, necesitaba algo de alcohol para adormilar a su resacoso cerebro.

—¿Un *whisky*, señor? —cuestionó esta inclinándose ligeramente en el asiento—. Todavía no hemos despegado...

—Me he dado cuenta de eso, señorita, pero yo quiero un *whisky*.

La azafata frunció el ceño y mascó—: Muy bien, señor.

Si no fuera un delito, le serviría combustible del avión en lugar de *whisky*.

—¿Señor Graziani? —llamó otra azafata recorriendo el pasillo hasta detenerse al lado de su compañera—. Necesito que me acompañe... —resolló con una mano en el pecho.

—¿Disculpe? —Luca miró hacia delante y luego hacia atrás. Aún había gente embarcando, aunque con mucha suerte despegarían en no más de diez minutos, y aquella azafata quería que la acompañara—. ¿A dónde?

—Hay una mujer que pregunta por usted en el acceso de la puerta de embarque, fuera... —La azafata miró a su compañera y luego a Graziani—. Y está vestida de novia.

—¿Una mujer? —La única mujer que se le ocurría a él era Susana y...— ¿vestida de novia?

Graziani se levantó como si alguien hubiera activado un resorte, cogió el abrigo y la maleta de mano, acompañó a la azafata hasta la salida del avión y pisó la pasarela del puente de embarque. El frío se colaba y se filtraba por el hierro. Apuró el paso y la vio.

Andrea contuvo el aliento, Luca se aproximaba y ella, sin poder evitarlo, caminó hacia él. Los pies desnudos, las manos temblorosas, la cara cubierta por la pátina de sudor a causa del esfuerzo...

—Dímelo... —gimió con Graziani a menos de seis pasos de distancia.

—Te has vuelto loca... —espetó él sin creer que fuera Andrea, lo estaba soñando o quizás...— ¿Te has fugado de tu boda? —Se detuvo mirándola, ella estaba tan cerca. Su olor, aquella preciosa y ahora enrojecida cara... ¿Y qué si quería besarla? Luca, con la maleta en la mano, el abrigo bajo el brazo y habiendo olvidado su sombrero, negó con la calva testa—. ¿Qué coño haces aquí?

—¡Sí, sí me he vuelto loca, Luca Graziani! —chilló Andrea levantando las manos al cielo y, por tanto, haciendo caer la chaquetilla de sus hombros. Las lágrimas que iban a salir en forma de cristales helados le picaban en los ojos—. Dímelo ahora mismo o desaparece de mi vida para siempre —y lo decía muy en serio, pagaría a un psiquiatra, se mudaría de país ¡o lo que fuera! Pero no iba a volver a correr tras él—. ¡Dímelo!

Luca la contempló. El vestido sin mangas oprimiendo los grandes pechos, todos los cristales engarzados en el traje, la pomposa falda... Soltó su maleta, el abrigo y prendió a la mujer por los antebrazos.

—*Stupida*[143]...

Sus manos subieron por los brazos hasta al cuello.

Andrea cerró los ojos ante el añorado tacto de él, el aroma de su *after shave* la hizo suspirar.

—Por favor..., dímelo.

Necesitaba oírlo, no era una necesidad física como respirar, mas para ella era como si lo fuera. Sus trémulas manos se aferraron a la americana, apretándola entre sus dedos.

—*Ti amo*[144] —masculló Luca acunando con las palmas las encendidas mejillas.

Sin importarle la aglomeración de trabajadores del aeropuerto y los viajeros que hacían de público, se inclinó hacia ella. Su boca sobrevoló la de ella y la besó.

Andrea gimió con la caída de aquel beso explosivo, suave, caliente y detonador para su sistema. Nunca había querido ser solo un recuerdo para Luca, jamás quiso que la dejara y ahora... Ahora desde luego que no iba a deshacerse de ella.

Graziani entreabrió los grisáceos ojos, pues los había cerrado al besarla. Los aplausos resonaban a su alrededor.

—En realidad querías ponerme en evidencia... —susurró sobre los femeninos labios.

—Sí, qué bien me conoces —respondió Andrea izando la cabeza para acabar apoyándola en el pecho de él. Sonrió con el palmeo de las manos sin dejar de aplaudir—. ¿Y ahora? —susurró con los brazos de este rodeándola con un abrazo.

Luca la estrechó aún más.

—Conseguirte ropa, parece que hayas salido de un musical de Broadway. —A él, el atuendo le hacía pensar en *Mamma mia.* Rompió el abrazo apartando a Andrea de su pecho—. Y después..., después... —empezó a decir pellizcándole amoroso el mentón— quedarte conmigo toda la vida.

—Fueron tres... —masculló Andrea subiendo las manos por la americana.

No tenía frío ni en los pies ni en los brazos en ese momento. Le daba igual que lo suyo saliera en la televisión, en los periódicos o en la radio, aunque Luca se lo iba a hacer pagar hasta el fin de los tiempos.

—¿Tres qué? —preguntó Graziani sin saber a qué se refería Andrea.

___

143. (It) Estúpida...
144. (It) Te amo.

Recogió del suelo el abrigo y se lo pasó por encima de los hombros. Le frotó los antebrazos temiendo que pudiera resfriarse si es que no lo había hecho ya.

—Fueron tres —dilucidó Andrea, recordando la visita a la Fontana di Trevi cuando dejó a Luca atrás para abrirse paso entre el gentío y lanzar tres monedas con su mano derecha sobre su hombro izquierdo. Tres monedas que, según lo que él le había contado, tenían el poder de lograr que ella se casara con el italiano del que se había enamorado. Y desde luego ya estaba vestida de novia—. Lancé tres monedas a la Fontana di Trevi.

Luca se rio negando con la cabeza, encaramó las manos a los lados de la bonita cara.

—Lo dicho, estás completamente loca.

Y como, a fin de cuentas, ocuparían todo los tabloides del país, él volvió a besarla.

Epílogo

Io sono, Las Vegas, un año después.

—Suave y sin prisa... —susurró Andrea a Bruno, el nuevo pinche. Ella sujetaba la flor de calabacín que iba rellena de masa del ***supplì alla romana***—. Ahora —comenzó a decir cerrando la flor. La pasó por harina quitándole el exceso y, con mucha delicadeza, la sumergió en la mezcla de leche y huevo—, debes procurar por todos los medios que no se te abra para que no se te salga el relleno. —Escurrió la flor entre sus dedos y entonces la pasó por pan finamente rallado—. Y una vez hecho esto... —señaló la freidora perteneciente a la sección de *antipasto*—, al aceite.

Bruno asintió enérgicamente mirando casi sin parpadear las manos de Andrea, esta llevaba con él en la cocina desde primera hora de la mañana y ya le había enseñado a preparar pan de ajo y a marcar en la plancha los higos que posteriormente se convertirían en un ***chutney*** italianizado.

—Una vez les tengas pillado el tranquillo, las harás de cinco en cinco —sonrió Andrea con las manos bajo el chorro de agua. Volvió a la mesa de trabajo secándoselas con el paño atado a su mandil—. Haz una tú solo.

Luca entró en la cocina, en silencio la recorrió echando un vistazo aquí y allá. Se detuvo captando la atención del chico nuevo que, al verle, se puso tenso y palideció. Y eso que todavía no le había gritado. La verdad es que hacía mucho que Graziani no sufría un ataque de ira que le hiciera vomitar sapos y culebras por esa boca que tenía pegada a la cara.

—No está mal —mascó mirando la bandeja de flores rellenas. La idea de rellenarlas de *supplì alla romana* era culpa de Andrea, al igual que su autocontrol. Luca seguía enfadándose, pero digamos que Rumpelstiltskin había pasado a ser el adorable Grumpy.

—Están casi perfectas... —masculló Andrea izando la cabeza para toparse con los tormentosos ojos de Luca. La sonrisa estiró las comisuras de sus labios y volvió la vista a las pringosas manos del chico—. Sigue —instó con el chef bordeando la mesa para pasar por detrás de Bruno y de ella.

—Si usted lo dice, señora Graziani... —susurró Luca rozando con las manos y, con mucho disimulo, las femeninas nalgas.

El Bloom había sido derrocado por el Graziani y a él le gustaba, le gustaba porque era otra forma de sentirla suya. Estaba de acuerdo en que ese era un pensamiento un tanto anticuado; no obstante, él era más Cromañón que Homo sapiens.

Andrea contuvo el gemido. El roce, el simple roce de las manos la encendía, calentándola más que todos los hornos de la cocina. Giró la cabeza mirándolo, esa sonrisa fanfarrona en los labios de Luca, el brillo casi metálico en sus ojos... «¿Cómo no casarse con él?». Y eso que fue con nocturnidad y alevosía, cuatro meses atrás y en la última capilla de Las Vegas. «¿Loca?». Como un cencerro... «en el amor siempre hay algo de locura, mas en la locura siempre hay algo de razón». Ella medio jadeó apartando la mirada de él y centrándola en el chico que tenía a su lado.

—Gruñe mucho, pero casi nunca muerde... Vamos, sigue —apremió tratando de concentrarse en el muchacho.

—¡Señores! —llamó Graziani situándose en el centro de la cocina, allí todo el mundo podía verlo y oírlo—. ¡Un momento de atención! —El por favor no iba a regalarlo, ni siquiera faltando menos de media hora para abrir el restaurante—. Como ya sabrán, vamos a ausentarnos aproximadamente dos meses. —Sí, ahora hablaba en plural. Andrea había estado dándole la lata con eso de «vacaciones» y al final había cedido. *Essere o non essere... Uno zerbino...*[145] Al día siguiente a primera hora iban a coger un avión a París, donde estarían dos semanas y luego se marcharían a Roma—. No es que la idea de abandonar mis negocios me haga mucha gracia, pero el chantaje emocional, aunque no lo parezca, ha hecho efecto —y eso iba con retintín.

Andrea se cruzó de brazos y encogió los hombros ante las miradas divertidas que se clavaron en su persona.

—Lo que quiero decir es que pobres de ustedes si no hacen bien su trabajo, porque aunque yo no esté para supervisar... —Luca carraspeó tragándose el resto de la amenaza. De no hacerlo,

---

145. (It) Ser o no ser... Un calzonazos...

iba a ver la espalda de Andrea durante toda la noche, pues ella se giraría en la cama a modo de castigo y cada vez que él acercara una mano para tocarla ella entonaría un rotundo: «no»—. Me han entendido. ¡Vuelvan al trabajo! —mandó observándola.

Lo poco que no le gustaba de ella era: en primer lugar, las cortinas que había comprado para el dormitorio, rayadas y plateadas. «Un día les prenderé fuego»; en segundo lugar, y no menos importante, la manía de espachurrar el bote de pasta de dientes, y, en último lugar, la vocecita de línea caliente que ponía con todo semental que no fuera él mismo. El resto de ella... En fin, el resto de ella le encantaba.

—Graziani, a mi despacho.

—Vas muy bien —le dijo Andrea a Bruno antes de seguir a Luca fuera de la cocina. Este la dejó pasar delante nada más cruzar la puerta, aunque ella sabía que no era una cuestión de cortesía—. Luca... —susurró medio riendo mientras él le ponía las manos en las nalgas conforme caminaban.

—¿Qué? Tengo frío...

Y por eso se calentaba las manos. Graziani las retiró cuando Toulouse salió de su despacho habiéndole dejado ahí lo que le había pedido, y que Andrea iba a descubrir enseguida. Se lo agradeció con un movimiento de cabeza y, al continuar Toulouse por el pasillo, él devolvió las manos al... «pan».

—¿Y esto?

Andrea no avanzó, se quedó bajo el umbral de la puerta y con la mirada fija en las dos copas y la botella de vino encima de la mesa del despacho.

—Nos vamos de vacaciones, ¿no?

Luca le dio un cachete para que ella se metiera en el despacho. Cerró la puerta y la adelantó para ir a descorchar la botella y servir el **Château Margaux**.

—¿Vacaciones? Seamos realistas, Luca, voy a tenerte de vacaciones esas tres semanas en París, y posiblemente a regañadientes, y cuando vayamos a Roma a disfrutar del resto de nuestras vacaciones tú no podrás resistirte a ponerte el mandil y la chaquetilla.

Ella tenía claro que iba a pasarse el día en las terrazas de la casa comiendo, bebiendo y leyendo revistas de cocina al sol. ¡Ah! Y también visitaría a Susana. No hacía mucho que ella había ido a Las Vegas con Enzo y Leandro. «Leandro», pensó recordando como este la ayudó a subir al taxi que la llevó hasta al aeropuerto y del aeropuerto a Luca y... También iba a darse largos paseos por la ciudad eterna e iría en busca de la enigmática estatua itinerante, pues esta no había desaparecido de sus pensamientos.

—Mira quién fue a hablar —se mofó él prediciendo que Andrea iba a pasar muchas horas metida en la cocina del *Bellezza* junto a la *nonna*.

Luca sirvió las copas y le tendió a su mujer la suya.

Andrea miró el caldo borgoña en la copa y seguidamente la botella.

—No quiero saber lo que cuesta...

Esa era una de las cosas que le desquiciaba de Luca, gastarse verdaderas «burradas» en vino. Bien que lo disfrutaban, pero las cosas con moderación siempre resultaban mejores.

—Mejor no —sonrió él y, sentándose en el borde de la mesa, brindó con Andrea—. ¿Qué tal? —le preguntó tras esta saborear el caldo.

Para ser sincero, y siendo una reflexión personal y por tanto privadísima, incluso para Andrea, él no veía tan mal eso de las vacaciones.

—Bien... —respondió poniendo cara de «*nifunifá*» para no admitir que estaba más que bueno. Andrea dio un largo trago haciendo que Graziani gruñera reprendiéndola—. No consumir alcohol, fumar o mantener relaciones sexuales durante las horas de trabajo, ¿no es la normativa?

—No estamos trabajando... —aludió Luca quitándole la copa y colocándola al lado de la suya sobre la mesa.

Elevó la mano de Andrea y besó la yema del dedo, aquel dedo que en su día él había tenido que remendarle. Seguidamente, la prendió por las caderas y la empujó para que se quedara quieta ante él. Le desanudó el delantal francés y este cayó al suelo—. Ya estamos de vacaciones —añadió poco después desabrochándole la chaquetilla, pero las manos de Andrea lo detuvieron a dos botones por abrir.

—Y no estamos fumando.

—Pero sí estamos bebiendo alcohol y... Te va a dar igual lo que te diga, ¿no?

Por mucho que sus manos trataran de detenerlo, él logró abrirle la chaquetilla bajo la que tenía solo el sujetador y la cadena de oro en torno a su cuello, de la cual colgaba la alianza matrimonial junto al anillo de compromiso, un solitario zafiro. Para trabajar no podía llevarlas en el dedo, así que para no quitárselas y ponérselas todos los días las llevaba colgadas, aunque ella no era la única. Andrea permitió que Luca le quitara la chaquetilla y ella se dedicó a abrir la de él.

No le respondió. Luca permaneció sentado conforme ella le desnudaba de cintura para arriba dejándole el mandil y los pantalones. Luca acarició la anchura de las caderas antes de hundir los dedos bajo la pretina del pantalón para ir a quitárselo.

Andrea acarició con las yemas de los dedos la alianza que pendía del cuello de Luca junto al crucifijo.

—Hasta que la muerte nos separe. ¿Sabes? No tengo prisa por quedarme viuda, pero...

Sus ojos y los de él hicieron contacto.

—Se lo dejaré todo al perro —la interrumpió poniéndose en pie.

Luca introdujo las manos en el pantalón de Andrea por la parte trasera y tiró del fino material de las bragas para poder ahuecar las pomposas nalgas. Su erección daba latigazos contra la ropa y, en respuesta, él friccionó la pelvis contra la de la mujer.

—No tenemos perro... —ronroneó Andrea entrecerrando los ojos.

La boca le sabía a vino, el alcohol se le estaba subiendo a la cabeza.

Ambos estaban con el pecho casi al descubierto, en el caso de ella le quedaba solo el sujetador. Las alianzas colgaban de sus cuellos, rozándose.

—Compraré uno —masculló Luca hundiendo la cara a un lado del femenino cuello. Ella olía tan bien..., tan comestible. Su boca recorría la pálida piel, sus dientes la mordisqueaban...

—Cariño, no te gustan los perros —jadeó Andrea pasando las manos por la complexión de la masculina espalda y trepando por ella hasta los hombros—. Cierra la puerta —barboteó con su sexo empantanándose de gasolina a la que él iba a prenderle fuego—. Cierra la puerta primero.

Era cierto, no le gustaban los perros... «¿Y qué o quién te gusta realmente?». Graziani izó la rasurada cabeza y miró la puerta, apretó las nalgas de ella bajo el calor de sus palmas y adhirió su boca a la de Andrea para darle un beso ciertamente... rápido. Sus manos se enfriaron al retirarlas de las regordetas y calientes pompas. Luca zanqueó hasta la puerta y echó el pestillo. Al volver junto a ella se quedó quieto mirándola.

Andrea descolgó de su hombro el primer tirante del sujetador, este se deslizó por su piel. Ella se aupó hasta sentarse en la mesa; al lado, la botella de vino y las dos copas. Movió los pies para descalzarse los Crocs, aunque ahí estaban: los calcetines blancos con lunares rosas. No era como estar en la casa de Henderson con la chimenea encendida en el salón, el olor de los **bucatini all'amatriciana** y el CD de *Jazz Divas* sonando, pero tampoco estaba mal...

Luca se sabía de memoria la curvatura de aquellos pechos, sus dedos tenían calculado el ancho de las areolas y su lengua el grosor de los pezones; no obstante, cuando ella se quitaba el sujetador, como ahora, él se quedaba hipnotizado como si mirara fijamente un péndulo. *Due*[146]! Caminó de vuelta a la mesa y tomó los senos bajo sus manos y los juntó apretándolos con poca suavidad.

—Luca, las necesito —protestó Andrea, refiriéndose obviamente a sus pechos. Atenazó las caderas de él con las piernas—. Gracias... —susurró cuando este aflojó la sujeción en sus senos.

Echó la cabeza hacia atrás y cerró los ojos. Dos pulgares friccionaron la rigidez de sus pezones, una lengua lamía el pulso en su yugular.

Un par de nudillos golpeando la puerta los interrumpieron.

—¿Señor Graziani? —se oyó preguntar tras la madera y, al no haber respuesta, volvieron a llamar—. ¡¿Señor Graziani?!

Andrea abrió los ojos y Luca alzó la cabeza con labios húmedos de la transpiración de la piel de ella y de la saliva de sus besos.

Ambos se miraron envueltos en el espesor de la excitación.

—¡Ahora no, Kendall! —gritó Luca.

—Es que es importante... —mintió esta con la oreja pegada a la madera.

—¡¿Cuánto de importante?! —ladró Luca, que esperaba que Andrea colaborara, que se estuviera quieta en vez de dedicarse a abrirle el pantalón y bajárselo para colar sus pequeñas manos bajo la cinturilla de los boxers.

—Pues...

—¡Kendall...

El grito no acabó de salir de sus cuerdas vocales. Una de las manos de Andrea acarició su saco testicular y subió hasta sopesar su verga en la suavidad de la palma. Para no resoplar, Luca se

---

146. (It) ¡Dos!

mordió el interior de un carrillo, notando en la boca el sabor de la explosión sanguínea. Cerró los ojos buscando en la oscuridad el autocontrol, que había salido pitando por la puerta trasera.

—¡¿Qué pasa, Kendall?! —preguntó Andrea comenzando a masturbar a Luca.

Empujó el trasero encima de la mesa e irguió un tanto la cabeza para besarle el mentón.

Seguro que rezar en esos instantes era pecado mortal... Bien, hacerlo mientras su mujer. «La muy...».

—*Ti prego*[147]... —masculló con el ritmo de la masturbación acelerándose y removiéndole los sesos.

—Nada que no pueda esperar... —Kendall apartó la oreja de la puerta—. ¿Media hora? —y lanzó la pregunta a la vez que se alejaba por el pasillo.

—¡Sí! —contestó Andrea abriendo la mano, pero sin retirarla. Apoyándose en la mesa con la otra mano, le dio un segundo beso en el mentón—. *Dimmi cosa vuoi*[148]...? —canturreó con los pies en el suelo y acuclillándose.

—¿Se puede saber por qué coño dice que es importante cuando le hablo yo y contigo parece que el asunto deja de ser importante? —protestó Luca mirando en dirección a la puerta—. ¿Y quieres que desatienda todos mis asuntos dos meses?

De desatender nada, tenía un equipo detrás que iba a ocuparse de todo: un agente, al que llamaba de pascuas a ramos; publicistas, y una larga lista de *"istas"*.

—Estamos de vacaciones... —rebatió ella mordiéndole un muslo y ni con esas él dejó de protestar. «Habrá que recurrir a otro tipo de llamada de atención», se dijo.

Sus pezones se mantenían erectos de excitación y... de frío. Andrea hizo una «*o*» con los labios y estos acogieron el grosor del glande, pujó hacia delante con la cabeza y su boca recibió la masculina largura hasta que ella enterró la punta de la nariz en el pubis de Luca.

—No estamos de vacaciones ahora. Dentro de media hora sí... —El resto de la frase se distorsionó hasta diluirse en un ronco y acentuado gemido. Él se olvidó de Kendall, del restaurante y hasta del código pin del teléfono. La boca de Andrea lo envolvió, tragándole tan profundo que Luca juraría que su glande podría golpear la femenina campanilla—. Sí, sí estamos de vacaciones; lo

---

147. (It) Por favor...
148. (It) Dime ¿qué quieres...?

estamos —jadeó echando la cabeza hacia atrás e inspirando con tanta fuerza que el oxígeno en sus pulmones sonaba huracanado.

Bajó las manos y sus dedos se enredaron en las oscuras hebras del cabello de Andrea...

310

Glosario

Abatidor: Sistema de enfriamiento rápido de los alimentos.

Agnello Pasquale: Popular plato italiano de cordero de Pascua.

Ajo negro: Ajo fresco fermentado en agua de mar de sesenta a noventa días.

Akamiso: Mijo rojo de larga fermentación.

Albardar, albardillar: Proteger con grasa una pieza de carne magra para que no se seque.

Alga wakame: Originaria de las aguas japonesas. Se usa en cocina.

Alginato de sodio: Espesante natural a base de algas pardas.

Alici marinate: Anchoas frescas en aceite de oliva.

Alquermes: Licor de hierbas florentino.

Amaretti: Galletas italianas de almendra.

Amaretto: Licor italiano de almendra.

Aminas: Compuestos químicos orgánicos derivados del amoníaco.

Antipasto: Entrante a modo de aperitivo de la gastronomía italiana.

Arancini: Bolas de *risotto* fritas. Especialidad siciliana.

Babàs: Bollo de masa ligera emborrachada normalmente con licor de *limoncello* o ron.

Barbaresco: Vino italiano elaborado en la zona norte del Piamonte, en Barbaresco.

Batata harra: (Patata caliente). Plato típico de la cocina libanesa.

Bleu rare: Punto de la carne: vuelta y vuelta, muy poco hecha.

Bocconcini: Queso parecido a la *mozzarella*, pero las bolitas son de un tamaño inferior y se elabora con leche de búfala.

Bolognese: Salsa italiana, hecha normalmente a base de carne picada, zanahorias, tomate y cebolla.

Bresaola: Embutido de ternera parecido a la cecina de León.

Brooklyn Gin: Es una ginebra floral destilada cinco veces a mano, cosa que la hace exclusiva.

Bruschetta: Tostada con aceite. Se trata de un típico *antipasto* italiano que da pie a millones de versiones con añadidos: vegetales, queso, embutidos...

Bucatini all'amatriciana: Pasta parecida a los espaguetis que tiene un agujero longitudinal. La salsa *all'amatriciana* se compone principalmente de tomate, queso *pecorino*, panceta y una base de ajo y cebolla.

Butter waffle cookies: Galletas de origen belga hechas a partir de una masa de gofre y mantequilla. Muy famosas en EE. UU.

Carciofi alla giudia: Alcachofas a la judía. Plato muy típico en Roma.

Carpaccio: Plato italiano que se prepara con carne o pescado crudos cortados muy, muy finos y posteriormente macerados con algún tipo de vinagreta.

Carré: Es un tipo de corte de carne; conjunto de la primera y segunda costilla del cordero, la ternera y el cerdo.

Chaffers: Recipientes en acero inoxidable que mantienen la comida caliente.

Château Margaux: Vino Burdeos. Uno de los cuatro de la categoría primeros *crus* en la clasificación oficial de vinos de Burdeos de 1855.

Chef: Cocinero profesional.

Chili dog: Un perrito caliente *(hot dog)* que se sirve cubierto de chili con carne. A menudo se añaden otros ingredientes, como queso, cebolla y mostaza.

Chutney: (Chuparse los dedos en hindi). Confitura que se elabora con frutas o verduras cocidas en vinagre, con especias muy aromáticas y azúcar.

Ciabatta: Pan blanco de costra crujiente y miga ligera. Típico de la cocina italiana.

Cloruro de calcio: O cloruro cálcico (CaCl2) es una sal de calcio muy utilizada como aditivo alimentario.

Coda alla vaccinara: Rabo de ternera estofado.

Cointreau: Es una marca de licor triple seco francés elaborado a base de pieles de naranja.

Commis chef: Asistente, ayudante del chef.

Concasse: Consiste en escaldar previamente las verduras para pelar y eliminar mejor la piel y luego cortar para quitar el interior: pepitas, huesos, etc.

Coulant: Pequeño bizcocho de chocolate con el interior fundido.

Coulis: (Correr un líquido). Jugo concentrado de alimentos, obtenido filtrando un puré con un colador fino.

Crostata: Tarta italiana rellena de confitura, fruta fresca o algún tipo de crema. Dicha tarta tiene un sinfín de variedades.

Cupcake: (Pastel en taza). Parecido a una madalena de tamaño, muy popular en EE.UU. e Inglaterra.

DOC: Son las siglas de Denominación de Origen Controlada.

DOCG: Son las siglas de Denominación de Origen Controlada y Garantizada. Es una designación que certifica el origen y la calidad de un vino.

Duce: Apelativo propagandístico de Benito Mussolini.

Eiswein: Vino dulce procedente de uvas que se han congelado en la viña.

Esferificación: Técnica culinaria empleada para proporcionar forma de esferas, generalmente de zumos.

Estrellas *Michelin*: Otorgadas por la Guía *Michelin* definen a los establecimientos gastronómicos en función a la calidad, la creatividad y el esmero en sus platos.

Faláfel: Es una croqueta de garbanzos o haba y es originaria de algún lugar del subcontinente indio.

Fettuccine: Tipo de pasta, fina y plana.

Filetti di baccalà: Filetes de bacalao fritos. Aperitivo muy típico de Roma.

Fiori di zucca: Las flores de calabaza o también de calabacín son muy famosas y versátiles en la cocina italiana. Suelen rellenarse con quesos, embutidos y freírse.

Fondo: Es un caldo básico de cocción lenta. Sirve de base para distintas elaboraciones. Hay distintos tipos de fondos como por ejemplo: fondo blanco o claro, oscuros, *fumet* o *glacés.*

Food & Wine: (Comida y vino). Revista americana de aparición mensual.

Foodies: (Comidines). Término informal para aficionados a la comida y la bebida.

Fried chicken and waffles: Pollo frito con gofres que se cubre típicamente con mantequilla o jarabe de arce.

Frigo pie: Helado de fresa y nata en forma de pie de la marca Frigo.

Fruttas martoranas: Pasta parecida al mazapán, pero mucho más dulce y sabrosa, hecha de almendra y azúcar y elaborada tradicionalmente con forma de fruta para celebrar el día de difuntos.

Ganache: Base de las trufas de chocolate. Se compone de nata (o *crème fraîche*) mezclada en caliente con chocolate en trozos a partes iguales.

Gnocchi: (Ñoqui). Pasta elaborada con puré de patatas, harina, mantequilla, leche y huevo. Se forman pequeñas bolas que se escaldan en agua salada y una vez escurridas se añaden a una salsa.

Gnocchi alla romana: Plato típico de Roma. Estos *gnocchi* o ñoqui difieren un poco de los típicos, ya que son de sémola no de patata y se les da forma de pastelito ligeramente aplanado. Se toman gratinados con queso y mantequilla.

Grappa: Aguardiente de orujo, licor con graduación alcohólica que varía entre 38 y 60 grados, obtenido por destilación de orujos de uva.

Grattachecca: Postre popular de Roma. Es hielo rallado a mano con sabor a jugo de frutas y, opcionalmente, trozos de fruta.

Gumbo: Es un guiso de origen criollo cuya base es la ocra, una planta espesante originaria del África occidental.

Huevos Benedict: Plato que consiste en dos mitades de *muffin* inglés, cubiertos con jamón cocido, panceta o *pastrami,* huevos escalfados y salsa holandesa.

Hummus: Crema de puré de garbanzos cocidos con zumo de limón, sésamo molido y aceite de oliva.

Infusionado, infusionar: Consiste en introducir los ingredientes en un líquido para que estos desprendan su sabor, aroma y color.

Kibbeh: Frito libanés a base de carne y trigo *bulgur* en forma de croqueta oblonga.

Lasagne: Pasta en láminas intercalada con carne, salsa *bolognese* y *béchamel*.

Limoncello: Licor dulce de origen italiano, obtenido a partir de la maceración de limones.

M.P.H: Muy poco hecho. Abrebiatura que se utiliza en la jerga culinaria.

Maître: Camarero especializado en hoteles y restaurantes, generalmente de alta posición. Es el responsable de planificar, organizar, desarrollar, controlar y gestionar las actividades que se realizan en la prestación del servicio, tanto en la comida como en las bebidas. Coordina y supervisa los distintos recursos que intervienen en el departamento para conseguir el máximo nivel de calidad.

Maritozzo: Bollo relleno de nata, típico de Roma.

Mascarpone: Crema de queso italiano, blando y suave, usado principalmente para elaborar postres.

Melanzane alla parmigiana: (Berenjenas a la parmesana). Plato típico italiano. Es una especie de lasaña en la que la berenjena hace la función de la pasta.

Mezzaluna: Tipo de cuchillo para trinchar.

Minestra maritata: Sopa a base de verduras y carne.

Mirepoix: Combinación de verduras cortada a daditos.

Mise en place: Define el conjunto de tareas de organización y ordenación de los ingredientes que un cocinero requiere para el menú que va a preparar durante un turno.

Monfortino: Uno de los vinos italianos más famosos y caros.

Mousseline de ajo: Salsa compuesta de clara de huevo a punto de nieve y alioli.

Mozzarella: Queso italiano de leche de vaca o búfala.

Mud cake: (Pastel de barro). Bizcocho de chocolate con cuerpo denso, pero a la vez jugoso y exquisito.

Muffin: Parecido a la magdalena, pero no tan dulce.

Muffin inglés: Panecillo con levadura, redondo y servido típicamente para el desayuno o la hora del té.

Muttabel o Mutabal: Pasta o *hummus* de berenjena. Es uno de los entrantes más famosos de la gastronomía árabe.

Ocra: Hortaliza originaria de África con propiedades culinarias muy beneficiosas para la salud.

Orecchiette: Tipo de pasta en forma de oreja.

Polpettone: Pastel de carne italiano.

Panzerotti: Tipo de empanadillas tradicionalmente rellenas de queso y tomate y fritas en aceite.

Pappardelle: Son tiras de pasta largas, anchas y planas.

Pasta frolla: O pasta brisa. Esta masa tiene un alto contenido graso.

Pastrami: Ternera seca ahumada.

Pecorino trufado: Queso típico italiano, fabricado con leche pasteurizada de oveja. Su curación se enteteje con generosas y profundas virutas de trufa negra.

Peppone, salsa: Salsa a base de tomate triturado y parmesano.

Pesto genovese: Salsa verde a base de albahaca, parmesano o *pecorino* y aceite de oliva machacados.

Pesto rosso: O siciliano. Salsa a base de tomates secos, ajo, queso, piñones y orégano o albahaca machacados.

Petit fours: Pastel de pequeño tamaño, dulce o salado, de la repostería francesa.

Pinche: Ayudante de cocina a las órdenes del chef.

Polenta: Harina de maíz gruesa. Es un plato tradicional italiano muy versátil, en el que se cuece la harina con agua o algún tipo de caldo o *fumet.*

***Porchetta*:** Plato típico italiano a base de carne de cerdo deshuesada, sazonada con hierbas aromáticas y asada a la barbacoa.

***Premiums*:** Bebidas de muy buena calidad a precios bajos.

***Provolone*:** Queso de leche de vaca entera con corteza blanda, producido principalmente en las regiones del valle del Po, en Lombardía y Véneto.

***Pupazza frascatana*:** Es una galleta en forma de mujer con tres pechos. Típica del Lacio, Roma.

***Puttanesca*:** Salsa italiana a base de tomate, algunos encurtidos y queso. Existen diversas variantes de esta receta.

***Raviolis*:** Pasta doblada y rellena. Cada región italiana tiene su forma y relleno tradicional.

***Risotto*:** Plato de arroz cremoso típico de Italia con millones de variantes tales como: *risotto e funghi (risotto* de setas). *Risotto ai frutti di mare (risotto* con marisco),* etc.

Salsa Café de Paris: Salsa elaborada con diferentes especias y hierbas, mezcladas en una base de mantequilla.

Salsa holandesa: Emulsión elaborada con mantequilla y zumo de limón o vinagre y yemas de huevos.

Salsa tártara: Salsa que contiene mayonesa, mostaza y pepinillos en vinagre muy finamente picados junto con alcaparras, aceitunas, cebollas y rábano.

***Saltimbocca alla romana*:** Plato tradicional italiano a base de ternera, jamón y salvia.

Sassicaia Magnum: Vino tinto Burdeos *(cabernet sauvignon y cabernet franc)* de la Toscana italiana.

***Shrimp gumbo*:** Guiso de gambas típico de la cocina cajún.

***Soffiato*:** Postre también llamado volcán de chocolate.

Sommelier: Camarero especializado en servir bebidas alcohólicas.

Soufflé: Plato ligero con variantes dulces y saladas. La base principal son las claras de huevo y una salsa *béchamel*.

Soufflé (patatas): Guarnición de patatas a la francesa. Se cortan muy finas, se fríen en aceite templado y luego en aceite bien caliente donde se hinchan llenándose de aire.

Sous chef: Asistente del chef ejecutivo.

Spaghetti al limone: Espaguetis cocidos y sazonados con una salsa de limón.

Spaghettoni: Son los espaguetis más gruesos.

Speculoos o Speculaas: Galletas especiadas típicas de la época navideña. Muy populares en Bélgica, Alemania, el norte de Francia y Holanda.

Speck: Jamón italiano que se ahúma.

Sprinkles: Pequeñas piezas comestibles que se espolvorean sobre pastelería (*cupcakes,* tartas...) como decoración.

Strega: (Bruja). Licor de hierbas italiano.

Supplì alla romana: Croquetas de *risotto* rellenas de queso que al partirse forman largos hilos de rico queso fundido. Muy típicas de Roma. No confundir con *arancini* sicilianos.

Tabulé: O ensalada libanesa a base de perejil picado, trigo *bulgur,* aceite de oliva, tomate, lechuga y zumo de limón.

Tagliatelle: (Tallarines). Tipo de pasta alargada de masa de trigo.

Tête de Moine: (Cabeza de monje). Queso suizo originario del Jura bernés de leche de vaca. Extremadamente oloroso y usado para rallar en forma de flor.

The Culinary Institute of America: (Instituto culinario de América), instituto dedicado a la formación de las artes culinarias.

Tiramisú: Postre italiano hecho en capas de una crema a base de huevos, azúcar y queso *mascarpone*, y otra de bizcochos *savoiardi* mojados en café *espresso* acabado con un velo de cacao y café en polvo.

Torta margherita: Bizcocho tradicional elaborado con ingredientes básicos que suele servirse de desayuno o merienda.

Vecchia Romagna: Famoso *brandy* italiano, seco y aromático, envasado en botellas triangulares.

***Vitello tonnato*:** Plato del Piamonte a base de ternera cocida y aderezada con una salsa de atún, huevo y alcaparras.

***Zuppa inglese*:** Postre ligeramente parecido al tiramisú. Es un bizcocho empapado en licores y crema pastelera.

Agradecimientos

En primer lugar, a mi madre, «esa» que se ha roto los cuernos, y lo que no son los cuernos, para que yo continúe aquí...

La que hace posible que a día de hoy, y hasta el último, le agradezca que sea eso, mi madre.

En segundo lugar, a mí misma, por haber plasmado ciertos fantasmas en esta novela y por ser capaz ahora de ver la comida como una amiga y no como la peor de las torturas. A mi hijo, a mis hermanas, a los Litos y, muy en especial, a Lou Glez (sí, tú, *mediobollo*), a Raquel (no me faltes nunca), a Carmen (vas a odiarme cuando veas que estás aquí, en los agradecimientos), a Olalla Pons, a Mari Carmen López (alias *megaChurri*) y a Maca.

A todas esas mujeres a las cuales quiero con absoluta locura, Patricia Ramos Alcaide (mi Pink Panther, ERES MARAVILLOSA), Lucía Lozano, Sisa Lancho, Naitora McLine, Vanesa Lucas Morante, Mavi Rodríguez de Pedro, Mayte Exposito, Aurora Salas, Mar Sánchez (mi *"bordaza"* favorita), María Vega, Ester María Aina, Kris L. Jordan, Ana María (en el fondo tú has sido la primera en amar a este italiano). Mari Carmen (mi *"corasóndemelón"*), Mar Vega, Camila Torres. A Nune Martínez por echarnos el flotador con esta novela y a una amiga muy, muy especial de la infancia que la vida ha tenido la bondad de devolverme, Caty.

También muchas, muchas gracias a Dama Beltrán y a Merche Diolch por estar ahí cuando las necesitaba.

ACOSTA ars

acostaars@outlook.es
www.tiendaoficialacostaars.esy.es

 www.facebook.com/ACOSTAarsEditorial

 @AcostaArs

@acostaarseditorial

 Canal ACOSTA ars

 www.acostaskitchen.com

www.ingramcontent.com/pod-product-compliance
Lightning Source LLC
LaVergne TN
LVHW010310200726
843507LV00010B/1207